林繼富
劉秀美 主編

民俗與民間文學叢書

靳景祥故事講述研究

林繼富、李敬儒　著

秀威資訊・台北

目次

序言

林繼富

講故事是中國民間傳統的重要組成部分，這種傳統的發展從未中斷，延續這一傳統的正是故事講述人。然而，歷史上這些講述人並沒有作為文化傳承的特殊人物記錄下來，尤其是講述人講故事的情景和活動沒有系統地記載，只是把講述人講的故事作為社會進步的依據和文學創作的資料予以載錄，因此，我們看到的民間故事紀錄就不是原本意義上的了，更談不上民間故事流動的生活狀態。當然，它還是保留了民間故事面貌的基本輪廓，保留了民間故事發展的基本線索。二十世紀以後，伴隨著中國現代民俗學的建立，倡導從科學立場採錄民間故事的呼聲越來越高，採錄方法也漸趨成熟，講述人在民間故事傳承中的特殊作用日漸被人們所重視。

一、百年來中國民間故事的集錄

二十世紀初期，民間故事講述活動在中國鄉村十分盛行，民間故事也逐漸被學人記錄下來。但是，這些僅僅是記錄講述人講故事的語言部分，至於與民間故事講述相關的其他活動則幾乎沒有被關注，而這些活動及情景恰恰是故事意義生成不可或缺的部分。「在某種程度上，所有的意義都是背景界定的，或決定的。」[1]因此，我們在記錄民間故事的時候，就不僅僅是用文字記錄下故事的語言文本，而是需要記錄與故事演述相關的所有資訊。要想獲知民間故事真實的生存狀態，除了它存在的歷史傳統背景以外，更多的就是民間故事講述現場的語境了。

進入二十世紀，中國社會開始發生巨大變化，新思想運動從城市蔓延到農村，進而引發中國農民思想上的變革。這在一定程度上動搖了中國人的神權與族權觀念，人們追求自由、提倡民主的口號越來越響亮，他們期望從本質上改變自己的生活。然而，文化的變遷並非一蹴而就，必須經過長時間的浸染與滲透。因此，二十世紀初期的中國農村，農民的文化生活儘管有了很大改善，思想觀念發生了明顯變化，但是，鄉村社會依然流行傳統的民間故事講述活動。

也是在二十世紀之初，中國學人開始從學理上探討民間故事的價值和意義。一九二三年九月三十日北京大學主辦的《歌謠》週刊第二十六期上刊載了「歌謠研究會」的宗旨。宗旨寫道：

> 本會事業目下雖只以歌謠為限，但因連帶關係，覺得民間的傳說故事亦有搜集之必要，不久擬即開始工作。……選錄代表的故事，一方面足以為民間文學之標本，一方面用以考見詩賦、小說發達之跡。

很顯然，當時採錄民間故事的目的是為了接續民間文藝的傳統，為了尋找文學的源頭和文學的發展軌跡。這個時期，不少學人十分關心民間故事採錄的真實性。一九二九年劉萬章的〈記述民間故事的幾件事〉闡述了民間故事搜集整理的原則：「我以為我們記述民間故事的，對於故事流傳的空間，一定要明白地寫出來，這不但那個故事的特質可以表

---

1 [英]E・霍布斯鮑姆、T・蘭格，顧杭、龐冠群譯，《傳統的發明》（南京：譯林出版社，二〇〇四年），頁一三五。

現出來，並且可以研究各地故事的異同。」「要實在地直寫出來。」「我有一種很主觀的管見，民間故事的敘述總要能夠把故事平直地、完滿地敘述得逼真，不要尚浮耀，像做小說般，描寫一堆風景，心靈的話……然後才是真正的民眾道地東西。」[2]周作人說得更為明白：「歌謠故事之為民間文學須以保有原來的色相為條件，所以記錄故事也當同歌謠一樣，最好是照原樣逐字抄錄……大凡科學的記錄方法，能保存故事的民間文學和民俗學資料價值。」[3]這些表述都強調民間故事流傳地、講述空間以及其中言語的記錄，強調民間故事真實記錄的重要性。在現代科學精神的倡導下，很多學人開始從事民間故事搜集、採錄，並將其編輯成書，諸如張清水的《海龍王的女兒》（一九二九年）、劉萬章的《廣州民間故事》（一九二九年）、婁子匡、陳德長的《紹興故事》（一九二九年）、錢南揚的《祝英臺故事集》（一九二三年）、吳藻汀的《泉州民間傳說》（一九二九年）、蕭漢的《揚州的傳說》（一九二八年），還有潘漢年等編的《烏龍精》（一九二六年）、孫佳訊採錄的《娃娃石》（一九二九年），等等。林蘭編輯了近四十種民間故事叢書，影響了海內外學人對中國民間故事的認識。這個時候，人們漸漸意識到民間故事之於中國文化傳統建構的意義，之於文學發源與流變的特殊價值。

一九四二年，毛澤東發表了〈在延安文藝座談會上的講話〉，號召廣大文藝工作者學習「萌芽狀態」的文藝，鼓勵他們到基層，到老百姓的生活中去學習民間文藝，搜集民間文藝。二十世紀四十年代延安掀起了採錄民間故事的熱潮，在此基礎上創作出為民眾喜聞樂見的文藝作品，這種做法延續了「五四」新文化運動的文學精神，也極力在消除八股文的影響，試圖建立清新、自然的文風。「晉綏文藝工作者深入到農村，在農村工作中，逐漸地接近了民間故事，採集與整理工作才認真地搞起來。在一九四五年以後，就接續地出版了《水推長城》、《天下第一家》、《地主與長工》三個民間故事集子。……它成了區村幹部工作的有力助手，由此幫助提高了群眾的生產熱忱和階級覺悟。在晉綏，凡是具有

2 劉萬章，〈記述民間故事的幾件事〉，載《民俗》一九二九年第五十一期（一九二九年三月十三日）。

3 林培盧採編《潮州七賢故事集・周序》（上海：上海天馬書店，一九三六年）。

初步閱讀能力的區村幹部、小學教員、中學生幾乎是人手一冊。民間故事成了幹部和群眾的好朋友。」[4]這些「由農民口述，知識份子筆記的篇章，是清新而剛健。我們希望繼續有人把各省的民間故事多多搜集和記錄，越多越好。把沃野的鮮花移植到文苑的土壤的工作，是新文學的一樁重要的值得尊重的工作」[5]。

同時期，我國西南地區的文化建設和研究則是另外一番景象。「盧溝橋事變」爆發後，華北和東南沿海的大批高等學府和一些科研院所紛紛西遷。儘管戰亂不已，生活顛沛流離，仍然有一大批民族學家、社會學家、人類學家、文學家等在極端困難的條件下堅持著「五四」新文化運動開拓的道路。大批知識份子進入西南的彝族、白族、苗族等地區調查，在此過程中採錄了大量的少數民族民間故事。比如，凌純聲、芮逸夫的《湘西苗族調查報告》就收錄了他們採集的神話、傳說等六十三篇，其中神話二十五篇、傳說十篇、寓言十五篇、趣事十一篇[6]。還有吳澤霖記錄的《苗族中祖先來歷的傳說》[7]、陳國鈞錄載的《生苗的人祖神話》[8]、馬學良的《雲南彝族禮俗研究文集》中收錄了〈關於祭祀時用馬桑樹及鐵莖草的傳說〉、〈關於祭場上插青樹枝的傳說〉、〈雞骨卜的傳說〉、〈招魂習俗的傳說〉、〈夷邊的人祖神話〉、〈夷人的三兄弟〉、〈洪水〉等[9]。這些神話、傳說、故事是知識份子們在為了瞭解西南民族生活，有著明確學科意識基礎上調查採集的成果，他們的目標並非採錄口傳敘事，而是在做民族生活、民族歷史和民族文化的調查時將民間故事視為民族文化傳統而納入記錄範圍。

4 李東為，〈民間故事的採集與整理〉，見中華全國文學藝術工作者代表大會宣傳處編《中華全國文學藝術工作者代表大會紀念文集》（北京：新華書店，一九五〇年）。
5 鍾敬文編《民間文藝新論集》（北京：北京師範大學出版部，一九五一年），頁二二五。
6 凌純聲、芮逸夫，《湘西苗族調查報告》（北京：民族出版社，二〇〇三年），頁一六四至二七五。
7 馬昌儀，《中國神話學文論選萃》（北京：中國廣播電視出版社，一九九五年），頁四四五。
8 吳澤霖、陳國鈞，《貴州苗夷社會研究》（北京：民族出版社，二〇〇四年），頁一一〇。
9 馬學良《雲南彝族禮俗研究文集》（成都：四川民族出版社，一九八三年），頁一一五—一五五。

一九四九年以後，新中國人民政府重視民間文藝。一九五〇年成立的中國民間文藝研究會（一九八五年改為中國民間文藝家協會）負責組織、協調全國的民間文學工作。採錄民間故事的活動成為當時文化工作的重要內容，特別是自一九五四年開展的全國民族識別和民族五種叢書的寫作經歷了較為深入的田野調查，在這一過程中，大量的少數民族民間故事被採錄上來，為新中國民間故事的理論建設積累了寶貴的第一手材料。誠如一位學者指出：

據不完全統計，十五年來省市以上出版的民間故事集就有五百多種。全國五十多個民族，都發掘了數量不等、各有特色的民間故事。已經出版的單行本的就有蒙古族、藏族、維吾爾族、苗族、彝族、壯族、朝鮮族、白族、黎族、納西族、高山族、鄂倫春族、土家族等十幾個民族。絕大部分民族都是第一次把他們祖先長期以來精心創造的民間故事，呈現在全國人民的面前。[10]

由政府主導的民族識別儘管不是以採錄民間故事為主，但是，因為民間故事被視為民族傳統和民族身份的重要內容而被記錄下來，這些故事有的粘附在某項實物上，有的為了解釋某種風俗習慣，有的講述人們的某種生活狀況，等等。從這個意義上講，民族識別過程中記載下來的故事就具有身份的屬性和解釋的功能了。一九五六年，我國政府先後對蒙古、藏、維吾爾等三十多個少數民族進行普查，一九六四年調查工作基本結束。這次少數民族社會歷史和語言調查大致摸清了各少數民族的社會歷史狀況，包括民族來源、生產力和生產關係發展、社會政治結構、語言文字、傳統文化、風俗習慣、宗教信仰以及其他各種社會現象。這當中搜集到的許許多多民間故事，成為民族識別的元素之一，成為社會文化的現象之一。這些採錄的民間故事成果集中體現在一九八九年出版的《中國少數民族民間文學叢書・故事大系》中，

10 集成〈絢麗多姿的百花園——建國十五年來民間文學作品巡禮〉，載《民間文學》一九六四年第五期。

它按民族立卷，共出二十九種。一九九五年又在此基礎上調整編輯出版了《中華民族故事大系》，全書共分十六卷，精選了全國五十六個民族的神話、傳說、故事二千五百篇，參與講述、搜集、整理和翻譯的人員已達七千餘人。當然，這個階段搜集的故事集中展示了少數民族民間故事的豐富性和多樣性，儘管嚴重忽視民間故事傳承人及其講述活動。

一九八四年啟動的「中國民間故事集成」的搜集和編纂工作歷經了近二十年，動員人力數以萬計。在這個過程中，對於講述人在民間故事講述活動中的特殊功能有了更加清醒的認識：「事先瞭解清楚採訪地有哪些有才華的表演者、歌手和故事講述家，迅速準確搜集線索和採訪對象。能否迅速找到線索和採訪對象，找得好不好，將關係到整個採錄工作的開展。搜集工作者要尊重被採訪者，愛護被採訪者，不能不顧他們的時間、情緒和體力條件，無休止地一味進行纏繞。表演者的年齡、性別、心境、忙閒、健康、愛好等諸種因素，採錄時都必須加以考慮。」[11]「中國民間故事集成」要求「科學性、全面性、代表性三者是互相聯繫不可分割的，科學性是三性的核心」[12]，強調在「講述的同時」「當場記錄」，「根據回憶來記錄作品」被認為「不是搜集工作的科學方法」。要求「講什麼、記什麼，怎樣講就怎樣記」；「逐字逐句地記，全面地記」；「遇到一次搜集一次，同樣認真記錄」[13]。「每篇作品應注意下列問題：講述者、表演者的姓名；講述者、表演者的民族；講述者、表演者的年齡和出生年月；講述者、表演者的出生地及移居地；講述者、表演者的文化程度；講述者、表演者的職業；作品記錄的地點；記錄人姓名；記錄日期。」[14]這些細目的規定實質上就是對故事講述情境的再現。這次的民間故事採錄具體篇數至今沒有詳細統計，《中國民間故事集成·四川卷》的〈後記〉談到，短短幾年中，他們通過普查搜集到的民間文學資料達七十三萬件，其中故事十六萬多篇，編印的故事資料本就達

11 中國民間文學集成總編委會辦公室編《中國民間文學集成工作手冊》（北京：中國民間文學集成總編委會辦公室，一九八七年），頁五四。
12 中國民間文學集成總編委會辦公室編《中國民間文學集成工作手冊》（北京：中國民間文學集成總編委會辦公室，一九八七年），頁一五、一七。
13 中國民間文學集成總編委會辦公室編《中國民間文學集成工作手冊》（北京：中國民間文學集成總編委會辦公室，一九八七年），頁五六。
14 中國民間文學集成總編委會辦公室編《中國民間文學集成工作手冊》（北京：中國民間文學集成總編委會辦公室，一九八七年），頁五八。

一百零四種。由此可見，這是一次規模空前的民間故事採錄活動。

在中國臺灣，因受大陸民間文學三套集成工作的影響，「在觀念和做法上，臺灣民間文學採錄很大程度上是受到中國民間文學三套集成的啟迪」[15]。一些熱愛民間文學的人士開始著手搜集、採錄和編輯臺灣民間文學的資料集，其中民間故事領域裏要算陳慶浩、王秋桂於一九九三年主編的《中國民間故事全集》最為顯眼。該故事全集達四十冊，以二十世紀近七十年海內外出版發表的民間故事為主要選取對象。由胡萬川擔任總編輯的二十六冊《臺中縣民間文學集》也在一九九二年以後陸續出版。金榮華主持了卑南族、魯凱族以及金門島民間故事的採錄工作，出版了《臺東卑南族口傳文學選》（一九八九年）、《臺東大南村魯凱族口傳文學》（一九九五年）、《金門民間故事集》（一九九七年）等。

中國民間故事集成工作中發現了河北省藁城市的耿村、湖北省丹江口市的伍家溝村、重慶市的走馬鎮等故事村落，發現了許多傑出的故事講述人，並且陸續出版了他們講述的作品。諸如，裴永鎮整理的《朝鮮族民間故事講述家——金德順故事集》[16]，張其卓、董明搜集整理的《滿族三老人故事集》[17]，傅英仁的《滿族神話故事集》[18]，張愛雲整理的《傅英仁滿族故事》[19]，金在權整理的《天生配偶》[20]，金在權、朴昌默整理、朴贊球翻譯《黃龜淵故事集》[21]，楊榮國記錄的《花燈疑案》[22]，王作棟整理的《新笑府——民間故事講述家劉德培故事集》[23]，彭維金、李子碩主編的《魏

15 陳益源《民間文學採錄》（臺北：里仁書局，一九九九年），頁一。
16 裴永鎮整理《朝鮮族民間故事講述家——金德順故事集》（上海：上海文藝出版社，一九八三年）。
17 張其卓、董明搜集整理《滿族三老人故事集》（瀋陽：春風文藝出版社，一九八四年）。
18 傅英仁，《滿族神話故事集》（哈爾濱：北方文藝出版社，一九八五年）。
19 傅英仁口述、張愛雲整理《傅英仁滿族故事》（上下集）（哈爾濱：黑龍江人民出版社，二〇〇六年）。
20 黃龜淵口述、金在權整理《天生配偶》（延吉：延邊人民出版社，一九八六年）。
21 金在權、朴昌默記錄整理，朴贊球翻譯，《黃龜淵故事集》（北京：中國民間文藝出版社，一九九〇年）。
22 楊榮國記錄《花燈疑案》（靳景祥故事集）（北京：中國民間文藝出版社，一九八九年）。
23 王作棟整理《新笑府——民間故事講述家劉德培故事集》（上海：上海文藝出版社，一九八九年）。

顯德民間故事集》[24]，劉則亭編著的《遼東灣的傳說》[25]，范金榮採錄的《尹澤故事歌謠集》[26]、《真假巡按》[27]，袁學駿主編的《靳正新故事百篇》[28]，蕭國松整理的《孫家香故事集》[29]，余貴福採錄、黃世堂整理的《野山笑林》[30]，江帆記錄整理的《譚振山故事精選》[31]，陳益源、江帆主編的《譚振山及其講述作品》[32]，周正良、陳泳超主編的《陸瑞英民間故事歌謠集》[33]，中國民間文藝研究會山東分會編的《臨沂地區四老人故事集》[34]，瀋陽市于洪區文化館記錄整理的《何鈞佑錫伯族長篇故事》[35]，中國民間文藝家協會、青島市民間文藝家協會編的《民間故事講述家宋宗科故事集》[36]。從這些業已出版的民間故事講述人的故事集中可以看到，二十世紀八十年代以來，學人們開始重視民間故事講述人及其講述活動了，尤其是把講述人和故事村落結合起來，從一個側面說明了故事生成的個性和傳統性之間的緊密聯繫。

24 彭維金、李子碩主編《魏顯德民間故事集》（重慶：重慶出版社，一九九一年）。
25 劉則亭編著《遼東灣的傳說》（瀋陽：春風文藝出版社，一九九三年）。
26 范金榮採錄《尹澤故事歌謠集》（太原：山西省民間文藝家協會、山西省民間文學集成辦公室、朔州市民間文藝家協會，一九九五年）。
27 范金榮採錄《真假巡按》（太原：山西古籍出版社，一九九八年）。
28 袁學駿主編《靳正新故事百篇》（蘭州：甘肅人民出版社，一九九五年）。
29 蕭國松整理《孫家香故事集》（武漢：長江文藝出版社，一九九八年）。
30 余貴福採錄、黃世堂整理《野山笑林》（劉德方講述）（北京：大眾文藝出版社，一九九九年）。
31 江帆記錄整理《譚振山故事精選》（瀋陽：遼寧教育出版社，二〇〇七年）。
32 陳益源、江帆主編《譚振山及其講述作品》（臺北：樂學書局，二〇一〇年）。
33 周正良、陳永超主編，中國俗文學學會、常熟市古里鎮人民政府編《陸瑞英民間故事歌謠集》（北京：學苑出版社，二〇〇七年）。
34 中國民間文藝研究會山東分會編《臨沂地區四老人故事集》（濟南：中國民間文藝研究會山東分會，一九八六年）。
35 瀋陽市于洪區文化館記錄整理《何鈞佑錫伯族長篇故事》（上下兩冊）（瀋陽：遼寧人民出版社，二〇〇九年）。
36 中國民間文藝家協會、青島市民間文藝家協會編《民間故事講述家宋宗科故事集》（北京：中國民間文學出版社，一九九〇年）。

像「中國民間故事集成」這類大規模的民間故事採錄工作和成果常被國人引以為自豪，但是，相對於人口眾多、地域廣大、歷史悠久、文化紛呈的中國來說，它仍不夠全面、不夠系統。不僅大量的故事散落民間，也並非如人所說的「地毯式」搜集和採錄，而且記錄的民間故事也存在這樣或那樣的「硬傷」，它們很大程度上只是口頭語言的載錄和轉換，並沒有把故事當作生活的部分或者活著的傳統來看待。更糟的是，有些故事的語言表述分不清哪些是講述人的，哪些是記錄人的，哪些是整理人的。這些均給這次史無前例的民間故事採錄活動帶來了無以彌補的損失。

二十一世紀，現代傳媒的快速發展嚴重衝擊了中國民間故事講述活動。二十世紀前半期出生的講述人相繼離開人世，年輕的講述人由於種種原因離開故土，鄉村裏只剩下老人和兒童，現代都市文化瀰散開來，影響並占據著中青年人的生活，像民間故事一類的傳統文化的生存與發展面臨著前所未有的危機。在這樣的背景下，二〇〇三年我國政府啟動了「政府主導、社會參與」的非物質文化遺產保護工程。到二〇一一年，全國上下已經建立了國家、省、地市、縣四級非物質文化遺產保護名錄，分級對列入名錄的非物質文化遺產實施保護。國家級非物質文化遺產保護名錄迄今已公佈了三批，進入名錄的專案達一千二百一十九項，其中民間故事類六十一項。故事村落的保護也受到空前重視，先後有耿村民間故事、伍家溝民間故事，走馬鎮民間故事、下堡坪民間故事、都鎮灣民間故事、北票民間故事等得到國家層面的關注和保護。非物質文化遺產專案代表性傳承人一千五百四十八人，其中民間故事代表性傳承人是十一位，他們是靳景祥（藁城耿村民間故事）、靳正新（藁城耿村民間故事）、譚振山（新民縣譚振山民間故事）、劉則亭（大窪縣古漁雁民間故事）、愛新覺羅・慶凱（金慶凱）（本溪滿族民間故事）、劉永芹（喀左東蒙民間故事）、劉德方（宜昌夷陵區下堡坪民間故事）、羅成貴（丹江口市伍家溝民間故事）、孫家香（長陽縣都鎮灣民間故事）、魏顯德（九龍坡區走馬鎮民間故事）、劉遠揚（九龍坡區走馬鎮民間故事）等。

民間故事被納入非物質文化遺產保護專案之後，再一次掀起了民間故事搜集和採錄的高潮，這次活動把民間故事視作民族身份文化、地方文化傳統和民眾生活文化的重要標誌。二〇一一年二月，《中華人民共和國非物質文化遺產法》

頒佈，從法律的高度將包括民間故事、民間故事村落和民間故事傳承人在內的非物質文化遺產保護起來，這也意味著民間故事已然成為國家文化建設和文化多樣性發展的重要內容。這一次的民間故事保護運動是在各級政府和文化主管部門的指導下，選取各個地方最有代表性的故事村落、故事類型和故事傳承人進行重點調查、採集、輯錄和拍攝，嚴格按照國家制定的申報標準和保護措施開展活動，因此，民間故事採錄工作在故事生存的空間上更加深入、更加全面、更加系統。但是，將民間故事講述活動上升到保護層面的可行性和可操作性的實踐研究還沒有深入展開，將民間故事的講述活動上升到研究層面的關注和重視仍顯不足。

二、中國民間故事講述研究的價值

民間故事講述活動的核心是傳承人和聽眾。中國民間故事傳承人有兩類：一類是擁有故事，但講述能力稍差一些，這類傳承人往往沒有傳承故事的積極願望和行為，更多的是接受和吸納，故事存續在他們的心裏。這些人也許不是出色的故事講述人，但是在他們的人生實踐中，常常把自己積蓄的故事傳遞給同輩友人或後輩子孫，因而發揮了保存與傳承故事的作用。另一類是民間故事講述的能手，他們具有故事講演的諸多潛質，熱愛故事，記憶力驚人，善於把從各種渠道得來的故事，如聽取的故事、書本的故事等都儲存在大腦裏，形成故事資源庫；講述富有創造性，善於把不同的故事類型和故事母題融會貫通，能夠將不完整、不完善的故事豐滿起來，把傳統故事與現實生活連接在一起，在講述過程中形成自己的特點；在他們的內心有創作故事、講述故事的強烈欲望和衝動，並付諸實踐。這些傑出的民間故事傳承人是地方傳統的集大成者，在今天通常被認定為非物質文化遺產專案代表性傳承人。

要成為非物質文化遺產項目代表性傳承人應符合以下條件：「熟練掌握其傳承的非物質文化遺產；在特定領域內具

有代表性，並在一定區域內具有較大影響；積極開展傳承活動。」[37]這三條標準對於民間故事傳承人來說，具體就表現為儲藏有數量可觀的民間故事，具備講故事的才能和風格，在一個地方有重要影響和良好的社會關係，並且積極主動地展開故事傳承活動。被政府認定為非物質文化遺產專案代表性傳承人，應當履行下列義務：

> 開展傳承活動，培養後繼人才；妥善保存相關的實物、資料；配合文化主管部門和其他有關部門進行非物質文化遺產調查；參與非物質文化遺產公益性宣傳。非物質文化遺產項目代表性傳承人無正當理由不履行前款規定義務的，文化主管部門可以取消其代表性傳承人資格，重新認定該專案的代表性傳承人；喪失傳承能力的，文化主管部門可以重新認定該專案的代表性傳承人。[38]

民間故事傳承人是民間故事講述的代表，是一個地方敘事傳統的儲存庫，是故事的創作者和傳統的攜帶者，他們在民族文化和社會發展的歷史進程中應該也必須承擔起承傳知識、延續傳統、教育和培養傳承人的責任和義務。

民間故事講述研究的核心——講述人，就是非物質文化遺產保護的對象——傳承人。對民間故事傳承人及其講述的研究側重於現代性背景下的現在狀態，通過故事講述研究，較為科學和系統地展現當下中國民間故事傳承人的獨特風采，揭示中國民間故事的豐富性和複雜性。在此過程中，尋求解決民間故事傳承人生存和技藝傳承的問題，提出民間故事傳承人和故事村落的保護策略和可行方案。

民間故事是中國民間社會最基本的文化資源，也是先前社會留存下來的最適用的娛樂資源。這些由傳承人講述的故事是地方社會基本的文化傳統，民間故事傳承人是傳承傳統和創新傳統的中堅力量，他們在傳統的承繼中不斷建構、不

37 《中華人民共和國非物質文化遺產法》，二〇一一年二月二十五日第十一屆全國人民代表大會常務委員會第十九次會議通過。

38 《中華人民共和國非物質文化遺產法》，二〇一一年二月二十五日第十一屆全國人民代表大會常務委員會第十九次會議通過。

斷豐富，引導著民間敘事傳統的發展方向。這些傳承人不僅各自有著鮮明的個性，而且成為地方傳統的代言人。他們一般是地方文化活動的積極份子，也是凝聚城鄉文化、推進社會發展的重要人物，尤其是那些傑出的民間故事傳承人身上依然保留著珍貴的文化傳統，具有著與時俱進的文化精神，他們在繼承地方文化與感應時代需求等方面起到了積極作用。因此，民間故事傳承人的講述研究，有利於保護民間故事傳統的延續性，促進中華文化發展的多樣性，豐富民眾的日常文化生活，構建社會的和諧與進步。

長期以來，民間故事研究主要利用搜集上來的語言文本，缺乏鮮活的生活基礎和深厚的文化傳統。「說唱的文本始終僅僅存在於說唱演出的時間中。作為聲音使空氣發生振動而出現的文本隨著聲音的沉寂而銷聲匿跡。然而我們所搜集記錄下來的文字文本卻一直在桌子上紋絲不動，其存在與時間無關。我們沒有留意到那些由於對文本作搜集記錄而丟失的東西，而一直認為通過文字化的工作即可使文本變為分析的對象。」[39]這種取向難免導致在尋求民間敘事規律的時候出現某些偏差與不足。因此，從講述的層面討論故事傳承人與聽眾、講述現場與敘事傳統構成的共同體，從生活和講演的視角探索民間敘事傳統的內在結構規律，就顯得尤為必要了。

民間故事的生成具有厚重的文化傳統基因，雖然我們無法清晰每個故事的來源，但是，一個地方的敘事資源是有限的，也是可以梳理清楚的，傳承人講的故事及其傳承關係亦是可以明白和具體把握的，這就要求我們要特別重視民間故事傳承人和他的生活軌跡，詳盡訪談和記錄傳承人的生活史，以及他所記憶的人、事、物和他的個人觀點，查找和記錄傳承人生活區域的自然、歷史、文化等內容，採訪和記錄傳承人現今的生活、家系和社會關係、社會活動等，編製故事傳承人和故事流動的網狀結構圖，探索故事傳承與地方文化發展的關係，探討文化關係網絡之於傳承人講述個性、傳承人故事講述之於民間敘事傳統的價值和意義。

---

[39] 〔日〕井口淳子，林琦譯《中國北方農村的口傳文化——說唱的書、文本、表演》（廈門：廈門大學出版社，二〇〇三年），頁一〇一一一。

民間故事因為講述得以存活和流傳，這些講述都是在特定時空環境中完成，尤其是傳統中國的熟人社會當中。傳承人的講述要維繫傳統的地方屬性，並且以講述傳統強化地方屬性，這在年長的人那裏體現得更加明顯。

在原始部落裏，老人是傳統的守衛者，這不僅是因為他們較其他人來說，更早地接受了傳統，而且無疑還是因為他們是唯一一群能夠享有必要的閒適的人，這使得他們可以在與其他老人的交流中，去確定這些傳統的細枝末節，並在一開始的時候就把這些傳統傳授給年輕人。在我們的社會裏，老人也受到尊敬，因為在生活了很長時間之後，老人閱歷豐富，而且擁有許多的記憶。既然如此，老人怎麼能不會熱切地關注過去，關注他們充當護衛者的這一共同財富呢[40]？

年長的故事傳承人之所以贏得人們的認同和尊敬，首先他是一個老者，因為對於不同尋常的知識和經歷來說，年紀大的人不僅接受傳統的過程比別人長得多，知聞傳統的範圍比別人廣泛得多，感受傳統的經歷也比別人豐富得多。老年人對傳統的留戀和守護具有特別的傾向性，「對於過去，老年人要比成年人更感興趣」[41]。這類對過去感興趣的老人存在於每個時代、每個地方，是每個時代、每個地方文化傳統延續的中流砥柱，今天也不例外。

自古及今，地方傳統的每一次創新、豐富均是在既有的傳統基礎上完成的，這些傳統成為地方民眾生活穩定的文化基因；區域內共用的倫理觀念和道德準則成為規約傳承人講述活動的法則，也規約著故事的生成與演進；地方文化生境和自然環境在一定的時間內相對穩定，構成了民間故事講述的情境，它滲入故事之中，促進了故事的傳講，也促進了民間故事傳統在內聚化基礎上得以形成和延展。但是，傳承人的生活和他所在的區間又不是封閉的，講述空間也不是封閉的，從這個意義上說，民間故事是交流的方式，並且在交流中生長和發展。人們住進來、遷出去，因為生存或其他原因或長期或短時間地流入、流出，不同區間的人交流、往來、熟悉，不同區域的故事和文化隨著人這一主體而帶進帶出，影響和豐富著地方的敘事，人們也在共用、傳承和創新中感受傳統和享受傳統，也體驗著快樂。

---

40 [法]莫里斯・哈布瓦赫，畢然、郭金華譯，《論集體記憶》（上海：上海人民出版社，二〇〇二年），頁八五。

41 [法]莫里斯・哈布瓦赫，畢然、郭金華譯，《論集體記憶》（上海：上海人民出版社，二〇〇二年），頁八四。

民間故事講述的地方屬性和交流屬性，決定了民間故事的傳統性和多樣性。通過不同區域故事講述的研究，我們能夠更為具體而細緻地理解民間故事的地域個性和文化共性，進而發揮和凸顯民間故事之於地方文化的標誌作用和認同功能，以及民間故事之於團結民眾、凝聚民心、凝結傳統的巨大力量，理解民間故事對於民眾性格的模塑和地方精神的形成的重大影響，理解各個區域民間故事生成和發展的外在力量與內在動力彼此交集、融合過程中出現的複雜文化現象。

正因為民間故事講述研究具有特殊的社會意義和學術價值，為此，中央民族大學民俗學學科希望在科學研究思想的指導下，利用田野調查手段記錄中國民間故事傳承人的故事講述及其講述活動，從民間生活的立場對中國民間故事傳承人進行系統審視和總結，進而推進民族文化多樣性建設和非物質文化遺產保護實踐活動。

緒論

民間故事是廣大民眾創作和傳承的語言藝術，它在人們口頭流傳，並不斷得到完善。但是，並不是每個人都會講故事，有些人只是喜歡聽，當觀眾的時候多；有些人則很有講故事的願望和講故事的才能，在故事傳承的過程中起著相當重要的作用。瑞典著名學者卡爾・威廉・馮・賽多（Carl Wilhelm Von Sydow）說過：「民間故事在很大的程度上是以一種散漫的狀態流傳的，只有極少的有好記憶、生動的想像力和敘述能力的積極的傳統攜帶者才能傳播故事，僅僅是他們才向別人講述故事。」[1] 講述者在講述活動中總是起著主導作用，他們是講述活動的主體。講述主體與聽眾構成知識共同體，從而在生活中生產故事、傳播故事。

靳景祥，一個普普通通的中國漢族農民，一個生活坎坷、技藝超群的民間故事講述家，被賈芝、張文、林相泰等學者稱為「河北的重大發現」、「難得的大故事家」。他學過說書，開過飯店，從耿村走出過，又回到耿村，但從未離開過生他、養他的燕趙大地，他與他的鄉親們共同延續著獨具特色的冀中平原漢族民間文化傳統。自一九八七年五月被發現以來，靳景祥一直備受學界和媒體的關注。至二〇〇四年五月，十一次耿村民間故事普查，集中採錄了靳景祥的故事四百多篇，另外還有歌謠、謎語、歇後語、諺語等八百多條（首），總計八十多萬字。

1　[美]阿蘭・鄧迪斯，陳建憲、彭海斌譯，《世界民俗學》（上海文藝出版社，一九九〇年），頁三二三。

一九八七年七月，靳景祥應邀出席了由中國民間文藝家協會在承德市舉辦的「中國故事學會首屆年會」；一九八八年四月，他應邀參加河北省三套集成辦公室和石家莊地區文聯主辦的「耿村故事家群研討會」。一九八八年一月，靳景祥加入河北省民間文藝家協會，同年，被河北省民間文學三套集成辦公室和河北省民間文藝家協會聯合正式授予「河北省民間故事講述家」稱號。一九九一年九月，又被中國民間文藝家協會破例發展為會員。由此，靳景祥成了全省、全國著名的民間故事家，多次出席各級學術會議進行演講。二〇〇七年，中華人民共和國文化部公佈靳景祥為第一批國家級非物質文化遺產「耿村民間故事」項目代表性傳承人。

靳景祥與民間故事的淵源關係，從他一出生就開始了。在這個瀰漫著故事講述氛圍的冀中平原上的小村莊裏，靳景祥的家人和鄉鄰都會講故事，他從小就是聽著奶奶和媽媽的搖籃曲入睡，大伯靳英瑞更是遠近聞名的西河大鼓藝人，這些都給予他強烈的感染和薰陶。而童年時期在姨姨家的寄養生活，也讓靳景祥從愛說、愛笑、愛熱鬧的姨姨、姨父那裏，聽來了好多故事。談到與民間故事的情結，靳景祥說：「從小覺得聽故事稀罕，怪有意思，真是百聽不厭。」[2]

靳景祥故事的養成，與耿村深厚的文化底蘊和豐富的故事講述傳統分不開。耿村自古就處於山西陽泉到山東德州的交通要道上，香火旺盛的耿王廟會和繁華的逢陰曆一、六日集市，養成了耿村這個文化聚落經商和講故事的兩大古風。四面八方的客商帶來了各種各樣的生產生活用品，也帶來了他們的故事、歌謠。年幼的靳景祥，在大伯開的旅店裏，聽客人們講的天南海北的故事不計其數。成年後的靳景祥，離開了耿村，在藁城縣城開起了飯店。在那裏，他的視野更加開闊，聽到了更多、質量更高的故事。

如果說在晉縣姨姨家、耿村集市上、藁城飯店裏聽故事，是為靳景祥成為故事家做了「量」上的準備，那麼，靳景祥的學書經歷，以及對故事的反覆琢磨，就為他作為故事家做了「質」上的準備。跟大伯靳英瑞和石家莊的樊春秀學的

2 訪談對象：靳景祥，訪談人：李敬儒，訪談時間：二〇一〇年二月二十二日上午，訪談地點：耿村靳景祥家。

說書本子，靳景祥現在都不會講給別人聽，但學說書的經歷，鑄就了他的講述風格，尤其是講故事時的語氣、語速、模仿能力和肢體語言。同時，將大量評書套語運用到故事當中，也使故事更完整，更能吸引人。更為重要的是，他的故事講述素材很多取自說書本子內容，這在一定程度上，使靳景祥成為連接底邊文化與通俗講唱藝術的中間人物。但是，靳景祥並不是將聽來的故事簡單複述給別人，而是加入了自己的思考，把不符合邏輯的地方改掉，把不夠完善的故事補充完整。正是不斷攝取民間敘事的傳統，且通過自己的思考，將生活經歷和講述特色融入到故事講述當中，才使得靳景祥一步步成長為中國出色的民間故事講述家。

聽過靳景祥講故事的人不計其數，年齡最小的有未經世事的孩童，年長的有耄耋之年的老者。鄉親鄰里聽過他的故事，官員、學者聽過他的故事，外國故事家也聽過他的故事。從二〇〇二年開始，美國故事代表團每隔一兩年都會訪問一次耿村，儘管他們之間的交流需要有翻譯，但靳景祥繪聲繪色的講演還是感染了國外友人和專家，他們紛紛豎起大拇指嘖嘖稱讚。靳景祥講故事吐詞清晰，表達準確，結構完整，描述細緻，邏輯性強，情節曲折生動，評書味明顯，總能恰到好處地抓住聽眾的品位和情緒，很有藝術感。

靳景祥不僅是耿村民間故事的代表性傳承人，更是中華民族民間故事講述家的傑出代表。對靳景祥故事講述歷程、養成條件、傳承現狀，以及保護政策的調查研究，將為中國，乃至世界民間故事遺產的保護與傳承做出寶貴的貢獻。

第一章　靳景祥故事的養成

發生在普通人生活中的民間故事講述活動，是與特定的社會生活聯繫在一起的，民間故事的創作、傳承必然受到本民族、本區域文化的影響，故事講述活動發生地區特殊的自然、歷史、文化等條件對故事講述內容、講述方式，產生著深刻影響。民間故事傳承人作為社區民俗文化的重要組成部分，他的講述風格被其所處的特定自然地理和歷史文化背景所塑造。不瞭解故事傳承人生長地區的文化生境，就無法深入瞭解生活其中的故事講述人及其講述活動的本真性特質。

靳景祥，一九二八年農曆十一月二十九日出生在河北省藁城市耿村一個普通的農民家庭。靳景祥的人生、靳景祥的故事和靳景祥的藝術都離不開耿村的自然地理環境，離不開耿村的歷史文化背景，更離不開耿村的民間傳統和父老鄉親的深厚情誼。因此，在對靳景祥故事講述現狀考察之前，我們有必要對生他養他的耿村的自然地理、歷史文化和民俗活動存在狀態進行梳理。

第一節　從守墳人到村落共同體

耿村，當地人稱為耿（jing）村。然而，這個村落形成之前有許多迷離的傳說，其中最多的則是耿村與守墳人有關。那麼，墳裏的人是誰？守墳的人又是誰呢？

耿村沒有姓耿的。朱元璋義父耿再辰，他是元朝的大將，他死後葬在村南，四月四葬在村南，過去在村南有一座廟。村南的廟文化大革命的時候給拆了，是個土疙瘩，土疙瘩上修了廟，地下是槐木。姓靳的和姓許的是給姓耿的看墳的，姓靳的和姓許的是縣官派來的。因為耿再辰是朱元璋的義父，朱元璋登基之後突然想起他義父來了。耿再辰原來是元朝的大將，朱元璋他們不是在這打仗嗎？這塊就是臥牛山，打仗被元朝困住了，困住以後叫耿再辰給放了，所以他就認他為義父。耿王死後葬在這了，後來縣官派了藁城一個村的吧，姓靳的負責看墳的。原來這裏荒無人煙，這沒人家，一馬平川都是土疙瘩。看墳呢，老頭領了六個小子在這搭的窩棚看墳，一直看得年深已久了，就不走了，形成一個村。姓靳的都在這看墳，看墳看墳人多了，這裏正好是經山西的一個必經之路，形成村了以後，南來北往的在這落了家，形成驛站，姓靳的就在這占住了。姓靳的給姓耿的看墳看了六百年。耿村只是說沒有姓耿的，有一個姓耿的埋在這了，看墳形成一個村落。[1]

對於耿村的來歷，靳正新老人則說得更加清楚：

他們靳氏祖先並不是土生土長的落生村人，是明朝從山西遷移過來在落生村定居下來開始生根發芽的。靳氏祖先來到落生村後，有一年趕上官府在鄉間徵人，去為朱元璋義父耿再辰守墳。那個年代交通不便，誰家也不願意背井離鄉遠走他鄉，官府找不到願意去的人，只好派靳家人去看墳。因為靳氏家族是從外地遷來

---

1 訪談對象：靳春利，訪談人：林繼富，訪談時間：二〇一一年五月二日，訪談地點：耿村徐海江家。

的，沒根沒派，沒有靠山，明知是官府欺負自己也不敢反抗，只好出一人跟官府上路了。

有一年，姓靳的守墳人回家探親，告訴本族人說：「耿王墳一帶地廣人稀，地隨便種隨便耕，比這邊強多了。」實際情況是，耿王墓建在滹沱河故道上，那一帶曾經是古戰場，所以人煙稀少，土地寬廣。靳氏支脈中，有一家人口興旺，夫妻兩先後生嘞六個兒子，並養育長大成人。這家人聽到這個消息卻動了心。由於在落生村人多地少，他們家的生活一直過得很緊巴，得知耿王墳那裏的地隨便種隨便耕，就決定帶領全家搬遷過去。六個兒子聽說後，也高興得摩拳擦掌。農家人不怕吃苦，只盼有耕地種有糧吃，攢點錢財，蓋房修屋，娶妻生子。於是全家人收拾了農具家當，告別了親戚鄰里和朋友，就由落生村居家搬到看墳莊了。

靳家人一邊看守墳墓，一邊帶領六個兒子墾荒開田，日出而作，日落而息，吃盡了人間苦。常言說：「功夫不負有心人。」經過幾年的艱苦奮鬥，靳家帶來的六個兒子也都修房蓋屋，成了一個新的靳氏家族。[2]

雖然這些解釋我們無法有考古學和文獻來證明，但是耿村人口頭記憶中振振有詞地解釋耿村及其耿村靳氏家族來歷的故事則值得我們很好地重視。

村落的形成往往因為生機或某種責任，使一批具有內在聯繫的人凝聚在一起長久生活，直至生兒育女，逐漸擴大規模，具有內在團結和外在張力的共同體。耿村這裏原本是荒涼之地，因為朱元璋義父耿再辰埋在這裏而指派靳姓子民守護墳場，然而，這塊墳場卻是南來北往的交通要道，匯聚了不同文化背景的人居住這裏，村莊得以形成。早期的時候，這裏被人們稱之為「看墳莊」，後來覺得這個名字不好聽，就改稱為「靳家莊」。然而，村外人不斷移居村內，靳姓逐漸擴大

---

2 楊榮國，《民間故事家——靳景祥》（民族出版社，二〇一一年），頁二一—二三。

有其他姓氏，最終以村落共同體構建的文化中心和信仰中心的耿再辰及其耿王墓為村落明旨，遂稱之為「耿村」。

作為信仰與生活共同體的耿村，地處冀中平原，隸屬於河北省藁城市常安鎮，位於河北省西南部，石家莊市東側；西距藁城市十二公里，河北省省會石家莊三十一公里；東距晉州市八公里，與晉州市的南古底村、北古底村隔河相望；北至石德鐵路、三〇七國道（滄石公路）三公里，西至新修的定魏線一公里，交通十分方便。耿村現有村民一千二百餘人，全部為漢族，三百二十餘戶，耕地一千三百零七畝。

耿村地跨北緯37°51′至38°00′，東經114°39′至114°59′，屬暖溫帶半濕潤大陸性季風氣候。四季分明，春季乾燥多風，夏季炎熱多雨，秋季氣溫涼爽，冬季寒冷雨雪稀少，全年平均氣溫為攝氏十二點五度。四季降水量不均，主要集中在夏季，全年平均降水量為四百九十四毫米。這裏屬北方長日照地區，全年平均日照二千七百一十一點四小時，能滿足各種作物對光照的需要，加之土質肥沃，適宜發展農業。藁城市南北長五十一公里，東西寬二十九公里，全縣總面積八百三十六平方公里，總人口八十五萬。一九八九年七月，撤縣建市，遂稱藁城市。藁城經濟比較發達，二〇〇四年首次跨入全國「百強」縣市行列。耿村雖在藁城市界，卻在交通比較便利的藁城市和晉州市之間。

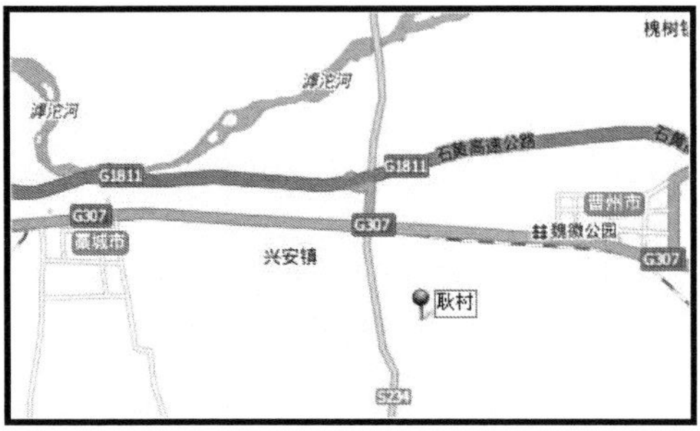

圖1-1

耿村自古屬於滹沱河流域。滹沱河發源於山西，在太行山轉了一個圈之後流入河北省的平山、鹿泉、正定、藁城、晉州、辛集和安平諸縣市而泄入子牙河。據耿村人說，滹沱河原來從西北方向流來，繞過朋學村南流入晉縣（今晉州市）。耿村那時離它只有十二里路。十九世紀六十年代，林開芳率領的一支太平軍，曾在這一帶與清兵激戰，成千上萬的死屍堵塞了河道，染紅了河水，從此改道，從藁城城牆背面流向東北，耿村、朋學村本來在河的北面，一下了變成了河的南面。今天，耿村距滹沱河大約十五里。一百多年前，耿村村北還有一道河溝，是滹沱河東去的小支流（耿村地理位置，見圖1-1）。

耿村有一條車馬大道從村南蛇仙洞前經過。這條大道聯繫著山西、河北、山東等地。耿村西至藁城市故獻村（逢二、七為集）約二十五公里，故獻村西至鹿泉市區約三十公里，從鹿泉再往西則直通太行山九陘之一的井陘縣、娘子關到達山西陽泉界。耿村東至辛集市區約三十公里，基本上是古時商賈走村串街一天的路程。二十世紀初，石家莊市得到發展，這裏又成為通向天津的要道。耿村是這條古代交通要道上一個重要的紐結，耿村商貿集市的重要意義不言自明。

與周邊的朋學村、北樓村相比，耿村面積不大，在大比例的地圖上都很難找到它的位置。耿村沒有中學，現在的小學也只有一、二年級，耿村的中小學生都要到鄰村或者鎮上去讀書，耿村故事出名後，才有人捐資在耿村修建了藁城市常安鎮成人學校。隨著市場經濟的發展，耿村的大部分青壯年都到晉州市的工業企業中打工。如今常住在村裏的大部分是六十歲以上的老人和學齡前兒童。

第二節　「窮講善唸村」的文化生境

善講故事、愛聽故事成為耿村人的符號，有濃厚的故事講述傳統是耿村文化的標誌，鄰村人常常稱耿村為「笑話村」、「瞎話村」和「窮講善唸村」。然而，就是這樣一個具有鮮明特點的村落竟沒有被文獻記錄下來的歷史。據清代《藁城地名志》記載：耿村古為中山國地，明太祖朱元璋義父耿再辰在這裏同元軍戰敗自刎，死後封王葬於此地，派本縣靳氏七人前來看墳守墓，漸漸形成村落，至今已有六百多年的歷史。耿村最初被稱為看墳莊，後來人們覺得這個村名不雅，遂改為耿村。耿村雖以「耿」為名，卻並無耿姓，而以靳姓居多。耿村，這個冀中平原上的村落，它的發展與變化、它的歷史與命運，就與燕趙大地聯繫在一起，成為記錄和承載整個華北平原歷史文化的重要組成部分。

一、藁城歷史

藁城的歷史悠久。《藁城縣誌》記載：「據臺西商代遺址發掘的資料考證，早在仰紹文化時期人們就在這裏勞動生息，距今已有六千多年的歷史。商代為朵氏族部落聚居地。」[3]「春秋為肥國之都，戰國為趙國宜安，西漢元鼎四年（前一一三年）始置藁城縣。是後廢置不時，分併不一，同為一地而稱謂紛歧；有肥累、高城、廉州、藁平、永安等名。另有宜安、九門、柏肆、新豐。蒙古太祖時改藁城為藁城，以迄至今。」[4]

肥沃富饒的藁城大地，自古就是交通要道，為兵家必爭之地。據《藁城縣誌》記載：周秦以來，戰事頻繁，諸如晉荀吳滅肥；戰國趙將李牧率師抗秦，收復宜安；北魏拓跋圭與後燕慕容寶夜戰滹沱河，長孫肥破趙淮於九門；唐淮安王李神童聯合李藝迎戰劉黑闥，郭子儀、李光弼合兵征討叛將史思明；契丹軍盧龍節度使趙延壽攻後晉克藁城；元末劉福通起義，屯兵真定、藁城，大戰元軍；明初，藁城又是明惠帝朱允汶屯兵禦燕之要塞，「靖難」兵起，燕軍與平安、吳傑、都指揮史葛進兩次血戰藁城；清代太平天國將領林鳳翔率部北伐攻克藁城，揮戈北逼京城。

在眾多歷史事件中，對藁城人影響最深，同時也是當地婦孺皆知的，就屬民間俗稱的「燕王掃北」了，史稱「靖難之役」。明太祖朱元璋第四子燕王朱棣，領重兵鎮守大都（北京），以「誅奸臣，清君側」為藉口，起兵反抗建文帝。於明建文帝二年農曆三十日（西元一四〇〇年）始，在太行山以東，滹沱河沿岸，與朝廷軍隊進行了長達一年之久的「拉鋸式」爭奪戰。當時朱棣親率大軍與建文帝手下大將耿炳文在藁城耿村一帶發生了兩次大戰，殺得血流成河、人口所剩無幾。最終燕王朱棣戰敗對手，登上帝位，號永樂，後又遷都北京。戰爭的慘烈景況，世世代代鐫刻在藁城人的心

3 藁城市地方誌編纂委員會編《藁城縣誌》（中國大百科全書出版社，一九九四年），〈概述〉，頁一。
4 藁城市地方誌編纂委員會編《藁城縣誌》（中國大百科全書出版社，一九九四年），〈序一〉，頁一。

中，如今，耿村仍有很多村民會講述燕王掃北的傳說，如牛瑞錫講述的〈燕王造反的傳說〉[5]，就記錄了戰爭中燕王部隊的殘酷無情。

一九三七年十月十三日，日軍侵入藁城。一九三八年四月，中共藁城縣委組建了藁城縣抗日政府。藁城成為冀中地區主要抗日根據地之一，冀中七分區軍政領導常駐南孟鎮一帶，組織各界民眾堅守國土，抗擊侵華日軍長達八年之久，譜寫出一曲曲燕趙兒女抗擊侵略的雄壯悲歌。

抗日戰爭期間發生在藁城梅花鎮的「梅花慘案」震驚中外。一九三七年十月十二日至十五日，侵華日軍在藁城梅花鎮進行了四天三夜滅絕人性的大屠殺，殺害無辜群眾一千五百四十七人，燒毀房間、店鋪六百多間，有四十六戶被殺絕，繁榮富庶的梅花鎮頃刻間變成了人間地獄。而梅花鎮就位於耿村西南五公里處，「梅花慘案」成了當地人談起就咬牙切齒、永難忘記的家仇國恨。

伴隨人為的戰火災難，頻繁發生的自然災害導致了藁城人生活艱難。流經藁城大地的滹沱河，發源於山西，自西向東而流。據靳景祥講述：滹沱河原來從西北方向流來，經朋學村南流入晉縣。早年間耿村本在滹沱河北邊，離河岸十二里路。唐朝黃巢造反，與唐朝兵將在這一帶有過一場驚天動地的血戰，「死人多得和麥稭個子一樣橫躺豎擱，血把河水都染紅了，成千上萬的死屍把河道都堵住了，河道就只好轉到了張家莊北邊」[6]。這樣，本來在滹沱河以北的耿村、朋學等村，經這一場戰爭，一下子變到了滹沱河南邊。滹沱河改道後，一到夏天，天降大雨，洪水奔湧而至，自西元十三世紀初開始，滹沱河年年修堤，水患卻屢屢不止，滹沱河有很多別稱，如惡池、霍池、撲埸河，都是因水患而得名。清乾隆帝，因滹沱河水患問題，曾七次駕臨正定，三次視察滹沱河堤防。連年的水患，使本就生活窮苦的百姓猶如雪上加霜，田裏顆粒不收，家裏房倒屋塌，妻離子散，賣兒賣女、外出討飯的事屢有發生。

5 袁學駿、李保祥主編《耿村民間文化大觀》（下）（北京圖書館出版社，一九九九年），頁一九九三。

6 訪談對象：靳景祥，訪談人：李敬儒，訪談時間：二〇一〇年二月二十二日上午，訪談地點：耿村靳景祥家。

據不完全統計，自周朝開始至新中國成立之前，有史可查的，發生在藁城地界上的大大小小戰爭有上百起；自金大定年間至清乾隆年間，滹沱河發生特大水患近十次。戰爭，鑄造了藁城人不屈不撓、勇往直前、勇敢好勝、堅毅豪爽的性格；水患，導致了藁城人自強不息、不畏艱難、頑強樂觀、堅忍不拔的品行。

地處藁城東部的耿村，自古就是人口流動量非常大的地方，眾多的歷史事件和自然災害，並沒有嚇倒耿村人，反而歷練了他們戰勝困難的勇氣，培養了他們天生樂觀、樸實善良、窮講善唸的性格，他們把人生經歷的苦難和滄桑的歷史流傳下來的記憶創作成故事，互相傳講，不僅形成了村落良好的社會風氣，也成為村民喜歡的娛樂方式，不斷激發出村民戰勝災難的勇氣，成為構築村落精神的熔爐，彰顯村落精神的渠道。

二、耿王廟會

燒香拜佛在中國北方普通人生活中，占據著十分重要的位置。日常生活的苦悶，現實生活中又很難找到改善的方式，只好將希望寄託在各式各樣的神仙聖人身上。在耿村一帶，隨處可見大大小小的廟宇，這些廟宇中的神仙，沉澱在村民的記憶深處，被視作神聖的、神奇的，人們認為這些神靈能驅邪、消災、招財，為祭祀和朝拜這些神靈，在耿村形成了固定、週期性的廟會，其中耿村的耿王廟會是當地影響最大的廟會。

耿王廟會在每年的四月初一到初六舉辦。屆時，來自藁城、晉縣一帶的人們趕到耿村，在耿王廟上香念佛、許願還願。由幾位或十幾位善男信女組成的敬佛班子，以打扇鼓、跑花燈等方式敬奉神仙，許多民俗節目紛紛沿街表演。期間，村中一些中老年人，自願去充當管事者，一些民間故事講述人也對廟會佛事十分熱心。說到耿村的四月四廟會，靳景祥說：「從我小時候啊，那時候過四月四廟。它為什麼四月四？住著這個日子，說這個話，要一說啊就長啦。你們要是聽的話，我就給你們說說耿村的歷史。」[7]之後就講起了耿村之所以叫耿村的原因，以及四月四廟會的來歷。

這個村建起來嘞，是在明朝的時候建起來的，明朝有一個朱洪武，朱洪武坐南京風調雨順。這是耿王死到這兒啦，耿再辰。講開這個啊，話就長啦。

耿再辰在這亂石山，收了朱洪武啦，收了朱洪武（當）乾兒。朱洪武那個時候，還給人家馬家放牛嘞，就是給他媳婦家，馬大腳家還放牛呢。收了他（當）乾兒，這以後，朱洪武的名聲大啦，元朝得捉拿朱洪武啊，這派的就是耿再辰，去剿獲朱洪武去。

朱洪武起來了，這人，弟兄們不少。就是在這個馬家寨，聽說他在那塊兒，都住在那啦。元朝派的耿再辰啊，把馬家寨給圍啦。這一圍啊，那還捉不住啊，你的兵也沒有國家的兵多，給圍住啦。圍住啦，打吧。耿再辰跟朱洪武兩個人，對了頭啦，一打一看是他義父，那邊一看是他的乾兒。他能把他的乾兒子給殺了呀？

耿再辰說：「你們趕緊地跑，你們不要在這啦，國家的兵多，得把你們殺啦。我心中不忍哪，趁早你們跑。」

朱洪武說：「俺們怎麼跑法啊？」

耿再辰說：「你這樣子跑法，半夜裏，你出南門跑。你可不要出別的門，別的門我堵著嘞，南門你跑了。我不在那塊給你擱（方言讀go）兵。」

7 訪談對象：靳景祥，訪談人：林繼富，訪談時間：二〇一一年五月三日下午，訪談地點：耿村靳景祥家。

朱洪武回去跟弟兄們一說：「那咱跑吧，那惹不了人家，咱們這事業小。」趕半夜裏，朱洪武弟兄們，出了南門跑啦。趕他一跑，後頭兵來啦，殺進來，沒了，人都跑啦。這個不怕沒好事就怕沒好人，誰給報的信啊，怎麼他就跑了？就說是耿再辰給報的信。元順帝聽說是耿再辰把朱洪武給放跑啦，就要把耿再辰就地正法。把耿再辰給斬首在這兒啦，斬在臥牛山。哪是臥牛山啊？這個村兒就是臥牛山。這個村，原先啊，往南就是滹沱河，往北這就是臥牛山。你看村北那一溜崗子，現在都沒啦，你要站在這個嶺上一看，真跟個牛一樣，東西這麼著，頭衝東，尾衝西，這個起名叫臥牛山。說山，它也沒有石，就是一個土嶺。朱洪武兄弟們聽得說，他義父為了他給斬啦，這怎麼辦啊？朱洪武弟兄們偷偷地來，把他義父給埋了埋，帶了點子紙馬香客的。這才開始說這個廟。

那工夫裏啊，朱洪武帶著弟兄們怎麼著來的呀，他知道他（耿再辰）的生辰吧，他的生辰就是四月初四。趕著來了，來了沒有香也沒有紙，到處買呀，買了好多的香、好多的紙，來祭奠他的義父。在這裏立了一座木碑，弄石碑他弄不了，那會有元朝正殺著他們嘞，他們也不敢那麼鬧騰，立了個木碑。就是死後封王，朱洪武就說著：「如果我要是登了基，我封你為王，封你為太上皇。」就這麼著，要不，叫耿王啊？他是朱洪武的義父。趕到了下年四月四啊，給這四向的人們撒了帖子，各村裏撒了帖，說誰有香有紙，弄到這墳前去，有多少要多少。

這以後每年四月四，那賣香的、賣紙的、推車的、擔擔的，都上這來啦。說四月四啊，去堆香去吧，到了耿村這塊兒就賣啦。這麼著，形成了一個香火廟。他（耿再辰）也不是神，他也不是給這一方人們增了多少的好處。你像人家關公，對這一方有好處，封他為神。他不是神，他就是朱元璋的義父死到這兒啦。你看那碑，現在還有那碑那還，那碑上還有記載。從這，這個廟就算建起來啦。趕一到了四月初一，一直到四月四，那燒香的不斷。你說這事是怪，他得點病，在那兒許一許就好啦，燒點香就好啦。這就是那麼句話：

「信者有，不信者無。」你信它，他就有；你不信它，就沒有。你看，到了這個廟會上，這來多少淨燒香的。前幾年，姓耿的，在北京，你看我不知道他叫嘛，山東的，凡姓耿的都來了，祭奠他的老祖宗。[8]

明朝是耿王廟會的鼎盛時期，當時連朝廷都派人來祭耿，地方官員來得更多。明亡後，耿王祭祀活動減弱，規模有所減小，但耿王在人們心目中已根深柢固，耿王廟會一直傳承下來。民國十四年，耿王墓得以重修，朝拜耿王進入到又一個高潮階段。重修耿王墓緣於民國十二年的一場大風，耿王墳旁的椿樹被颳倒一棵，靳言根出錢買下此樹，靳家主事人將賣樹的錢買了些磚木，在墳丘下蓋了個棚，做敬神之用，並說耿王很靈驗的，燒香許願能夠得到耿王的保佑，進香人得福禳災，心想事成。於是，方圓百里的善男信女和商賈都趕來了，耿王墳香火日盛，積攢下一批油錢，再加上香客們的捐款，才有了民國十四年的耿王墓重修。據說，捐資建廟的除本地人外，還有山東、山西、河南、河北等地香客，這些人曾經以立碑的形式記下他們的名字；然而，今天這塊碑已經不知蹤跡了。關於民國時期的耿王廟會，靳景祥無不動情地說：「民國時期，耿王墳一帶土地方圓幾十畝，開春的時候不耕不種，專為廟會期間所用啦。每年就有兩臺大戲對唱，廟會上人山人海，求神的、拜佛的人擠得水泄不通，有的時候達到幾萬人。」[9]

從那時起，每年的四月初一到初六成為耿王廟會的神聖時間，四月四為正廟，這一天也最為熱鬧。耿王墳一帶的幾十畝土地，開春不耕不種，專為廟事所用。廟會期間，墳墓西側一排棚六七間，供外地來的善男信女飲水休息，又有施捨的小米乾飯。墓南東側，是坐東朝西的五間雙戲臺和落地九尺的九間大罩棚，東北角還為討飯乞丐搭了幾間棚，白天供其吃飯休息，晚上乞丐自動去巡邏，義務維護廟會安全。

---

8 此故事根據兩次訪談整理而成。第一次訪談對象：靳景祥，訪談人：林繼富，訪談時間：二〇一一年五月三日下午，訪談地點：耿村靳景祥家；第二次訪談對象：靳景祥，訪談人：李敬儒，訪談時間：二〇一一年七月二十六日上午，訪談地點：耿村靳景祥家。

9 訪談對象：靳景祥，訪談人：林繼富，訪談時間：二〇一一年五月三日下午，訪談地點：耿村靳景祥家。

當年建在耿王墓附近的耿王墓大仙堂，已在「文革」期間被拆毀。據靳景祥描述，原來的耿王墓大仙堂比現在的耿王廟要大，裏面「有火廳，有房子，蓋的那燒香的那個房子，那火池是六個角的，高，燒香都往那裏頭扔」[10]。

耿村不大，但耿王廟會百里聞名，趕廟者眾多，高潮時可達三萬多人。廟會除了耿村人，許多是外村人，因此，廟會也是耿村人與外村人往來關係建立的紐帶：

都行好來了，都是平安險，保老、保少、保安命，保大人、孩子呢。孩子們上學保著，上班的保著，平平安安的，保平安啊。因為廟會期間，耿王廟的神靈靈啊，所以好多人都來，行好的都來。明天是初三的唄，趕明兒人多。今兒夜裏也多，今兒光俺村的。他外村就是一個村一起來，你想藁城的也到這邊來。你上人家那邊去，人家上咱這邊來。來來往往，你上我那去，我上你這來，就像串親戚似的一樣。這個村的這個廟也得去，這個村的行好的都信這個，都上這邊來。[11]

他們是來許願、還願的。許願的多是為求財致富、求仙保命、討兒拴兒，或祈求在某些事上逢凶化吉、遇難呈祥等。還願的是由於原來許過的願在某種程度上實現了，前來掛匾、送油錢致謝。善男信女們自發組成敬佛團（耿村一帶稱敬奉耿王為敬佛，每個團少則七八人，多的達三四十人），念佛誦經來敬奉神仙。他們先到廟裏或立或跪唱經歌（宗教儀式歌），然後在廟前開始表演。其花樣是：提龍經、打扇鼓、跑花燈、擔花籃、仿取經等。舞者腰圍花裙，手拿彩綢彩扇，走「八」字，剪子股，邊唱邊舞。唱詞多是民間小調，有鑼、鼓、鈸等伴奏。在歌聲和鼓鈸聲中又常夾進「阿彌陀佛」聲。這些念佛的在四月三日晚上達到高潮，跳的不歇，唱的不停，通宵達旦，以示對神仙的虔誠。

10 訪談對象：靳景祥，訪談人：李敬儒，訪談時間：二〇一一年七月二十六日上午，訪談地點：耿村靳景祥家。
11 訪談對象：耿村村民，訪談人：林繼富，訪談時間：二〇一〇年五月四日，訪談地點：耿村耿王廟。

先前的耿王廟究竟多大，沒有文獻具體記錄，但是現在的耿王廟，卻是在二十世紀八十年代初，在原址以南的一塊麥田裏建立起來的，廟不大，大約有十幾平米，由這塊麥田的主家聯合蓋起來的。「八幾年蓋的。八一年那會吧。八十年代初。從這，四月四就開始了，中間停了這麼多年。」[12]對於耿王墓的修建時間，靳景祥有自己的看法：

李：真有耿王墓嗎？

靳：有啊。這是燕王掃北，建的這個墳墓（耿王墓）。那個墳大啊，那個墳淨好土。人們說啊，這是從懷柔弄來的土，建的這麼大一個墳。

李：那墳現在在哪呢？還有嗎？

靳：有啊，就在那塊嘞。

李：就在廟附近是嗎？

靳：哎。都說那裏頭有寶貝。這一個耿王，拿古瓷的那個隊（考古隊），上這來探啊，探出來了，有吧？有，現在不動，不能動。這算有了名，國家保護起來啦。就在那個房子後邊，那一片。早先那個疙瘩大。

靳景祥對兒時的耿王廟會的繁榮景象至今記憶猶新：

> 你趕到了四月四，那上頭站著那人們，買這的買那的，都在那個頂上。起碼得是一臺戲，這個四月四。那廟大。那賣布的，搭的那棚，一炮搭到耿村的十字街裏。這賣飯的，一趟街。那戲啊，在東邊，都是耿村

12 訪談對象：靳春利，訪談人：李敬儒，訪談時間：二〇一一年七月二十六日上午，訪談地點：耿村靳景祥家。

靳家的地。那會沒有別的地，那會那是六十畝。那有意思，說書的，唱戲的，這幾天吧，熱鬧得吃勁。誰家不待親戚哪，老閨女、少閨女都來趕廟來啦，待親戚嘛，都花好許多的錢。一樣，那廟會上嘞，弄那簸籮抬洋錢，你說人們傻吧，淨拿著幾十塊、幾百塊，嘩嘩就扔到那啦。一會兒就抬一簸籮，抬到屋裏去啦。這俺們都記得嘍，那會都十來歲啦。到了屋裏，就是老人，老頭、老婆們，這都數開啦，一封封地都封起來。

人們挺信這個的。你說這啊，那四向（方言，意為各地）的人們都信這。來這，燒燒香，燒燒紙。俺家有個什麼事，給化解了。你說那個事就沒了嘞，上城裏打官司，把俺這事給瞭解瞭解，燒多少香，擱（方言讀gō）多少油錢，燒多少紙。你說，這事就清啦。燒香的最遠的有一百多里地的人，我也燒過。這個信這就有，這廟上真是啊，出了神家啦，出了仙家啦。誰見了仙家嘛樣啊？誰見了神家什麼樣啊？這就是這麼個傳說。我去燒香雖然給不了咱什麼事，就是信這個。[13]

耿村裏廟宇眾多，這裏大大小小的寺廟景觀，有「七山十廟」之稱，成為昔日耿村的地理特徵之一。除了村南的耿王墓大仙堂，還有村中的五道廟、三官廟，村西的真武廟和白蟻廟，村南的老母廟（觀音廟）、馬王廟、蛇仙洞和關爺廟，村東南的自落寺。這些廟宇中的神仙，在人們的心目中是神聖的，人們認為他們能驅邪、消災、招財，就在既定的廟會日期去朝拜。據靳景祥回憶，村西的真武廟和村中的三官廟都很大，裏面供奉的真武像和三官像也很高，但這些廟裏的香火都不如耿王廟裏的旺盛。這些廟宇，大部分在二十世紀五十年代的土地改革和二十世紀六十年代的文化大革命期間被拆去了，後來沒有重建或重修，只留存在耿村人的記憶裏了。耿王墳和耿王廟在二十世紀六十年代的文化風暴中儘管受到衝擊，但是，風暴過後，耿王墳和耿王廟仍然是重建耿村人精神生活，尤其是信仰生活的中心。

---

13 訪談對象：靳景祥，訪談人：李敬儒，訪談時間：二〇一一年七月二十六日上午，訪談地點：耿村靳景祥家。

說到耿村的廟宇，靳景祥自然地就提到了耿村早年存在的「西門洞」，他說這個大門可不簡單，門頭裏還有個大影碑。講起耿村西門洞的故事，本來有些累了的靳景祥又來了精神。

> 定縣有個老公，伺候過皇上。他一個乾兄弟是河北的，這個老公跟河北的這個乾兄弟嘞，他倆很好。回家看家來啦，就上耿村這來啦。那時候，耿村街上有個叫靳老敬的，家裏富裕，一輩子吃吃喝喝，專好結交朋友。他一聽說這伺候過皇上的老公來了，不說別的，喝酒吧。喝來喝去，桌上就灑出來好多菜湯子、肉渣子，那個老公穿的一身衣裳，就給弄髒啦。人說：「這怎麼辦啊，脫下來給你洗洗吧。」老公說：「不用洗，我這衣裳不洗，燒。」說完，他就把這衣裳啊，往那火爐子裏就一扔，還說：「燒燒吧，一燒就乾淨啦。」人家那衣裳燒一陣子，拿出來一哆嗦，上邊的那油米們，都沒啦。這人們就相信人家啦。
>
> 喝完了酒，人們就領著老公在村裏閒轉。轉著轉著，老公「哎呀」一聲，說：「你們村風水好啊。」過了會兒，又搖著頭說：「就是有人把風水給破了。那人破了你們的風水，還給你們撒了隻飛虎，見牛就得吃。」老公就給派的，在村西口蓋了一個西門洞，頭裏蓋了一個大影碑，又挖了道水濠。那飛虎，牠過那門，碰到那牆上啦，就摔在地下這個大水濠，就淹死牠啦。[14]

耿村西門洞的傳說中講到的廟和洞，靳景祥老人說他小的時候都見過。只是後來拆了，蓋了生產隊，廟也拆了，蓋了學校。村東的大寺，叫自落寺，寺拆了以後，蓋了學校。至於耿村為什麼有這麼多廟和耿王廟的傳說，靳景祥告訴我們：

14 訪談對象：靳景祥，訪談人：李敬儒，訪談時間：二〇一一年七月二十六日上午，訪談地點：耿村靳景祥家。

耿村有這麼多廟，因為有耿王廟這麼個廟，帶起來的這個。這個老公鋪排的，這蓋個什麼廟，那蓋個什麼廟。每個廟都有個故事，其他廟的故事已經講不了了，但是，耿王廟有朱洪武這一節嘞，斷不了講這。要不說啊，你接近的人多，你上外邊去的多，你聽的人說的多，你說了個這個，他說了個那個，和在一塊嘞，這就是一個整個的。你不，我這個人就是好熱鬧。你現在吧，就是跟我說了，別人誰也鬧不清啦。他也不知道這耿王廟是怎麼著來的，他也不知道耿村這些個廟是怎麼著建起來的。就我鬧清啦，別人誰也不沾啦。[15]

耿王廟會集中了宗教、文化和經濟等眾多的社會現象，形成了信仰、藝術、娛樂、商貿為一體的廟會特色。廟會也是廟市，廟會期間的商貿活動廣泛地吸引民眾，又有耿村一、六集市的影響（耿村集市將在後文述及），使廟會更具魅力。經營的商品主要為生產、生活用品及其他雜貨，當然少不了香紙、金銀錁等廟會必需品。地方小吃是廟會的一大特色。除普通飯菜外，還有具有地方特色的餄餎、扒糕、餃子、麻花、油炸糕、煎餅、老豆腐、豆腐腦等，煎、炒、烹、炸，一應俱全。

二〇一〇年耿王廟會期間，筆者來到耿村調查，從四月初一開始，耿王廟前就插上了幾杆紅旗，旗上寫著「有求必應」、「生財有道」等。廟裏廟外還貼了「敬天敬地」、「風調雨順」、「國富民康」、「感謝黨的各項惠農政策」、「誠信為本心誠則靈」「孝敬父母」、「家合業旺」之類的標語。廟的正牌位上寫著「朱元璋之義父耿再辰之墓」。廟前是灰磚壘的香池和用捐贈的紅布搭成的約二十平米的天棚。各種攤位擺滿了耿村村委會門外的主幹道兩側，主要經營項目為日用品、食品、玩具、服飾、農具，還有自行車和小家電（見圖1-2）。從四月初一晚上開始就陸續有燒香上供的。

[15] 訪談對象：靳景祥，訪談人：李敬儒，訪談時間：二〇一一年七月二十六日上午，訪談地點：耿村靳景祥家。

初三上午，廟前燒香上供、許願還願的紛至遝來，接連不斷。香池上空香煙氤氳、熱氣灼人。敬佛團鑼鼓齊鳴，載歌載舞。廟西道上，不斷有外村做佛事的打著紅旗趕著大車或騎自行車朝廟會趕來。敬佛團你方唱罷我登場，臨走，與廟會主持者互道辛苦，相約明年再來，如此反覆。晚上十點多鐘，廟會達到高潮。廟西，耿村至朋學村三里長的大道上，人聲鼎沸，手電筒光、摩托車燈、拖拉機燈如一條長龍。廟前，燈火輝煌，亮如白晝，唱經的且歌且舞，彩綢翻飛，好不熱鬧。天棚底下鋪滿了玉米秸、麥秸。晚上十二點多，人漸少，廟裏主事和老太太們開始坐夜或唸經祈禱，直到天明。初四早晨，人又漸多。十一點多，達到高潮。廟上開始捨粥。粥飯是由人們捐獻的，據說吃了這種粥飯就會得到神靈保佑，能消災祛病，不少老太太領著小孩拿碗去要粥。佛事活動一直到晚上結束。耿王廟會和集市，一直會持續到四月初六才結束。

圖1-2

耿村廟會是耿村故事集散傳承的重要背景之一：一是廟會上的燒香還願、相面算卦、雜耍賣藝、買賣交易等多種活動，不斷集存於耿村的文化生活中，成為豐富多彩的故事素材和基礎；二是廟會上的演戲和說書唱曲，把成本大套的故事和斷片的戲曲故事直接流入耿村，轉化為口傳故事，對耿村故事的發展起到了推動作用。

三、看戲聽書

耿村過去廟宇很多，除了最重要的四月四耿王廟會，每個廟宇的祭祀日都要請戲班子來唱戲，幾乎是一年四季鑼鼓聲不斷。說書和唱戲是耿王廟會期間的「重頭戲」，也是養成耿村人看戲、聽說書的重要推動力。耿村人在廟會期間在耿王廟上祈禱祈拜，釋放信仰情結；耿村人在廟會期間看戲聽書，愉悅身心，滿足未來願望的實現。耿村人愛看戲、愛聽說書成為生活的一部分，成為培養耿村人審美情懷和精神氣質的一部分。

耿村說書人在二十世紀六十年代前有靳英瑞、靳小旦、靳滿倉、靳雙來等五人。其中靳景祥的大伯靳英瑞是清末著名藝人王殿邦的徒弟，王殿邦又是西太后的太監李蓮英的師父，所以靳英瑞生前很有影響。耿村的秧歌戲班大約於一九三五年成立，唱過評劇、京劇，到五十年代末解體，耿村故事家中有幾個是當年紅極一時的小生、老生、青衣和彩旦，也是村劇團的主要組織編導者，如張才才、徐大漢、靳言生等。外地經常來此演出的有「九歲紅」的梆子戲和「大梅菊」的大秧歌。本市北周卦村的亂彈戲班逢會必到，現在每年廟會還來演出。亂彈戲於清末至解放後五十年代在石家莊附近各縣影響很大，劇團很多。「文革」期間，亂彈戲遭到重創，各地劇團現已滅絕。亂彈戲這一民間稀有劇種全國僅北周卦村有兩個戲班存在。耿王廟會每年演出亂彈戲，為保存這一民間稀有劇種做出了積極的貢獻。廟會本就是既娛人又娛神的活動，同時也是四面八方商家做買賣掙錢的絕好機會，更為各種民間藝術提高提供了展現和交流的舞臺。於是，在靠經商使生活相對富足的耿村人中間，看戲聽說書成為一直流傳至今的古風。學過說書的靳景祥不僅熱愛評書，對聽戲也情有獨鍾。

李：現在耿王廟會每年都唱戲吧？

靳：哪年都唱。好賴戲保險年年有。

李：就是從光緒年間就開始有了是吧？

靳：哎。光緒年上就有了這個集啦。這是光緒給起的。這有個集市，人們來了，都來這交易來，多好啊。朝廷說句話，跟一般的不一樣。

李：你還記得你第一次在集上看戲是什麼樣的嗎？

靳：像我這懂點事啦，那戲，那時候是天天有。要不，這是個「浪蕩村」啊！

李：不光廟會的時候有，平時也有是嗎？

靳：平時都有。這東邊有一個大殿，那個名是叫大殿，那塊地方挺大，在那塊唱戲的，天天有。買賣又多，你家派個錢，你家派個錢，得了，唱幾天戲。不是說啊：「大光棍唱戲，小光棍掏井。」大光棍唱戲給你斂嘍，斂了這些錢啦，唱五天戲，得斂十天的錢。他還花嘞，要不，叫「大光混」啊？「小光棍掏井」，咱那個井該掏啦，你家出多少，你家出多少，這小光棍們。那個舊社會啊，複雜得很。哪像現在啊，現在這社會。

李：戲班都是從外村請來的是嗎？

靳：從外頭請來的。你給俺們唱幾天，在那搭一個臺子，扣個棚，唱去吧。

李：你們那自對班不上去唱啊？

靳：俺們那班趕不上，差得老遠嘞還。俺們村裏解放以後，鬧了一個這個自對班，外人送號叫自擬班，好好的開不了戲啦，怎麼沒了人啦，跑啦。這你挺難說。

李：你喜歡去聽戲嗎？

靳：愛聽啊。一說唱戲嘞，就看看。

李：你最愛聽哪齣啊？

靳：俺家那誰家（大兒子）弄了個大鍋，淨唱戲，中央十一臺，淨唱戲，淨跑那看一會去。

李：你喜歡看什麼戲？

靳：我好看京劇，我不好看什麼河南梆子、河北梆子啊，看評戲、看京劇。這是我那本心。看京劇，一般都愛看鬚生的戲。你像外頭來嘍，到藁城、晉縣，有這個戲園子吧，一說那有個鬚生，唱得怎麼怎麼好，嘛樣我也得去看看去。唱楊六郎的這個，都為鬚生。老生、鬚生，這都差不多。

李：你現在看戲主要是在電視上看唄？

靳：可不。

李：耿王廟會的時候，在村委會搭臺子唱戲，你去看了嗎？

靳：現在都不去看啦。走不動啦，耳朵背啦。你看戲，你沒有耳朵，你看嘛嘞？你光看在那蹦哪，耍狗熊行嘍。[16]

如今，耿村已不是天天有戲，但如靳景祥所說，至少在耿王廟會期間，都會有戲班子在村委會大院裏搭臺唱三天戲，吸引遠近來往的人們來看戲、看熱鬧。演唱的劇種，基本都是河北梆子或者是當地墜子戲。我們在調查中，就看過河北梆子《四郎探母》，墜子戲《雙駙馬》、《劉公案》、《楊洪殺妻》、《白羅山》等，觀眾大都為來自本村和附近村子的老年觀眾（見圖1-3）。來自藁城西白露的藁城市青年墜子劇團團長李全新和演員蕭老師接受了我們的採訪：

林：你們的班子多少年了？

李：俺們記不全，從（一九）五四年發展的墜子，我接班是（一九）六二年到現在。

林：一直到現在沒中斷？

李：沒中斷。

林：文化大革命沒中斷？

李：文化大革命演新節目。

林：哦，演新節目。

圖1-3

16 訪談對象：靳景祥，訪談人：李敬儒，訪談時間：二○一一年七月二十六日上午，訪談地點：耿村靳景祥家。

蕭：就是在老戲開放以後吧，就開始演這個古裝劇。

林：你們這個劇團的名字叫什麼？

李：藁城市青年墜子劇團。

蕭：現在我們已經不年輕了，都快奔五十的人了。你說還能年輕嗎？

林：那你們的年輕演員呢？

蕭：已經後繼無人了。

林：無人繼承了啊。

蕭：就說這也算是一個非物質文化遺產吧。以後就快到了瀕臨滅絕的程度了。它這個墜劇就是起源說搭板那個書吧，就是那個河南墜子轉化來的，這個墜劇。一般的農村說起來就是「墜子」，其實就是現在就說「墜劇」。以前我們都是說書的，打著鼓，拿著兩塊板，說書的。

林：你們這劇團有多少人？一直是這個規模嗎？

李：一直是這個規模。

蕭：現在我們人少了，以前人員比較多。現在也都是流動人員吧。我們這次有十五六個。人少了就根據你這個人員的情況，找一些個用人少的（劇目）。要是人多了，我們就找那個比較大型的，用人多的那個（劇目）。就看人而定了。有時候我們在臺上看到觀眾入戲沒入戲哈，你就在臺上這麼平時一看，就能看得清。老人他一般都特別地愛好這個，年輕的對這個一般愛好歌舞啊什麼的，老年人都喜歡這個戲劇，古裝劇什麼的，傳統戲劇吧。一般的五十歲以下的來看戲的很少，也根據地域而定，咱們到那個邢臺地區去，青年人年輕人就比較多。有地方就是年輕人接受了的就比較喜歡。

李：冀州、冀縣那邊比較的喜歡墜劇。

蕭：老年還有一句話怎麼說的：「賣被子、看墜子。」[17]

演員蕭老師向筆者道出了墜子戲之所以受老百姓歡迎的原因：

它這個簡單易懂，一般的演員口齒清的話，你都能聽得懂，所以呢都願意聽。你比如說好像咱們身為河北人吧，河北梆子什麼的，連我都聽不懂。除了螢幕上它顯的字我看看之外，再品一下它的韻味什麼的和演員的整體素質跟它表演的一些技巧什麼的，咱也是學習吧就是這一方面。要是我閉上眼睛聽它說什麼，我就聽不懂。就是這個墜子為什麼小孩他都能聽得懂，所以別的人他不看別說，一看都能看得進去。下面不給你顯字什麼的，你就說你在那坐著你就聽了以後你就能聽得懂。恐怕就是平時說話交流什麼的有時候聽不懂，但是我記得我前些年到山西五臺山的時候，在那的時候那都是方言土語什麼的，他聽不懂咱們說話，我就跟他用普通話交流。平時我不用普通話的就是聽不懂，他就說聽不懂什麼的，上了臺我們就用普通話他就能說聽得懂。

蕭：昨天覺得沒有正常地發揮，今天下午人特別多。今天還可以，今天到了樂的時候他們哈哈大笑，哭的時候都是擦眼抹淚的。在那種情況下，你也感覺唱得特別來勁。

林：今天下午唱的《劉公案》是吧？你們這幾天準備唱幾齣戲啊？現在唱了多少？《劉公案》唱完了沒？

蕭：沒有，我們這都是好像咱們電視劇一樣連續劇，連本的，一唱都是多少天這一部連本唱。

17 訪談對象：李全新、蕭老師，訪談人：林繼富，訪談時間：二〇一一年五月四日晚，訪談地點：耿村村委會。

林：那你們這一次主要是唱《雙駙馬》、《劉公案》兩部唱完？不唱完行嗎？
蕭：明天還接著唱吧。
林：明天接著唱，那還有幾天呢？
蕭：一共唱四天。
林：你們一共唱四天，那報酬是按天給，還是按一部劇？
蕭：一般的就是按你場次說吧，我今天就演出一場就要一場的錢。三場就是三場的錢。就是兩天吧，算兩天就是四場，按這樣算。你要是今天晚上還有吧，他就是三場。
林：你看你們多方便啊，一個小三輪車一開，一個舞臺就搭起來了。
蕭：很簡單的。
林：簡單、快捷，這恰恰是農民喜歡的。你要弄得非常複雜的話，那麼這個所有設備都不行，包括費用啊。
蕭：那就是說增加成本了，再一個我們也想多少經濟上有些收入，給用的一方也減少一些經濟負擔什麼的，對吧？適當的都那個低碳一點、簡便一點。
林：對對，你說得很好。像這種你們一年大概演出多少場啊？
李：一年三百場次吧。有的時候歇著，有的時候還一天三場。[18]

對墜子戲的後繼無人，李團長和蕭老師都表現出很大的擔憂：

[18] 訪談對象：李全新、蕭老師，訪談人：林繼富，訪談時間：二〇一一年五月四日晚，訪談地點：耿村村委會。

林：那我們河北這邊，藁城這邊唱戲還滿盛行的啊。

蕭：還行吧，劇種還不少。就我們這個演出還是比較多的，像那個絲弦啊，也有梆子，河北梆子，像那亂彈也就那麼一班了，也都是老齡化了。

林：現在為什麼年輕人不學呢？

蕭：現在一切都是往錢看吧，你像我們那時候學的時候都是三四年不掙錢的。現在你說一個女孩子打工每天不掙幾十塊錢，你說人家一分錢不掙還學這個。現在你說三四年，比如說我帶一個徒弟，你說我教他，我怎麼給他錢？你說我教你我再給你錢，我也沒那麼大的收入對吧？所以就形成這個了。

林：形成這個老齡化。

蕭：後繼無人了。

林：這個比較著急，年輕人少，接不上來了，然後觀眾更多是老年人，年輕人也少。其實你們唱戲好在哪裏，是你們從來都沒有變過，沒有加別的節目，就是傳統的戲。

李：就是墜戲。

林：我們傳統的墜戲主要是演的哪些劇目啊？

蕭：主要我們唱的就是《包公案》、《海公案》，還有什麼《劉公案》啊、《江公案》啊，那個你知道那個《白羅山》嗎？還有那個《白玉帶》。一時讓我說我也說不了多少，就是我們唱得比較多的，《小八義》什麼的。

李：《劉公案》多一點。

林：你像這種去別的地方唱，是他們點這個戲，還是你們想唱什麼唱什麼？

蕭：有點的，也有隨便的。他有的要求來的時候我們這喜歡看哪一部對吧，我們就按照觀眾的要求吧，組織這一部戲的演員。你比如說突出一個生啊、旦啊什麼的你就突出這個，就是找這個技術比較好的，我們就這樣去演出。[19]

蕭老師還向筆者介紹了自己學戲的經歷：

林：你愛好它，因為愛好它所以三十多年來一直都在唱。

蕭：一個是我在最早以前小的時候，我也不是愛好，主要是我們家老人愛好。我父親那一輩啊，我們那村裏唱秧歌，他就參加那個班唱的。老人吧一般對這個文藝都比較喜歡。我那個時候小，他們不讓我下地幹活，那你就去學戲吧。那個時候還實行記公分呢，就說你掙公分多與少咱們家不在乎，主要是說你不要到地裏挨曬受罪就行。就是在那種情況下，剛不上學了吧，那行就去了。慢慢、慢慢地就。

林：就到槀城文化館去學戲。

蕭：是的，那時候我們老師在都在那。那個時候我們學戲都有老師的，老師一看他是這個料就帶我們。我們老師是叫王鳳蓮。

林：就是文化館的？

蕭：她也是我們河北省曲弦隊的隊員。

林：你們現在這種民間劇團槀城的有多少？

蕭：大概有多少我們也沒有統計。

林：你們村裏有幾個？就你們一個還是？

---

19 訪談對象：李全新、蕭老師，訪談人：林繼富，訪談時間：二〇一一年五月四日晚，訪談地點：耿村村委會。

蕭：就一個，我還不是西白露的，我們老師是他們西白露那的。我是欒城的，我是那個石家莊欒城的，欒城城關鎮南石碑村。我從小就在他們那學戲。

林：那你們現在劇場這個人，已經有多長時間沒有換了？有新人進來嗎？多長時間沒有進新人了？

李：基本沒有換過。

林：這班子原班，多長時間了？

李：大概就是十來年沒換過了。[20]

各種戲班因為種種目的來耿村，耿村人也因為需要而請來各種戲班，儘管生活不是很富裕，但是生活中卻少不了看戲聽書。戲曲裏出場的人物性格涇渭分明，善良、智慧、勇武和邪惡、愚蠢、呆癡，忠孝和狡詐等等成為耿村人喜歡看、看得懂，喜歡聽、聽得懂的題材。他們從戲曲人生中得到薰陶，從戲曲舞臺上的表演與現實生活比照，從而完成思想道德的交鋒和文化採借中的選擇。

四、集市和經商

耿村位於山西陽泉到山東德州的交通要道上，這裏的一、六日集市一直十分繁華。據靳正新說：「我們這兒的一、六日集市，大約立自清康熙年間，離現在有三百年了。」[21]袁學駿說：「在清朝的時候，耿村交通很發達，有從山西娘子關到山東的一條大道穿過耿村，耿村有一個大集市，南來北往的人很多。到這趕集的，都是頭天到耿村，住在耿村。

20 訪談對象：李全新、蕭老師，訪談人：林繼富，訪談時間：二〇一一年五月四日晚，訪談地點：耿村村委會。

21 袁學駿，《耿村民間文學論稿》（中國民間文藝出版社，一九八九年），頁一八。

當時耿村只有四百多口人，卻有著幾十家店鋪，能住一千多人。當時人們住在店裏幹什麼？就只有講故事唄，這樣，耿村成了故事的聚集地，形成一個故事的湖泊效應，這樣耿村就有了很多的故事。」[22]據統計，二十世紀四十年代，村中僅有七十多戶、四百六十餘人，卻有大小店鋪、作坊一百餘座，廟會期間的臨時攤點不可勝數，故有「小村大集」、「一京（北京）二衛（天津衛）三耿村」之美譽。這些店鋪包括：

鐵貨鋪六個——正定談固老五水車鋪等。

染坊六個——靳傻子、徐小秋染坊等。

醫藥鋪六個——同善藥行、張弓子、桑化一藥鋪等。

木貨場八個——大倉木貨場、楊老貧木貨場等。

煤棧八個——瑞全興煤店、徐老銘煤棧等。

糧店（局）十八個——三盛糧局、永茂糧局等。

雜貨鋪六個——豐源瑞、李連珠雜貨鋪等。

客店十五個——靳英瑞客店、寧晉李朝鳳永盛大店、靳二娃大店等。

大車店五個——郝老底、茂昌大車店等。

飯店九個——王老合的合順飯店、福盛飯店、靳黑虎餄餎鋪等。

酒（茶）館四個——徐連魁酒館、靳長腰茶館等。

卷子坊三個——太和祥號、靳老協卷子鋪等。

其他店鋪有肉坊、點心鋪、掛麵坊、油坊、鹽店等八個，棉店一個、粉坊一個、麻磣店二個、當鋪樓一座，線鋪、

---

22 中國國際廣播電臺華語臺《中國之窗》節目，二〇〇五年三月二十九日播放，河北人民廣播電臺編輯製作。

銅器鋪、石匠鋪、皮貨店各一個，等等。

不可忽視的是，每逢集日，村裏村外還有二十多種市場形成。如菜市、棗市、油料市、洋布土布市、糧市、糠麩市、棉絮市、菜籽市、炊具市、車馬輓具市，以及騾馬牲口市、豬市、羊市、柴草市，春節前自然會有鞭炮市、神像香紙市等。還有個地盤叫雜巴地兒，是變戲法、說書、唱曲、相面、算卦之處。[23]

整個集市熙來攘往，人聲喧囂，就似一幅栩栩生動的民俗畫卷。難怪耿村有謠：「窮逢五，富二七，好難熬的一六集。」說明集市關係到全村人的吃用花銷。集前的逢五，缺這少那，家家叫窮，集後二、七，有了錢糧叫「富二七」。

關於耿村集市的起源，靳景祥與靳正新有不同的說法，他說：「這在光緒時候起的這個集。那碑上還載著嘞：光緒年間建立集市。那是光緒爺從這兒路過，說這塊有一個耿王碑，耿王墓，他也看來啦。說這村裏這麼繁榮，你弄個集啊。說沒有。起個集吧，一、六集。那朝廷說嘛算數，從光緒時候建起的這個。」[24]按照靳景祥的說法，耿村集市是依光緒爺的指示而建，這樣算來也有一百多年的歷史了。

靳景祥認為耿村人不愛幹莊稼活，愛吃、愛喝、愛玩樂，都是以做買賣起家，喜歡做點小生意，能糊口就行，沒有大的抱負，他認為耿村與周邊的村子有很大的區別，說耿村是「浪蕩村」：

> 他（耿村人）不務農業。你像舊社會那時候啊，誰也不要這地，覺著地沒用。就是啊，幹點買賣。到了集上，打打洋行，掙點兒錢。你不這個村有個外號啊，叫「窮逢五，富二七，好難過的一六集」。這村是一、六集，趕到了逢五，那時候人們錢花完啦，是吧，所以說叫「窮逢五」。「富二七」嘞，一、六掙啦，二、七該著花嘞。反正這村裏種莊稼的少。也不能說一戶沒有，反正那愛做活的人少，要不，是個「浪蕩村」

23 袁學駿，《耿村民間文學論稿》（中國民間文藝出版社，一九八九年），頁一九至二〇。

24 訪談對象：靳景祥，訪談人：李敬儒，訪談時間：二〇一一年七月二十六日上午，訪談地點：耿村靳景祥家。

啊！你像這一到了集上，哈，那人，趕到了逢五，那街裏就滿啦。淨外地裏來的，幾十里，百八十里的來，宿了店了就。那街裏就滿啦就。要不，說「一京二衛三耿村」啊？就是說耿村這街道嘛的好，買賣多，興旺，跟北京、天津似的。要不，後來這村就變成個窮村了啊。他不是種莊稼起家，淨靠做點買賣，糊住嘴了就行。我自己吃飽了，下一代不管你如何。這村是個「浪蕩村」，跟人別的村不一樣。別的村就是依靠種地發家，這好，這個村嘞都是做買賣的，要不，平分那會兒，這村裏沒有地主啊，他沒有地，就能成了地主啦啊？

你看，耿村吧，就是愛吃、愛喝、愛玩、愛樂。你別的村嘞，是一個死村子。也沒有買賣，他也不會做買賣，就是單憑地吃點飯。他不一樣就在這個地方嘞。你看樓上（北樓村）啊，朋學（村）啊，就是依靠地。耿村不是，那地呀，淨放馬，上邊淨草，誰也不管。趕上集啦。你像今天[25]吧，上集上待一天，掙個錢，吃不清，喝不清，玩去啦。早晨栽樹，黑價歇涼，安生，多得[26]。他別的村裏，也沒這個集，他也不會。原先做買賣，這是容易的啊？不容易。按說是耿村人聰明啊。「當年學個莊稼漢，三年學個買賣人。」你當年就能幹土地活，你三年才能學一個買賣人。說話上頭你先不會，你上人家屋裏去吧：「你買嘛啊？你自己看吧。」這個話就不好聽啦，你得學會買賣話。一般的村裏，他光說倔話：「做嘛來啦？」「趕集來啦，買點嘛吧。」說話都不好聽。你要會說話的，他就不這麼說。[27]

經商是耿村的古風，集市與經商相輔相成，它們之間有密切的關係。四面八方的客商帶來了各種各樣的生產生活用品，還帶來了他們的故事、歌謠以及生活習慣。耿村人外出經商、遊歷、當兵，也帶回了天南地北的故事和傳統。這裏

---

25 訪談當天是農曆的六月二十六，剛好是耿村的趕集日。
26 得：耿村方言，讀di，意為舒服。
27 訪談對象：靳景祥，訪談人：李敬儒，訪談時間：二〇一一年七月二十六日上午，訪談地點：耿村靳景祥家。

便形成了一個商品和民俗文化的聚散地，長年月久，耿村就積澱成華北地區重要的民俗文化村落。

經商和講故事是耿村人生活的兩個重要的風俗習慣。在耿村，不僅男人會經營，婦女、兒童也在集上擺攤賣貨，生意經是自幼養成的。重誠信、講公道和不怯生敢講話已是耿村多年來養成的村風。村民們上臺講故事不怯場、不忸怩、不害羞，不能說不與他們豐富的經商經歷有關。這也就解釋了為什麼，在耿村周圍十幾公里內有十幾個村莊，而在這些村莊裏，雖然也有幾個會講上幾個故事的人，但是也只有耿村有著這樣龐大的講故事的人群。

據靳景祥回憶，日本人進入中國之前，他的大伯靳英瑞在耿村開了個小店。當年，在耿村的旅店有大店和小店之分，大店光停車，像靳英瑞開的這個小店，就是專門為行走的人，如推車的、擔擔的，提供住宿。在耿村，這樣的小店有六七家之多。「他（住店的人，都是外地來的買賣人）到了店裏，他沒有事，他吃飽啦，他唸雜事嘞。『俺那兒出點什麼什麼事。』『給俺們講講。』他就給講講，這就是個好故事。要不，哪的故事也有啊，你聽吧，山南海北，都有。」[28]不到十歲的靳景祥，那時在大伯的店裏幫忙，聽來了好多外村人講的故事，他認為耿村講故事的活動很多都是在集市上發生的，這對耿村講故事風氣的形成有很大影響。關於耿村集市，有這樣一段故事：

古時耿村集不在街裏，在村南鎮道碑前，多數是賣瓜果蔬菜、棉線和香火紙的。與耿村一河之隔的晉州市南古底村也是一、六集，買賣人常遭人欺，就越來越多地來趕耿村集。後來人多心齊，商量到耿村街裏去，和南古底村對著幹，贏了不少買主。不久，耿村集上收稅多了，不少晉州的買賣一下子搬到了南古底，這邊人又少了。於是開始爭集，對著請班子唱戲，一氣爭了二十年。這中間，縣裏紳士田方榮受耿村靳老鐸委託，到天津打官司。官司贏了，縣裏就派兵來，阻止人們去南古底趕集。還有人迷信，往南古底

28 訪談對象：靳景祥，訪談人：李敬儒，訪談時間：二〇一一年七月二十六日上午，訪談地點：耿村靳景祥家。

大水坑裏埋下二百斤生石灰，要破他們的風水。沒想到一場大雨澆得大灰泛了，這事露了餡。南古底村不幹了，倆村又爭鬥起來。「事變」後，南古底有弟兄倆被害，日本鬼子又在村西口修了炮樓，被害人的小子就當了皇協軍，一到集日就亂抓可疑的人，想為父輩報仇。人們害怕，耿村集日見蕭條。石家莊解放這一年，一架飛機炸了南古底集，人和牲口死傷無數，南古底集一下子滅了，耿村集又興旺起來[29]。

集市不僅是故事生產的空間，也是故事傳播的空間，而且圍繞集市中的經商活動產生了許多經商的故事，這些故事洋溢著積極向上和誠實守信的思想，如〈巧嫂開店〉、〈鄭家燒雞〉、〈微笑值千金〉、〈扶樹之悟〉等，都反映了人性中善良的一面，和生意場上誠實守信的處事原則。可以說耿村人將做生意的規矩、信念和社會行為傾注於故事之中，故事也在時刻提醒著耿村人如何把生意做好。靳言明講的〈微笑值千金〉[30]的生意經很有代表性：

廣州有一位老太太在一家日雜商店買東西，遇上了店老闆。老太太說：「老闆，我已經十二年沒有到你的商店買貨了。」老闆很仔細地聽著。她接著說：「十二年前，我每週都要到你的商店來買貨。有一天，一位店員，哭喪著臉，跟吃了米還他糠一樣，愛答不理的，樣子要多難看有多難看。我就到其他商店買東西了。」

老太太走後，老闆拿起筆開始計算。如果這位老太太每週在日雜店買一百元的貨，十二年就是五萬七千多元。

而這僅僅是缺少了一個微笑。所以，他就叫售貨員們學微笑，買賣就越做越好。

29　樊更喜提供材料，〈耿王廟與民間故事講述活動〉。

30　袁學駿、劉寒主編《耿村一千零一夜》（第六卷）（花山文藝出版社，二〇〇五年），頁一四三。

「七七事變」後，日本人修築石德鐵路、滄石公路和石津運河，使耿村所在的交通大道有所冷落，但耿村經商之風一直未滅。集市仍是他們重要的衣食之源，土地耕種仍是他們的第二收入[31]。但日本人的到來，還是打亂了耿村原本平靜的生活，很多生意人扔下自己的鋪子，拖兒帶女到外地逃難去了。從此，耿村再也難現當年「滿街商鋪，天天搭臺，日日唱戲」的繁榮場面了。

李：現在耿王廟會的集市跟你小時候有什麼不一樣啊？

靳：一樣，都是一、六集，沒改過別的日子。

李：集上那些賣東西的有什麼不一樣嗎？

靳：那個不一樣。日本人頭進中國一個樣，日本人到中國，又一個樣，不一樣。早前，耿村光糧食攤子六七家子，染布的六七家子，銅器鋪兩三家子，雜貨行又是兩三家子，藥行、首飾樓。你不耿村，它那個風俗好，就在這兒嘞。你要外鄉人到耿村來了，保險不欺負你，你缺嘛，上我那拿去，幫助你。要不的，耿村淨外住的多。姓王的這淨外住，姓張的，姓郝的啊，這淨外住們。

李：日本人來了以後，那些店就都沒有啦？

靳：都跑啦。那做生意的，該跑都跑啦。（日本鬼子）見了人就殺，那誰不怕死啊。

李：日本人走了以後他們沒回來呀？

靳：日本人走了以後，他（店主們）就不要啦。[32]

31 關於耿村集市的變遷，參考袁學駿，《耿村民間文學論稿》（中國民間文藝出版社，一九八九年），頁二〇至二一。

32 訪談對象：靳景祥，訪談人：李敬儒，訪談時間：二〇一一年七月二十六日上午，訪談地點：耿村靳景祥家。

改革開放之後，隨著城鄉居民生產生活物資的不斷豐富，耿村的集市再也難現當年的火爆場面。據藁城市文化藝術科樊更喜介紹：「現在趕集的人比以前要少得多了，因為附近大多數村都有了集市。過去方圓幾十里地，就這麼一個集市，現在基本上各村都有集了，另外好多村就是沒有集，在物資交流這一塊兒也都比較方便。要是買好東西就去城裏買了，平常各村物資交流都比較方便。」[33]集市的衰落，極大地影響了耿村民間故事的吸納和傳播。靳景祥很喜歡逛集市，他戲稱自己是「每集必逛」，但對集市的日益衰落也表現出了惋惜。

靳：現在你看吧，集上都沒有人啦，村村有集，哪個村也有集。

李：現在的集跟以前的集有什麼不一樣嗎？好像不如以前熱鬧了是吧？

靳：是啊。你看今兒一、六嘞，（陰曆）二十六嘞，現在的集市，也沒那麼多的人，也沒那麼多的買賣啦。

靳春利：這天的人還不如以前那逢五的時候人多呢。

李：現在集市上做生意的都是本村人嗎？

靳：哪的也有。不是光耿村的，哪的也有。[34]

生活在耿村的靳景祥，從小就受到當地集市和經商活動的浸染。在他還不到十歲的時候，就在大伯在街上開的小店裏幫忙。因他脾氣隨和，說話幽默，記憶力強，與客人們相處和諧，於是從四面八方的來客口中聽到了不少故事，如〈新郎新娘入洞房的由來〉、〈老英雄勸女婿〉等，都是在大伯的店裏聽來的。成年後，靳景祥自己也做起了買賣，生意人生涯，不僅讓他養活了一大家子人，也養成了樂觀知足的性格，培養了他窮講善唸的嗜好。

33　訪談對象：樊更喜，訪談人：李敬儒，訪談時間：二〇〇九年八月二十一日上午，訪談地點：耿村村委會。
34　訪談對象：靳景祥，訪談人：李敬儒，訪談時間：二〇一一年七月二十六日上午，訪談地點：耿村靳景祥家。

五、民俗生活

民俗是民眾創造、享用的生活文化和傳承的文化傳統。它通過行為模仿和口頭演述等方式得以延續，是具有民間公共知識的特殊屬性和地方文化身份的獨特功能的民間知識[35]。有人類生活，就有民俗存在。民俗是人類賴以生存的制度和規範。民俗的創造和享用，源自百姓物質生活的推動和精神生活的需求。民俗是傳統，它是人的活動在歷史的進程中留下的知識積累和文明成果；民俗也是生活，它是人們現實生活的組成部分，是普通百姓對傳統民俗的運用和發揮，是滿足老百姓需要的日常生活方式，也是一個社區或村落百姓共同的情感表達。

靳家是居住耿村最早的家族，也是人口最多的家族，姓靳的占耿村人口的百分之六十以上，計六百多人。靳氏家族分佈在耿村的各個角落，原為六門，絕了一門，現有五門，分為東門、西門、南門、北門和東南門，活著的多至八輩。據袁學駿的《耿村民間文學論稿》介紹，靳氏五門之間年節往來頻繁，婚喪嫁娶等活動中，各家皆會出人、出錢或出物相幫。靳氏原有家譜，建有祠堂，曾有族田六畝。每年的正月初一早晨，本族成年男子上墳祭祖，放鞭炮、排輩次。之後，人們要到本族近支家中向長輩和哥嫂磕頭拜年，再給外姓拜年。

除了靳氏家族，徐氏家族也是生活在耿村的一個大家族，與靳氏家族一道構成為耿村的主體。據記載，徐氏家族由晉縣紫城村遷來，今天仍是耿村大戶之一。他們分為四支，多住村東頭。徐氏家族有祠堂，原來也有族田、族會。初一早晨，放炮為號，本族成年男子都來祠堂，晚輩給老祖宗跪頭，也給族長跪頭，之後各帶鞭炮到墳上祭祖。回來後去給本家女性長輩拜年，再給外姓拜年。

35 林繼富、王丹，《解釋民俗學》（華中師範大學出版社，二〇〇六年），頁二二。

一直以來，耿村各姓氏各自有獨立的宗族活動，但是，各宗族又相互往來，共同建立村落秩序，靳、徐兩大宗族平時關係很好，兒女可以通婚。他們各自的宗族活動，影響著耿村其他姓氏家族的日常生活。以靳、徐兩大姓氏為主的宗族群落在幾百年的交融中共同建設了耿村。

除靳氏、徐氏家族，耿村還有王、唐、張、李、曹、劉、郝、馬、梁、龔等十個姓氏，再加上已先後外遷絕戶的任、鄭、范、侯、集、陳、高、趙、黃等九姓，在二十世紀初，這個僅有四百多人口的小村子，竟有二十一姓，其姓氏之多，實為藁城、晉州一帶所少見。

在耿村，不管本村原有的姓氏，還是外面遷移過來的姓氏，人們都一律對待。誰家有紅白喜事，村裏人都會湊份子，多少不限，一塊兒去幫忙。耿村人豁達熱情的性格，造就了耿村相容並包的村落文化品格，使耿村成為了冀中地區重要的文化滙攏地帶。

靳景祥雖然年齡較大，但在耿村靳氏家族的八輩中，才排行到第五輩，現在也才是第三輩。但對於一個八十多歲的老人來說，對於自己宗族的活動，以及村裏其他姓氏家族的活動，是有一定發言權的。

李：咱們靳氏家族是耿村最老的一支，是吧？

靳：靳氏家族現在還有五門，絕了一門。

李：現在還有家譜嗎？

靳：沒啦。原來有。原來家譜、祠堂，這以後啦，這地方都歸了戶啦，嘛也沒啦。

李：祠堂現在還有嗎？

靳：拆啦。那祖宗墳都給你攘啦，都沒啦。

李：這家族裏還有管事的嗎？

靳：誰還管啊？沒人管啦，就是一個名稱啦。你靳家屬你輩大，你就算靳家的家祖，就這麼個名稱啦。早先過年啊，靳家家族啊，得鬧三天？有先生拿出這帳來，哪個村的地，誰租著嘞，該給多少錢，都得一輩一輩地往上報。給老祖宗磕頭啊，耿村八輩。

李：你是第幾輩？

靳：我是第五輩。不沾啦，我才第五輩啊。現在我是第三輩。原先八輩的時候，我五輩。

李：那等於咱們現在家族也沒什麼活動了唄？

靳：沒有啦，嘛也沒啦。

李：咱村裏還有其他大的家族嗎？

靳：徐家按說也不算小，他沒有靳家的根長。實際徐家，他沒有郝家來得早。老人們傳說，說郝家來得早。郝家到耿村來，那工夫還沒有徐家嘞。這徐家這是紫城傳的來的，這近。跟才才那姓張的是的，朋學（村）的。他們（張家）跟老顧家，他們是自家。你看那姓王的，有山西王家，有河北王家，還有山東王家。山東唐家。這都不是一個地價。光絕了，耿村就有七八股子啦。趙家絕啦，鄭家絕啦，高家也絕啦，季家，這都絕了好幾戶子啦。

李：耿村現在的宗族意識還重嗎？比如有什麼事，我只在老靳家說，不跟別的姓說。

靳：沒有啦。這家族，五門就是五門，你要是一門的跟二門的摻和不上，那輩不一樣。

李：你們不怎麼跟外邊家族聯絡嗎？

靳：你跟人聯絡不上，人家不搭理你。

李：過年的時候，互相拜年嗎？

靳：都不拜年啦，除了這知己的，小子給他爹，磕頭去。一家子，叔叔啊，大伯啊，這磕個頭。別的啊，都不啦。[36]

通過訪談，我們發現改革開放以後，耿村的宗族意識有逐漸減弱的趨勢，尤其是最近十年裏，隨著大眾傳播媒介的浸染，外出打工人員的增多，耿村的複合式家庭越來越少，年輕人結婚後大都自立門戶，與祖輩的聯繫已大不如二十一世紀之前時的緊密。隨著宗族活動的逐漸減少，甚至日益消失，耿村民間故事的族內傳承也越來越少，而向著社會傳承的方向發展。

據耿村黨支部書記靳志忠介紹，二十世紀六七十年代，耿村村民大都住的是土坯房，只有個別戶住的是磚房。一九七八年以後，村民們才逐漸建起了全新的磚瓦房。現在的耿村，幾乎人人家都是住的磚瓦房，有的人家已蓋起了豪華的二層小洋樓。但比起周邊的村莊，耿村仍然是一個比較貧困的村落。當然，並不是耿村無發展，而是其他村莊發展的步伐超過了耿村。也許正是由於耿村有著比較輝煌和優越的歷史，使得耿村人太陶醉其中，太容易滿足現狀，也就缺少了窮則思變的進取和開拓精神。

人生儀禮是社會民俗事象中的重要組成部分，是一定文化規範對其社會成員進行人格塑造的要求和過程。人生儀禮與社會組織、信仰、生產與生活經驗等多方面的民間文化相交織，集中體現了不同民間文化類型的生命週期觀和價值觀。耿村一帶人生儀禮的觀念和儀式也極具中國華北地區農村的特色。

耿村村民的婚姻自解放後，都是實行一夫一妻制，近親及本族五服以內不能通婚。婚事議定，一般是媒妁之言、父母之命加上互相見面，父母的權威在這方面正在逐漸下降，自由戀愛的比重逐漸增加。但為防止輿論的壓力，女方父母尤其警惕這種自由戀愛行為，小夥子自己找對象，也常為村中老年人不理解，村中如有男女單獨兩人走在一起，往往被

[36] 訪談對象：靳景祥，訪談人：李敬儒，訪談時間：二〇一一年七月二十六日上午，訪談地點：耿村靳景祥家。

斥為「不正經」。

耿村婚姻習俗具有中原農耕社會傳統的地方色彩，男方家裏須準備好新房，對女方陪嫁沒有過多的要求；但隨著人們生活水平的提高，女方陪嫁的嫁妝越來越多，組合櫃、沙發、電視、自行車、縫紉機等中高檔物品，是出嫁女的普遍要求，花費幾千元甚至上萬元者並不稀奇。近幾年，新房裏的擺設、傢俱大都靠女方家來置辦，不管是哪一方沒有置辦好，家長都會受到鄰里的指責。耿村故事家郭翠萍說：「現在兒女過事（方言，意為結婚）是一家子裏最重要的事，小子的話，（家裏）得給在家裏蓋房，閨女就得備嫁妝，附近村子裏那嫁妝都能達到四萬塊呢。俺家現在就二兒（子）還沒過事嘞，他在安徽上學嘞，人說不用俺們給蓋房。這孩子們都過了事了，俺們這老兩口才算忙活完了，放了心啦。」[37]結婚之後，年輕夫婦要另立門戶，不與老人吃、住在一起，一對夫婦生一至二個孩子，因此耿村現在大多數家庭都是典型的核心家庭。這種家庭結構增強了青年人的獨立性和責任感。

耿村人的傳宗接代意識很濃，重男輕女觀念很普遍，「不孝有三，無後為大」的思想根深柢固。誰家生了兒子，說話、走路都帶勁，外人也不敢小看。要是誰家的媳婦不生養或沒有生兒子，在人前總感到抬不起頭來。

在生育禮俗中，耿村人最重視的是孩子出生後要「慶十二天」，但不一定是第十二天，錯後幾日也可。耿村人為孩子過「十二天」，是僅次於結婚的大喜事，叫「小滿月」。生兒子慶大喜，生女兒慶小喜。「慶十二」這天，親戚朋友們要帶三尺花布（男孩送藍色，女孩送紅色）、五斤掛麵或餜餜子、雞蛋前來慶祝。姥姥、奶奶、姑姑、姨姨要繡製長命鎖、花籃、老虎、麒麟、紅鯉魚，以圖吉祥如意。為了孩子長大成人，人們常為孩子取些賤名為乳名，如狗毛、狗蛋、鎖柱、醜妮等。在慶祝過程中，還要把孩子抱給大家看，眾人即興說著祝福和誇讚的話。近幾年，許多風俗都已不再興盛，但「慶十二天」還是比較普遍，也成為親友之間重要的聯繫活動。

37 訪談對象：郭翠萍，訪談人：李敬儒，訪談時間：二〇一一年七月二十六日中午，訪談地點：耿村郭翠萍家。

在耿村，人生過度儀禮中最隆重的是慶六十六歲壽誕。老人六十六壽這天，親戚要全到，朋友也要廣泛地邀請，要熱熱鬧鬧、喜氣洋洋地過一天。這天，老人的女兒們來時要割一刀肉帶上。俗話說「六十六，一刀肉」、「一刀肉，活個夠」，這是壽誕中最重要的禮物，祝福老人能健康長壽。這一刀肉，只能割一刀，不能用秤稱；塊大塊小、價錢高低，一般也不計較。女兒多的，都可以少割些肉，獨生女要多些。沒有親生女兒的老人，要由侄女代割。如果是為父親慶壽，女兒要給父親一條紅腰帶以辟邪。如果為母親慶壽，女兒要帶來一件紅布衫以消災。

慶六十六這天，主家要宴請前來拜壽的親戚朋友們。耿村現在大都慶六十六的要在本村或外村請廚子，煎炸燉炒，涼菜、熱菜，一般都不少於八道菜，有的要做十六道菜。飲酒中，晚輩要主動向老人敬酒。人們猜拳行令，要放開嗓音，驚動人越多，老人越高興。午時，被祝壽的老人要坐正堂，燒香點紙，晚輩男女要磕頭行禮，並說長壽等吉祥話，此時就達到了慶壽儀式的高潮。不過，現在大都人家慶壽已不磕頭了。隨著生活水平的提高，慶八十大壽的有所增加，其儀式與慶六十六基本相同。

受傳統信仰影響，耿村人幾乎家家設有神位，供奉各路神仙。在每戶家庭的最顯眼均為供神的地方，供奉的神靈常見的神有：玉皇、觀音、如來、關帝、財神、藥神、牛王、土地、灶王、天官、水官、地官、太陽、十王、八王、二王、寶仙、老君、老母、呂祖、胡仙、長仙、白龍、草神等五十多種。平日裏每月的初一、十五都要給神燒香磕頭，以家庭主婦為主。神仙在村民們心目中至高無上而不可侵犯，並且形成了許許多多禁忌，諸如赤身裸體、洗腳脫鞋都不能對著神像，在神像面前不說髒話、粗話，等等。耿村人的多神信仰具有中國北方農耕社會民眾信仰特色，是經商務農之人遭遇生活折磨後而尋求的一種精神慰藉。

人辭世時，家人、親戚好友和村裏的人要向他「告別」。兒女們要守在病榻前，提前準備壽衣。能親眼見到老子嚥氣者為孝子孝女。一旦嚥氣，兒子就要去大門口或炕前焚燒紙糊的車馬，由長子或長孫做揹人狀，意為送老人上冥路。壽衣一律男袍女裙，多為藍色，用棉絮做成象徵性冬衣，死者腳腕上拴麻繩，據說怕夜晚詐屍。之後，死者被抬到靈床上，沖正房門，頭朝西，蓋蒙簾布。靈堂要擺靈桌，點長明燈，擺「打狗棒」、「餵狗餅」，是怕死魂路過惡狗村時挨咬。在大門口，掛一團白紙條稱為門頭幡，或吊四條白布，以做標誌。半夜子時，兒女們要到五道廟前送鬼魂。

老人去世後，孝子要去本族跪頭報喪，有人放二踢腳，以告訴全村有人去世。本族各家都要馬上來弔喪，並參與治喪事宜。族權在喪葬儀式中顯示了它的威力。大管事的掌管一切，孝子們一般只管守靈、哭喪、打幡摔盆，等等。親戚朋友要送奠幛（藍色或白色布）和點心，女婿、外甥弔唁時，進村就開始燃放二踢腳，直到大門前。冀中地區已於二十世紀七十年代末八十年代初推廣火葬，自此之後，耿村一帶死了人便先燒後埋，大都仍在自家田地旁立墳頭。死者埋後第三天要圓墳，第七天開始數為一七，七天一上墳，直到七七功德圓滿。如果某個上墳日遇農曆初七、十七、二十七，稱為「犯七」，要提前一日或半夜做七。徐大漢講的〈靈前點明燈的來歷〉，認為在靈前點燈風俗與神農氏有關：

山西的南部有座大山，山上有個大森林，傳說神農氏嘗百草的時候來過。

那一年，神農氏嘗百草來到這裏，一看，山高路陡上不去，他就架著梯子往上爬，一爬爬到山頂，見山崖上長著一棵青枝綠葉的小樹，樹上結著個小紅球，小紅球挺好看。神農氏就伸手去摘，球摘到了，但由於用力過猛，腳下一滑，摔下去了。他順著山崖掉到山澗的一個山潭裏，不醒人事兒了。

當時在潭邊有個洗衣裳的長頭髮女子看見了，就把神農氏救上來，揹到了她住的山洞裏。她用手一摸，神農氏沒一點氣了，只是心臟還在跳動。哎呀，這女子就慌了神，急忙提著小籃到東灣山坡上採了幾棵嫩草，回來用石頭搗爛，放在了神農氏嘴裏，用水沖了下去。沒等多大一會兒，神農氏醒過來了。他一見女子救了自己的命，挺感激。過了幾天，他的傷好了，就叫女子告訴了救他命的那種草，當下給這草起名叫九陰還陽草，並把自己得到的小紅球送給了長髮女子，報答人家的救命之恩。這女子長時間和神農氏在一塊，產生了愛情，二人就成了婚。後來，這女子生了個小男孩，取名叫毛孩。

又過了幾年，長髮女子得病死了，神農氏就帶著毛孩回了家。家裏有前妻和八個孩子，加上毛孩共九個了，這九個小子都挺孝順。時間不長，神農氏死了，九個孩子在靈前啼哭得昏天黑地。到了黑夜，九個小子每人舉起一個火把，在神農氏靈前守孝，說是好讓神農氏到陰曹地府裏走道。到了白天，仍然點著火把不肯吹滅，一直點到把神農氏埋了才停止。

人們看著這個方式挺好，死了人就模仿，後來演變成點燈。有個木匠根據神農的九個小子守靈的故事，做了個臺燈，臺上立著九個人，一個舉一個燈頭，取名叫「九子照明燈」。村裏人也都用起來了。也有人就用蠟點長明燈，這個風俗流傳到現在。[38]

耿村人保留著成體系的中原漢族傳統節日，大年初一、正月十五（上元節）、清明、五月初五（端午節）、七月十五（中元節）、八月十五（中秋節）、十月初一（下元節）、臘月初八（臘八）、臘月二十三祭灶迎年（小年）。過年，是耿村人最隆重的節日，是全家人團圓的日子。在外打工的人，最晚也要在除夕當天趕回家裏過年。臘月三十，就進入「年」的序列。這一天，各家各戶清掃院落、街道。傍晚時，門口貼春聯，燃放鞭炮。除夕晚上，全家人要在一起吃團圓飯，之後全家人圍坐一起包餃子守夜。近幾年觀看中央電視臺的春節聯歡晚會也成為耿村人除夕夜的一項家庭文化活動。

大年初一要起五更，人們早早起來，祭祖先，放鞭炮。等太陽出來，人們開門上街，到各家拜年，順序是先本族後外姓，先長後少。人數少的家族，也會論鄉親輩，到靳、徐等大姓家族中拜年。拜完年後吃早飯，家家戶戶都是餃子。正月初二，丈夫要陪妻子回娘家。正月初五為五窮日，大清早各家各戶開始放炮崩窮。正月十五元宵節，早飯吃麵條，

38　袁學駿、李保祥主編《耿村民間文化大觀》（中）（北京圖書館出版社，一九九九年），頁一二四三。

中午熬菜，給天地眾神上供，之後放炮，送天地眾神升天。耿村關於過年的風俗傳說很多，如靳正新講述的〈正月十六丟百病〉將歷史人物與節日風俗聯繫在一起，很有傳奇色彩：

傳說商紂王坐天下時，三妖亂世，妲己女把皇宮鬧得烏煙瘴氣，亂了朝綱。

終南山的廣靈子雲遊天下，到處斬妖除邪。他來到商都，見妖氣逼人，不覺大吃一驚，掐指一算，知道商朝有了大災大難，就自言自語地說：「我得想法搭救紂王。」

廣靈子主意已拿定，就入宮見了紂王，說：「我主萬歲，你的江山不穩，已有妖氣入宮。」

「那怎麼是好？」

「清清宮就好了。」

「怎麼清宮？」

「我給你一股柏樹枝，把它掛在宮門上，妖氣就自消自滅了。」

廣靈子就從袖筒裏抽出一股柏枝兒來，遞給了紂王。紂王讓人把柏枝掛到宮門上。這時，妲己女就覺得天旋地轉，頭疼得要命，往炕上一躺，不吃也不喝。

妲己女也有道行。她掐指一算，知道是廣靈子施了法術。可她不能破解，見紂王進來，就抱頭大哭。

紂王大吃一驚，忙問：「愛妃，你怎麼了？」

「你要是愛我，就趕快把那柏樹枝子摘下來扔了。你要是聽那牛鼻子老道的話，我就活不成了。他那是毀我，毀你的江山哩！」

紂王待妲己女如掌上明珠，見她不喜歡柏樹枝，就說：「別哭了，我讓人把它摘了燒了就是。」

工夫不大，就有人把柏枝摘下，堆一塊兒燒了。妲己女的病沒幾天就好了。

燒柏枝那天，正是正月十六。後來，一到正月十六，村村戶戶扒柏枝烤火，說它能辟邪去病。烤了柏枝，一年沒病也沒災。[39]

耿村人宗族倫理觀念較重，親情孝道被耿村人異常重視。因此，除了闔家團圓的春節，在耿村，最重要的歲時節日，就要數清明節了。清明節前，五六天開始，男人、女人們就開始上墳添土燒紙。當地習俗，未出嫁的女兒是不能到祖墳上祭拜燒紙的。農曆七月十五和十月初一為鬼節，與清明節一樣，也要上墳燒紙。

農曆八月十五為中秋節，晚上，人們用西瓜、月餅、水果給月亮上供，敬奉嫦娥，嫁出去的姑娘回娘家過節。為什麼八月十五先供月亮再吃月餅，張才才講的〈為嘛吃月餅先供月亮〉在耿村流傳很廣：

> 傳說，早先天上是十個太陽輪流出來，烤得地皮裂著，莊稼蔫著，大樹小樹都乾了尖。
>
> 有個年輕人叫后羿，射得一手好箭，百發百中。他看日頭們可惡，整得老百姓沒法過，就想把日頭射下來。可是一放箭，沒飛二尺高，那箭就被熱氣擋回來。太陽射不下來，百姓們還是受苦。這可怎麼辦？后羿急得吃不下，睡不著，眼看著瘦了一圈，黑了一層。
>
> 這天，后羿在家門口悶頭坐著，看見過來個閨女愁眉苦臉的，就問她叫嘛，為嘛發愁。
>
> 閨女說：「你還問別人哩，看你自家愁的，你發的哪能門子急？」
>
> 「我看人們今兒個斷氣、明兒個死的，眼瞅著誰不發急？」
>
> 「我叫嫦娥。我發急的是一個白鬍子老頭託夢，叫我找一個叫后羿的小夥子。找來找去就是找不著這個

39 袁學駿、李保祥主編《耿村民間文化大觀》（上）（北京圖書館出版社，一九九九年），頁三二六。

人。」

后羿噗哧笑了：「我就是后羿。你找我做嘛？」

「託夢的老頭叫我對你說，你要是射太陽，先到東海龍王那兒要張寶弓，再要九根神箭。」

后羿聽完，站起來就走。嫦娥攔住他，「你別急著走，我給你弄點吃的帶上。」就趕緊弄火蒸了鍋餅子，又做了雙新鞋，叫后羿帶上。嫦娥留在這裏給他看家。

那時候，黑價還好說，白天別說緊著趕路了，就是坐著不動，也像在汗水裏泡著。后羿沒白天、沒黑價的走，走得裂嘴開了血口，腳打滿了血泡。他一氣走了十四天，趕到東海一看，哪還像個海？成了一個冒著熱氣的大水濠了。后羿找到龍王，說明來意。龍王說：「你射下太陽，不光救百姓，還救了俺一海群臣。別說用用寶弓、寶箭，就是搭上我的老命，俺也幹。」

后羿拿了弓箭，謝過龍王，往回緊走。

天亮了，太陽不緊不慢地出來了。后羿照準領頭的「嗖」地射了一箭，太陽「刷」地掉了下來。太陽出一個，后羿射一個，一氣射下來八個，地上立時涼快了許多。第九個太陽出來了，后羿又「嗖」地一箭，太陽晃了幾晃，側了幾側，一頭栽了下來。

第十個太陽挺俏，見九個哥哥都死了，就很聽人們的話，每天東升西降。

后羿給人們辦了件好事，大夥都感激他，圍著問這問那。聽說他還沒成家，就給提親，后羿都謝絕了，說有個閨女在家等著他哩。他告別百姓們往家走，一路上想著該怎麼對嫦娥說這件事。

到了家，兩人一塊歡歡喜喜地吃了頓飯。后羿對嫦娥說了他的心思。嫦娥看后羿心眼強，就答應了他。兩人請來三媒六證，當天拜了天地。

成親以後，后羿耕田、打獵，打的糧食大囤滿、小囤流的，嫦娥在家紡花織布，織得好看耐穿。糧食吃不清，他倆就接濟別人。織的布用不了，就送給人們。嫦娥還燒得一手好菜，她烙的一種圓餅又甜又酥。嫦娥、后羿跟左鄰右舍相處得跟一家人一樣。

一天，崑崙山上的西王母派徒弟給后羿和嫦娥送來兩粒仙丹，還對他們說，吃了以後可以長生不老。兩人捨不得吃，一直保存了三年。

后羿的一個朋友聽說後起了壞心，老琢磨著偷吃仙丹。他瞅來瞅去總不得機會。

這天，后羿帶上寶弓打獵去了，他的朋友就鑽空去逼嫦娥交出仙丹。嫦娥一個婦道人家對付不過他，又怕萬一仙丹被人搶去，對不起后羿，就吞了仙丹。

仙丹嚥到肚裏，她忽悠忽悠飛了起來。剛飛到院裏，碰上后羿回來了。嫦娥想落又落不下來，急得直哭。后羿去拉又夠不著，追了半天也沒追上。嫦娥哭著飛走了，一直飛到了月亮上。那天正好是八月十五。現在，月圓的時候，人們還能看見月亮上有個人影，那是嫦娥在朝人間望她的丈夫哩。

嫦娥走了，后羿老是相念她。每年八月十五這天，他早早烙好一大堆嫦娥最愛吃的甜酥圓餅，不等天黑，就在院子裏擺上，還有蘋果、梨、西瓜，等月亮上來叫嫦娥吃。天下都知道有個好媳婦嫦娥，每到這天，家家都在月亮底下，供上各種圓餅，求嫦娥早日從月亮上下來和后羿團圓。

因為圓餅叫月亮吃，慢慢叫成了月餅。從那兒往後，八月十五吃月餅，人們總是先供饗月亮。[40]

臘月初八是臘八節，早上要吃臘八粥，俗語說：「吃了臘八粥，要把年貨辦。」這以後，過年的氣氛就濃了起來。臘月二十三糖瓜粘，晚飯後給灶王上供，糖瓜必不可少。灶王爺吃了糖瓜，被粘住嘴巴，上天後沒法說人的壞話。到臘

[40] 袁學駿、李保祥主編《耿村民間文化大觀》（上）（北京圖書館出版社，一九九九年），頁八二九至八三〇。

月三十傍晚，再貼上新灶王。

從正月的春節到臘月的除夕，傳統歲時節日和平常時間貫串在耿村人的生活之中，配合著不定期的人生儀禮活動，將社會的規範、宗族倫理意識銘刻在耿村人的思想意識之中。傳統節日和人生儀禮是耿村人走親訪友和聚會的重要時機，成為耿村人傳播和接受民間故事的大好時機。

六、社會組織

如今活躍在耿村的社會組織，主要有隸屬於政府部門的耿村村民委員會、村民自發組織的耿王會、故事家們組成的耿村民間故事演講協會。

耿村村委會現有幹部五名，書記靳志忠，副書記靳山嶺，村長靳志國，全面負責耿村的生產、建設、民生、文化等事務。靳志忠自二〇〇六年開始擔任書記，由於他之前並不在耿村工作，對耿村故事家的分佈情況並不十分熟悉。如今的村委會將主要精力放在經濟建設上面，文化建設方面主要由耿村的兩個民間組織：耿王會和耿村民間故事演講協會承擔。

耿王會主要負責耿王廟的日常維護和耿王廟會期間的一切事宜。在耿王廟會期間，耿王會的管事人員要安排祭拜耿王的全部日程，佈置耿王廟，邀請民間花會和戲班前來演出，供應當天的香火和餐食等等。耿村有些故事講述人也是耿王會的管事，如中年故事講述人徐榮信，還有許多女故事講述人喜歡燒香，在耿王廟會期間都會來幫忙，如董彥娥、袁愛金等。在這個民間信仰集中表達的特殊時期，這些熱心參與其中的耿村故事講述人精神高漲，講述質量和數量較平時都有提高。

在對民間故事傳承人實施保護之時，我們需要弄清楚兩個概念：一是非物質文化遺產的傳承主體，另一個是非物質文化遺產的保護主體。前者即我們所說的民間文化傳承人，而後者主要是指具體制定、操作和展開傳承人保護原則和方法的機構和社會群體，如各級政府、學術界、新聞媒體、民間團體以及商界人士等。在靳景祥的發掘和保護中，強大的行政資源、經濟實力、話語權和相當專業的學術素養，為非物質文化遺產傳承主體的保護和發展貢獻了力量和智慧。但民間文化的保護不能只依靠輸血式的「救濟」，而是要與時俱進，充分發揮傳承人的主體作用，用自己獨特的魅力，培育和發揮自我造血功能。

在這方面，耿村的一些村民已經意識到了自己的主體地位，一九九〇年一月，全國首個村級民間故事家演講協會——耿村民間故事演講協會在袁學駿的提議下成立，靳景祥也是該協會的會員。協會是耿村故事講述的主要力量，自成立以來，組織耿村故事家們參加了多項大型活動：一九九一年五月中旬，「中國耿村故事家群及作品和民俗活動國際學術討論會」在藁城召開，耿村故事家為六十多名中外專家學者講述了故事，專家學者一致肯定耿村文化現象是世界民間文化的奇觀；一九九七至二〇一〇年間，美國故事協會、美國國際人民交流協會、美國女媧故事講述團等團體曾七次組團到耿村進行民間文化交流活動；二〇〇三年六月，中央電視臺第十頻道播放了耿村第十次普查專題片；二〇〇四年五月，省、市文聯對耿村五十五位故事家進行了命名。

從二〇〇六年開始，耿村故事家靳正新二兒子靳春利開始擔任耿村民間故事演講協會會長，開始對耿村民間故事的傳承和自身發展進行一些有益的嘗試。協會現在共有五十五名會員，除靳春利擔任會長外，由耿村退休教師靳海河擔任祕書長，其他五十三名都為耿村較有影響力的故事講述人。靳海河今年六十五歲，是村裏管事的，各家的紅、白喜事都由他來主管，他和村幹部、普通村民關係都非常好，自從由他來擔任協會祕書長以來，會員之間、會員與村民之間、協會與村委會之間的關係都更加融洽，協會有了更好的發展。耿村民間故事演講協會會長靳春利向筆者講述了協會的工作和設想：

> 我這故事協會就是做文化的，只要是外邊的專家、學者們、遊客們，只要到這邊來，我就是給他組織。要不，你一說耿村文化，人們一想，好像跟大街似的，隨機形式的，我隨便來一個，我隨便講，不是那麼回

事。這是一種文化，一種有組織性的文化團體、社會團體，你不能弄的那種隨便的方式。遊客們、專家們、大學生們，只要他來，就通過我聯繫，我給你安排，這麼一弄，咱就有組織性了，你需要嘛，我就給你弄。作為一個協會的吧，我上邊就是村裏的支部書記啦，我得通知他，讓他知道，就是這一方面的事。就是吧，現在協會跟村裏吧，它是一個社會團體，咱不受他領導管制。

現在協會已經註冊啦。我今年在民政局，有個專門註冊社會團體、民間團體組織的，我就把協會註冊了。註冊了以後，我是法人代表，我就可以搞一些商業上的活動了。這不我已經做個招牌啊，我在那上邊寫著「鄉遊、農家樂、故事莊園」，專業聽故事、講故事的，你過來，我給你家庭旅遊，我為嘛做家庭旅遊，不做一種大旅遊？咱沒法，村裏的硬體設施達不到，啥也看不到，你上這兒幹嘛來。我只好做家庭旅遊這一塊，讓遊客們聽農家故事、吃農家飯。雖然硬體條件差吧，咱可以在小環境上做家庭旅遊，綠色蔬菜啦，發展這種家庭旅遊。讓人們來了以後，體驗一下農村的這種氛圍。別管誰過來，咱都這麼著做。住的地兒都是故事家們。我還有好幾家，都是故事家庭。他來人多了咱就安排。這也變相的給故事家們增加點收入。[41]

二〇一〇年四月十日，耿村民間故事演講協會在藁城市民政局正式註冊為社會團體。註冊後的耿村民間故事演講協會可以合法地承接一些商業活動，可以更有組織地保護和發展耿村民間故事，同時也為故事家們謀取更多的福利，為民間故事傳承人依靠講故事自給自足的設想邁出了重要一步。建立故事傳承人自己的行業協會，有利於激勵他們以多種方式積極主動地開展故事講述活動，改變過去完全依賴外部力量來推動的消極被動狀態。耿村民間故事家演講協會，作為社會團體，不僅積極聯繫媒體、學者到耿村進行訪問，還與旅行社共同組織耿村民間故事旅遊活動，取得了不錯的口

41 訪談對象：靳春利，訪談人：李敬儒，訪談時間：二〇一一年七月二十五日上午，訪談地點：耿村郭翠萍家。

碑。據靳春利介紹：

> 現在就是來了遊客，我一天按三十塊錢給他們（故事家）算。就是按人頭算，來講一天我就給你三十塊錢，講的少我就給你十五塊。講一天給你三十塊，這是光講故事的錢，吃住再另外給錢。反正協會現在有點收入，但是沒有固定收入。只要是通過我去講故事的，就都有報酬。如果一時沒有的話，我就給記功，等過一段時間，我再給人發工資。所以，現在講故事的也還不少呢。[42]

除了以學術調研、旅遊等名義將外邊的人引進來，耿村民間故事演講協會還利用先進的傳媒手段，設法將耿村民間故事傳播出去。二〇〇七年，「耿村故事文化網」正式開通，並取得了不錯的口碑。之後，靳春利又申請了QQ、博客、微博等網路言論工具，對耿村民間故事進行既密集，又有層次的傳播。靳春利講：

> 講故事本身就是個新陳代謝的過程，老故事家都已經老了，我們只有再培養年幼的小故事家，然後再借助現代媒體的力量，在網上、在書本上進行宣傳。要不，現在耿村是挺出名，但是知道的大部分都是學者，我們利用大眾媒體進行宣傳，就是爭取讓更多普普通通的人知道耿村，知道耿村故事。[43]

當然，利用現代傳媒傳播故事具有積極強大的宣傳效應，耿村民間故事演講協會目前正在做的就是這一方的工作，至於如何將民間故事講述人與聽眾之間實現無縫對接，則是需要很好思考的問題。

---

42 訪談對象：靳春利，訪談人：李敬儒，訪談時間：二〇一一年十月五日中午，訪談地點：耿村村委會。

43 訪談對象：靳春利，訪談人：李敬儒，訪談時間：二〇一一年十月五日中午，訪談地點：耿村村委會。

第二章　靳景祥的故事人生

靳景祥一九二八年農曆十一月二十九日出生在耿村，乳名小碗。在靳氏五支中，他家屬北門。一九八八年，靳景祥被河北省民間文藝家協會、河北省民間文學三套集成辦公室聯合授予「河北省民間故事講述家」稱號。一九八九年，中國民間文藝出版社出版了他講述的民間故事專集《花燈疑案》，並獲河北省第三屆文藝振興獎。一九八八年，加入河北省民間文藝家協會，一九八九年，加入中國民間文藝家協會。靳景祥曾多次出席河北省、石家莊市和全國學術會議進行現場講述，受到中外專家學者的高度讚揚，被稱為「中國奇人」、「難得尋見的大故事家」。自一九八七年被採錄以來，現已整理出靳景祥講述的故事四百二十一篇，另外還有歌謠、諺語、謎語、歇後語等大量民間文學資料。

靳景祥的一生是傳承故事的一生。從一出生，他就與民間故事結下了不解之緣，豐富的人生經歷，使他在成長過程中，有機會廣泛吸納故事，將說書、唱戲等藝術形式加入到故事講述中，不斷提高講述水平。

第一節　九門獨子

耿村人說起靳景祥，都說他是「四十畝地一棵苗」、「九九歸一的繼承人」，道出了他在家族中的地位及其特殊性。聊到靳景祥的祖輩，景祥老人說是從山西洪洞縣遷徙過來的：

俺們靳家吧，就是給人家看墳，落到這兒。這弟兄六個，老弟兄六個在這給人家看墳。朱元璋這兒子燕王掃北，登了基，俺們靳家在這就算是落了戶啦。你看原先俺們靳家那個老墳，就在那疙瘩那嘞，圍著這是六個，六個墳頭，六個祖宗。現在就剩五門啦，那一門絕啦。那一門是個孤墳，過年都在那燒去，除了那，各上各老祖宗那去燒紙去。這以後啦，那是個孤墳，沒了人啦。你看現在靳家還是五門。[1]

祖居耿村的靳景祥先祖，除了看墳，世代都是莊稼人。靳景祥爺爺輩親兄弟五人，因為窮困，只有老二和老四（靳景祥爺爺）娶上了媳婦。靳景祥二爺爺沒有兒子，只生了一個閨女，早早就出嫁了。靳景祥爺爺生了兩個兒子，長子靳英瑞和次子靳文學。長子靳英瑞沒有孩子，次子靳文學生了三個孩子，也只有一個兒子，因是兩代人盼星星、盼月亮，才盼來的這麼一個寶貝，所以取名小晚，意為晚生的繼承人。後來嫌這個名字不雅，就取大名景祥，並將乳名中的「晚」字改為「碗」字。現在村裏人，還是習慣地叫靳景祥做「小碗」。不久，靳景祥的幾位爺爺相繼去世，本門近支的兩戶也死絕了，加上伯父、父親的家產，共九家的，早晚都是他一個人的了。祖輩以農為業的九門靳氏把土地看作最大的家產，合起來共有四十畝地，靳景祥年紀小，當地人就說他是「四十畝地一棵苗」。靳景祥這樣說：

俺這個門裏，你看我，就是我自個兒，上邊我父親、我大伯。我大伯是個說書的，西河大鼓，那時候在四向[2]上說書。家裏窮吧，俺們家這點兒東西，就是窮出的，窮出的九根樹節，打了九根樹節，清出了九

1 訪談對象：靳景祥，訪談人：李敬儒，訪談時間：二〇一一年七月二十五日下午，訪談地點：耿村靳景祥家。
2 四向：耿村方言，意為四方。

股，九股就算成了這一個家。這一個家吧，我大伯那邊，什麼事也沒有，連個閨女也沒有。他結婚了，就是沒有孩子。我父親這邊，俺姐妹三個，兩個妹子，數我大了。我是大的，最後這兩邊落我自己。要不，我得學說書？出去啦，出去了以後回來，能不看看家啊？回來了不讓你出門啦，就是兩邊守著你自己，想吃個水都不容易，別說幹別的啦。

你像我成家，都是我大伯給成的家。這邊窮，給你看著個門，地種不了，沒有農具，沒有牲口，種不了地，就指著這一個人吧，這算兩邊守著我一個人。這以後，我這底下吧，哈七八個，可是不少，就是閨女多，四個閨女，兩個小子，也行。這算成了這麼個家。趕到了這平分啦，一傢伙把俺們這都平分啦。莊貨多，九股子莊貨，可是俺自家啦，你說，還能少了啊？一股子、一股子的莊貨們，光指望著我嘞。家裏再苦，也捨不得賣。這九股子就是我爺爺們。五個爺爺，還有別的股子的，沒有姑姑，有什麼舅舅，還有我那一股子的一個奶奶，你反正算夠九股了，算夠九股就行。你看俺們這墳，個頂個兒的地裏都有墳，清楚著嘞。

我那小時候，還能不盛[3]啊。這你想想，九股子守著我自己，要嘛就給你，你吃嘛就給你來嘛，還指望著你長大成人嘞，撐上這個家嘞。趕到我這一輩了哈，就我這小小子這邊有個兒子，大小子嘞，倆閨女，又沒有人。就這一個小孫子，小孫子沒在家，當兵去啦，上外邊鍛鍊鍛鍊，上長春啦。[4]

身為九門獨子的靳景祥，童年是在眾星捧月般的愛戴和溫暖中度過的。爹娘視他為掌上明珠，爺爺奶奶更是捨不得讓他受一點委屈。從小靳景祥就是聽著奶奶、母親的搖籃曲入眠，聽著兩代老人的故事成長。稍懂事後，靳景祥更愛聽大人們講故事、唱小曲了。

3　盛：耿村方言，意為寵愛。
4　訪談對象：靳景祥，訪談人：李敬儒，訪談時間：二〇一一年七月二十五日下午，訪談地點：耿村靳景祥家。

農村裏有一種說法：「小子入了閨女群，平平安安長成人。」靳景祥五歲時便被送到晉縣的姨姨家寄養。姨姨有四個女兒，靳景祥就和女孩們在一起生活了兩年。姨姨是個故事簍子，愛說、愛笑、愛熱鬧，每天晚上，左鄰右舍都來聽姨姨講故事，與姨姨的共同生活養成了靳景祥愛聽故事的習慣。小時候奶奶、媽媽唱的歌謠，靳景祥已不記得了，但他還能清楚地記起在晉縣姨姨家聽故事的情景，可見，這段生活是靳景祥接收故事的重要時期，也慢慢養成了靳景祥辦事細膩、舉止謹慎的性格。

李：聽說你小時候聽了好多你媽媽、奶奶唱的歌謠，你還記得嗎？

靳：那個啊，不記得。你看一般的什麼歌謠啊，我不怠見那玩意。這故事這東西嘞，它別管生活也好，物質也好，你也別管它是歷史也好，它一朝一代的，有簡有重的，聽得有意思。唱這個歌謠什麼的沒意思，不聽那。

李：後來您是到您姨姨家住過一段時間是吧？

靳：我從小就上我姨姨家待著。我那個姨姨啊，是晉縣張家莊，我姨父叫張老梆，他那小名叫小棍。我在那兒從小就住著。這家裏窮吧，吃一兜買一兜，就把我送給姨娘家去了。我姨娘那塊兒嘞，也好做閒人，一趕到了黑價[5]，嗨，那屋裏坐著老些個人，你講一個、我講一個的，這麼著亂講。要不，我的故事多啊？我在這兒聽得多。

李：那會兒學的故事現在還記得嗎？

靳：就記得點子，也忘了點子。

李：比如說都有什麼故事啊，那會兒聽的？

5 黑價：耿村方言，意為晚上。

靳：我聽的那故事可多啦，植物也好，人物也好，歷史也好，笑話啊，這都有。

李：都是在晉縣姨父家聽的是嗎？

靳：我姨父家那會兒坐著一個人吧，他不會講，他見人家這個講、那個講，他臊得慌，他編了一個嘛故事啊，編了一個這故事：

俺姨姨家院裏有一個影碑，那後頭，是眼井。那會天黑了，他就那麼貓骨[6]著過去，上茅房。趕回來的時候，又貓骨著回來。趕一去啊，他慌著去吧，回來還接著聽故事嘞，「吭」，碰了一傢伙。回來他就給人們講故事啊，說：「我想起來了一個。」人說：「你講講吧。」「一去天黑沒看見，回來看見沒碰著。」他接著說：「我一去那會天黑，碰著個物件[7]沒看見，回來我想著這事嘞，回來看見了就沒碰著。」

李：那現在姨父和姨姨還在嗎？

靳：別說我姨父，我姨兄都沒了，我姨兄九十多歲了。

李：你是什麼時候從姨夫家回到耿村的？

靳：我八歲上，就回來了。後來，日本人就到了中國啦，那工夫我上著學嘞，在耿村上著學呢。日本人來了，跑吧。不跑啊，他見人就殺，這還了得啊？跑吧。從這，這麼一年一年地混下去。我還念了兩年日本書，現在你讓我唸倆日本字，我還唸了嘞，我還記著倆。[8]

靳景祥的童年是在眾星捧月般的愛戴和溫暖中度過的。父母視為掌上明珠，爺爺奶奶更是捨不得讓他受一點委屈，

---

6 貓骨：耿村方言，意為貓著腰。
7 物件：耿村方言，意為東西。
8 訪談對象：靳景祥，訪談人：李敬儒，訪談時間：二〇一一年七月二十五日下午，訪談地點：耿村靳景祥家。

無數夜晚他都是在奶奶、母親懷抱中聽著小曲入眠，無數白天他都在兩代老人逗笑、講述故事中成長。幸福的童年，養成了靳景祥聰明伶俐、活潑可愛的性格。在晉縣姨姨家，靳景祥與姨姨的女兒們一起生活了兩年。這段生活，對他影響很大，不僅養成了他愛聽故事的習慣，在不知不覺中，故事浸潤到幼小的心靈之中，而且收斂了許多他在自己爹娘身邊養成的嬌縱之氣，造就了他辦事細膩、舉止謹慎的性格。

第二節　學藝經歷

震驚中外的「盧溝橋事變」發生了，日本帝國主義的鐵蹄踏入冀中平原，剛在學校讀了一年多書的靳景祥不得不中斷學業，過起了逃命和混亂的生活。爹娘怕孩子跟著自己吃苦，就在靳景祥十一歲時，把他送到晉縣，跟一個姓蔣的師傅學修鐘錶。但在父母和親屬百般呵護中成長的靳景祥，不能忍受學徒的艱辛和束縛，不久便以換鋪蓋為名，回到耿村父母身邊。

靳：我學的對象、手藝可不少。這日本人在中國，你嘛也幹不了，上日本學不願意上，學不會，不懂那個話。叫我上晉縣，跟一個姓蔣的修錶，他是四川人，（父母）託了個人，就讓我在他那塊兒給修錶。

李：在那有沒有難忘的經歷？

靳：在那修錶，跟人家學點嘛，這都不容易。

李：學了多長時間？

靳：學了快一年的時間。

李：後來怎麼不學了？

靳：夏天好說，這冬天嘞，那麼一個小屋，蹉跎，我在那裏屋睡。冷了，一露出頭來就冷，就蒙住頭啦。

李：那會兒有多大？

靳：就十來歲。這說得有點不好聽，尿了炕啦。趕第二天，早早地就起來啦，那被窩都沒法睡啦。起來啦，把那被子捲了捲，又怕人家說，這跟著人家不是親爹、親娘，不沾[9]。趕吃了飯了，我說：「我回家啊，回家看看去。這被子薄，我換換。」掏了個瞎話，說：「回去吧。」我就把那被子捲了捲，弄點繩這麼一捆，一揹就回來啦。回來啦，就哭開了。說：「怎麼了這是？」把那被子往地下一扔，把那被子弄開一看，好，濕了。說嘛也不去啦，從那不去啦。[10]

靳景祥結束了短暫的修銾的學徒生涯。但僅僅過去一年，靳景祥又開始了他的學藝生涯，而這對他的人生和故事講述產生了更為重要的影響。靳景祥的大伯靳英瑞是個說西河大鼓的藝人，在方圓幾十里享有盛名。自小愛聽說書、講故事的靳景祥，對大伯十分崇拜，十四歲便跟大伯學說西河大鼓了。大伯的一部書常常要說二三個月，其中人物繁多、情節複雜，雖然靳景祥只學了《呼家將》裏的一部分，但已能在大伯坐臺演出時，與大伯答話，配合著大伯完成演說了。

李：後來又學說書是吧，跟大伯？

靳：以後啦，還有日本嘞，就跟著我大伯學說書，西河大鼓，學了有二三年嘞。就一直跟大伯學，大伯叫靳英瑞。

李：那你上臺說過書嗎？

---

9 不沾：耿村方言，意為不行。

10 訪談對象：靳景祥，訪談人：李敬儒，訪談時間：二〇一一年七月二十五日下午，訪談地點：耿村靳景祥家。

靳：那工夫子也不叫上臺，也沒有什麼這個臺、那個臺的，就是上村裏說檔子[11]。檔子就是上村裏去說，落這塊地兒，就算檔子。我就是跟著他一檔子學吧。

李：您跟大伯都學過什麼說書本子啊？

靳：跟他學的不多，學《呼家將》。從〈上墳〉一直到〈幽州〉，就學了這麼一小截。

李：一般怎麼學啊？是他在上邊講，你在下邊聽嗎？

靳：他說一句，我就答一句。

李：那其實你們倆說書就是一塊說的，搭檔的形式。

靳：哎，對。

李：學說書這段時間，您結婚了是嗎？

靳：學了一陣子，我大伯給信[12]了個人，結婚啦。我結婚早，十五歲上結的婚。

李：給您信的是哪個村的？

靳：晉縣的，晉縣李家莊。那時候還有日本嘞。[13]

十五歲那年，經大伯包辦，靳景祥與晉縣李家莊的李銀果結為夫妻。成家後，家裏有了人，靳景祥忙田裏的活多了，在家待得也多了，就不能隨大伯外出說書了，但他時刻懷念與大伯走村串戶說書的快樂。大伯理解侄兒的心思，就引見靳景祥跟著個師傅去學快書（木板書）。這樣，靳景祥便拜了藁城市南馬村的樊春秀為師。樊春秀常年在當時的華

---

11 檔子：說書藝術在大街上說書時臨時搭的桌子。舊時說書藝人，走街串巷，沒有固定的舞臺，趕上哪有集市，就臨時搭個桌子，開始說書表演。

12 信：方言讀二聲，意為娶。

13 訪談對象：靳景祥，訪談人：李敬儒，訪談時間：二〇一一年七月二十五日下午，訪談地點：耿村靳景祥家。

北重鎮石家莊擺場立攤，靳景祥就在石家莊的西花園跟樊春秀學了近一年的《康熙私訪》。

李：結婚以後，您在家裏待了多久？後來又去石家莊學說書了是吧？

靳：對。結了婚之後啊，我大伯說：「你上近處吧，別跟著我走啦，跟著我走，你嘛也學不了。」這一個姓樊的，叫樊春秀，經常地上這一塊兒來說檔子來。他媳婦叫王素爭，他有一個夥伴叫郭金玲。

李：您跟他學也是在耿村這一帶搭檔子是嗎？

靳：在石家莊學的，我去了就算拜他為師。這一年跟著他學，學的《康熙私訪》，私訪蕪湖，私訪雲南。

李：現在還記得嗎？學的這些本子。

靳：哪記得啊？過了一個平分，就嘛也不記得啦。

李：你後來講故事也應該有一些裏邊的內容吧。

靳：有嘛啊？嘛也沒啦。這以後，「文革」就鬧得厲害，像俺們這個就光挨鬥去吧。

李：跟樊春秀學說書學了多久？

靳：學了有一年時間吧。

李：不如跟大伯學的時間長，但比大伯學的東西多是吧？

靳：對。

李：您現在講故事說書的風格挺濃的，是不是就是受之前說書的影響？

靳：反正我講的這些，一般都是古詞裏邊的，不是那一般的農村裏講個什麼笑話啊、故事啊，不是那麼個樣。要不，說講故事，沾我這說書的光啊。怎麼沾這個光啊？他這書裏頭的詞句什麼的，可以用到故事裏頭去。如果這故事裏有不合適的地方，我就把這個故事擱到這兒，再加上點子說書裏的詞句，就是一個整體了。要不，我沒文化，怎麼能講出這麼些個來嘞？實際我的記憶力好，腦筋好使。咱講出來這個故事，叫石家莊文聯的袁學駿他們一說起來了就是，我講出來的這個圓滿，不用整理，就著書就算成啦。

李：那您聽的時候，應該是土語特別多吧，就是您從別人那聽過來的時候？然後，加入你自己的整理進去，就圓滿了是嗎？

靳：我自己啊，比方說這一個故事不圓滿、不順溜，我能把它整理整理，整成順溜的。我也不識字，我就想吧，怎麼著它就順溜啦。我講這麼些故事，單憑我這腦子這麼著轉嘞，肚裏存著。

李：您那故事裏說書的套語還是挺多的，一齣一齣的，邏輯性特別強。

靳：我自己就回憶回憶，回憶得順溜啦。

李：那你把這書，比如說你說書，有時候會把一個故事和另外一個故事串起來，是吧？

靳：斷不了。[14]

剛在石家莊學了一年快書，不料，家中父親生了重病，沒人照料，連喝的水都沒人去挑。靳景祥只好忍痛辭別師傅回家種田了。儘管，在說書過程中學到的本子，靳景祥已基本都不記得，但說書經歷，使靳景祥得到了民間口頭藝術的薰陶和鍛鍊，在靳景祥的故事講述中產生了重要影響：第一，初涉說書這樣的大本子，訓練了靳景祥特別的記憶力，訓練了娓娓道來的講述口才；第二，說書本子中體現出的樸實的審美、道德觀念對靳景祥的人生觀、價值觀產生了深遠的影響，而這些也體現在了他對故事的選擇和講述過程之中；第三，也是最為重要的，就是說書過程中起承轉合的自然貼切，培養了他駕馭故事的超強能力。說書本子中的古言詞句、評說的連接套路，鐫刻在靳景祥的腦子中，他會不自覺地

14 訪談對象：靳景祥，訪談人：李敬儒，訪談時間：二〇一一年七月二十五日下午，訪談地點：耿村靳景祥家。

將這些詞句、技巧用在以後的民間故事講說過程中，尤其是故事講述中的刪節、增加以及靈活把握故事講述現場等方面。在後來的故事講述中，靳景祥表現出明顯的民間曲藝的痕跡。

除了說書，靳景祥還有過一段唱戲的經歷。一九四九年，中華人民共和國成立後，耿村在舊戲班的基礎上成立了京劇團，靳景祥有一副好嗓子，便粉墨登場演鬚生。在《空城計》中，他演活了諸葛亮；在《武家坡》中，演活了薛仁貴；在《轅門斬子》中，他演活了楊六郎。全縣大匯演，他總是拿著獎狀回來，成了村戲中的主角，備受鄉親們尊敬和愛戴。

李：聽說您還參加過京劇團呢，還唱過戲呢？

靳：那是在村裏。就是俺們村裏成立了一個自對班，就是自己村裏成立的。請了個教師，就算在那塊兒唱戲。

李：您都唱什麼角色啊？

靳：哎呀，我在那兒也唱過兩齣，唱京劇。唱一個《武家坡》，一個《空城計》，一個《打漁殺家》，還有一個《轅門斬子》，這都是我的戲。諸葛亮、薛仁貴、楊六郎，我都唱過。瞎唱，村裏這自對班跟人家（專業班）那就不一樣。人家那是江湖班，咱這是土班。

李：您主要是在耿村裏唱，不出去唱是吧？

靳：對，就是唱著玩的。那是五幾年的事啦，這會兒你叫我唱啊，我一句也記不起來。

李：那你現在講故事會用戲裏的詞嗎？

靳：能沒有啊？有點兒。

李：那你講故事會講薛仁貴、王寶釧的故事嗎？

靳：沒有說那個。

李：也不說楊六郎的故事？

靳：沒有。你看這戲上唱的這，我都不講。人家已經編成整個的詞啦，是吧，你說你講這個就沒意思啦。你看楊六郎這個，我講過嘛啊，〈楊六郎大戰白石精〉，講過一個這。
李：但是，戲裏邊沒唱過這個是吧？
靳：沒有。這戲上它沒有的，我就開講。要不，咱《石家莊日報》，還登了登我這一篇嘞。
李：唱戲的時候動作不是都挺誇張的嗎，你講故事的時候會用戲裏邊的動作嗎？
靳：這個講故事用不了什麼動作，跟說評書不一樣。[15]

正如靳景祥自己所說，他是個愛說、愛笑、愛熱鬧的人，他熱愛民間藝術，並積極地進行著實踐。無論是說書，還是唱戲，都為他日後成為大故事家，做了內容和講述技巧上的準備。然而，他並不是將已經成文的說書本子，或者戲文說給別人聽，而是刻意追求新意，為他講述的每一個故事都打上了屬於他自己的標籤，這也使他成為耿村數一數二的大故事家。

第三節　學廚與開飯店

在家鄉種了兩年田，靳景祥的家境終於好轉。耿村有個小有名氣的廚子叫郝蘭虎，見靳景祥聰明伶俐，卻被家務和農活累得悶悶不樂，就找他來說：「小子哎，你別光想學說書了，跟俺學做飯吧。常言道：『三年不下雨，餓不死灶上

15 訪談對象：靳景祥，訪談人：李敬儒，訪談時間：二〇一一年七月二十五日下午，訪談地點：耿村靳景祥家。

人。』」靳景祥覺得這話說得有道理，就跟著郝蘭虎到束鹿縣（今辛集市）學做飯去了。從此，靳景祥告別了說書生涯，開始他的廚師生涯。然而，不到半年，飯店就被日本人砸了，靳景祥只得又轉到晉縣西關飯店。他的好手藝和好招待，使他成為遠近聞名的廚師，這樣在晉縣幹了十年。

全國解放後，轟轟烈烈的土地改革運動在耿村展開了。靳景祥是「九九歸一的繼承人」，家裏莊稼地多，宅基地又多，按那時的政策，他被劃成了富農。於是，從九股人那裏繼承來的莊貨，就平分給了村裏的鄉親們。公私合營時，靳景祥回到了耿村，在村裏剛成立不久的農業社裏擔任記工員，做得得心應手。一九五八年大躍進時，村裏成立了大食堂，他又當上了管理員。

一九六三年，靳景祥已成了六個孩子的父親。為了一家人的生計，他重操舊業，又到藁城縣二建公司做飯去了。一九七七年，在文化大革命中慘遭迫害的靳景祥得到平反。他又被邀到藁城縣廉州飯店當掌勺師傅，這一幹又是十年，直到一九八七年，六十歲的靳景祥才以合同工身份退休還鄉回到耿村，過起了輕操農活、照管孫兒孫女的生活。閒了沒事，靳景祥最大的樂趣就是和村中的老人們聚在一起談古論今講故事。誰家娶媳婦、聘閨女、辦喪事，他都有請必到，熱心操辦。他的好廚藝和講不完的故事，頗受鄉鄰的尊重和愛戴。

學廚、當廚師、開飯店的經歷，在靳景祥的人生中，占有非常重要的地位，他一直把廚師當作是自己的職業。而這幾段經歷，對靳景祥故事的吸納和傳承也產生了最為重要的影響。靳景祥曾說，他現在講的大部分故事，都是在藁城當廚師的時候聽來的。那時候，他認識了一位叫李孝鼎的書法家，從他那學來了很多故事，〈藁城「宮麵」的來歷〉就是從李孝鼎那裏聽來的。提起當廚師的那段日子，靳景祥記憶猶新：

李：您那會兒在藁城開飯店的時候生意好嗎？賺錢了嗎？

靳：生意還行嘍。我主要是自己炒菜，賺錢、不賺錢，我這一家子十來口子人呢，單憑我這麼著來回折兌。這不容易，我這麼活過來啊，不容易。家裡負擔大，吃勁啊。

李：不過，我覺得您一直還是挺順的。你開飯店的時候，是不是碰到過好多愛講故事的人啊？

靳：那個多啊。咱到哪兒去了啊，好跟這有文化的人哪、好說好笑的人哪，都接觸嘍。俺們在藁城南花橋這塊兒，蓋了幾間房子，有個人是城裏的，是一大隊的，姓李，叫李孝鼎，大書法家。這一幫人們啊，甭管供銷社、村、縣，你寫個牌匾啦，都找人家。

李：他經常到你那飯店去吃飯是嗎？

靳：經常上我那兒去。咱是個熱情人，他去了，我就給弄點湯啊什麼的，不要錢啦，他喜歡得不行。每天上我那兒，吃三兩炒餅，一碗雞蛋湯。每天去，一看十一點，他就到啦。你給做著吃的，他就坐著給人講話去啦。你像我一般的故事們，他給我提供的不少。

李：他那會兒都講什麼故事呀？

靳：那會兒淨講一般的歷史故事多。人家講出來的故事，就是曲折得很。你聽吧，越聽越愛聽。就是有一個故事，講商紂、霸王，霸王是誰的兒子啊，項羽啊，是誰的小子啊？這就說到商紂啦，一直到劉邦登基，孟姜女出世，從這開始，一直到劉邦登基，一個故事就這麼長。

李：這都是李孝鼎那會兒講的是嗎？

靳：嗯。

李：開飯店的時候，你是不是主要聽故事啊，你給客人講故事嗎？

靳：我不講，我光聽。人誰在那一講啊，我就給人家倒口水。一樣啊，我那飯店裏熱鬧吧，說：「走走走，上誰那飯店去聽故事去。」哎呀哈，那講故事的可多嘞。

李：那都是什麼樣的人啊？除了李孝鼎是書法家，還有幹什麼的呀？

靳：幹什麼的都有，你像在這路過的都有。都是好說、好唱的人們，見一個說：「我也給你說一個，這故事你存上了吧。」這很不容易啊，時間長了就忘了，記個頭的，要不，記個尾的，什麼什麼事記著點兒。這以後吧，講開故事啦，回憶這個事來，我還記著個什麼什麼故事嘞，就是忘啦。沒有文化，寫不了。你有個本子，你看怎麼好，拿出來就是故事。不沾，想吧，淨這麼想，黑價睡不著了想，白天也想，地裏幹活去也想，這才想了這麼點故事。

李：不少了，五百多個故事呢。

靳：哎呀，不多。還能出一本嘞。就是一樣，不講啦。老啦，這腦筋內底[16]不夠使啦，這腦筋轉悠不到那兒去啦。這三大傳奇，你像俺們藁城石閣老[17]傳奇，徐村那是他的老家。石珤、石玠、張子林[18]，怎麼這麼說啊，張子林跟石閣老，他們這都是親弟兄，但是他家窮，張子林就跟了他姑姑啦。他姑姑是紅星的，他是那麼著的叫張子林。你看這也是傳奇。你看再有一個這傳奇嘞，你看腦子懵懵的，我想不起這。

李：石閣老的傳說也是開飯店的時候聽的嗎？

靳：這個也是開飯店。

李：是不是您大部分故事都是開飯店的時候聽的呀？

靳：開飯店聽的故事不少吧。李孝鼎這人不賴。

---

16 內底：耿村方言，意為畢竟是。

17 石閣老：（西元一四六四—一五二八年），姓石名珤（bǎo），字邦彥，別號熊峰，藁城徐村人氏，明朝成化年間進士。正德年間為禮部左侍郎，嘉靖年間為吏部尚書，文淵閣大學士。關於石閣老的傳說在藁城頗豐，藁城曾編有《石閣老的傳說》一書。

18 石玠（jiè）：字邦秀，石閣老石珤的胞兄，西元一四八六年（明成化二十二年）與石珤一並舉進士。此處疑與另一藁城人張子麟混同。張子麟（一四五九—一五四六年），字元瑞，號恆山，明代河北藁城人。成化二十年（一四八四年）進士，歷任南京大理寺評事、河南汝寧府知府、山西參政、河南布政司、湖廣都察院提督、南京糧儲、刑部侍郎和刑部尚書等職，因執法公正，被稱為「一代刑名之祖」。

李：開飯店什麼時候結束的，後來為什麼不開了？

靳：這以後吧，我不幹這個啦，回家吧。孩子們都大了，小子們該過事[19]啦，閨女們該娶聘啦，這麼著。我在那開著飯店，那大小子結的婚，嫁了兩個閨女。俺這個二兒嘞，找人家吧，在化肥廠，就是俺們藁城化肥廠，在裏頭上班，這不賴。說起來咱在那待了些陣子，跟那裏頭幹部們都有點來往。在那兒上班，那看這二兒子嘞，就沾了這光啦，現在他還是給人家幹這個。你這大的不沾。

李：您覺得您在藁城開飯店這事好不好呀？

靳：我覺得在那塊兒，吃得挺好，心情也舒暢，又不挨鬥啦，又不挨訓啦。覺得舒暢得很。還能貼補家用。[20]

在飯店中的工作，使靳景祥有機會與各行各業的客人接觸，搜集到很多民間故事、笑話、順口溜、掌故等，使他的講述量得到很大提升，講述內容也日益廣泛；也正是在那時，本來就愛說愛鬧的靳景祥，變得更加開朗，尤其是在文化大革命之後，在飯店中與朋友們的說笑，讓他忘記了養家的不易和「文革」中受到的恥辱，與朋友說笑話、拉故事、講見聞成為他的一大嗜好。對廚藝的精通，也體現在他的故事講述之中，如在〈藁城「宮麵」的來歷〉中，首先他對飯店的經營和廚房裏的一切用具都非常熟悉，他講掛麵製作過程中的和麵、揉麵、騰麵、上擀拉麵，一直到後來的煮麵、端麵上桌，也都非常詳細生動，這是他常年廚師工作的積累，在故事講述中不自覺地體現。廚師是靳景祥的正業，也是他養家糊口的手段，這一手藝也為他在耿村贏得了一定的聲譽。他又是個熱心人，誰家有個紅、白喜事，他都有請必到，熱心操辦。如果說前期當廚師、開飯店主要是靳景祥吸納故事的時期，那麼退休回到耿村之後，經常為別人家幫忙掌勺的靳景祥，就開始了他故事講述和傳承的時期。

---

19 過事：耿村方言，意為結婚。

20 訪談對象：靳景祥，訪談人：李敬儒，訪談時間：二〇一一年七月二十五日下午，訪談地點：耿村靳景祥家。

第四節　慘遭厄運

一九六六年，文化大革命風暴襲來，在「橫掃一切牛鬼蛇神」的風暴中，靳景祥被揪回了耿村。昔日被人羨慕的「四十畝地一棵苗」，如今卻成了祖上種下的禍根。富農成分和他愛講故事的嗜好成了他的兩大罪過，他被戴上了富農份子的帽子，遊街示眾、掛牌批鬥。過去受到全村人愛戴和尊敬的靳景祥，一夜之間成了低人一等的四類份子，一言一行都被人監督管制。村裏的髒活、重活都有他的份兒，打坯、下窯、掃街、打掃牛棚、起糞等等都有他的身影。在人格被侮辱的時候，靳景祥曾想到死，但想到一家老小還指望他過下去，就咬著牙忍辱含羞一天天堅持著。

提起那段歲月，靳景祥說：「最不能忍耐的，是不讓講故事，連張嘴出氣的權利都沒有了。」有一次，靳景祥和戴歷史反革命帽子的王玉田等在磚窯上幹活，休息時，王玉田偷偷講了個〈蘇小妹三難新郎〉的故事，竟然被紅衛兵知道了，闖下了大禍。當天晚上，紅衛兵開批鬥會，叫他們逐一交代罪行。靳景祥想搪塞過關，氣得紅衛兵破口大罵：「胡說八道！講黃色故事，最突出的就是你靳小碗！到處散佈流毒，像你這種人可殺不可留，是人民的敗類！」這段慘痛的經歷，是靳景祥不願意回憶的，每次提起，他都不願意多說，甚至有時還把不能學說書的原因，附會為文化大革命。

李：文化大革命那會兒讓講故事嗎？

靳：沒有。那工夫裏，這文化革命鬧得誰也不敢講。講了，你是黃色的，就擄大胳膊，批鬥，誰敢講啊，沒人敢講。

李：不管講什麼故事，都說成是黃色的？

靳：嗯。你凡（是）講這故事們，這都是黃色的。就是一朝一代的故事們，你這是黃色的，不讓講。

李：有偷著講的是嗎？

靳：偷著啊，偷著多咱也有。在一堆幹活嘞，偷著給你講個小故事，這個多咱也有。

李：那會都講什麼故事啊？

靳：一般的都是講生活故事的多。

李：那會想講嗎？心裏癢癢嗎？那十年不讓講呢，您不是又愛聽故事又愛講故事的，這十年怎麼過啊？

靳：不好說啦，不敢講啦。一直到普查進了村，才給講開啦。普查之前，誰也不敢講。[21]

耿村另一位故事家靳正新在他的口述自傳中，講述了靳正新、靳景祥和王玉田三位大故事家在文化大革命期間，在一起偷著講故事的場景：

耿村街上天天有幾個人在掃街，其中有戴現行反革命份子帽的我。萬萬沒有想到能說善講的景祥也掃街。自一九六〇年以來，我和他接觸又多起來，到了一塊兒有共同語言，三句話不離本行，我對他講故事的技藝從心眼裏佩服。他因常講故事，也被紅衛兵打成了毒害青少年一代的牛鬼蛇神。

「小碗（景祥小名）弟，你講個故事俺們聽聽吧。」

「還是玉田來段吧。」

---

21 訪談對象：靳景祥，訪談人：李敬儒，訪談時間：二〇一一年十月五日上午，訪談地點：耿村靳景祥家。

「不不不。你願講就講，拉拽我做嘛？」

一向謹小慎微的王玉田把靳景祥的話擋了回去。

「管他娘的屁！怎麼咱不是染布缸裏的布啊。講！說句實在話，不講心裏不痛快！」景祥一開講，我的嗓眼兒整發癢。當他講完了一個．我索性也開了腔。王玉田不是不愛聽、不愛講的人，時間一長，他也進了騾馬夾桿——上套兒耩（講）了起來。我們仨也是苦中取樂，只要一掃完街，俺們不是湊到玉田家，就是湊到小碗家，要麼就是到我家窮講解悶。

在那種政治環境裏，也堵不住我們的嘴。有道是：「人在難處別發愁，愁出病來自己受。笑話就是好夥伴，窮講窮唸盼自由。」[22]

在文化大革命這十年間，耿村的故事講述人都遭到了不同程度的迫害，給他們的身體和心靈都造成了極大的創傷。講述人不能理解，平時解悶、說閒話的故事講述，怎麼就成了「黃色故事」？然而，正如靳景祥所說：「哪天不讓說這個啊，心眼裏覺著那麼淡乎乎的，不是那麼（舒服）。你看說個故事，碰到一塊兒嘍，上點歲數、年幼的，還有什麼事也好，大家一坐，嘻嘻哈哈說兩句，多痛快。」[23]因此二十世紀六七十年代，並不是故事講述的沙漠，耿村的講故事的人不能光明正大地講，他們就私下裏偷偷地講。可見，就算是在特殊時期，政治事件也影響不了民間文化的發展，普通老百姓們用自己的方式，堅守著民間文化這塊陣地。

22　袁學駿、李保祥主編《耿村民間文化大觀》（上）（北京圖書館出版社，一九九九年），頁四九五。
23　電視節目《故事村的故事》，河北電視臺故事坊欄目播放，樊更喜提供。

第五節　寄情故事

聽故事，是靳景祥自小就有的愛好；講故事，是靳景祥多年養成的習慣。日常生活中，靳景祥並沒有刻意去跟別人講故事，而是在勞動的時候，在閒聊中，自然而然地講起了故事。

俺們那時候小時候他就沒有歌舞，他也沒喜歡歌舞，就是那時候沒電視，有農村的唱戲的來了戲，家裏人挺多就看去了，是吧。在沒事的待一團，老婆們沒法了就講笑話去了，講故事。可不講故事在那南隊裏，跟我差不多歲數的，在家裏沒法了都聽去了。在地裏，鋤著地鋤草，鋤著草講著笑話，這隊長就喊：「啊，你們還幹活不？光聽笑話。」我說：「來咱們一邊鋤一邊講，誰跟上我了啊誰就聽，誰跟不上了就甭聽。」我鋤得快唄，他們跟得快。隊長就說：「呵，這行了啊，講笑話不誤做活。」現在俺們隊長還活著呢。一邊鋤草一邊講故事，不誤事。休息的時候，趕做活累了，趕就講個笑話，也講這個也講那個的。[24]

在靳景祥生活世界中，生活與故事不能分離，哪怕是勞動中或勞動間隙，他總是用故事來消解疲勞，用故事來逗樂。靳景祥會講故事的特長不是一天練就的，講故事不僅為他帶來了村裏人的尊敬和愛戴，更為他帶來了聲譽和名望。

一九八四年五月二十八日，中華人民共和國文化部、國家民族事務委員會、中國民間文藝研究會聯合發佈了開展搜

24　訪談對象：靳景祥，訪談人：林繼富，訪談時間：二〇一〇年五月四日，訪談地點：耿村靳景祥家。

集整理民間文學「三套集成」的第八四╱八〇八號文件，該文件指出，中國豐富的口頭傳承是一筆巨大的財富，該項工作的目的是：「讓民間文學更好地為人民服務，在社會主義物質文明和精神文明建設中更好地發揮作用。」[25]文件還提出，要編輯和出版《中國民間故事集成》、《中國民間歌謠集成》、《中國民間諺語集成》。一九八五年，民間文學作品搜集工作在中國所有行政區劃單位展開，正是以中國民間文學三套集成的編纂為契機。自一九八七年開始，石家莊文聯、藁城市文聯（文體局）相繼組織了多次針對耿村的大型普查。由於靳景祥在耿村是頗有名氣的故事講述人，從第一次耿村民間故事普查開始，石家莊地區民間文學三套集成普查隊就把他作為重點調查對象，全面瞭解他的故事人生，採錄並整理他所講述的故事。

文化大革命時期的痛苦遭遇，使靳景祥一直心有餘悸。上世紀八十年代，全國開展民間文學三套集成大普查。石家莊地區普查隊一進耿村採集故事，鄉親們就舉薦靳景祥。他開始總是躲著走，唯恐一張口再帶來厄運。那年，適逢靳景祥孫女靳夢坤滿月過十二天，普查隊員王建國去他家慶賀，他很是感動。普查隊員向他宣傳了國家搶救民族文化遺產的政策，這才讓他打開了話匣子，再也閉不住了，奇奇巧巧的古今故事猶如噴湧的旺泉。

李：文化大革命之後，什麼時候又開始講了呀？

靳：這個講故事這玩意，開頭，他們（普查隊）進了村，你像袁學駿主管他們，收故事的，說：「行，你就這麼講吧，有嘛你就講嘛。」不講，我不講。我說：「我也不會，你也不用找我，我也不講。」我還上藁城嘞還。說你少講一個，我說：「打頭我就不會，為嘛非挨這個說啊，我說我可這個害怕，文化革命受過一定的批鬥，俺不講這個，你別讓俺講這個，俺不講。」一弄，擴開大胳膊啦，不講這。

25　劉守華，《故事學綱要》（華中師範大學出版社，一九八八年），頁一一二

李：他們普查進村，不都是八六年的事了嗎？文化大革命七六年就結束，等於七六年到八六年之間這十年都沒講過故事是嗎？

靳：沒有。

李：然後，普查的來了你也不敢講？

靳：看這以後嘞，他們搜集故事的，你不知道，他們那辦法多。像那有文化的人們，都辦法多，腦袋好使。有了俺那小孫女啦，過「十二天」，你像咱們這當地都興過「十二天」。親朋好友都來啦，他們這裏頭有一個，這就是袁學駿他們這裏頭的，是深澤的，叫王什麼，這個人是吧，跑的待我這來攢臉來啦，拿著三尺布，有的是拿雞蛋的，他拿的布。你看這嘞，人家給咱攢臉來啦，我怎麼辦？人家說得好得不行，說：「你不要不講，現在國家的文化啊，就是講，把咱們中國人的文化，擺到天安門上叫外國人看看，看看中國怎麼怎麼樣。你有嘛本事，拿出來，這是報效國家這是。以後我保證沒有事。」行，講吧。人給咱臉，咱也得給人家臉啊。講吧。從那開始，這就吐了口啦。這口算堵不住啦，就講開了。

李：那您還記得您第一個給他講的是什麼故事嗎？

靳：頭一個，我講的是〈妯娌四個對詩〉。講了那一個，得了，趕到了黑價，說不定來幾個，就一個說：「你給我講。」那說：「你給我講。」

李：小孫女叫什麼名字啊？

靳：靳夢坤，二十五啦。

李：也就是說你開始講故事二十五年啦。就是真正地對外人講故事是二十五年。其實在這之前還只是跟自己的身邊的人講。

靳：就是啊。[26]

靳景祥的故事天南海北無所不包，他的講述有板有眼、有條不紊，閒聊時說到一個有意思的話題，他就能講起一個故事。聽靳景祥講故事，不僅能得到大量資訊，更是一種美的體驗。他說書式的語言、聲情並茂的模仿，常把一個故事講得跌宕起伏。賈芝、張文等都稱靳景祥為「河北的重大發現」、「難得的大故事家」。

李：您從小就特別喜歡講故事、聽故事是嗎？

靳：我從小就愛聽這個。

李：為什麼呀？

靳：你聽聽這個，趕將來啦，人家給俺們講個故事吧，你說我嘛也不會，你家這門庭裏也有說書的，給上一代的人們都丟臉唄。講吧。你看學了說書，這跟講故事差不多少。我就想這個，書學不了了，沒了老人啦。

李：你是什麼時候開始給別人講故事的呀？

靳：早啦。你先在街裏聽，聽那老人們講。講這個故事們，多啦，這村裏有好幾個都愛講。趕你聽了人家講的，有時候就說：「我給你們講一個。」你像俺們開著這個小店，別管哪兒的人來了，要不，這故事四面八方都有啊，山南的、海北的，都有。他這兒宿店的，說不清哪裏的，他到了店裏，他沒有別的閒事啦，他該著唸嘞：「俺那兒出了點兒什麼什麼事，怎麼怎麼著。」我就聽，哈，這是個好故事啊，就記住啦。記不全，也得記一半。這咱[27]，搜集這個（故事）啦，就想開啦。我還記著一個嘛嘞，就是半截子。就這麼著，由這半

26 訪談對象：靳景祥，訪談人：李敬儒，訪談時間：二〇一一年七月二十五日下午，訪談地點：耿村靳景祥家。

27 這咱：耿村方言，意為那時候。

截，能引起那半截來，自己再添上點，加點油、添點醋的，整理啦，給他講。

李：那搜集故事之前，您不給客人們講嗎？旅店的客人們，或者是村裏的人。

靳：沒給他們講過。

李：那他們怎麼知道你會講故事啊？

靳：他們就是到了晚上，都宿了店啦，那個說：「哎，俺們那塊兒出了個什麼什麼事。」我有時候就接個茬。常說了：「這賊人啊，三年不打自招啊。」他自己就招啦。

李：就是您沒有刻意地去講過，是吧？

靳：沒有。

李：你哪段時間接收的故事最多呀？

靳：這個啊，哪也不少。開飯店，你和不著天天黑價（方言，意為晚上）聽啊，也差不多，甚至這一宿還趕聽倆嘞。弄不清。你像在我姨父那塊兒，天天黑價聽，他有的講的那故事嘛的，就不採取啦。這個不好啊，不採取啦。你要不我的故事，它出來啦，順溜啊。那髒的我不講。

李：就是您不會講一些黃色故事是嗎？

靳：那個故事不能講。你就像你們這搜集，這女孩子們多，不能瞎講。

李：你覺得講故事給你帶來什麼好處了沒有？

靳：這個帶嘛好處呀，這個湊熱鬧就得啦。

李：那您現在不都是傳承人了嘛，還給您發補貼呢。你認為講故事在你和村民相處方面，起過作用嗎？和村民的關係啊，什麼的。

靳：你反正講這個，一般的有個嘛事的，小事，你給他講解勸的事，給他說說：「我給你講個故事，你聽聽。」他聽聽，呀，這是對我有幫助。好，得了，我不這樣了，得改啦。這個有。不能說沒有。[28]

一九八七年七月，靳景祥應邀出席了由中國民間文藝家協會在承德市主辦的「中國故事學會首屆年會」。「他在承德，給會議代表講〈藁城「宮麵」的來歷〉，一炮走紅，讓耿村的故事走向國外了。」[29]承德會議上的一炮而紅，使靳景祥成了全省、全國著名的民間故事家，多次出席各級學術會議，向國內、國外來訪的學者們即興講故事。面對一次次來找他採錄故事的普查人員，靳景祥都是默契配合，一個故事講不完，他不休息也不吃飯，想起了新故事，也會積極主動地去講給採錄人員聽。

進入二十一世紀以後，保護和傳承非物質文化遺產，成為文化遺產保護事業新的重要課題。傳承人是非物質文化遺產的重要承載者和傳遞者，保護傳承人是保護非物質文化遺產的核心內容之一。二〇〇六年，中華人民共和國文化部公佈了首批國家級非物質文化遺產專案代表作名錄，「耿村民間故事」榜上有名。二〇〇七年，靳景祥成為第一批國家級非物質文化遺產項目代表性傳承人。此時，對民間故事的傳承和保護，已不僅僅是搜集、整理和出版民間文學作品，而是更加注重對民間故事傳承人的研究和保護。此時的靳景祥已變成了一個符號，不僅僅是遺產，而且是地方身份的標誌，是耿村二百三十多位講述人的代表。

現在的靳景祥除享有低保補助外，還能定期從政府領到生活補助；同時，國家級非物質文化遺產代表性傳承人的稱號，也提升了他的社會聲望與社會地位；曾經採訪過靳景祥的學者也會時不時地寄來賀卡、禮品慰問他，這些都讓靳景祥心理上得到了極大的滿足，同時明白了自己肩負的任務重大，在培養傳承人的同時，如有媒體採訪、學術交流等活動，他總是首當其衝，積極配合，接受訪問，就算是要求他頻繁地重複講述故事，他也未曾表現出厭煩情緒。

28　訪談對象：靳景祥，訪談人：李敬儒，訪談時間：二〇一一年七月二十五日下午，訪談地點：耿村靳景祥家。
29　訪談對象：靳春利，訪談人：林繼富，訪談時間：二〇一一年五月三日下午，訪談地點：耿村靳景祥家。

近幾年，隨著年齡的增長，靳景祥氣力有些跟不上，長時間地講故事會顯得有些吃力，用他自己的話說是：「遲鈍。一弄這腦筋就不夠用啦。」[30]然而，靳景祥的講述熱情依然很高，無論對專家學者、電視臺的記者，還是對村裏的鄉親，還是對小輩的年輕人，靳景祥都很樂意向他們講述各種各樣的故事。儘管已整理出靳景祥的故事四百多篇，但每次來採訪他，都能聽到他以前沒有講述過的故事。

李：你老是接待這些人，老去講故事，你煩不煩啊？

靳：我不煩這個，愛聽這個，也愛講這個。可就是一樣，講多了，覺著累得慌。不講啦，不講啦，你們再來我也不講啦。

李：不煩？為什麼呢？

靳：我也愛這個，我看見人們嘍，我心眼裏特別高興。屬於這年輕一代的，我更高興。你說這小孩們，這外甥也好，孫子也好，都願意親乎（方言，意為親近）我來，你看，都願意親乎我。怠見他們。

李：那你現在多久講一次故事啊？一個星期能講一次故事嗎？

靳：這個沒有固定的，來了人就講吧。那一天那不是，上學嘞，非叫給講一個吧，講一個吧啊。給學生們，這講嘛啊？行，我給你們講一個吧。給學生們講吧。

李：那要是時間長了不講，你會不會想啊？

靳：實在說啊，要是正經地不講了啊，覺著沒意思了就。講慣這個啦。一樣，就一個勁地講開了，也就沒意思啦。[31]

30 訪談對象：靳景祥，訪談人：林繼富，訪談時間：二〇一一年五月三日下午，訪談地點：耿村靳景祥家。
31 訪談對象：靳景祥，訪談人：李敬儒，訪談時間：二〇一一年七月二十五日下午，訪談地點：耿村靳景祥家。

正是對故事的熱愛，才使這位有八十三歲高齡的老人，一次次不厭其煩地為來訪者講述故事。現在的靳景祥，在家裏享受著天倫之樂，把講故事作為自己精神生活的寄託，也把會講故事當作能給子孫後代帶來榮耀的本領。每次有來訪者，無論是學者、記者，還是遊客、夏令營的學生，靳景祥都能盡其所能，滿足他們的要求，表現出大故事家應有的風範與豁達。

第三章　靳景祥的故事特色

靳景祥豐富的人生閱歷和學藝生涯，造就了他樂觀開朗的性格，使他成為耿村非常有特色的故事講述家，也具有一個民間故事家所應具備的所有潛質和能力。如今，已到耄耋之年的靳景祥，雖然聽力有很大下降，體力大不如前，但他仍精力充沛，對故事講述仍然進行著不倦的探索，他的人生故事與故事人生成就了其獨具個人風采的故事特色和講述特點。

第一節　故事內容相容並包

靳景祥故事內容涉及到很多方面，用他自己的話來說就是「雜」。這種特點與耿村獨特的歷史地理背景，以及靳景祥個人豐富的人生閱歷，有密不可分的關係。耿村民間故事演講協會會長靳春利說：「他（靳景祥）哪樣的故事也有。新的，老的，現在的，古代的，笑話，……都有。」[1] 根據已出版的耿村故事集[2]，筆者統計了靳景祥各樣作品的數

---

1 訪談對象：靳春利，訪談人：李敬儒，訪談時間：二〇一一年七月二十五日上午，訪談地點：耿村郭翠萍家。

2 袁學駿、李保祥主編《耿村民間文化大觀》（北京圖書館出版社，一九九九年）。袁學駿、劉寒主編《耿村一千零一夜》（花山文藝出版社，二〇〇五年）。

量，包括神話三篇，民間傳說六十八篇，民間故事一百二十二篇，共計一百九十三篇，各類故事具體篇數見表3-1，靳景祥各類故事的分佈狀況，基本可以代表耿村故事的類別分佈情況。

表3-1

故事類別	故事內容	篇數	內容所占比例	類別總篇數	類別所占比例
神話		3	1.5%	3	1.5%
民間傳說	人物傳說	40	20.7%	68	35.2%
	地方風物傳說	22	11.4%		
	動植物傳說	6	3.1%		
民間故事	幻想故事	26	13.5%	122	63.3%
	鬼狐精怪故事	8	4.2%		
	生活故事	71	36.8%		
	笑話（寓言）	17	8.8%		
合計		193	100%	193	100%

從內容上來，靳景祥講述的故事，涉及了所有的故事類別。在靳景祥已發表的故事中，神話只有三篇，所占比例最少，這與神話在耿村這種較為開放發達地區逐漸被其他故事類別取代的規律完全吻合。靳景祥講述的神話雖少，但都具有代表性。〈伏羲與女媧〉[3]講述了女媧補天失敗後，人間發了大水，把人們都淹死了，只剩下伏羲和女媧兄妹倆，他倆用鑿石頭、滾磨盤的方式，最終結成了夫妻。靳景祥用具有華北地區特色的語言，向我們解釋了兄妹婚的來歷。〈嫦娥與后羿〉[4]是漢族地區都非常流行的神話，在靳景祥的講述中，嫦娥並不是別人口中見利忘義的人，而是為了上月宮借箭拯救蒼生，才不得不代替后羿吃下靈藥飛上月宮的英雄式人物。靳景祥的第三篇神話是二〇〇三年講的〈女媧與北斗星〉[5]，女媧補天後又累又渴，就讓她乾女兒去找水喝，太上老君變成的白鬍子老頭送給了女媧乾女兒盛水的口袋，還把勺子扔上天變成了北斗七星，為她指明了回家的路。女媧喝了乾女兒帶回來的水，又用這水摶土造人。塑造神性英雄形象，是神話的主要特點之一。靳景祥講述的三篇神話就為我們塑造了女媧、后羿、嫦娥、太上老君幾個英雄形象，表現出了他對英雄的讚美與崇拜之情。三篇神話內容是漢族人口承經典的神話，因此，靳景祥生活在漢文化圈的核心地區，接納和講述這些神話也就不足為怪了。

靳景祥喜歡講歷史故事，這些故事有根有絆，有歷史深度，大氣而又超越時空感，同時又交織現實情感。每每講起這些故事，他總是口若懸河，胸中激蕩無數的敬仰。靳景祥喜歡講歷史故事與耿村深厚的歷史底蘊，以及他個人豐富的人生經歷有著千絲萬縷的聯繫。

---

3 袁學駿、李保祥主編《耿村民間文化大觀》（上）（北京圖書館出版社，一九九九年）頁三至四。
4 袁學駿、李保祥主編《耿村民間文化大觀》（上）（北京圖書館出版社，一九九九年），頁四至五。
5 袁學駿、劉寒主編《耿村一千零一夜》（第一卷）（花山文藝出版社，二〇〇五年），頁五至六。

李：你最喜歡講哪些故事啊？

靳：我還是最喜歡講歷史。講個針線包的故事啊，我不愛講那個。我不好講那短小的故事，三言五句的故事啊，我還是不好講那個，講不出道理來，就沒啦。喜歡講點長點的故事。你不是講那狐仙故事，不講那，那又沒用。我就願意講點有意義的故事。

李：那你說你講的那些歷史故事是真的嗎？

靳：你反正人物是真的，這事可不是真的啦。也有假的，也有真的，真假在一堆這麼和和著嘞。

李：你的歷史故事都是從哪聽來的啊？

靳：這可不一定。有聽那宿店的說的，也有開飯店的時候聽人說的。

李：可是我來了好幾次了，你都沒給我講過歷史故事。現在為什麼不講歷史故事啦？

靳：那故事吧，太長，我也沒時間講，你也沒時間聽。[6]

在靳景祥講述的民間傳說中，有關於孔子、楊六郎、朱洪武、石閣老、康熙、鄭板橋、袁世凱以及抗日英雄的人物傳說。這些人物傳說通過具體的事例塑造人物形象，其中滲透著講述者明顯的善惡觀：石閣老是個敢於主持正義、不怕殺頭的清官，楊六郎是個有勇有謀、打敗妖怪的英雄，康熙是個賞罰分明、愛護子民的賢君……；而與這些正面人物相對的，靳景祥還塑造了一批反面人物：秦始皇是個不管黎民百姓死活、還強搶人妻的暴君，整日做皇帝夢的袁世凱是由當年馱唐僧師徒過河的烏龜轉世的……。對拯救民族危難、愛戴百姓的人物不惜讚美之詞，對讓人咬牙切齒的壞人甚至用了最難聽的比喻，這些都體現了靳景祥樸素的是非觀。他用這些善惡分明的人物傳說，用最普通最直觀的方式，向人

6 訪談對象：靳景祥，訪談人：李敬儒，訪談時間：二〇一一年七月二十五日下午，訪談地點：耿村靳景祥家。

們讚揚著真善美，鞭撻著假惡醜，也使這些人物傳說有了現實意義。對於故事講述，靳景祥一直有著精益求精的態度，在人物傳說故事中表現得尤為突出：

> 靳景祥有一個特點，他每一句、每一個人名，都不是自己編的，他說：「凡是我聽來的故事，我要儘量原汁原味。這不能瞎編，上頭傳下來的，咱得原汁原味傳下去，我只能比原來講得更好，不能越講越低級，那我不行。」這是很對故事負責精神，高度文化自覺。
>
> 靳景祥現在年紀大了，記憶力減退，講述速度下降，但是思路清楚，語言表述清楚，口齒清楚，有幾個清楚。就是偶爾有一些人的名字想不起來了，就是在他清楚的時候，也會出現這種情況，就是少。他要是想不起來了，就到處問，問這個（人），問那個（人）。你比如說〈乾隆六下江南〉，裏邊說乾隆他母親是個漢人，他母親、他爸爸早跑到江南，要不，就殺了他們啦。乾隆知道啦：「哈，原來我是漢人的後代，我得找我的親生父母去。」
>
> 他（靳景祥）就問我他（乾隆）父親姓什麼，我說姓陳。陳什麼啊，我也記不清啦。他啊，問了很多人，他不是像別人，他有個特點，像別人吧就安個名字就行啦，傳說啊故事也好，有時候故事家自己安個名字清啦，或者沒名，就是來了個小夥子、來了個人、來了個老頭就得啦。但是有些詳細的故事家，比如靳景祥，他把名姓都點出來，甚至什麼職位、原籍什麼地方，他都要點出來。就為乾隆父親叫什麼，他到處去問人，問了好多人，直到問明白了為止。[7]

---

7 訪談對象：袁學駿，訪談人：李敬儒，訪談時間：二〇一一年十月十五日晚，地點：北京市中協賓館。

靳景祥講的地方風物傳說，也占有不低的比率，體現出他對生他、養他這片土地的熱愛。靳景祥講的地方風物傳說，非常具有華北平原地方特色，用他特有的傳奇方式，向人們解釋了滹沱河為什麼曾經改道、玉峰山為什麼有個缺口、王府井的來歷，以及餃子、拜年、臘八粥、新郎新娘入洞房等的由來，〈藁城「宮麵」的來歷〉是靳景祥的代表作，他曾多次在參加研討會時向專家學者講述這個故事。他將藁城的特產宮麵與乾隆聯繫起來，使藁城這項名吃帶上了傳奇色彩。

民間故事在靳景祥講的故事中，所占比列最大，達到了百分之六十三點三。靳景祥講述的神奇故事和鬼狐精怪故事，都是以農民的日常生活為背景，許多流行的故事類型在靳景祥故事中都可以找到，尤其以兩兄弟分家型的故事出現得最多，如〈二虎得仙桃〉、〈白虎洞〉等都是靳景祥幻想故事的代表作。靳景祥用肆意的想像、誇張的描述，向人們講述了一個個善有善報、惡有惡報的故事，塑造了一個個善惡分明的故事形象。

靳景祥的生活故事在他所有的講述中，占有最大比例，也是近幾次普查中增加最多的故事。生活故事的增加是隨生活變化而不斷豐富，生活故事是身邊的人和身邊的事時時進入故事內容，生活故事篇幅較為短小，其編造技藝和接受較為容易。靳景祥講述的生活故事，涉及社會現象、家庭倫理、商場官場、職業道德等內容，〈花燈疑案〉[8]講：員外家的小姐夢蓮，在看花燈時走丟了，後又遭到繼母詆毀，無奈之下，選擇自殺。然而，又被人救下，經過一系列錯綜複雜的機緣巧合，夢蓮最終與曾救過她的王祥結婚，繼母等壞人最終受到懲罰。〈張醫生治病〉[9]則講述了看不起窮人的王醫生，因為人正直、對病人熱情的張醫生比自己生意好，就氣出了一身病。張醫生用虛用實治、實用虛治、氣用喜治的方法，治好了王醫生的嫉妒病。從此，王醫生和張醫生一樣熱情地給人們看病。〈送逃婚女回家〉[10]是靳景祥二〇〇

8 袁學駿、李保祥主編《耿村民間文化大觀》（上）（北京圖書館出版社，一九九九年），頁一三九—一四三。
9 袁學駿、李保祥主編《耿村民間文化大觀》（上）（北京圖書館出版社，一九九九年），頁一五一—一五二。
10 袁學駿、劉寒主編《耿村一千零一夜》（第五卷）（花山文藝出版社，二〇〇五年），頁二八三—二八四。

三年向耿村故事普查隊員講述的故事，講述了一個閨女逃婚跑到耿村，耿村的靳大馬夫婦收留了她，並把閨女送回家的故事。〈老太太狀告親生兒〉[11]是靳景祥二〇〇三年講述的一篇關於親情孝道的故事，兒子發達了就帶著媳婦住到了城裏，不管寡居的母親和年幼的妹妹，後來妹妹在不知情的情況下，到他家當了保姆，還懷了親哥哥的孩子，最終母親把兒子告上了法庭。不管是哪個種類的故事，每一篇都是講述人心靈的訴說，尤其是與人們最接近的生活故事，表達了講述人靳景祥的喜怒哀樂和對和諧幸福生活的追求。

耿村也被稱為笑話村，但靳景祥講的笑話，並不是很多，更是沒有聽他唱過歌謠，用他自己的話來說：

> 我不愛講那個，覺著沒意思。你看一般的什麼歌謠啊，我不怠見那玩意，這故事這東西嘞，它別管生活也好，物質也好，你也別管它是歷史也好，它一朝一代的，有簡有重的，聽得有意思，唱這個歌謠什麼的沒意思，不聽那。[12]

據靳景祥說，由於沒有文化，他平時很少自己創作故事，他講述的故事，基本上都是自己做生意、開飯店時聽別人講述的，然後經過自己的思考，講出具有自己風格的故事。因此，靳景祥故事來源可以延伸到幾十公里以外的區域，內容也是五湖四海，無所不包。靳景祥對自己講的故事，要求也非常嚴格，他在聽別人講的故事後，自己會有一個篩選的過程，帶髒話或是有不健康內容，他就不採取了。要是有語言上不通順的，他就自己整理整理，直到認為圓滿了，才講給別人聽。在他已出版的故事集中，我們也很難找到他講葷故事，他說是因為來搜集故事的女孩子多，不能瞎講。在講故事時，靳景祥並不單純地追求數量，而是會刻意選擇別人不曾講過的故事：

11 袁學駿、劉寒主編《耿村一千零一夜》（第五卷）（花山文藝出版社，二〇〇五）年，頁四〇三－四〇六。
12 訪談對象：靳景祥，訪談人：李敬儒，訪談時間：二〇一一年七月二十五日下午，訪談地點：耿村靳景祥家。

李：你講故事的時候是不是故意跟別人講的不一樣？
靳：反正講出來的，跟別人，言語上有點差池。學過書。
李：是不是別人講過的故事你都不講啊？
靳：別人講的，他只要一講，我就不講。他們講過的，我就不講。你看這麼些個故事，我跟他們沒有重的。
李：那他們要是跟你重了呢，就是你先講了，他們又講了？
靳：他們也沒有講的。他講得來，講不了一點這個。他沒有這麼長。
靳春利：別人講不出這種風格來，他講的這個長得很，別人一講就不一樣的味啦。所以，他這個吧，不好模仿。[13]

靳景祥追求故事的「異樣」，在內容上有厚度，有廣度。儘管有些故事內容較為缺乏，並不意味他不喜歡。靳景祥是一個細心的人，是一個在耿村有文化的人，他的故事代表了耿村故事的「文化味」，他的故事是耿村地方歷史的口頭記憶。他講故事不是一味地自己過癮，而是時時在考慮聽眾，聽眾的年齡、聽眾的性別、聽眾的身份等等，均成為靳景祥故事講述考慮的因素，也是形成靳景祥故事特色的重要原因。

第二節　評書式的講述風格

靳景祥是耿村很有風格的民間故事講述家。他講述風格的最大特色是評書套語的大量運用，以及具有舞臺感的肢體

13 訪談對象：靳景祥，訪談人：李敬儒，訪談時間：二〇一一年七月二十五日下午，訪談地點：耿村靳景祥家。

語言的配合。就靳景祥講故事的特點，筆者訪問了靳春利：

靳景祥那特點就是評書味。他特別有種評書的味道，而且他普通話說得也好，讓人一聽就聽明白了。他吸引人的賣點就在這兒嘞。你越人多了，他越講得好。為嘛啊，他適應這種場合。要是人少了吧，他就講得平平淡淡的。耿村這故事家們就是各有各的想法，各有各的特點，誰跟誰的也不一樣。[14]

故事講述的根本在於有一張好嘴。聽靳景祥的故事，很有一種聽說書的味道，評書套語會大量出現在他的故事中，通過評書套語的運用，故事的起承轉合做得恰到好處。也正是由於曾經有過說書的經歷，靳景祥嗓音渾厚且高，吐字清晰俐落，每一句話都能做到方言基礎上的字正腔圓。用他的話說，就是力求「把每個字送到人們的耳朵裏，讓他聽準、聽真。」他講的〈楊六郎大戰白石精〉[15]，一開頭就讓我們體會到了評書的意味：

說的是宋朝元帥楊六郎，帶領著人馬正往三關走，半道上有座高山擋住了去路。來到山峰口，躍馬挺槍過來一員大將，穿白掛素，手握一桿銀槍。

經過楊六郎與白石大王的一番言語，二人最終話不投機，打了起來。大戰了五百個回合，白石大王慢慢地就只有招架的勁頭，沒有還手的力氣了。他「噹噹噹」連刺了三槍，撥馬扭頭就走，嘴裏說：「楊元帥，今天打不過你了，咱明天再打！」

14　訪談對象：靳春利，訪談人：李敬儒，訪談時間：二〇一一年七月二十五日上午，訪談地點：耿村郭翠萍家。
15　袁學駿、李保祥主編《耿村民間文化大觀》（上）（北京圖書館出版社，一九九九年），頁一六—一七。

六郎一見大喊：「呔！別走，拿命來！」就催馬緊追，一直追到了一個湖邊。白石大王「撲通！」跳到了湖裏。

一頓飯的工夫過去，兩頓飯的工夫過去，三頓飯的工夫也過去了，還是不見白石大王的影子，生不見人，死不見屍。六郎就叫兵將們安營紮寨，埋鍋造飯，加緊了巡營放哨。

打不過楊六郎的白石大王，總是逃回湖裏。楊六郎就坐在大帳裏，思想著如何才能打敗白石大王。湖神來到元帥大帳，與楊六郎商量好了如何打敗白石大王的計策。

第二天吃了早飯，楊六郎把人馬一字擺開，就見白石大王又來了。白石大王說：「楊元帥，今天我勝不了你不入湖。」六郎說：「白石精，今天我要敗給你，就回去種地了。」說完，二人又打在一起，上上下下，左左右右，前前後後，來來去去，又大戰五百回合，白石大王又敗了！

白石精撥馬就跑，到湖邊就往水裏跳。咦！怎麼湖裏的水一點沒有了？只見一個白鬍子老頭兒站在岸上，手拿著個葫蘆，正是湖神。就在白石精一愣神的工夫，六郎已經趕到。兩人馬頭接馬尾，六郎一槍刺去，把個白石大王刺了個透心涼。「撲通！」白石大王從馬上摔了下來，變成了一塊大白石頭。六郎把槍往回一抽，石頭中間留了個窟窿。

後來，人們把這塊石頭抬到了岸上，岸邊的這個莊就改名叫石精村。據說這個石精村就在保定城西邊。

這些說評書時使用的套語出現在靳景祥的故事中，使得故事一氣呵成，故事從楊六郎被擋住去路，到楊六郎與白石精話不投機，再到白石精兩次打敗逃回湖裏，故事彷彿到了尷尬的僵持階段。之後湖神的出現，成為故事的轉機，最後在湖神的幫助下，楊六郎打敗了白石精。這一系列情節，在評書套語的連接下，既跌宕起伏，又不顯得過於突兀。故事的落腳又附會於一個具體的村莊，是耿村故事常見的特點。

在語句選擇上，靳景祥使用的冀中方言土語中的「幹嘛」（幹什麼）、「不沾氣」（不行）、「行嘍」等等成為故事的常用詞彙，但他也善於形成四六句或七字為基礎的句子。例如笑話〈怕老婆〉[16]這樣講道：

> 有個人怕老婆，叫他上東他不敢上西，叫他打狗他不敢罵雞。功夫長了，他老覺得這樣實在過不去，可又惹不起自己的老婆。有一天，他對老婆說：「我是你夫，你是我妻；夫比妻大，人之常理；可你不聽我，我倒怕你。傳得出去，你不光彩，我也喪氣。」老婆說：「那你說怎麼辦？」「怎麼辦？我早想好了。在家你說了算，樣樣聽你。在外你要聽我，顧顧臉皮。」老婆聽了覺得有道理，一口答應：「行。」

這是這則小笑話的開頭一段，靳景祥運用以四字句為基礎的韻文，猶如鼓書藝人邊唱邊說中的說，也似戲曲唱做唸打中的唸。聽起來節奏感很強，語句套路雖然死板，卻很有穿透力。

在故事講述中，穿插使用俗語、順口溜、諺語、歇後語，也是靳景祥故事的特色，究其原因，也與其說書中學習的文言古詞有關。如在〈錯中錯〉[17]中，當周宣被街上人攔住要錢時，他就說了：「常說：『當錢之人不可交，攔劫朋友憋大泡。』」〈白眼狼〉[18]中，媳婦對婆婆不好，小子還向著媳婦，靳景祥就說道：「這正是：麻雀野，尾巴長，娶了媳婦忘了娘。把娘揹到山溝裏，把媳婦揹到炕頭上。」在〈夫妻捎書〉[19]中，當說到兩人像親弟兄一樣時，他又說道：「不是有那麼句老話嘛，『落地親弟兄，何必骨肉親』吧。」說到侯全看小玉的信時，又說：「洋鬼子看戲，傻了眼

16 袁學駿、李保祥主編《耿村民間文化大觀》（上）（北京圖書館出版社，一九九九年），頁一九三。
17 袁學駿、李保祥主編《耿村民間文化大觀》（上）（北京圖書館出版社，一九九九年），頁一一〇—一一三。
18 袁學駿、李保祥主編《耿村民間文化大觀》（上）（北京圖書館出版社，一九九九）年，頁八七至八九。
19 講述者：靳景祥，採錄時間：二〇一〇年二月二十二日，採錄者：李敬儒，採錄地點：耿村靳景祥家。

啦。」一些順口溜、俏皮話的使用，使靳景祥的故事，在莊重中，不失詼諧，平鋪直敘中，不失亮點。

歇後語是民間俗語的一種特殊形式。靳景祥的故事也有大量歇後語的運用。靳景祥講的〈才女巧答知縣〉[20]中，才女的丈夫受冤，縣官要打，才女講理，縣官刁難，要她以丈夫挨打為題做詩，句句有打的意思，但不能說出一個打字來。才女道：「月移譙樓更鼓罷，漁民收網回到家，賣藝小店去投宿，鐵匠息爐正喝茶，獵人山中剝死虎，飛蛾團團繞燈花，院中秋千已停擺，油郎改行謀生涯，毛驢受驚碰尊家，乞求老爺饒恕牠。」〈掃帚破案〉[21]中，縣官見到劉墉的一段：

正在這時，一匹快馬「嘩啦啦」來了。

騎馬的一問是斬人的，他就下馬來到縣官跟前說：「大人到。」

大人是誰？三下江寧府的劉大人劉墉，他來到這地方要落腳歇息。

縣官一聽說劉大人到，唉呀，怎麼偏偏這時候到？人不能斬了，得迎接大人，怠慢了有殺頭之罪。

把劉大人迎到衙內，擺下了酒宴。縣官說：「小人迎接大人遲了一步，望大人多多包涵。」

「我來問你，聽說你們正斬人，斬的是什麼人？」

「一個殺人犯。」

「殺的嘛樣人？」

縣官把殺人經過談了一遍。劉大人聽了說：「拿來狀子我看看。」

---

20 袁學駿、李保祥主編《耿村民間文化大觀》（上）（北京圖書館出版社，一九九九年），頁一二三－一二四。

21 袁學駿、李保祥主編《耿村民間文化大觀》（上）（北京圖書館出版社，一九九九年），頁一三三－一三五。

一看狀子跟他說的一模一樣，劉大人見多識廣，覺得案子有點糊塗，就說：「這裏頭有的地方不明白，我要親自升堂審問。」

他是朝廷的大官，誰也不敢阻攔，立時就升堂，把小子他爹提了出來。老頭一見大人，「撲通」跪下了。

劉大人問：「下跪之人可是殺人犯？」

「是。」

「你是怎麼殺的？拿了多少錢？」

他怎麼怎麼一說，裏邊提到掌櫃的高茂財。立時又把茂財傳來，叫他說了說點錢的前後經過。

在這一段故事中，有帶有評書味的「多多包涵」、「我來問你」等語句，還有冀中方言土語中的「殺的嘛樣人」，這樣將文言式的評書語句與土味十足的方言交替使用，具有非常明顯的性格化效果。在這裏，靳景祥沒有對人物形象進行過細的刻畫，但他們的形象已在我們的想像之中。文中很多處省略了「縣官說」、「大人說」、「小子他爹」，卻不會使人思維亂套。而他講述時，有聲音有表情，又扮官又扮民，自然有高於閱讀的效果。通過直接模仿，省略說話人，這也是靳景祥故事講述中的特點。

靳景祥青少年時期的說書生涯和後來的唱戲經歷，使他具有較好的舞臺藝術基礎，也使他不懼怕在人面前講話，在大型活動中不怯場，反而是，聽他講故事的人越多，他就越興奮，講述效果越好。雖然民間故事主要是通過口頭講述，不需要特別的道具、服裝、伴奏和場所，但靳景祥的心理上總有一種對聽眾的征服欲，總要力爭贏人，達到滿意的藝術效果。出於這種心理，靳景祥經常在私下裏琢磨如何把故事講順溜，如何更好地利用外在方式給講故事加以輔助。於是，在講故事時，靳景祥臉部表情豐富，配合著故事的講述內容，會打出指、點、翻等手勢，使故事內容與肢體語言達到了完美的結合。如靳景祥向我們講的〈嫦娥與后羿〉[22]，講到「后羿為了救嫦娥，得罪了河裏的怪獸，這一方可就倒了楣了，出來啦九個太陽。淨太陽了，這個落了，那個就起來了，這個起來了，那個就落了。弄的那一幫人啊，死不了，活不了的。天氣炎熱，熱的嘞，連口水都喝不上。這一幫人們哪，求天天不語，求地地不答的」時，他很自然地向遠處張望，手也配合著指向遠方，同時還會做出哀聲歎氣的痛苦表情，讓人真切體會到了人們當時的絕望。在故事講述過程中，靳景祥也很注意照顧觀眾的感受，看到有人出現困惑的表情，他會停下來把剛講過的內容解釋一遍；如果看到有人走神了，「我就故意把聲音提高，或者變個聲調，要不，我就一直盯著他，直到他看見我盯著他了，又重新開始聽了，我再看別處」[23]。對此，袁學駿也深有感觸：

靳景祥有一個特點，他要是看你聽不懂啊，他會改變他的敘述策略，包括解釋，包括放慢速度，或者加重語氣，吸引你。另外呢，一要發現誰在打盹，或是有說話的，他就開始老盯著，一邊講一邊盯著你，你一看我，哦，我盯著你，他就不再說話了，他會安定秩序。這是他的優點。他會組織觀眾，他會為觀眾著想，這一點吧，這是高手。學說書的，他這是師父給他講的。一點要注意觀眾聽沒聽，聽懂了沒有。我哪句話他聽不懂，他都看到啦。這都是靈機的，因為每一場觀眾不同。這是高手，大故事的氣派。[24]

據藁城市文體局樊更喜介紹，靳景祥最拿手的方法就是模仿，他回憶說：「在一九八八年四月份召開的『耿村故事家群體及其作品討論會』上，他講了個〈藁城『宮麵』的來歷〉，講著講著就學那店家老太太小腳走路，腳後跟著地，

---

22 講述者：靳景祥，採錄者：李敬儒，採錄時間：二〇一〇年二月二十二日，採錄地點：耿村靳景祥家。
23 訪談對象：靳景祥，訪談人：李敬儒，採錄時間：二〇一〇年二月二十二日，採錄地點：耿村靳景祥家。
24 訪談對象：袁學駿，訪談人：李敬儒，訪談時間：二〇一一年十月十五日晚，訪談地點：北京市中協賓館。

兩個手就左右搖，就那麼顫顫巍巍地往前走，特別像以前裹了小腳的老太太；他還學老太太跟乾隆皇帝說話的聲音，學她端著滿碗掛麵的小心樣子，都特別真實，現場那專家們都特別讚揚。」[25]近幾年，隨著年齡的增長，體力的減弱，靳景祥大部分時候都是坐著講，但講到關鍵處，講到興奮時，他都會站起來，甚至會模仿故事人物的動作。如在講〈夫妻捎書〉[26]時，他會模仿掏信、看信的動作，很是生動、很是傳神。

第三節　故事表述完整細緻

靳景祥的故事特色，除了內容上的相容並包和講述風格上的評書味，就是他對故事整體的高度把握和對重點情節的細緻描述。參加過多次耿村故事普查，對靳景祥故事講述非常瞭解的藁城市文體局文化藝術科樊更喜認為靳景祥的故事：

他講得非常完整，他的表述非常細緻，別人講故事就是有個大概的故事情節就過去啦，他是包括對話啊、行為啊，這些東西也非常多，畢竟他學過說書。[27]

據樊更喜介紹，在耿村所有的講述人中，靳景祥的故事是最好整理的，因其故事完整、有條理，整理時只須將個別詞句調整，根本不用大的改動。靳景祥自己也說：

25 訪談對象：樊更喜，訪談人：李敬儒，訪談時間：二〇一一年七月二十九日上午，訪談地點：石家莊李敬儒家。
26 講述者：靳景祥，採錄時間：二〇一〇年二月二十二日，採錄者：李敬儒，採錄地點：耿村靳景祥家。
27 訪談對象：樊更喜，訪談人：李敬儒，訪談時間：二〇一一年七月二十九日上午，訪談地點：石家莊李敬儒家。

這個你非拿出來了，叫大夥能聽了，聽的願意聽，順溜。你跟走道似的，這塊往前走就是藁城，藁城那邊就是石家莊，你非上南不行，到了欒城啦，你才上石家莊，你拐這麼大彎，不好。你自己得想想，怎麼著順當，怎麼叫人愛聽。這不是光你這幾個人聽，說不定幾千口子、幾萬口子聽，弄的一出了書，這說不定能傳到哪去啦。這能這，傳到美國、日本。[28]

上文提到，靳景祥的故事基本上都是聽別人講述的，然而他並不是一個單純的轉述者，他會對聽來的故事進行思考，將不圓滿的地方，想辦法把它講順溜了。有些故事，他聽的時候，覺得前半部分好，就記著這部分，等聽了別的有合適的，再給它湊到一起去，形成一個完整的故事。也正是因為在故事講述中，加入了自己的深入思考，靳景祥的故事才得以具有更高的藝術價值，也使得他在耿村眾多的故事講述家中脫穎而出。

靳景祥喜歡講長故事，他說這樣才有意思，他的故事動輒就六七千字，有的能達到上萬字，一個故事就能講上一個小時，這在現在的民間故事講述中非常難得。篇幅長的故事，情節自然會複雜，這也給講述人提出了更高的要求。這時，靳景祥的說書功底又派上了用場，為了更好的把握這些內容繁多、情節曲折的故事，靳景祥採用了說書中常用的分場景講述的方式，利用過渡性語言，實現了不同場景之間的自然切換，使不到一個小時的故事講述，取得了與長篇評書相似的跌宕起伏、引人入勝的效果。如〈錯中錯〉[29]，靳景祥先講述了笑顏在回娘家的途中迷了路，來到了三姓莊，被王老漢帶回了家；之後他用「再說這三姓莊，有一家財主，這個財主有兩個媳婦」一轉，就把故事場景拉到了財主家，從而引出財主大媳婦到王老漢家去偷三碗大煙；場景在王老漢家裏，這時王老漢的兒子該出場了，靳景祥就用了「真是無巧不成書。正好王老漢的小子王安做木匠活回來」把王安引了出來。王安誤以為媳婦做了無彩之事，將床上的三個人

28 訪談對象：靳景祥，訪談人：李敬儒，訪談時間：二〇一一年七月二十五日下午，訪談地點：耿村靳景祥家。
29 袁學駿、李保祥主編《耿村民間文化大觀》（上）（北京圖書館出版社，一九九九年），頁一一〇—一一三。

都殺了，提著三個腦袋去了丈人家，發現媳婦早已回了娘家，殺的另有其人。故事出現了個小高潮，扣著聽者的心弦，可這時，靳景祥又講話鋒一轉，用「再說老財主家，大媳婦一夜沒回來」一句，把場景拉回了財主家，財主將裝著三個人頭的包袱誤以為是三碗大煙，撿了回來，發現是人頭後，「他就把人頭包了包，扔在了鐵櫃裏。這話不說」。之後，「但說王老漢在油坊裏，整整睡了一夜」，這又開始說王老漢回到家，發現家裏床上有三個無頭屍，就去報了案，場景又轉到了縣衙。直到縣官破了案，笑顏被他爹周宣找到，這個一波三折的故事才算結束。故事中，共出現人物十二個，場景變化順序為周宣賭錢的鎮上——三姓莊大街上——王老漢家——財主家——王老漢家——王安丈人家——財主家——王老漢家——縣衙，場景在故事中轉換了八次，但並沒有混亂突兀之感，反而使故事跌宕起伏，充滿戲劇性。這樣的場景轉換方式，在靳景祥講述的長故事中經常出現，如〈花燈疑案〉、〈錯中錯〉、〈換錶記〉、〈一帽泉水解冤仇〉等等。

靳景祥講故事，以敘述故事發展過程為主，描寫性的語句使用很少，可以說是惜語如金。比如在〈王八姻緣〉[30]這篇故事中，男主人公張子路，靳景祥只說他家中很貧寒，女主人公財主家的小姐，靳景祥也只說她長得十分美貌，至於男女主人公究竟長的什麼樣子，靳景祥沒描述，我們也無從知曉，甚至連女主人公的名字都沒給她取。然而，在故事情節發展的關鍵之處，張子路打死王八一段，靳景祥卻對當時天氣、人物心理活動、人物行為進行了非常細緻的描述：

> 再說張子路，出了村，走到兩村之間的十字路上，一看旁邊有片玉黍長得挺強，他一縮縮到了地裏，等著人來。
>
> 不一會兒，西北角飄來一塊烏雲，「嘎叭」一聲雷響，天「嘩嘩」下起了大雨。不行，在這兒待下去非

30 袁學駿、李保祥主編《耿村民間文化大觀》（上）（北京圖書館出版社，一九九九年），頁八四—八六。

> 淋壞不可，往前走走找個避雨的地方。他一溜小跑到了前邊村裏，一堵牆特別高橫在跟前。他細一看原來是他攬活的財主家。牆高能避雨，就在這兒蹲一會兒吧。
>
> 子路貼著牆坐下，等了一會兒看見影影綽綽一個人，騰！上牆了。他心想：「好小子，偷財主家物件去了。對，我在這兒等著你，見一面撇一半。」
>
> 等來等去，等到天傍明時，看見一個小夥從牆頭上往下一跳。子路攢足了勁，用棍子照他身上「梆啷」一傢伙，只聽他「嘰溜」一聲癱在了地上。雨還在下著，突然一個閃電，這一亮他看清了，地上是個簸籮大的王八，怎麼是這玩意兒？他接二連三又打了幾棍子，把牠打死了。

再如〈箱子裏裝小偷〉[31]中，靳景祥只簡要介紹了小偷家裏的情況，以及小偷偷東西時不小心撞死了。故事最後，靳景祥才詳細描述了小偷媳婦收到裝有小偷的箱子後的一系列心理變化：

> 母老虎睡得迷迷糊糊，聽見敲門聲，以為男人發財回來了，高高興興、急急忙忙開開門，一看有個大箱子，更高興得沒法：「還是俺當家的有本事，弄回一箱子好東西。」她四下看不見人，心想：「準是今天順手，又偷第二回去了。」就一人費了九牛二虎之力，把箱子鼓搗回屋，坐下等男人回來。沒想到天明不見人影。又等了一天，還是不見人影。母老虎著了急：「這箱子偷的嘛東西呀？」她把門插上，打開箱蓋：「哎呦，娘啊！」一聲尖叫癱在地上。到底她是婦道人家，別看平時乍乍乎乎的，這回可怕了。再仔細看看，正是她當家的：「你這是偷人家誰的，倒把你賠進去了？」母老虎氣得咬牙切齒。她什麼時候吃

31 袁學駿、李保祥主編《耿村民間文化大觀》（上）（北京圖書館出版社，一九九九年，頁一四六—一四七）。

過虧？「不行，我得告狀去！」說去就去，母老虎拍屁股就走。剛到院裏，又一想：「我到大堂上告誰呀？人家一問，還不是一錘杵了兩門牙——沒話說！」

對話在靳景祥的故事講述中，占有十分重要的作用，他非常善於利用人物對話推進故事的發展。如〈王滴溜貪財丟妻〉[32]中，王滴溜說服媳婦去陪床這段，靳景祥就全部用人物對話來完成，取得了不錯的效果：

他來到媳婦屋裏，嬉皮笑臉地說：「有件事和你商量。」

「嘛事？」

「宿在咱店裏的那個人，叫我給他找一個陪床的，一宿二十兩銀子。」

「這事不好說，誰去？算了吧。」

「這麼多銀子可不能輕易算了，叫我說，你去把這錢掙了吧。」

「什麼？叫我去？」

「你晚點去，第二天一大早又出來了，神不知鬼不覺，行不行？」

「你這個不要臉的東西，能說出這話？就是餓死，我也不做這無恥的事！」

「你看你，外人誰也不知道，這算什麼無恥不無恥呀？」

「反正我不去！」

「你真不去？」

32 袁學駿、李保祥主編《耿村民間文化大觀》（上）（北京圖書館出版社，一九九九年），頁一一六—一一八。

「不去！」

「你是我花錢買來的，到我這兒就屬我管，我叫你怎麼你就怎麼著。」

「我就是不去，你說怎麼著？」

「今晚上你要拿不回錢來，我打你個半死！」

「我看你哪個手打我？」

「就這個手打你。」王滴溜說著，抄起個傢伙就打。

婦女家沒經過什麼世面，一見他動真的就草雞了。心裏說：「為這打我一頓不是白挨嗎？」她就說：

「你要不怕當王八，我也不嫌臊了。但有一樣，咱就這一回。」

「就這麼著，一言為定。」

再如〈白虎洞〉[33]中，弟弟被哥哥留在山中，凍得渾身直篩糠，這時一個白鬍子老頭兒來幫助他了：

老頭先說話了：「小夥子，你在這兒幹嘛？」

「哥哥叫我在這兒瞅著柴禾，他到現在還沒來。」

「別傻等了，這柴禾還要不要？」

「要，我哥一來不見柴禾會打我，嫂子也不讓我吃飯。」

「你回家吧，嫂子已經給你做好了飯。」

---

[33] 袁學駿、李保祥主編，《耿村民間文化大觀》（上）（北京圖書館出版社，一九九九年），頁八二－八四。

「我一走，柴禾沒了哩？」

「我給你瞅著，一根也少不了。」

「行，我回去吃飽了再來，麻煩你給看一會兒。」

在靳景祥的故事中，人物對話除了推動故事情節發展，還有一個重要的功用，就是刻畫人物性格，為人物貼上符合其身份的標籤。如〈換錶記〉[34]中，趙老太太與姚老漢的一段對話，把媒婆的能言善道與姚老漢的憨厚老實，表現得淋漓盡致：

她只是說：「哎呦，是哪陣香風把老大哥你吹來了？快屋裏坐，屋裏坐。」

把姚老漢讓進屋裏，立時倒了碗水端了過去：「老大哥，你有事？有嘛事就說吧。」

老漢說：「前些日子我不是託過你？還是那宗子事，給咱小春說了個人兒，那好錶老買不到手。今天我費了千辛萬苦，花了多少錢，託了多少人才買到這塊錶，是塊進口錶帶日曆的梅花錶，可排場了。」

姚老漢把錶說了個雞蛋沒有縫兒，接著雙手把錶遞給了老太太，又說：「這回有了錶，你再去秀清家看看。俺孩子他娘就急見這閨女。」

「這事你就託給我吧，三五天我給你個回話。」

姚老漢一聽也挺高興，從兜裏又掏出十塊錢來說：「弟妹，這也不成個敬意，給你十塊錢買點吃頭吧，你一天到晚東跑西顛不容易。事成之後，我還要好好請請你。」

34 袁學駿、李保祥主編《耿村民間文化大觀》（上）（北京圖書館出版社，一九九九年），頁一五八—一六五。

「哎呀，老大哥，你說這可就遠了！把心放到肚裏吧，這個事找到我就沒有錯，準辦成！」

她一邊說一邊把這十塊錢接到了手裏。

靳景祥幾十年來的生活經歷、口頭藝術生涯，使他具有民間故事講述家的氣派。如今，儘管靳景祥的耳朵已不太好使，但他仍在沒事的時候，琢磨怎麼才能把故事講的圓滿，怎樣才能彰顯故事的意義，怎樣才能夠更加吸引人。

第四章　靳景祥與耿村故事

耿村自古以來就是一個巨大的「文化場」。村民們既看電影、電視，也喜歡現代歌舞娛樂活動，但仍保留著濃厚的口頭講述的民間文化氛圍。他們雖然一家一戶，但在講述上互為主角，互為聽眾，互為師生，基本上不存在功利目的，而是在自娛自樂中，互相啟發教育，相互之間有毫無保留地藝術交流。隨著外國友人不斷來訪，耿村加強了對外文化交流，促進了故事講述人的講述能力和公開講述的膽量。耿村人秉承著古老習俗和文化方式，也承接著現代人的新鮮資訊，將這種古今一爐、中外一體的文化資訊最大限度地表現在他們的故事講述之中。

靳景祥及其故事的造就與生成離不開生他、養他的土地，離不開耿村人的故事傳統，離不開與他一起日出而作、日落而息的父老鄉親。

這麼些故事家們，人在街裏這麼來回著聽，接見人多，街裏去的人多，能聽見點事啦。你要不出門，不接見人，你聽見嘛了啊？這麼悶得慌。就跟這似的，你們不來，我在家裏，怎麼也不知道你們來了。大部分故事都是外邊的，耿村沒有多少的故事。要不就是自己去外邊聽的，要不就是外邊人來村裏講的。[1]

1 訪談對象：靳景祥，訪談人：李敬儒，訪談時間：二〇一一年七月二十五日下午，訪談地點：耿村靳景祥家。

靳景祥的故事是耿村民間故事的代表，是冀中平原民間文學的縮影。耿村良好的故事講述傳統，培養了靳景祥愛說愛樂的性格；耿村故事較高的審美價值，提升了靳景祥的故事品味，耿村講述人之間的相互切磋練就了靳景祥的講述技巧。

第一節　耿村的故事講述傳統

「故事村」是當地群眾對耿村的稱謂，是對耿村發自內心的讚美。嚴格地說，耿村作為故事村被世人熟知是二十世紀八十年代後期的事情，自此，民間故事就成為耿村的文化符號而不斷被強化，耿村的故事也在村內、村外人的努力下得到很好地挖掘和採錄，講述人的積極性一次又一次被激發出來。講述人講耿村的過去、現在和未來，講耿村的人和事，僅圍繞耿村就有〈耿村的來歷〉、〈耿村為什麼無耿姓〉、〈耿村邊滹沱河為什麼北遷〉等故事。四月初一到初四的耿王廟會，香客雲集，形成了民俗節目匯集的大表演。在生產條件、生活條件落後的社會裏，人們無以取樂，便以講故事與聽故事作為生活之餘的主要消遣方式，耿村近四百年的集市長盛不衰，各路商賈長住短聚，晚上便以故事打以難熬的長夜。袁學駿曾說：

人家說咱們這是個故事村，當時說是笑話村，周圍村子都說這村子的人們啊，那地不好好種，窮講善唸。又是個集市，每一回過集啊，做點小買賣，把這一天的菜買足，什麼也買足，就等著下一個集了，說這村是這麼過的。過去經商者多，但是那個經商是做小買賣，擺攤幹什麼的。靳正新[2]頭去世前的十來年，每

[2] 靳正新，男，一九二七年生於耿村，一九九八年被聯合國教科文組織和中國文聯授予「中國十大民間故事家」稱號，二〇〇六年被列入國家級非物質文化遺產傳承人，能講故事五百餘篇，於二〇〇九年十二月二十六日逝世。

年他自己的自留地裏還種點韭菜、茴香，每一個集市他都要上集去賣去。[3]

靳景祥也向筆者回憶了二十世紀初期，耿村講故事的情景：

李：你們小的時候，也就是頭日本人來之前，咱們村裏邊是怎麼講故事的啊？

靳：這村裏有好幾個都愛講吧，有好幾個愛講的。這村裏有兩個講故事的地方，一個磨光石，一個磨光木。這西大街有個磨光木，東邊有個磨光石。那工夫哪有電視啊，就是聽個什麼什麼有個唱曲的啊，有個唱戲的啊，聽聽。你趕黑了吧，人們就搶著坐個好地方聽講故事。你看，趕一黑，那木頭上就滿了。一吃了飯，都往外跑，要不，摸不著地方啦。磨的這石頭光溜，就是證明；那根木頭，那麼粗一根木頭，這磨的那木頭就是證明。

李：那現在那磨光石和磨光木還有嗎？

靳：磨光石還有，磨光木沒有啦。磨光石在東邊。

靳春利：那也早沒了呢，早做了碾底啦，現在也找不著啦，不知道抬哪去啦。

李：那會兒都是誰講啊？

靳：東大街主要的就是一個叫高初立，是一個賣蟲子藥的，就是咱村的人。家裏嘛人也沒有，乾淨，就那一個人，光棍一條，賣蟲子藥。那趕黑了啊，把嘴一擦，拿著個馬紮子就出去啦，出去就給人們講。早先，有一個叫小鎖，這也愛講。老的啊，也挺愛講。有些子愛講的嘞。俺們一幫小孩子，就一村裏亂跑，亂聽。你到這一邊，這西大街，有一個叫靳老班的，靳老班、靳清海，靳雙來啊，這一號的。他倆是換著班的，你講了我講，我講

3　訪談對象：袁學駿，訪談人：林繼富，訪談時間：二〇一一年五月二日上午，訪談地點：耿村村委會。

了你講。
李：你聽哪邊聽得多？
靳：聽這邊（西邊）近，就在俺胡同口上。
李：就是聽靳老班講的多是吧？
靳：哎。靳老班講的這個我還記著嘞。他那話，是車就有軸，別管嘛車，它得有軸，（靳）雙來過來了，那破車有軸啊？破車就是說這布啊，破了，摞得一點一點的，在那個舊社會啊，都講打胳膊，做鞋底子使，不肯扔。
李：現在沒有人上那去聽故事了吧？
靳：這咱沒有啦。
李：什麼時候開始就沒人去那聽了？
靳：日本人一進中國，誰也不敢出去啦，出去了就挨打、挨罵的，誰都不出去啦。頭日本人來啊，天天黑價滿著，數熱天，打蚊子那時候，那街裏一大堆人，聽故事。
李：那日本人走了之後呢？
靳：日本人走了，故事也就不講了。人們要是講，就是上一個戶裏，坐會兒子，講那會兒子閒話。那日本人在這兒，那黑價誰敢在家裏睡啊？不像之前，吃了飯就往外跑，家裏沒有人，也沒有小偷，也沒有賊。這一直到普查隊進了村，才給講開啦。普查之前，誰也不敢講。這文化革命鬧得誰也不敢講，你這是黃色的，就擄大胳膊，批鬥，誰敢講啊？沒人敢講。[4]

[4] 訪談對象：靳景祥，訪談人：李敬儒，訪談時間：二〇一一年十月五日上午，訪談地點：耿村靳景祥家。

耿村六百年來的文化積澱，形成了注重文化、注重良好民風的傳統。耿村成為故事和民俗的富礦也便不足為奇了。耿村村民素來好客，不欺生，喜歡熱鬧，窮講善唸，講起故事來不害羞不怯場。耿村黨支部書記靳志忠說：

這村裏人（耿村人）喜歡講故事，這是肯定的。他要不喜歡講，像過去十一次大普查，他們都不要嘛，耽誤了工夫，也不說嘛，去了就給講，也願意講，你要是跟他說：「你不願講就別講了。」他就憋得慌。上次央視錄節目的時候，他們就伴去的，坐火車上講故事，要到下車了，光顧著講故事了，該下車了他忘了。聽也入了迷了，講也入了迷了。講故事這塊，他不分場合，有個三五個人，十個八個的，就講一個講一個，就開始講，也不管你是哪個村的。講故事有很大隨意性，就是開口就來，也不用說拉胡琴，也不用說吹橫笛，沒有那一說，就是坐下就講，你說講個吧，講個就講。[5]

耿村之所以被稱為故事村，是因為這裏有一個故事講述群體。一九八七年至二〇〇四年，石家莊文聯、藁城市文聯（文體局）相繼組織大型耿村普查十一次，記錄、整理出耿村故事及其他文字資料約六千三百餘萬字。先後編印內部科研卷本《耿村民間故事集》（五部），公開出版了故事家專集《花燈疑案》（靳景祥講述）、《蘭橋斷》（張才才、侯果果夫妻講述）、《秀姑》（耿村女講述者講述）、《臥牛山恩仇》（王玉田、王仁禮父子講述）、《靳正新故事百篇》（靳正新講述）、《耿村故事百家》、《耿村民間文化大觀（上中下）》、《耿村一千零一夜》（六卷），以及研究性著作《耿村民俗》、《耿村民間文學論稿》、《中國耿村國際學術會議文集》等書籍共十六部，計一千一百五十五萬字，發現男女故事講述者二百三十多人。

5　訪談對象：靳志忠，訪談人：李敬儒，訪談時間：二〇〇九年八月二十一日上午，訪談地點：耿村村委會。

二〇〇四年五月三十日，河北省民間文藝家協會、河北省民俗文化協會、石家莊市文聯、藁城市文體局根據國際慣例，確定能講五十個以上、百個故事以下者三十三人為中型民間故事講述家，能講一百個故事以上者二十二人為大型民間故事講述家，最大者八十六歲，最小的二十三歲，至二〇一一年七月，已故者五人，目前健在者五十人（表4-1為目前耿村健在的大型故事家的基本情況），另外還有五個故事家庭和祖孫三代故事家、故事夫妻、故事母子、故事父子等。耿村故事家傑出代表靳景祥曾出席一九八七年的中國故事學會首屆年會承德會議。

表4-1

姓名	性別	出生年月	文化程度	職業
靳景祥	男	1928.11	略識字	退職廚師
張才才	男	1930.9	初小	務農，唱過戲
王良田	男	1931.12	初小	開飯莊
張才長	男	1935.5	小學	務農
靳滿良	男	1943.10	高小	務農
靳海哲	男	1945.10	初中	曾任耿村祕書
徐海江	男	1947.8	初中	曾當小學老師，後到東三省跑業務，現有一養豬場
王連鎖	男	1953.10	初中	業務員
靳保平	男	1955.3	初中	務農，曾在山西當兵
龔月超	男	1960.10	高中	曾任小學教師，後經商
徐全振	男	1963.1	高中	半農半商（跑運輸）
王發禮	男	1963.6	高中	在外打工
徐醜貨	男	1968.12	初中	蘑菇木耳專業戶
靳志慧	男	1970.6	初中	在外打工
靳清華	男	1972.9	初中	務農
張書娥	女	1932.5	中專	曾當兵、地方幹部
侯果果	女	1943.7	略識字	務農

袁愛金	女	1944.7	初中	當過教師、會計
董彥娥	女	1947.5	小學	務農

耿村故事家靳正新一九九八年被聯合國教科文組織和中國民間文藝家協會命名為「中國十大民間故事家」之一。二〇〇四年省市領導為耿村五十五位故事家命名頒證，這是耿村人的驕傲。二〇〇六年五月，耿村民間故事入選首批國家級非物質文化遺產代表作名錄，二〇〇七年，耿村靳景祥和靳正新成為國家級非物質文化遺產傳承人，孫勝臺成為省級非物質文化遺產傳承人。二〇〇九年，張才才成為省級非物質文化遺產傳承人。

耿村的故事講述人不僅表現為一種個體的存在，他們之間大都還有著宗族和親戚關係，這也是耿村故事家被稱為體系的原因。宗族關係是現時農村人際交往中的主要關係。如果就故事家分佈的密度來說，耿村東頭最密。首先是王玉田（已去世，為便於理順，自他往下顯示傳承鏈）一家七人中有兩個故事家庭。

故事家庭吧，你看，凡是命名了的，咱們都給他們掛了個匾。全村五六十人，五個故事家庭，這（王玉田家）是其中一個。王玉田去世了，王玉田老伴也去世了，大兒子、兒媳婦（王仁禮和張瑞彩）也去世了，就剩下二兒子王正禮、兒媳婦武小鸞，再加上王德禮，王德禮是王玉田最小的兒子。那一半故事家庭雖然瓦解了，但是沒廢，也算故事家庭，稱號沒去掉。再王家就是後街的王良田家，王良田家兩口子，曹美更老太太喜歡講也喜歡唱，這兩口子再加兩個孩子[6]。

王玉田四弟王丙河的兒子王發禮一家四口都會講故事，是二〇〇四年省命名的故事家庭。王發禮自己也是耿村命名的大型故事家，他說：

6 訪談對象：袁學駿，訪談人：林繼富，訪談時間：二〇一一年五月二日上午，訪談地點：耿村村委會。

孩子們小時候，領著孩子們，不睡了，就給孩子們講故事。孩子們大了，就不給她們講啦。孩子們出去了，他們同學們也互相講。現在，孩子都成家了，不經常回來。那孩子們都上班嘞，那宿舍裏也是互相講。這都不是特意培養，不用特意培養。你小時候給她講故事，在這環境下，她聽得多啦，她就能講啦。她也特別喜歡。我那小孫子（外孫），五歲了，他也會講，我講這故事，他都記住了，有時候他自己也講。[7]

住在村中位置的另一個王家——王良田一家是省級命名的故事家庭，其妻曹美更也能講七十多個故事。村東頭的張家，張才才、張才長和侯果果三人都是大型故事家。靳氏家族中，有靳景祥、靳正新（已去世）、孫勝臺（已去世，靳一山之妻）、靳滿良、董彥娥（靳傻子之妻）、靳海哲、靳保平、靳志慧、靳清華等故事家。徐家的幾位講述者，以中青年為主，多講述經商類故事。

故事講述不限定在家庭內部，相反，故事講述更多地發生在村落共同體或村外進行，村內、村外講述不僅是講述人之間友誼往來，這些人既有鄰里之誼，又有忘年之交，互相之間喜怒笑罵、談天說地，痛快淋漓，又是彼此分享快樂的渠道。耿村故事講述還成為不少兒女親家、互相連姻的關係的催化劑和潤滑油。王玉田兒子王仁禮娶張才才之妹張瑞彩為妻，形成了王、張兩家六位故事家的連袂體。王玉田侄兒王發禮之妻是已故故事講述家崔小英

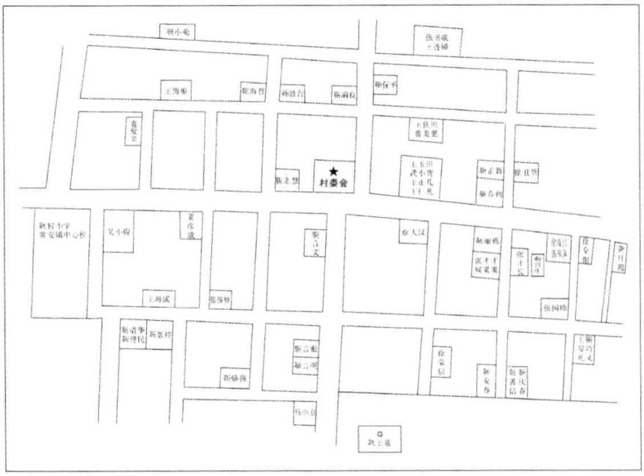

耿村故事講述人分佈圖

[7] 訪談對象：王發禮，訪談人：李敬儒，訪談時間：二〇〇九年八月二十一日上午，訪談地點：耿村王發禮家。

的女兒靳巧義，也是中型故事講述家。靳氏家族出了五服者之間也有聯姻關係，如靳景祥的女兒是靳滿良的弟媳。故事講述者的聯姻，有利於故事的交流與傳承，靳麗棉在嫁到夫妻故事家庭張才才家後，經常和中外專家，和遊客講故事，同時大量接受婆婆侯果果的故事，能講故事八十多個，被命名為中型故事家。

王、張、靳、徐四姓的故事家，就是通過這種宗族和親戚關係，構成了四個板塊，四個中小群落；這四姓故事家，被血緣和姻親關係串在了一起，結成了一個耿村故事講述體系核心，同時也構成了耿村民間故事上承下傳的鏈條。毫無保留的藝術交流是耿村民間故事的特色，也是耿村得以傳承的重要原因。耿村有濃厚的講故事氛圍，耿村人經常聚集講述，互相傳承。你可以很窮，但會講故事，照樣會得到尊重。講故事與他們的生活生存密切相關。即使在文化大革命中那些四類份子們也經常偷偷地聚集講述。故事家之間的交流與切磋，自然而然地推動他們對已有作品的經常回憶和完善。他們充分發揮集體優勢，創造著耿村的民間文化氛圍。正是這種交流和氛圍，形成這裏故事家多、故事數量多、講述水平高的特色。

> 晚上，從這頭到那頭，都在街裏坐著去。夏天熱吧，都在街裏坐著。電視都不看，一坐一圈了，人們就開始講故事。我聽這有新鮮故事了，你聽這有新鮮故事了，就互相講。現在上俺們家串門的特別多，現在黑價好些人在這兒坐著來。（靳）慶春、（張）國珍，他們都是故事家，他們黑價淨上這來坐著來。[8]

耿村民間故事的講述傳統代代相傳，儘管受到當下社會生活變遷和社會思潮的影響，但是耿村的故事每個時代都會有新故事產生，故事講述傳統沒有中斷。一九九九年出版的《耿村民間文化大觀》[9]收錄故事一千九百五十四篇，都是

8　訪談對象：王發禮，訪談人：李敬儒，訪談時間：二〇〇九年八月二十一日上午，訪談地點：耿村王發禮家。
9　袁學駿、李保祥主編《耿村民間文化大觀》（北京圖書館出版社，一九九九年）。

在一九八七年至一九九一年的耿村八次大型故事普查中搜集整理的；二〇〇六年出版的《耿村一千零一夜》[10]，是二〇〇二年至二〇〇四年三年中對耿村民間文化進行的第九次到第十一次普查的成果，收錄新採集的故事一千一百零二篇，不少故事愛好者成為新的故事家。

表4-1中列出的十九位故事講述家，在二十世紀八十年代末進行的耿村故事普查時就已被發現，不過當時能講一百個故事以上的只有靳景祥、張才才、張才長、徐全振、徐醜貨五人，能講五十個以上、一百個故事以下的有靳滿良、董彥娥、侯果果、王連鎖、靳海哲、張書娥六人，其他講述者都曾公開給普查人員講述過故事，或有作品選輯在已出版的故事集中。除去當時普查中會出現的遺漏等原因，從數字上看，耿村故事講述人的講述量是在不斷增長的，尤其表現在這些比較活躍、愛講故事的講述人中。他們在保留已有故事的基礎上，吸收從別人處聽來的故事，加工創作為新故事，進行講述活動。

> 他（靳景祥）能講四百多個故事，現在也沒數了，他也不知道會講多少，只是在路上說是（能講這麼多），他不斷地（又想起故事），你走了他就想起來了，你來了他可能又忘了，但是又想起別的來了。就在咱們這屋裏還有旁邊的大故事廳裏，曾經多次來人（聽故事），講著講著一個他，一個張才才、張才長他們，結果呢都講出來過去幾十年我們從來都沒有聽過的故事，他自己還講出來了，他認為挺好，這沒辦法，所以普查也是需要的。[11]

10 袁學駿、劉寒主編《耿村一千零一夜》（花山文藝出版社，二〇〇五年）。
11 訪談對象：袁學駿，訪談人：林繼富，訪談時間：二〇一一年五月二日上午，訪談地點：耿村村委會。

在故事講述活動中，講述人常常要受聽眾的制約，經常要根據不同聽眾的喜好來選擇故事，以獲得更好的效果。講述活動進行時，聽眾的反應也會影響到講述人的講述狀態，積極肯定的反應，會讓講述者越講越起勁；消極的反應，則提醒講述者要及時調整自己的講述，適當活躍現場氣氛。有時，聽眾也會參與講述活動，幫腔、附和、叫好等，甚至受講述者的啟發，還會補充講述者的講述。自古以來，耿村就有濃厚的講故事風氣，不是因為村民們人人會講，而是因為人人愛聽，所以耿村一直被鄰村人稱為「笑話村」、「瞎話村」、「窮講善唸村」。「現在雖然已經進入市場經濟時代，這種群體性文化特徵還在頑強地或說是自覺地顯現著，並沒有像一些人想像的那樣被現代文明所衝垮。」[12]

電視等現代媒體的普及和商業性通俗文化的興起，使耿村村民的娛樂方式極大豐富，猛烈衝擊著耿村民間故事的講述和傳承活動。除了觀看電視節目，打麻將、下象棋也是耿村村民喜愛的休閒娛樂方式。另外，耿村還成立了秧歌隊和腰鼓隊，這些活動占據了耿村人大部分的農閒時間，相比來說，聽故事已顯得不那麼重要和受歡迎了。正如一個耿村村民說的：「只有停電了，電視看不了了，我們才會去聽故事。」家庭形式的變化，對聽眾群體的分化也產生了影響。儘管現在耿村的家庭仍以複合式為主，但由於中青年群體外出打工現象的增多，村裏的常住人口只有老人和小孩等留守人員，故事講述的活躍群體像候鳥往來於村內和村外。

在這種情況下，耿村民間故事的講述人和聽眾出現了明顯的斷層：耿村的中老年農民仍然是傳統民間故事及其所反映的民間世界觀的忠實聽眾和傳承者，而二十世紀七十年代以後出生的青年一代，其生活觀念乃至世界觀開始發生變化，他們對傳統的民間故事多少表現出了一些冷漠的態度，而對於生活在耿村的學齡前兒童來說，聆聽民間故事仍然是他們獲得學齡前教育的主要方式，他們也對聽故事充滿了興趣。二〇一〇年耿王廟會期間，當董彥娥給我們講故事時，

12 袁學駿、劉寒主編《耿村一千零一夜》（花山文藝出版社，二〇〇五年），頁二。

一直有幾位老年聽眾在旁邊認真地聆聽，而一些二十多歲的青年人，經常是聽了不到兩分鐘就離開了。而侯果果兩個還未上學的孫女孫子，還是非常喜歡聽奶奶講故事的。

耿村的村民是好客的，而耿村之所以能夠聚集如此之多的民間故事資源，有很大一部分原因就是他們吸收了來往行人的故事和傳統觀念。隨著耿村的名氣越來越大，近些年日益受到關注，越來越多的外來人員來到耿村。他們有政府部門的官員、媒體人員、國內外的學者、遊客，還有來自美國的民間故事交流團體。如一九九七年至二〇〇七年間，美國故事協會、美國國際人民交流協會，美國女媧故事講述團等團體曾五次到耿村進行民間文化交流活動。二〇〇四年，省會少年暑期耿村愛國主義故事會活動在耿村故事廳召開，耿村故事家們為來自石家莊市十二中學的四百多位師生講述了六十多篇愛國故事，使廣大師生在聽故事中接受了一次愛國主義教育。而這些人都成為了耿村民間故事的新聽眾。他們把外面的故事帶進來，又把耿村的故事帶出去，形成了一個良性循環，使得耿村故事能夠更長、更廣地傳承下去。

耿村豐富而寶貴的民間故事資源，在耿村學校得到了很好的利用。耿村小學專門開設了故事課，同時還定期舉行故事會活動，概括起來就是「採、寫、講、比、評」五個字。採，即學校規定，每個學生都有採訪故事的任務。採訪久負盛名的故事家，採訪父母兄弟，走訪親朋好友，利用各種機會搜集故事。寫，就是每個年級的作文課都安排一定數量的故事創作，把寫故事滲透到作文教學中去。講，就是講故事。他們每個班都有一批故事員，教室裏、操場上、上學路上、放學途中，隨處都可以聽到美妙動人的故事。比，即學校每月組織一次故事會，每個學期舉行一次講故事大賽。學校組成評委會，現場打分，對獲獎學生給予物質獎勵。評，就是每個學期學校都評出一批優秀故事員，予以表彰。

耿村小學的李五須校長介紹說：「我們每個班的班主任就是班上的故事輔導員，我們開設了故事課，每個月都組織學生故事大賽，對獲獎的學生進行獎勵，孩子們熱情很高，這對孩子們的表達能力，推廣普通話都有促進作用。」[13]

[13] 中國國際廣播電臺華語臺《中國之窗》節目，二〇〇五年三月二十九日播放，河北人民廣播電臺編輯製作。

生們在搜集、講述、創作的過程中，受到了潛移默化的良好薰陶，培養愛祖國、愛家鄉、愛人民的高尚情感，構建了積極向上、文明高雅的審美趣味，樹立了團結友愛、助人為樂的道德風尚，達到了寓教於樂的目的，也從一定程度上傳承了耿村故事。

當然，我們也發現，隨著時代的發展，世代傳承的傳統故事，已無法完全滿足當今聽眾的需要，一些傳統民間故事正漸漸淡出人們的視線。《耿村民間文化大觀》收錄了耿村二十世紀八十年代流傳的故事作品，而《耿村一千零一夜》收錄的是二十一世紀以後仍流傳在人們口頭的民間故事，兩套故事集在故事構成上發生了一些變化，一些故事類別明顯減少了，各類故事在兩套故事集中的篇數和所占比例見表4-2。

表4-2

故事類別	故事內容	《耿村民間文化大觀》				《耿村一千零一夜》			
		篇數	內容所占比例	類別總篇數	類別所占比例	篇數	內容所占比例	類別總篇數	類別所占比例
神話		53	3%	53	3%	15	1%	15	1%
民間傳說	人物傳說	409	21%	756	39%	227	21%	349	32%
	宗教傳說	3	0			24	1%		
	地方風物傳說	113	6%			26	2%		
	動植物傳說	107	5%			19	2%		
	風俗傳說	124	7%			53	5%		

合計	生活故事						
	新故事	笑話	寓言	生活故事	精怪故事	動物故事	幻想故事
1954	52	193	2	466	185	21	226
100%	3%	10%	0	24%	9%	1%	11%
1954	1145						
100%	58%						
1102	241	171	17	171	64	29	45
100%	22%	16%	1%	16%	6%	2%	4%
1102	738						
100%	67%						

從各類別故事所占比例來看，神話和民間傳說都有所減少，民間故事的比例提高較多。從具體內容來看，比例減少了的故事內容包括：地方風物傳說、動植物傳說、，風俗傳說、幻想故事、精怪故事、生活故事。

神話是人類童年時期的產物，現代社會已經沒有產生神話的土壤，耿村的神話會隨著時間的推移，漸漸被遺忘，漸漸減少。民間傳說是與特定的地點聯繫在一起的，地方風物傳說、動植物傳說和風俗傳說表現得最為明顯，隨著耿村外出人員的增加，人們吸收了更多外地的故事，聽眾的來源也越來越廣泛，這也導致了與地方特色聯繫緊密的一些傳說故事，漸漸退出講述人的講述範圍。幻想故事、鬼狐精怪故事在耿村中青年故事講述人文化水平提高的情況下，故事中的虛幻色彩減少在情理之中。生活故事本身就是隨時代發展產生的，與當下生產生活聯繫最緊密，具有非常明顯的時效性，因此遺忘率也很高，但同時，不斷產生的新民間故事基本上都是生活故事，在耿村，新生活故事的產生數量遠遠高於傳統生活故事的遺忘數量。

耿村故事講述人們為適應聽眾需要，在傳承故事傳統的同時，進行自我化的調整，就出現丟落和遺忘故事的現象，男性故事講述人表現得尤為明顯。如張才才一九八九年講述過的〈陰陽二十四塊板〉、〈龍虎爭王〉，靳三剛一九八九年講述過的〈青蛤蟆娶親〉，在二〇一〇年我們調查時，他們都說想不起來了。王發禮早年從大伯、堂兄那裏學來了很多故事，他也說原來很喜歡講類似於〈王莽趕劉秀〉的人物傳說故事，可是當我們請他講時，他卻想了半天也沒講出來，說是因為好長時間沒講了，都忘記了。

耿村一些傳統故事在講述人講述世界中消失有極其複雜的原因，首先是因為故事講述人的生理原因，民間故事本來就是通過口頭傳承和傳播的，隨著講述人年齡的增長，記憶力逐漸減退，一些故事被遺忘，甚至有的故事因講述人的離世而永遠消失，無法傳承。其次，一些故事的消失，也有部分因為講述人的心理原因，故事講述人並不是藝人，他們講故事除了要滿足聽眾的需要，也會顧及自我身心的愉悅，表現在故事選擇上，故事講述人有時也是喜新厭舊的。一些故事，講述人講的次數多了，覺得沒有發展空間，就會產生厭煩情緒，不願意再重複講述，而是會主動選擇一些最近聽過的新故事來講述。也有一些故事家不願意壞了自己的名聲，不喜歡在聽眾面前重複講述同一故事，或是和別的講述人講相同的故事，而是更喜歡標新立異，突出自己講述風格和故事擁有量。再次，故事內容不再適應當今社會發展現狀，講述人隨著文化水平的提高，已意識到這些故事的不合時宜，因此刻意不去講述；還有一些是因為故事篇幅太長，已不適應如今快速的生活節奏，不能引起聽眾的共鳴，講述人也不願意再講述。

耿村故事傳承不是用「繁榮」和「衰落」概括得了的，二十多年來潛心整理和研究耿村故事的袁學駿先生說：「有人曾預言十年、二十年後耿村故事就會消亡，現在看來言之過早。耿村文化的吸納力、包容性、適應性和對外來文化的反彈力都比較強。」[14] 在我們看來，耿村故事講述傳統不會消亡，但是故事講述可能呈現多樣化的趨勢，故事內容及其

---

[14] 袁學駿、劉寒主編《耿村一千零一夜》（石家莊：花山文藝出版社，二〇〇五年），頁二。

講述技巧也會發生適應於時代的變化。

第二節 耿村故事的審美傾向

耿村故事包容萬象，根據以往的調查資料，筆者發現耿村故事上自開天闢地神話，各朝代的人物和史事傳說，下到民國、抗日戰爭、解放戰爭和解放後的新生活、新人物，形成一條歷史長河中的故事鏈，雖然這個故事鏈我們無法求證耿村講述人的故事講述的時代風貌，但是，故事內容涉及到的歷史鏈環延續性和包容性則是耿村人心性、心智的重要體現。從耿村故事中，我們能夠窺見冀中漢民族居落群體民間故事的基本面貌。耿村人將他們對人生的理解、對社會的看法，以及對生活的期望，傾注到故事之中，從某種意義上說，耿村民間故事也是一部耿村人的百科全書，耿村民間故事中體現的審美傾向，是耿村人日常生活觀念的昇華。

耿村人口頭上講述不乏嫦娥與后羿的故事、女媧的故事，但是耿村人的講述則各述其異。民間傳說在耿村故事中所占比例最大，包容內容也最多。在各種人物傳說中，涉及歷史人物、宗教人物、戲曲人物二百四十多個，還有許多現代和當代地方名人出現在故事中。在地方傳說中，涉及到以耿村為中心的藁城、晉州、無極、趙縣、正定、鹿泉及京、津、晉、陝、江、浙、雲、貴、川等大半個中國的一百七十多個縣市的名山大川、名勝古蹟、土特產品。在風俗傳說中，以冀中滹沱河流域風俗為主，將歷代人們的衣食住行、婚喪嫁娶等習俗，都反映在故事之中。神奇故事和狐仙故事在耿村具有地方特色；生活故事數量大，涉及家庭成員之間的夫妻、父子、婆媳、兄弟姐妹、姑嫂等關係，最能體現耿村人的人生觀價值觀以及其變化過程；短小簡單、娛樂性強的笑話，近幾年較受歡迎，新笑話層出不窮。表4-3列出了耿村十一次普查成果中，各類故事的篇數和所占比例。

表4-3

故事類別	故事內容	篇數	內容所占比例	類別總篇數	類別所占比例
神話		68	2%	68	2%
民間傳說	人物傳說	636	21%	1105	35.5%
	宗教傳說	27	1%		
	地方風物傳說	139	4%		
	動植物傳說	126	3.5%		
	風俗傳說	177	6%		
民間故事	幻想故事	271	7.5%	1883	62.5%
	動物故事	50	1.5%		
	精怪故事	249	7.5%		
	生活故事	637	20%		
	寓言	19	0.5%		
	笑話	364	13%		
	新故事	293	12.5%		
合計		3056	100%	3056	100%

耿村流傳的神話不多，十一次普查僅找到了六十八篇，但關乎人類起源和始祖信仰的故事在耿村中流傳卻顯示了耿村人對文化根脈的看重。大量民間傳說、神奇故事、生活故事的流傳與神話思維意識有內在的關聯性。耿村有類似於「天命玄鳥，降而生商」的神話。如梁銀蘭講的〈五龍聖母的傳說〉[15]：有一家財主的閨女還沒有出閣。一天來了個老道，不化緣，不吃齋，只要閨女用他帶來幾條線為他縫縫偏衫。閨女縫補偏衫的過程中，一邊縫一邊就把剩下的線頭咬下來嚥進肚裏。後來她就有了身孕，被父親和哥哥趕出了家門。閨女走到五龍山上，在井邊生下了五條小蛇，然後昏死在地。為了紀念這位五龍聖母，閨女的爹娘、哥嫂在這井口邊修了五龍聖母廟，五條龍就為鄉親們看起病來。這個故事，與商契的母親吞下鳥蛋生下他的基本構思一致。除此之外，耿村還有赤腳大仙投胎、空心老母投胎轉世、烏龍血滴與女神座下棉墊的陰氣相合而生關公、韓湘子夢妻而生和合二仙等與感生神話類似的傳說。此外，王玉田講述的〈犬婿〉[16]，被認為是南方盤瓠神話的遺存，還有大馬猴與丫鬟交媾生下韓信、尋金者被人瞎子（猩猩）擄去而生海瑞，魚精與姑娘夜間同居生狀元等等，同時，還有大量的美麗而智慧的狐仙被男子的好心打動而結成良緣的故事。這些都是人獸婚母題在耿村民間故事中的體現。

耿村人講故事不是為了阿諛奉承、升官發財，連民間戲子要藉此賺碗飯吃的動機都沒有，最明確、最普遍的出發點就是隨時隨地消遣一下，娛悅一番，其次才是教育別人。靳景祥曾說：

> 講這物件，第一個就給人們開心，愛聽這個，聽幾句這個，有什麼煩惱啦，忘啦，這是那好處。跟看戲、聽書，是一個樣。你聽了這個，你就把別的事忘啦。你光記著，他唱的那一截，哎呀可好嘞，又順溜，又

15 袁學駿、李保祥主編《耿村民間文化大觀》（中）（北京圖書館出版社，一九九九年），頁一〇八二—一〇八三。

16 袁學駿、李保祥主編《耿村民間文化大觀》（上）（北京圖書館出版社，一九九九年），頁四九九—五〇〇。

好聽，他光願意那麼聽嘞，就過去啦。[17]

王發禮也說：

那同伴們講故事就是光為娛樂嘞，給孩子們講就是教育孩子們。[18]

耿村人用自己豐富的幻想和想像，構建了一個充滿浪漫色彩的故事世界。在耿村已出版的一千一百零五篇民間傳說中，充滿了神仙轉世、佛祖度化、死後升天、靈魂濟世等虛幻的內容。在耿村已出版的二百一十七篇幻想性故事、十篇動物故事和二百四十九篇精怪故事中，全是非現實的盜寶、遇仙、人鬼婚、人獸婚和人格化的動植物間的矛盾鬥爭。生活故事六百三十七篇，數量最多，其中有大量的奇人奇事、武林奇俠、縣官斷奇案和呆傻、巧女故事，以及曲折的愛情故事。這些作品雖然比傳說和幻想故事更接近現實，但大部分仍具有傳奇風格。那些不加節制的偶然巧合、大膽肆意的誇張，那些理想主義的大團圓結局，表達了耿村人對美好生活的嚮往和渴望。耿村民間故事在審美特徵上極高的幻想性，與原始思維的延續，與道家和佛家對口頭創作的影響分不開。

愛情是耿村故事的永恆主題，不僅過去的故事、歌謠中有，今天和明天的故事中仍然會有。即使在二十世紀的「文化大革命」把愛情題材創作劃成禁區的年代裏，耿村的故事家們仍津津樂道地講著這類故事，孫勝臺、侯果果、王仁禮等故事講述人，從未中斷過在田間地頭講述男女成親的故事，孟姜女與萬喜良的故事、梁山伯與祝英臺的故事、龍鳳衣的故事，陪他們度過了那些苦悶的日子。愛情主題性的故事中對母性力量和美麗的無限張揚，顯示了耿村故事講述人在

17 訪談對象：靳景祥，訪談人：李敬儒，訪談時間：二〇一一年七月二十六日下午，訪談地點：耿村靳景祥家。
18 訪談對象：王發禮，訪談人：李敬儒，訪談時間：二〇〇九年八月二十一日上午，訪談地點：耿村王發禮家。

傳承和吸收人生現實中愛情、婚姻素材的興致與才能。靳景祥講的〈嫦娥與后羿〉[19]中，嫦娥與后羿的愛情歷程屬於相逢於患難（河神要搶嫦娥、后羿擊敗河神）、愛得熱烈、別得痛苦（嫦娥為了借箭，不得不飛上月宮，永遠離開后羿）一類，靳景祥、張才才、梁銀蘭等講述各種白蛇與許仙的傳說、孫勝臺講述的孟姜女與萬喜良的傳說也都屬於這種子題。織女和牛郎的故事，是牛郎作為男性主動追求女性；白蛇與許仙、七仙女和董永的故事，則是女性主動追求男性。梁山伯和祝英臺的故事，亦是「女人先來引誘他」（魯迅語）的原型的變異。

冀中平原地區的傳統婚姻大都是父母之命、媒妁之言的包辦婚姻，青年男女之間的戀愛生活往往是不美滿的，甚至是帶有悲劇色彩的。為了獲得自己的真愛，青年男女為愛進行了抗爭，甚至付出了自己的生命，祝英臺和梁山伯的抗爭是一種人性覺醒前的涅槃，是火種鳳凰的再生。但老百姓永遠採用樂觀情懷頌揚愛情，因此，耿村故事的叛逆者很多時候是在抗爭中獲得了甜蜜的愛情。張振賢講的〈雙吊還陽配〉[20]卻是先「死」後奔，然後闔家團圓。張振賢講的〈二小背香香〉[21]和梁銀蘭講的〈白牡丹和竺葉青〉[22]，有情人的鬥爭方式也是私奔遠方，並最終結成了伉儷，成就了美好而曲折的愛情。

靳景祥擅長講愛情婚姻故事，〈花燈疑案〉[23]講述了女主人公員外家小姐張夢蓮，遭後娘陷害，因不忍家庭的人格侮辱而狠心上吊，埋後被盜墓者意外救出；因不願與二流子成婚，只好逃跑；重進王祥小鋪（第一次觀燈走失來過），又被王祥當鬼砸昏；第三次逃入小莊，被一對豆腐夫妻收養，才恢復健康；在王祥即將被斬之際，夢蓮上前鳴冤相救。縣官做主，才讓夢蓮與好心辦錯事的王祥結為夫妻。在本故事中，充滿了對女主人公悲慘遭遇的同情，這是一種憐女心

19 講述者：靳景祥，採錄者：李敬儒，採錄時間：二〇一〇年二月二十二日，採錄地點：耿村靳景祥家。
20 袁學駿、李保祥主編《耿村民間文化大觀》（中）（北京圖書館出版社，一九九九年），頁一九二一—一九二四。
21 袁學駿、李保祥主編《耿村民間文化大觀》（中）（北京圖書館出版社，一九九九年），頁一九三三—一九四四頁。
22 袁學駿、李保祥主編《耿村民間文化大觀》（中）（北京圖書館出版社，一九九九年），頁第一一一九—一一二二頁。
23 袁學駿、李保祥主編《耿村民間文化大觀》（上）（北京圖書館出版社，一九九九）年，頁一三九—一四三頁。

理在起作用，同時夢蓮與王祥的愛情故事，被一系列機緣巧合牽引著，引導著聽眾，否則這麼長的故事是很難使人耐心聽完。女主人公夢蓮，也正是一個自我意識較強、具有較強反叛性格的典型形象。還有一些具有一定反叛精神的故事，如徐大漢的〈韓玉娘勸夫抗金兵〉[24]滲入了較強的政治意識和民族精神。在〈無頭奇案〉、〈智「鬼」報屍〉、〈黃愛蓮害夫〉等作品中，表現了傳統婚姻制度與個性實現之間的衝突。這些故事，也都有些醒世作用和教育功能，對於今天的社會主義道德規範的建構有積極的借鑑意義。

在耿村，流傳著許多和尋父有關的故事，這些故事究竟包含了什麼樣的文化記憶呢？張才才講述的〈人的來歷〉[25]解釋了男性掌權代替女性的歷史過程：

> 開始，都是男的到女家去住，去了以後，女的也不讓他們幹活，自家每天出去打獵養活男人。男人們悠閒自在，什麼事也不管，一切都是女人說了算。
>
> 後來，男人們見女人力氣小，打來的東西往往不夠吃，也就開始出去幹活。男人們打一天獵頂女人們打兩天，往往吃不了壞掉，這樣，也就不再讓女人去打獵了，專讓她們在家做飯。女人們打不來獵，也就不再好意思管事，慢慢地就讓男人管起事來。

人類社會由只知其母不知其父的時代進入了知父知母的新的文明時代，人們也便產生了父系宗族觀念，尋父觀念、認祖歸宗思想也就逐步積澱到文化心理結構的深層。王玉田講的〈韓信逼母〉[26]中，韓信做了高官回家祭祖，可他的旗

24 袁學駿、李保祥主編《耿村民間文化大觀》（中）（北京圖書館出版社，一九九九年），頁一一八四—一一八六。
25 袁學駿、李保祥主編《耿村民間文化大觀》（上）（北京圖書館出版社，一九九九年），頁八二八—八二九。
26 袁學駿、李保祥主編《耿村民間文化大觀》（上）（北京圖書館出版社，一九九九年），頁五〇八—五〇九。

杆老立不起來。追問父親何在，聽了母親訴說，方知生父是大馬猴，雖然覺得不光彩，也不能不承認這個事實。靳滿良講的〈呼延慶雙鞭的來歷〉[27]中，呼延慶小時候因為不知其父是誰而被村中孩子罵為「沒爹種」，暗示出無父無祖便是無根無基，社會不予承認；一旦從王夫人口中得知父親便是呼丕顯之子呼守用，因受奸臣所害不敢在家時，呼延慶便立志為呼家報仇。這種宗嗣關係上的尋根故事，還表現在一些地方風物傳說中。耿村很多故事家都講關於耿村來歷的傳說，這些傳說一方面在訴說靳姓為耿王守墓而繁衍成村的歷史，另一方面，又暗含有耿村人認祖歸宗的心態。

耿村民間故事塑造了一批屬於耿村人的典型形象。玉皇大帝和王母娘娘、觀音、孫悟空、豬八戒、唐僧、八仙、張天師、諸葛亮、劉伯溫、劉關張、孫龐、魯班、七仙女、石閣老、韓信等等，這些傳說中的主人公，雖然他們在流傳中被不同的故事講述人演繹著、講述著，但總起來看，他們都是有鮮明的個性和典型意義。比如，在耿村已出版的三千餘篇故事中，「白鬍子老頭」形象出現得極為頻繁，據不完全統計，他出現了兩百多次。女媧的乾女兒為女媧盛水時，他送給她一個口袋，又用勺子變成了北斗星為她指明方向[28]；楊六郎打不過石頭精時，他會出來獻策[29]；弟弟被哥哥陷害留在山中時，他會出來救人[30]；他會為老實的生意人送上「要吃虧，不讓人」的對聯，教給他們買賣經[31]……這個老頭被講述者和聽眾所喜愛，因為他不像玉皇、王母那樣成為權威象徵，而是慈祥地成人之美、指人迷津。然而，他已具有了人物典型意義。在耿村，一些精忠報國的人物傳說也非常受歡迎，如韓信的故事、楊家將的故事、呼家將的故事、岳飛的故事，是人們都愛聽、都愛講的。他們為國效忠的英雄事蹟，已成為耿村故事塑造出極為成功的典型形象。

耿村人喜歡清官故事。靳景祥、靳正新、王玉田、王仁禮、張才才、侯果果等講述人都講過關於明君賢臣和有名、

---

27 袁學駿、李保祥主編，《耿村民間文化大觀》（中）（北京圖書館出版社，一九九九年），頁一六三五—一六三六。

28 靳景祥講述〈女媧與北斗星〉，袁學駿、劉寒主編《耿村一千零一夜》（第一卷）（花山文藝出版社，二〇〇五年），頁五—六。

29 靳景祥講述〈楊六郎大戰石頭精〉，袁學駿、李保祥主編《耿村民間文化大觀》（上）（北京圖書館出版社，一九九九年），頁一六—一七。

30 靳景祥講述〈白虎洞〉，袁學駿、李保祥主編《耿村民間文化大觀》（上）（北京圖書館出版社，一九九九年），頁八二—八四。

31 王玉田講述〈一副對聯發王家〉，袁學駿、李保祥主編《耿村民間文化大觀》（上）（北京圖書館出版社，一九九九年），頁五五九—五六〇。

無名的清官故事。這些清官故事涉及人物傳說、仙道人物傳說、地方傳說、風俗傳說、神奇故事、生活故事等各個門類，如包公、海瑞、劉伯溫、石閣老等，這些清官在耿村人記憶中明察秋毫、整治貪官、大公無私。還有一些講述人愛講昏君無道、貪官枉法、狗官出醜的故事，群眾也對此很感興趣。他們通過故事的講與聽，盼望那些有道明君長期在位、包青天、海青天輩輩轉世。這些思想觀念當然不僅僅成長於耿村，而是受到士大夫思想及其文化心理的影響。包公是天上星相下界，海瑞是怪物所生，石閣老是藁城風水中的神蛙轉世，孫清元是黑虎星（或白虎星）下世來扶保大清江山。他們被歷代講述者披上了神聖的靈光，而且還在關鍵時刻得到神仙的指引。包公形象是歷史人物傳說中為民做主的傑出代表。他在耿村人的口碑中，不僅能斷烏盆，還能以無窮的智謀、巧妙地審理一切疑案，以強烈的責任心來懲處犯法者。

耿村故事有不少是接近現實生活，如〈砂鍋記〉、〈雙鎖櫃〉、〈縣官斷案〉、〈縣官巧斷雞案〉、〈巧斷爭親案〉、〈小孩遇險報案〉、〈無頭奇案〉等等，這些虛擬的府官、縣官既不是星相下界，也無神仙保佑。他們之中一類是義正詞嚴、鐵面無私的包公式人物，或者是為民做主、為民請命、為民除害，很有作為的「白臉包公」；一類是七品芝麻官如唐知縣和徐九經式的，以機智、幽默的語言和表面漫不經心的態度來明斷是非。這些作品中充斥著青天意識，對青天人物的推崇，體現了掌權者個人意志而不是民主思想。

從表現手法來看，耿村民間故事具有重結構框架的完整而不重細節，重敘述而輕描寫，重表現而輕模仿再現等特點。簡單的結構形式和天然質樸的語言中凝聚著豐富複雜的內容，隨意恣肆的主觀聯想寓於其中，更包容著以善為核心的倫理哲學。如張才才的〈可笑天下正經人〉[32]、孫勝臺的〈錯斬董梁王〉[33]、董彥娥的〈五月單五吃粽子的由

32　袁學駿、李保祥主編《耿村民間文化大觀》（上）（北京圖書館出版社，一九九九年），頁九二七—九二八。
33　袁學駿、李保祥主編《耿村民間文化大觀》（上）（北京圖書館出版社，一九九九年），頁六三八。

來〉[34]，都是只有七八百字的短小故事。開頭點到時間、地點、人物，接著敘述了一些人和事，到結尾收住，說明結果。在文人那裏，這些故事只能算是創作提綱，只有基本的筋骨和脈絡，然而，之於耿村講述人來說，這便是審美意義上的單純、簡約，也是一種濃縮和凝煉。如果說能講長故事是一種本領，那麼能把故事講短講好也是口頭表達的技能。這種講短故事的技能在耿村主要通過三個方法來完成：一是只交代地點，一般不做景色描繪；二是只敘述故事情節，不做議論抒情；三是有「想」、「想了想」，但不大描述人物心理。這樣，也就為聽眾創造了廣闊的想像空間和審美再造的天地。這種簡練，連人的名字都可概括為「一個小夥子」、「皇上」、「娘娘」、「學生」、「娘們兒」、「和尚」等等，為記憶帶來方便，形成了細節不細或省略，讓聽眾體味。張才才講的〈可笑天下正經人〉[35]是耿村非常經典的短小作品：

> 老年間都興趕考，有大考，有小考。大考考狀元，十二年考一回，一回不沾就得等十二年，才能再考。有個學生出門趕考，揹著個行李，沒白沒夜地趕路。這天黑了，前不著村，後不著店，轉了一圈兒，見著個大寺廟，就想借宿住下。進了門，見著個老和尚，學生上前問：「大師父，我是進京趕考的，天晚了，借宿一夜行不？」老和尚說：「行嘍！」就住下來了。住哪兒哩？住在一個草棚子裏。說是草棚子，其實是個多年不使的香火堂。等天明了，學生別了老和尚就走。走出十多里路，歇腳時一看，行李上沾著寺裏一根寸把長的乾草節子，覺著不該愛財，立時二返腳送回寺裏。老和尚覺著這學生心眼真實誠。學生一轉身，見佛爺臺上有個物件放光哩！再一看，耶！是個真金的香爐。這可是個寶！趁老和尚不注意，學生偷了香爐，藏到包袱裏。他偷了人家的東西，覺得心虛，出了寺就跑，很怕老和尚追上來。

34 袁學駿、李保祥主編《耿村民間文化大觀》（中）（北京圖書館出版社，一九九九年），頁一四六八－一四六九。

35 張才才講述〈可笑天下正經人〉，袁學駿、李保祥主編《耿村民間文化大觀》（上）（北京圖書館出版社，一九九九年），頁九二七－九二八。

老和尚送走學生，回來一看沒了金香爐。想想沒別人來，不用猜也是趕考的窮小子偷了，撒丫子就追。一個走得快，一個趕得急，到黑也沒見著學生的影兒。老和尚趕又趕不上，返也返不回去了，唉，宿了吧！到了一個村裏，天就很晚了。他是個和尚呀，也不敢隨便敲人家的門，就找了個大點兒的門洞兒，心裏說湊合一宿算了。就著月亮光一看，立著貞節牌坊。他累乏了，也不顧這些了，蹲進個黑旮旯裏，塌眯著眼兒打盹兒。過了會兒，覺著有人說話，睜開眼，見一個娘兒們送一個漢子出來，樣子挺熱乎。老和尚想想：「這可不對頭。立著貞節牌坊，還跟漢子來往，這算嘛事兒。」又一想：「自家算個老幾？還是不要管閒事了。」就沒言聲。

天快明了，老和尚肚裏「咕嚕嚕」直叫喚，恰好來了個賣豬肉包子的。和尚們有規矩，不許動葷，就說：「走吧走吧。」賣包子的一見是個和尚，又宿在人家門洞兒裏，估摸著他也餓壞了，喊得更起勁了：「熱乎包子，香包子，香包子還熱乎哩！」和尚實在捺不住，就買下兩個包子吃了。最後還落了人家個數落：「你這和尚，吃就吃，不吃就拉倒，裝嘛正經人哩！」老和尚沒心思鬥嘴，吃飽了，人家也走遠了。想起一天來的荒唐事兒，找了塊白大灰，就在貞節牌坊上寫了幾句詩：

　趕考的君子寸草不愛愛黃金，出家的和尚不吃豬肉也動了葷，
　貞節女子把野漢送，可笑這天下正經人。

耿村故事重敘輕描，善於使用天然質樸的語言鏈條。耿村民間故事對人物肖像描寫力求從簡。例如平時用來形容女性肖像之美的詞彙五花八門，形象而具體。而在耿村，除了王玉田、徐大漢、靳景祥表達比較細緻，一般講述者都不在美人身上多著口舌。然而，樸素、簡練不等於乾乾巴巴、沒有文采。樸素的語言可以使人如臨其境、如聞其聲、如見其

人，而且還可以在形似基礎上創造神似。王玉田講的〈張之洞撕帳〉[36]中，用「筆道清晰，剛勁有力，巧彎妙點」，形容張之洞書寫時的熟練和流利，是有形有神的一處妙筆。故事再發展下來，文中又寫道：「掌櫃的拿出老帳一對，一筆不差，竟瞪著傻眼不知說什麼好了。」一個「傻」字，可謂一字傳神、入木三分又耐人咀嚼、玩味，任你琢磨生活經歷中那些可笑之神態。民間故事語言雖然不是民歌、民謠，也有自己的節奏美、韻律美。靳景祥講的〈藁城「宮麵」的來歷〉[37]中，就有店家得孫喜而又生病變憂——得仙人幫助憂愁變喜——為皇上做麵湯——皇上派人找麵——店家無法欲死——仙人再次來助——宮麵問世皆大歡喜，這樣一系列情緒變化。情緒起起伏伏，到店家第九十九天夜晚等死時形成全篇的高潮，仙人再次來助轉極憂為大喜。情緒隨情節的發展而發展，字裏行間極富感情節律。耿村民間故事語言符號的簡練、含蓄、樸素，恰似魯迅先生所說的「白描」，卻又不追求準確地再現豐富的生活，而是點點星星地虛擬性地表現生活。那些五花八門的大團圓結局就是用這樣的語言體式來表現。

通過對耿村故事審美傾向的分析，我們可以明確地意識到，耿村民間故事表現了耿村人代表的中華民族底層民眾的生活立場和文化精神。

> 耿村故事並不是一個村的故事，也不是藁城的故事，也不是石家莊的故事，因為耿村故事包含的面非常廣，好像是除了臺灣、新疆這兩個地方，別的省份基本上都涉及到啦。它另外就是，它這個東西嘞，跟這個人口結構也有關係，耿村它本來就是外地零零散散遷入過來，集成的這麼一個村，天南海北的人們都上這裏去做買賣，滙集了全國各地的故事。耿村人上外頭遊歷啊，當兵啊，也聽了好多的故事。所以說它這

36 袁學駿、李保祥主編《耿村民間文化大觀》（上）（北京圖書館出版社，一九九九年），頁五二九。
37 袁學駿、李保祥主編《耿村民間文化大觀》（上）（北京圖書館出版社，一九九九年），頁七二—七四。

故事內容涉及的地域，是非常龐大的。它能夠代表了整個華北地區的生產文化現象。[38]

靳景祥出生在耿村，生長在耿村，是個地地道道的耿村人，作為一個民間故事講述人，他的一切活動不可能脫離生他、養他的這片土地，不僅如此，他更是耿村民間文化的集大成者。耿村人的審美觀念在靳景祥身上有極為明顯的反映，而這都反映在了他的故事講述之中。靳景祥像大部分耿村人一樣，不愛種莊稼，愛說、愛笑、愛出門，因此他的故事更多的是為日常生活中的消遣和愉悅，就是在今日他已獲得多項榮譽，卻仍認為講故事就是圖個愉快。他講愛情婚姻主題故事，他塑造英雄、清官、巧婦等典型形象，他用樸實的語言力圖將故事講述完整細緻，都是建立在他作為一個耿村人的農民立場和文化精神之上的生活行為和文化行為。

第三節　靳景祥引領耿村故事講述

講故事，是靳景祥多年來養成的嗜好，也是耿村上百年故事講述傳統侵染的結果，靳景祥的故事代表耿村故事的特點。作為耿村故事唯一健在的國家級非物質文化遺產傳承人，靳景祥不僅是耿村民間故事的文化品牌，更肩負著傳承耿村民間故事、引領耿村民間故事發展的責任。

靳景祥在耿村故事講述中的引領作用在於對故事講述質量的追求，儘管民間故事講述有程式化傾向，但是，靳景祥往往能夠根據不同時間、地點和聽眾的講述是「這一次」。因此，靳景祥的故事是常聽常新，在變化中傳承則是民間故

[38] 訪談對象：樊更喜，訪談人：李敬儒，訪談時間：二〇一一年七月二十九日上午，訪談地點：石家莊李敬儒家。

事生命力所在。比如〈嫦娥與后羿〉就充分展示了他高超的講述水平和記憶力，以及隨時代而產生的系列變化。一些非常時髦的詞彙在靳景祥的故事中多有出現，如在二〇一〇年的講述中怪獸一詞取代了在傳統故事中經常出現的河神一名。民俗是生活，處在不斷變化之中，尤其體現在人生儀禮之中，二〇一〇年的故事中，嫦娥與后羿的結婚過程，增加了婚前由父母說親的習俗，使這篇在中國各地都有流傳的神話，更加具有了現代冀中地區特色。普通民眾有非常明確的善惡觀，他們會極力讚揚真善美，而鞭撻假惡醜，嫦娥是〈嫦娥與后羿〉中講述人非常肯定的英雄形象，二〇一〇版故事由嫦娥指點后羿去學藝，突出了嫦娥在射日行動中的作用，體現了講述人在多次講述中對正面人物所起作用的擴大。觀音信仰在中原大地流傳非常廣泛，靳景祥將送后羿藥丸的神仙由南海大師改為觀音菩薩，是選擇了聽眾比較熟悉的神仙形象，也體現了冀中地區觀音信仰的盛行。在漢族傳統節日中，農曆六月六是洗曬節、晾經節和回娘家節，好像與嫦娥到月宮借箭沒有多少聯繫，而八月十五中秋節，這天有拜月、祭嫦娥等習俗，講述人將嫦娥去月宮借箭的時間，由六月六變為八月十五，是節日習俗與民間故事的互相印證。當然，在二〇一〇版故事中，講述人忘記了交代九個太陽的具體來歷，在日常故事講述活動中是非常常見的。靳景祥講述的民間故事，在變化中突出了時代審美特色、地域特色文化特色和民眾樸素的善惡觀念。

靳景祥的講述活動是耿村文化的有機組成部分，他的講述活動及其講的故事對耿村文化建構產生了積極的社會效應。據靳景祥回憶，從他步入中年開始，就開始較為頻繁地給村裏的鄉親講故事，那時還不是很正式的講述，只是鄉親們平時「好閒歇著，好坐到一塊啊。一般在街裏啊，甭管在哪裏，哈，今兒坐在一堆啦，給俺們講講吧，就講開啦」[39]。那時的講述，對於靳景祥來說，是不自覺地、隨意地講述，只為了鄉親們之間閒暇時的消遣。

一九八七年五月，石家莊文聯和藁城市文體局對耿村開始了第一次普查工作。這期間，有「故事簍子」之稱的靳景

---

[39] 訪談對象：靳景祥，訪談人：李敬儒，訪談時間：二〇一一年七月二十六日上午，訪談地點：耿村靳景祥家。

祥，被當作了重點普查對象。拋卻顧忌後的靳景祥，打開了話匣子，對普查工作給予了積極配合，在十一次的耿村普查中，先後講述故事四百多篇，成為耿村故事講述家中的一員主將。不僅自己講故事，靳景祥還向普查隊員介紹村裏會講故事的人，帶著他們一道去說服村民配合普查工作，在採錄其他講述人故事方面，也是功不可沒。

一九八七年六月，靳景祥代表耿村故事家應邀參加了在河北承德召開的「中國故事學會首屆年會」，並現場講述了其代表作〈藁城「宮麵」的來歷〉，其繪聲繪色的講述得到了全國各地與會專家學者的一致好評，大大提高了耿村民間故事的知名度。這次會議，對靳景祥的故事生涯產生了很大影響，讓他見了世面，也重新認識了自己的故事講述活動。

李：承德開會回來以後，鄉親們是不是特別羨慕你啊？

靳：哎呀，羨慕。碰見人了唄，「哈，你開了眼啦啊。」他說你開了眼啦，你去，你還不知道發嘛的急嘞。那去，那說著玩嘞？這全國的都在那，你瞎講就沾了啊。他不知道你遭嘛難，「哎，你開了眼啦」。是開了眼啦，八大廟都轉了轉。

李：承德開會回來，你再講故事，跟之前講故事有變化嗎？

靳：反正有點長進。覺著這有用。不是像講笑話嘞，瞎講一派，我講了，就走啦，沒了事啦。這有用，我說這可不能瞎來。不能瞎講啦。[40]

以在承德召開的「中國故事學會首屆年會」為契機，靳景祥開始意識到民間故事傳承的重要性，開始由原來的自發講述向目的性很強的自覺講述轉變。「貫穿民族自覺意識和復興民族文化傳統構成了傳承人自覺講述的第一層次；新中

40 訪談對象：靳景祥，訪談人：李敬儒，訪談時間：二〇一一年七月二十六日下午，訪談地點：耿村靳景祥家。

國成立以後，一部分傳承人肩負著社會責任感講故事，由自娛自樂到宣傳教育群眾構成了傳承人講述的第二層次；因經濟利益驅使，許多傳承人從先前的自發講述轉變成自覺講述，自然成為傳承人自覺講述的第三層次。傳承人無論歸屬於哪一類，自覺狀態下講述的故事已經遠離了民間故事原初時期的功能了，娛樂和調節的成分不斷減少，直接的功利性和明確的目的性制約著他們對民間故事的選擇和民間故事的講述。」[41]

二〇〇六年五月，耿村民間故事入選首批國家級非物質文化遺產代表作名錄，二〇〇七年，靳景祥成為國家級非物質文化遺產項目代表性傳承人。靳景祥受到了專家、學者、媒體的更多關注，他也會經常在一些學術活動上講故事，儘管面對這些「大人物」，靳景祥還是會覺得有些緊張，但他已逐漸適應這種新的講述方式，發揮得也更加自如。雖然這些公眾活動明顯增多了，但靳景祥是個熱心腸，村裏誰家有個喜事，他也願意去幫忙，平時也會經常在村裏跟鄉親們講故事。

李：你現在還跟鄉親們一塊兒講故事嗎？
靳：斷不了。你像俺們上村西，淨這老年人們，在一堆歇著。斷不了講啊。
李：那會聽你講故事的男的多還是女的多啊？就是你們村裏的鄉親們聽你講故事的，是男的多，還是女的多啊？
靳：大部分的女的多。開個什麼大會呀嘛的，開會就得叫人們講講吧，就是來了上級的什麼領導，願意聽聽。一個一個的都講講。你看那站著的人哪，大部分的女的多。這男的吧，都外邊打工嘞。都忙乎著嘞。
李：那些女的都多大年紀啊？
靳：那可有大的，有小的。有五六十歲的，有十幾歲的，那可不一樣。

41 林繼富，《民間敘事傳統與故事傳承：以湖北長陽都鎮灣土家族故事傳承人為例》（中國社會科學出版社，二〇〇七年），頁三一二—三一三。

李：咱村裏人都喜歡聽你講什麼樣的故事啊？

靳：都願意聽這，一般的生活故事多。

李：他們都是點故事嗎？

靳：大部分時候都是我想講什麼就講什麼。點故事啊，那個也有。那一天，「你給俺們講嘛吧，再給俺們講一會兒吧」，那個都有。那個都避免不了的。

李：聽說村裏要是有家裏辦紅、白喜事你也去幫忙是嗎？

靳：是啊。人家過紅事啊嘛的，咱就給人家攢會忙吧。

靳春利：俺那個大的（大女兒）過事（結婚），就是他給掌勺的。

李：那你在村裏地位應該挺高的呀？

靳：可不是，他用你呢，你能不高啊。

李：那大夥有什麼事來聽你的意見嗎？

靳：你看一般的都是聽聽你的故事，聽聽你講解的這個事們。做什麼菜啊嘛的，他就聽你的。他買這個、買那個，買來了不對你的事，他就聽你。[42]

耿村之所以一直保持著良好的故事講述傳統，與耿村鄉風淳樸、鄰里和睦有很大關係。講述人經常在一起交流切磋，靳景祥就經常在耿村村西和張才才、靳言文、侯果果等老人一起講故事。張才才是耿村民間故事省級傳承人，他比靳景祥小兩歲，年輕時候兩人曾一起在本村的戲班子唱過戲。他喜歡叫靳景祥的小名——小碗。張才才這樣評價靳景祥的故事：

42 訪談對象：靳景祥，訪談人：李敬儒，訪談時間：二〇一一年七月二十六日上午，訪談地點：耿村靳景祥家。

小碗講的那故事啊，有頭有尾，上下連貫，順溜，完整，好聽，好懂。他大伯當年說西河大鼓，強得很！小碗也跟他大伯學過，口才好，不害臊，這是強的地方。我聽過他講的〈女媧補天〉、〈康熙私訪〉，跟別人講的就是不一樣，他講得最好。[43]

從二〇〇七年，靳景祥成為國家級非物質文化遺產項目代表性傳承人之後，每年可以得到來自政府的一萬元補貼，用來改善其生活，並支持他進行故事傳承活動。這不僅是對靳景祥的獎勵，也是對耿村其他故事講述家的一種激勵措施。筆者訪問過的很多故事家，都表示看見靳景祥得了獎勵，也想把自己的故事講好，爭取得到獎勵。耿村郭翠萍曾對筆者說：

他（靳景祥）得了獎了，肯定對俺們有影響。看人家得了獎勵啦，俺們也就想著怎麼著能把自己的故事講好唄。村裏啊，協會（耿村民間故事演講協會）裏啊，要是有個啥活動，俺們也都積極地配合。就是啊，俺們不像他（靳景祥）平時沒事，俺們還得幹活，講的時間不像他那麼多。俺們就是來了人啦，不忙了，才講講。[44]

當然，這種激勵機制也有不夠完善之處，在帶動耿村其他故事講述人的講述數量和質量的同時，有時也會產生一些負面影響。耿村黨支部書記靳志忠曾說：

43 訪談對象：張才才，訪談人：李敬儒，訪談時間：二〇一〇年二月二十二日上午，訪談地點：耿村張才才家。
44 訪談對象：郭翠萍，訪談人：李敬儒，訪談時間：二〇一一年七月二十五日晚上，訪談地點：耿村郭翠萍家。

現在是激勵機制，國家激勵傳承人，現在省級、市級的還沒到位。這一塊兒的傳承人也有，就是國家給了補貼了，但省級和市級還沒到位，這個激勵機制有時候還沒那麼完善。現在是有些方面起到了激勵的作用，有些方面起反作用。「他拿了錢了，我不講，叫他講吧。」咱就是打這個比方，但是有沒有這個想法，現在還不好說。[45]

靳景祥也說：

這個啊，不領這個錢啊，大夥拿著你。「數你講得好，數你好。」一領這錢，都紅了眼啦。「啊，他領開了，不給俺們啊。」這個都避免不了的。很有幾個嘞。不服氣。[46]

這就需要政府和專家學者共同努力，制定出更加合理的激勵措施，不只是資金上的支援，還需要制度化的傳承保護措施，政府激勵的目的是讓傳承人在講述傳統區域內部起到很好地傳帶作用。

隨著人們生活水平的提高，交通便捷，耿村很多人都到鄰近的晉縣打工，人們的娛樂活動逐漸豐富，單靠口耳相傳的故事講述活動，面臨著如何傳承的危機。談到故事如何傳承的問題，靳景祥也頗多感慨：

李：你們村裏現在經常在一起講故事的都有哪些鄉親們啊？

靳：這會這人們都沒啦。跟我在一堆講的那些個，都沒啦。現在就我自己啦。

45 訪談對象：靳志忠，訪談人：李敬儒，訪談時間：二〇〇九年八月二十一日上午，訪談地點：耿村村委會。

46 訪談對象：靳景祥，訪談人：李敬儒，訪談時間：二〇一一年七月二十六日上午，訪談地點：耿村靳景祥家。

李：年輕一點的沒有嗎？比如說六七十歲的也沒有跟你一起講故事的？

靳：沒有那人們啦，都沒啦。我一沒啊，這故事啊，就不好弄啦。那會石家莊中學的學生們來，我說：「你們來啊，你們快來，你們要是來得晚了啊，說見不了就見不了啦。」

李：現在好多人不喜歡聽故事了，您認為這是為什麼呢？

靳：講這個沒多大意思，有嘛意思啊。你像那些唱戲的、說書的，有一朝一代的，演出哪來，講出哪來，哪也有個扣子。你說你這講故事有嘛啊，平平淡淡的就過去啦。沒意思。[47]

作為國家級非物質文化遺產項目代表性傳承人，靳景祥肩負著傳承民間優秀文化傳統的重任，面對當前口頭文學傳承的現狀和危機，靳景祥用自己的方式，堅守著民間文學這塊陣地，希望為耿村民間故事的傳承貢獻自己最大的力量。靳景祥沒有按照老式的方式收徒弟，但聽過他故事的人比比皆是，他總是在這種潛移默化中將故事傳遞給別人。耿村年輕的講述人靳清華，有很多故事就是從靳景祥處傳承而來。

李：你現在有收徒弟嗎？

靳：沒有收徒弟。我就是在家裏，帶了兩人，叫他啊學一學這。

李：是你自己的孩子嗎？

靳：嗯，自己的孩子。那一天過來那孫女（靳夢坤），還一個外甥媳婦，叫張毅。

李：她們現在講得怎麼樣？

---

47 訪談對象：靳景祥，訪談人：李敬儒，訪談時間：二〇一一年七月二十五日下午，訪談地點：耿村靳景祥家。

靳：那（張毅）臉皮子也厚，能講兩句子。那不，我給她說嘞，我說：「你這口音不對，你講嘛啊，慢一點，甭著急。你一著急，你就露出土音來了。」那來「我是趙縣的」，我說：「你這一說話，砸了鍋了就。」我說：「你把你那個口音，丟掉它。換不全，你也得有這麼個味。」

李：用普通話是吧？

靳：哎。

李：你怎麼光收女孩子講故事啊，你怎麼不招兩個男徒弟啊？

靳：男的吧，你收他啊，第一個他講不好，他那個心雜，他說不清出嘛事，不跟他發這個急。你看收那個，你有嘛用啊，光跟他發皺（著急），不收他這。

李：國家有沒有要求你必須是收徒弟，或者是給誰講故事嗎？

靳：國家有要求，叫你傳承人哪，你收三個，收兩個。我說：「你這個事哪，也挺難說，我盡我的力量。」

李：現在就是這兩個女孩跟你學呢？

靳：嗯，跟我學呢。

李：是不是現在講故事講的好的人越來越少了？

靳：越來越少。原因在哪嘞？現在人們啊，都是以幹活為主啦，以掙錢為主，誰拿著這個當回子事啊，掙不了錢。人家就講啊，這些年要掙不了錢啊，得啦，一輩子掙不了啦。一天掙好幾十塊，這不是說笑話嘞。這傢伙，這國家改革開放，可把人們給縱容的，這傢伙光知道賺錢啦。

李：那以後沒人講故事了怎麼辦啊？

靳：怎麼辦啊？聽歌，聽戲吧。別的有什麼辦法啊！要不講這個，願意叫人們有接續啊，嘛也講有接續。他接續不了，他不聽你這，他光想他的：「趕明我上哪裏做活去啊，能掙幾個錢啊。」他光琢磨這嘞。這會都是以錢為主啦。你像俺們那剛一開始講故事，誰講那錢哪。剛開始，那耿村啊，能站住一百多個講故事的，後來取消了點子。

李：那您說現在講故事怎麼接續呀？

靳：這個你怎麼接續啊，就是啊，有點嘛事啊嘛的，你就自動地趕著去給他講，你別等著人家「你給我講一個吧」，給你說點好話，聽你兩句故事。你自動地去給他講，一講腦袋裏有影響。將來用不著別說了，用著啦，「那誰誰給我講了一個嘞，嘛嘛時候給講的」，他都要回憶。回憶，他就能講出來。你要不給他講嘞，你這是大家，我不給你講；你不講哈，傳不下去啦。你跟俺們那一班子老頭子們似的，講一回。「這有來頭，多給俺們講吧。」我說俺們天天講，你要不講啊，他光怕你不聽嘍。你幾時聽，我就幾時講。行啦，你多咱往那兒一坐，「今兒講唄？你講唄。」

李：所以你現在老是主動去給他們講故事是吧？

靳：你不主動，不沾啦。你要像那樣似的，「你給俺們講一個吧」，那（會）沒有熱鬧，沒有電視，沒有唱歌的，沒有唱戲的；這（會）嘛也全，人家好歹布拉布拉，比你這好聽。淨點子老頭子們，少牙模糊的，說出了那話來，跑點子風，那不好聽。

李：那你都主動給哪些人講故事啊？

靳：嘛樣的人也行。你只要有閒人，「我給你講一個吧」。你比方我給你講啦，你聽也好，不聽也好，你反正我給你講啦。你那心眼裏琢磨這：「哈，這個小故事挺好聽，挺有意思。」他就記住了。你講那嘛不是，驢唇不對馬嘴，東一胡嚕、西一胡嚕的，不沾。還得要好的，是吧。跟他（靳春利）昨兒說的《一帽泉水解前仇》似

> 的，我都忘了那故事啦，你看他還記著嘞。就這，我給他講啦，他聽啦，他記著嘞。我要不給他講嘞，了啦，這故事壓著去吧，就壓幾輩子，可能誰也不知道。這事是這麼著走著嘞。[48]

從靳景祥的口述中，我們可以看出，作為目前耿村講述量大、講述質量高的講述人，靳景祥對耿村故事講述人的影響，表現為被動和主動兩個方面：靳景祥被評為國家級非物質文化遺產項目代表性傳承人後，得到了更多的關注和出門見世面的機會，還享受到了國家給予的經濟上的資助，這無形中激勵著其他故事講述人的講述熱情，並不斷提高自己的講述水平，對耿村故事講述風氣的保持，具有十分有利的作用。在講民間故事傳承和接續方面，靳景祥更多地是靠自己主動對其他村民，尤其是年輕人的講述，首先他要保證自己的講述量，一碰到人多的時候，不等別人要求，自己就主動講述；其次，對於重點培養對象，靳景祥在向他們傳授故事的同時，更重要的是傳授講述技巧，糾正其在講述中的不足。

48 訪談對象：靳景祥，訪談人：李敬儒，訪談時間：二〇一一年七月二十六日下午，訪談地點：耿村靳景祥家。

第五章　靳景祥故事的講述藝術

在談到對土人神話的記錄和研究時，馬林諾夫斯基認為：「文本是非常重要的。但是，它保留下來的是一種缺乏環境的非生活的東西……我們還必須記住個體所處的社會環境、娛樂傳奇的社會功能和文化作用，所有這些因素是相當明顯的。它們同文本一樣都必須加以研究。故事起源於原始生活之中而不是紙上。當一位專家草率地記下故事，而不能顯示它成長的氛圍時，他給我們的只是一種殘缺不全的真實。」[1]基於這樣的認識，對靳景祥講述藝術進行研究，靳景祥及其故事的成長環境就成為不得不考慮的因素了。這裏提到的「成長環境」，也就是指講述活動發生的空間特點，以及參與者之間的相互關係。

民間故事講述活動，本身是一種隨意性很強的民間娛樂活動，「它是農業、手工業社會最受民眾喜愛的文化娛樂活動，它可以靈活穿插在生產生活之中，是人們最為方便的一種休閒娛樂項目，也是孩子們接受社會化和地方知識教育的良好形式。」[2]改革開放以來，中國的廣大農村發生了翻天覆地的變化，人們的生活水平提高，眼界不斷開闊，娛樂活動日益豐富，受教育方式增多，從總體形勢上看，口頭講述文學面臨著講述空間日益萎縮的困境。

對於靳景祥來說，在村民生活中的講述，仍然是他最本真、最自在的講述狀態，但這種講述機會較以前已經明顯減

1 〔美〕阿蘭·鄧迪斯編，陳建憲、彭海斌譯，《世界民俗學》（上海文藝出版社，一九九〇年），頁三九六。

2 劉守華，〈故事村與民間故事保護〉，載《民間文化論壇》二〇〇六年第六期，頁七七—八一。

少；隨著政府對民間文化傳統的重視，靳景祥極高的講述量和獨特的講述特色，越來越受到國內外官員、學者的關注，靳景祥也在這種不斷的交流中，提高著自己的講述水平；成為國家級非物質文化遺產代表性傳承人之後，靳景祥在公眾場合出現的機會有所提高，他也在逐漸適應這種面對鏡頭、記者和遊客們的講述方式。

第一節　村民生活中的講述

傳講故事雖然不像其他民俗事象那樣有著嚴格的儀式，或是對舞臺或道具有著嚴格的要求，但是，民間故事的講述活動也有它既定的規範和講究。隨著人們認識自然、改造社會能力的增強，講故事變得隨意和多樣化了，其間的信仰儀式逐漸消退。現在的故事講述，則是表現為一種勞動之餘的娛樂消遣，它不需要伴奏，也不需要特殊的場地，講述者信手拈來，聽眾隨聲附和，感興趣就聽下去，不感興趣就走人。

在日常生活中，與熟悉的村民們一起講故事，是靳景祥故事講述活動中最本真、最自在的狀態。靳景祥一直認為與鄉親們一起歇著，興致起時輪流講個故事，說點見聞，與給普查隊員、官員、學者講故事就不一樣，這根本就算不上「講故事」，也就是說故事。靳景祥從中年時起，就開始在農閒時給村民們講故事，村民們也都很喜歡聽他講。

李：您還記得什麼時候有咱村的人開始找你聽故事了嗎？

靳：找我家裏來是沒有。一般在街裏啊，甭管在哪裏，好閒歇著，好坐到一塊兒啊。「哈，今兒坐在一堆啦，給俺們講講吧。」這麼著有。

李：那是多大年紀的時候？

靳：那會是正在中年的時候。
李：咱村裏人都喜歡聽你講什麼樣的故事啊？
靳：都願意聽這，一般的生活故事多。
李：他們都是點故事嗎？
靳：那個也有，那一天，「你給俺們講嘛吧，再給俺們講一會吧。」那個都有。那個都避免不了的。
李：大部分時候都是你想講什麼就講什麼是吧？
靳：哎。
李：那你現在還跟鄉親們一塊兒講故事嗎？
靳：斷不了。你像俺們上村西，淨這老年人們，在一堆歇著。斷不了講啊。
李：那你會跟其他的講故事講的好的人，比如張才才、靳言文、侯果果一起講故事嗎？
靳：斷不了講。在村西，那老年人們坐著，斷不了講啊。
李：是大家輪流講，還是你一個人講啊？
靳：我個人講吧。大夥就「給俺們講一個吧，講一個吧」。[3]

靳景祥講故事的偏好與耿村人的生活習俗密切相關，更與地方生活傳統一脈相承。「講故事這塊兒，它不分場合，有個三五個人，十個、八個的，就說：『講一個，講一個。』就開始講，也不管你是哪個村的。過去都是集體生產，要麼在地裏，要麼在街裏頭，沒事歇著了，就開始講。有了活動了，就停會，講幾個故事。就是開口就來，也不用說拉胡

3 訪談對象：靳景祥，訪談人：李敬儒，訪談時間：二〇一一年七月二十五日下午，訪談地點：耿村靳景祥家。

琴，也不用說吹橫笛，沒有那一說，就是坐下就講，你說：『講個吧。』講個就講。再提個要求講什麼故事，就按要求講；如果不提要求，就接著隨便給講。」[4]講故事就是生活，就是隨時隨地因興而起、因人而致的情感活動和文化行為。

如今，耿村村民早已結束了同吃、同勞動的集體生產方式，我們很難見到田間、地頭講故事的情景，但在耿村村頭、街角，還是經常可以看到人們坐成一堆兒，聊天講故事的現象。耿村故事講述人靳言文在耿村村委會對面，開了一家診所。夏日的午後，耿村上了年紀的男性老人總會聚集在診所門口，歇歇涼，聊聊天。這裏也成為除了在訪談中提到的村西外，靳景祥經常與鄉親們一起講故事的地點。四五位老人，每人一個小凳子，分散著坐在診所門口的臺階上，由於人上了年紀耳朵都不是很好使，因此他們只是偶爾地進行一些言語交流。有時，有個人提起話頭，說村裏誰誰家發生了什麼稀奇事，大家就會討論幾句，在這種時候，靳景祥經常會說：「我以前也聽說過個這種事。」然後就講起故事。靳景祥說，跟鄉親們在一起歇著，經常是這樣就講起故事。聽完了，他們會說：「你再講個別的。」但是，如果沒有話頭，他不會主動講故事。他覺得，都是熟悉的夥伴們，在他們面前主動講故事有些不好意思。現在，耿村的十字街上，也是靳景祥向鄉親們講故事非常多的地方。

好的故事講述必須有好的講述環境，講述環境是故事講述發生的基本空間，儘管這個空間交織著各種關係。靳景祥說：

講故事啊，要是說給人家聽的嘞，還是大傢夥在一塊兒，講著有意思；要光我一個人講啊，就覺著沒意思。那個說：「你講一個。」這個也說：「我也講一個。」這樣挺好。到我講的時候啊，我就願意讓人們

---

4 訪談對象：靳志忠，訪談人：李敬儒，訪談時間：二〇〇九年八月二十一日上午，訪談地點：耿村村委會。

都認真著聽，不要說話，我才講得好。我要發現誰走私啦，我就用眼盯著他，一會兒他就不走了。他要搜集你那故事嘞，還是我個人講好，要不啊太亂。[5]

生活中難免出現矛盾，當家人之間，或者鄰里之間，出現糾紛時，靳景祥會用故事來調解大家的誤會，勸導他人。但是，故事都是靳景祥即興想起來的，現在讓他沒來由地講，他有時還會想不起來。

李：你認為講故事在你和村民相處方面，起過作用嗎？和村民的關係啊，什麼的。

靳：你反正講這個，一般的有個嘛事的，小事，你給他講解勸的事，給他說說：「我給你講個故事，你聽聽。」他聽聽：「呀，這是對我有幫助。好，得了，我不這樣了，得改啦。」這個有，不能說沒有。

李：那您舉個例子唄，您都是怎麼通過講故事幫助人家解決過糾紛？

靳：你看，我二兒子學了個半拉半的，說嘛也不上班啦，我就給他講了個故事，〈不上班的，最後你落個嘛〉。我給他講了一個。「哎呀呵，你那不是說我嘞，行行行，我上班。」就是一個半途而廢的故事。

李：那您給講講這個半途而廢的故事唄。

（想了一段時間。）

靳：這腦筋哪，說一個忽悠一下子想不起來。光有這麼點影像，不沾啦，想不起來。

李：那還有別的例子嗎，說個別的也行。

靳：這個啊，前段時間，俺們這村裏有兩戶人家鬧了點矛盾，我就給講了個〈一帽泉水解冤仇〉的故事。講的就是

5 訪談對象：靳景祥，訪談人：李敬儒，訪談時間：二〇一一年七月二十五日下午，訪談地點：耿村靳景祥家。

有兩家子人，一家姓高，一家姓趙，是鄰居，之前因為蓋房子占地的事，有那麼點糾紛。高家的兒子在前線打仗，那馬驚了，把他帶到個山前，他摔下來就啥也不知道啦。趙家那三兒子剛好打這兒過，就用帽子弄了一帽谷水給他喝了，算是救了他了。後來，高家人知道了這件事，就帶上全家到趙家去道謝，說：「以前那都是我們的不對，你家三兒不計前仇救了俺家兒子，品德高尚。」這以後，這兩家就成了好鄰居。這鬧架那兩家一聽：「哈，俺們這點小事，跟人家那占地的比差遠了，也沒什麼可鬧的啦。」就和好啦。[6]

八十四歲高齡的靳景祥，如今還能保持如此之高的講述量，與他家裏人的支持是分不開的。他已故的妻子李銀果曾經說過：「他這輩子，吃過講故事的虧，也沾了講故事的光。全家人揭不開鍋的時候，他還講笑話哩，逗得孩子、大人都笑，吃糠、嚥菜也不覺得苦。街坊鄰里說他『窮樂呵』，其實是用樂掩苦哩！人們稱他是故事家，俺看他還是他。」大兒子靳夫堂談到靳景祥講故事的事，很是自豪，他說：「我爹喜歡講故事，我們都支持他。別看講故事不掙錢，還得搭工夫，好為樂嘛！他一輩子不容易，只要他高興，願意幹嘛就幹嘛。啥叫孝順，既要有孝心還要順著老人的心思。只要他心裏樂和、精神舒暢，我們做兒女的那是求之不得。」[7]

李：您家裏人支持你講故事嗎？

靳：家裏支持。一趕講開故事啦，早早地都給你做熟飯了，吃啦，願意幹嘛就幹嘛去啦。他就是不管你，你願意怎麼說就怎麼說。

靳春利：趕來的人多啦，他家人還說這屋小，讓上那大屋去。

6 訪談對象：靳景祥，訪談人：李敬儒，訪談時間：二〇一一年七月二十六日上午，訪談地點：耿村靳景祥家。
7 對靳景祥妻子和兒子的訪談材料，由樊更喜提供。

李：他們就覺得你講故事挺高興、挺光榮的是嗎？
靳：啊。
李：你有沒有什麼故事是只給家裏人講，不給外人講的？
靳：大部分的都是給外人講，家裏講不了多少。
李：你也不給你的孩子們講嗎？
靳：孩子們，對事了啊，都坐在這一堆啦，給孩子們「我給你講一個，對你有幫助的」，就給你講一講。對他們沒幫助的，你講那個有嘛用啊。我就覺著那沒用啦，叫人家自修去吧。你長大了，你自修成才就算行啦。
李：就是小的時候還講講，大了就不講了是吧？
靳：不給他們講這個。
李：你現在跟孫子、孫女講故事嗎？小孩們。
靳：跟他們啊，斷不了，對事了，就講一個。坐到一塊啦，你也不「你過來過來，我給你講一個」，不弄這個。自己覺著害臊嘞還。我也不招呼他們，他們坐到這一堆了，對了這事啦，從話上啊，引到這故事上來，講一個。他願意聽我就講，不願意聽就拉倒。
李：你現在跟孫子們講，和你以前跟兒子們講一樣嗎？
靳：都一樣。
李：你跟孩子們講的故事，都是什麼樣的故事啊？
靳：就是講點有教育性的故事吧。[8]

8　訪談對象：靳景祥，訪談人：李敬儒，訪談時間：二〇一一年七月二十六日上午，訪談地點：耿村靳景祥家。

從訪談中，我們可以明確地感覺到，家裏人對靳景祥講故事這件事還是很支持的，儘量把後勤工作做好，讓他沒有後顧之憂。在家裏，靳景祥偶爾也會給家裏的孩子們講些有教育意義的故事。但從他給小孩子講故事，明顯不如給鄉親們講故事熱心這一點來看，靳景祥認為，講故事的最大意義和功能是娛樂休閒，而教育青少年只占很少的一部分。

在故事講述活動中，民間故事講述人與聽眾的雙向互動是必須的。沒有聽眾的參與，故事講述很難完成，更談不上對民間故事傳統的豐富和補充。講述者常常要受聽眾的制約，經常要根據不同聽眾的喜好來選擇故事，以獲得更好的效果。講述活動進行時，聽眾的反應也會影響到講述者的講述狀態。積極肯定的反應，會讓講述者越講越起勁；消極的反應，則提醒講述者要及時調整自己的講述，適當活躍現場氣氛。有時，聽眾也會參與講述活動，幫腔、附和、叫好等，甚至受講述者的啟發，還會補充講述人的講述。

在與村民們的講述中，靳景祥會根據聽眾的喜好選擇故事，儘管他說他最喜歡講歷史故事，但卻因為鄉親們喜歡聽生活故事，所以，大部分時間都是講生活故事和小笑話。筆者發現，他在講述時，眼睛經常掃視每一個聽眾，用此來觀察聽眾的心理。發現有人皺眉聽不懂，他就解釋一下；發現有人目光呆滯，就認為他聽厭了，他就適當提高聲音，或設法逗人笑一笑，活躍一下氣氛，給大家提提神。適時調節聽眾情緒、把握每個聽眾的注意力，是靳景祥高於其他講述人之處。

耿村學校依託耿村豐富的故事資源，將故事講述融入到日常的教學活動中，將耿村故事作為鄉土教材，將故事會、故事比賽作為課餘活動，既傳播了民族傳統文化，又鍛鍊了學生們的口頭表達能力，同時達到了寓教於樂的目的。現在耿村學校只剩下了一、二年級的學生，其他的都到鎮上去上學了，故事講述人也就不怎麼去學校講故事了；但就在兩年前，靳景祥還經常到耿村學校去講故事。在學校，靳景祥會根據學生們的特點，講一些歷史故事、生活故事，總之，一定是要對孩子們有教育意義的故事。

李：你去學校給學生們講過故事嗎？

靳：這一趟子學生們都走啦。要不走啊，這一班子學生們可能講。哪個也講個十個、八個的。

李：都去哪啦？

靳：都上了學啦。都外邊上學去啦，上中學的、大學的。

李：你之前應該去學校裏給他們講過很多故事吧？

靳：早前有過，要不，他們能講那麼多啊？他們老師忢見這（故事）。一弄，就叫那看門的，找了我去啦，讓給講一個。講一個，沾啊。那幾句就能完了啊？一講就是一晌午。要不，那學生們，他們那故事哪麼多啊？還有的，樓上那中學，我也斷不了去。那會也年幼吧，跑兩步道也不在乎。他說講，就講。現在，這個人聾了啊，沒意思啦就。聽不清你的話，我也不知道怎麼著個答法，也不知道說嘛。要不，這一聾啊，就顯得人傻啦。我也就不願意跑啦，哪也不願意去啦，也不願意講啦。

李：你在學校裏都講什麼故事啊？

靳：就是講一般的，講個歷史的啊，講個一般的生活故事啊。反正得給孩子們講有教育一點的。

李：耿村學校的故事會你參加過嗎？

靳：參加過。

李：故事會是什麼樣的啊？

靳：就是孩子們比賽講故事，誰講得好啦，就給個獎勵。

李：那孩子們講得怎麼樣？

靳：都講得挺好。

靳春利：前兩年，那時候學校在俺村裏，靳景祥他們都去學校講過故事，怎麼也好弄。現在，就剩下一、二年級在這了，也就不行了。前兩天，有個學校找到我，想讓我組織一幫人到學校裏去講故事。講嘛啊？講勵志故事，教育學生的故事。

李：你們故事協會會組織故事家去學校講故事嗎？

靳春利：有人請咱，咱就去。[9]

這些發生在特殊時間和特殊地點，但是與最普通的鄉親們之間展開的民間故事講述活動，在故事傳承人的傳承活動中占有最為重要的地位，也在他們心中烙下了深刻而美好的記憶。各種勞動間隙和休閒時光以及村頭、街角是耿村人日常生活的公共時空，靳景祥和耿村的其他民間故事講述人一道在這些時間和空間異常活躍，他們各展所長，各顯身手，用故事表達自我，以故事娛樂鄉民，幫助鄉民們度過難熬的無聊時光。他們一起演述著古老而現代的故事，調節者耿村人富足的精神生活，構建著耿村井然有序的文化空間。

第二節　官員、學者中的講述

作為耿村故事的代表性講述家，靳景祥參加過很多次研討會和故事會，如一九八七年七月中國民協在承德市舉辦的「中國故事學會首屆年會」、一九八八年四月河北省三套集成辦公室和石家莊地區文聯主辦的「耿村故事家群研討會」、一九九一年五月中國耿村故事家群及作品和民俗討論會、二〇〇四年七月在耿村舉辦的暑期愛國題材故事會等等。靳景祥不僅給國內來訪者講故事，還給國外來訪的學者們講。一九九七至二〇〇六年間，美國故事協會、美國國際

9 訪談對象：靳景祥，訪談人：李敬儒，訪談時間：二〇一一年七月二十六日下午，訪談地點：耿村靳景祥家。

人民交流協會、美國女媧故事講述團等團體曾七次到耿村進行民間文化交流活動，他是耿村故事家中主要講述者之一。然而，讓靳景祥印象最為深刻，也是他在訪談中多次提到的，就是他在一九八七年七月應邀參加的在承德召開的「中國故事學會首屆年會」。這是靳景祥參加的第一個學術會議，也正是這次會議，讓靳景祥一炮而紅；會上，他講述的故事〈藁城「宮麵」的來歷〉等博得了熱烈的掌聲，折服了來自全國各地的五十餘位專家學者。袁學駿在其著作中記述了當時的情景：

> 一九八七年七月十五日上午，中國故事學會首屆年會正在承德召開。一個瘦高個兒老人講完了傳說故事〈藁城「宮麵」的來歷〉後，全國各地的與會者報之以熱烈的掌聲。他遺憾地坐下來，覺得自己不如平時講得活潑自然，決心一會兒再講一個來彌補。等另一個講完後，瘦高個老人便說：「誰還講？你們不講我可講啊！」就為這句話，人們又歡快地為他鼓掌。這天上午，他講了三次，可惜已到中午，大家還要吃飯。他一下子成了會議上的紅人，天南地北的專家、學者總找他聊天，連飯桌上也閒不著。這就是耿村的靳景祥，全省公認的大故事家。多少年來，小耿村人到全國性會議上去亮相的只有他。[10]

靳景祥聲情並茂的講述，給袁學駿留下了深刻的印象：

> 他講〈藁城「宮麵」的來歷〉時，學店家老太太小腳走路，兩手左右搖動，雙腳後跟著地，全身顫顫巍巍，頗似一個三寸金蓮老人；他學著老太太與乾隆皇帝說話的聲音，學她端著滿碗掛麵的樣子，都是唯妙

10 袁學駿，《耿村民間文學論稿》（中國民間文藝出版社，一九八九年），頁五六。

唯肖的。他講到老太太見老闆半死不活、心中悲傷時，語音似哭，抽抽答答；講到一問兒媳，掛麵已經吃完時，兩手手心朝上，「啪」地一拍，然後再分開一攤，抖了幾抖，雙眉一蹙一展，再把頭一歪，顯得那麼無可奈何。講到仙人製成了空心掛麵，店主有救之時，他眉飛色舞，笑得令人輕鬆愉快。[11]

這次承德會議已經過去了二十多年，但只要一提起，靳景祥還是記憶猶新，講起當時的事情如數家珍。這次會議不僅讓靳景祥有了名氣、見了世面，還影響了他以後講故事的方式。

李：您去承德開會，是誰帶您去的啊？

靳：袁學駿跟鄭一民，還有一個姓李的，他叫什麼的，就是（石家莊）文聯的人們，反正也是個官，大小也是個官。到承德去，第二天就開始講啦。只講了一個〈藁城「宮麵」的來歷〉，就不講啦，就開開會啦。開了會，轉了轉外八廟，還有那行宮（避暑山莊）。

李：咱村就去了你一個是嗎？

靳：就我自己。咱們石家莊（此處應為河北省）去了三四個，辛集一個叫季文道，承德北的有一個嘛縣，他叫房廣生，有那本地的一個，姓王，叫王嘛友，就俺四個。有遼寧的，有山西的。別的都沒出頭，就我講了講，季文道講了講。

在那兒開會，頭一個我就講的藁城宮麵，講了有一個鐘頭。把大夥講得啊，說：「我走的時候，我得弄兩箱（宮麵）走，這麼好的東西啊。」

11 袁學駿，《耿村民間文學論稿》（中國民間文藝出版社，一九八九年），頁六五－六六。

李：你那會講宮麵，是人家讓你講的，還是你自己想講的啊？

靳：那是人家說：「你講嘛，你得報上啊。」人家記住，鄭一民就記著這個嘞。

李：是鄭一民讓你講的是嗎？

靳春利：不是，就說讓他講個有代表性的，那就〈藁城宮麵〉的唄，這個別的地方它沒有吧，這是一個獨特的故事。咱說哪兒沒有講故事的啊，耿村就是靠這個故事，它不是靠一個人、兩人的，它靠這一幫人。這一群人講故事吸引人啊，所以就成了名了。你要說一個、兩個的，那算嘛，那不行，它就靠這一個村。

李：你就覺得你〈藁城宮麵〉講得好是嗎？

靳：它不是講得好，你願意講嘛講嘛，你講嘛啊，鄭一民就給你記上啦。趕到了那個時候，人家就跟那報幕的似的，人家給你報，這大夥就知道你講嘛。

李：在承德會上，除了講宮麵的故事，你還講什麼了？

靳：講的可不少。

靳春利：人家都知道他會講了，這個也拽他講，那個也拽他講。專家們都說：「你給我講一個，給我講一個。」

李：後來就沒有在臺上講，就是好多人拽著你講，是嗎？

靳：哎。

李：那你都是自己想講什麼就講什麼嗎？

靳：我就問：「你想聽什麼？」人說：「你講故事，你講什麼，就聽什麼。」

李：承德開會回來，你再講故事，跟之前講故事有變化嗎？

靳：反正有點長進。覺著這有用，不是像講笑話嘞，瞎講一派；不像以前我講了，就走啦，沒了事啦。這有用，我說這可不能瞎來，不能瞎講啦。承德有一個主持的叫李玲燕（靳春利：「河北省民間文藝家協會辦公室的。」），黑價[12]就沒有讓我睡早的覺，就：「今兒個黑價你再講一個啊，你還得講一個。」講吧。

李：就在承德時候是吧？

靳：可不，在承德。

李：自從那開會之後，你就不怎麼講笑話了是吧？

靳：可不。一去，哈，人遼寧的、上海的、四川的，好傢伙，都帶著那麼大一摞書，指望在那兒弄頭開採嘞。第二個就是我講。我一講，得啦，悶了罐啦，不出頭啦。鄭一民的話：「四川的，該著你們啦。」「俺們不講啦。」從那，誰也沒有講。山西的更別說，口音不對，那人姓馬。東北就是烏丙安，是大腕。上海就是姜彬。好傢伙，淨大腕！咱看見人們嘍，咱都不敢往前走。在那院裏照相啊，我不出門，我不照。鄭一民叫人跑的那樓上喊的我，我說：「我不照了，你看看淨官們，嚇得我不敢露頭啦。」人說：「那說嘛嘞，照吧。」你看，夾著一個官，夾著一個俺們講故事的。數那楊榮國穿的一身白，還在個當不間（中間）嘞。俺們那屋裏沒有洗澡的池子，趕到了黑價啊，那鄭一民給放上一池子水，跑到那二樓去喊我，叫我去洗去，對咱可強[13]嘞。[14]

靳景祥對這次會議上的人物記得十分清晰，在一定程度上意味著他看重這次會議。自然，這次會議對他的講述生涯產生影響。靳景祥本來就具有極強的表現力，不怯場，越是在人多的場合，講起故事來越是興奮。儘管參加承德的會議時，靳景祥已有五十九歲，但精力旺盛，對講故事表現出極大的熱情，並有一種不落人後、不服輸的勁頭，講的故事把其他地區的故事家都比下去了，他自己也得到了極大的滿足感。回到耿村後，受到誇獎、得到榮譽和重視的靳景祥，收

12 黑價：方言，意為晚上。
13 強：方言，意為好。
14 訪談對象：靳景祥，訪談人：李敬儒，訪談時間：二〇一一年七月二十六日下午，訪談地點：耿村靳景祥家。

到了來自村民們羨慕的眼光和言語。同時，對待故事，靳景祥又有了新的認識，它不再只是茶餘飯後的無聊消遣，而是具有學術價值和現實意義的活動了。從此，靳景祥講故事，就更加注重質量，在耿村其他故事家中起到了表率作用。

除了參加學術研討會，給國內的官員、學者們講故事，靳景祥還給來訪的國外學者講故事。二〇〇二年十月二十二日下午三點四十分，由羅勃特先生率領，有三四人組成的美國女媧故事講述團到耿村進行了為期四天的故事交流活動，這是該故事團體第一次來到耿村考察。故事講述團首先到了耿村學校，在教室裏與耿村的小學生一起講起了故事，同時還教給學生們演唱美國的歌謠，跳起美國的民間舞蹈。與耿村故事家的互動交流，在耿村故事廳進行，這也是這次交流活動的重頭戲。來自美國的故事家先表演了自己的才藝，包括大提琴獨奏、合唱、手風琴獨奏、笛子獨奏等。耿村的老大娘們，也在故事廳裏扭起了秧歌，她們又唱又跳，引起了陣陣掌聲。美國故事家展示了他們獨特的故事演述方式，故事講述的是大家都比較熟悉的女媧補天的故事，一男一女故事家，在舞臺上翩翩起舞，根據故事情節的發展，輪流講述著故事，並有著道具和各種肢體動作的配合，有時還會演唱一些情節，就像表演舞臺劇一樣。另一位女性故事家，向大家講述了一個森林裏動物的故事，她手捧紅色的畫板，將故事的主要情節用簡筆畫畫在畫板上，一邊講故事，一邊展示畫作，提高了故事的形象性。通過講述，我們可以發現，美國故事家普遍喜歡更加形象化的演述方式，這些新的故事演述方式，給人耳目一新的感覺，讓人能夠同時聽和看故事，提高了故事的表演性，也給我們今後故事講述活動的保護、傳承和發展，提供了新的思路。

與美國故事家相比，耿村故事家都採取了比較傳統的講述方式。已經七十四歲高齡的靳景祥，走上了故事講述臺。他非常激動地說：「今天我見著你們哪，我特別高興。像我們這樣的交流啊，永遠長存，歡迎大家還來。」當天，靳景祥給美國故事家們講述了一個叫〈學的話用不上〉的小故事。靳景祥站在臺上，一邊講述故事，一邊打著手勢，輔助講述，表述清晰，很有親和力，表現出了耿村大故事家的大家風範。由於靳景祥講述中會出現一些比較難懂的方言土語，有時會需要兩個翻譯，一個負責把方言翻譯成普通話，一個負責把普通話翻譯成英文。儘管美國的故事家聽得很費勁，有時還聽得雲裏霧裏，但並不影響他們聽故事的興趣，講到高潮處，他們一樣會被逗得哈哈大笑。

一九九七年至二〇一〇年間，美國故事協會、美國國際人民交流協會，美國女媧故事講述團、美國大學生代表團等團體曾七次到耿村進行民間文化交流活動。藁城市政府和耿村村委會已經積累了豐富的接待經驗，故事講述人也非常樂意與外國的故事家們一同交流故事講述經驗。二〇〇六年九月十九日至二十五日，美國女媧故事代表團第三次來到耿村，進行為期六天的訪問活動，表5-1是美國女媧故事代表團二〇〇六年訪問耿村時的日程安排：

表5-1

日期	時間	地點	內容	參加單位及人員
九月十九日	19:30	藁城賓館	歡迎晚宴。 李向陽致歡迎詞。歡迎詞由樊更喜撰寫。	李向陽、外事辦、文體局、電視臺、市報社、公安局、李更順及美國代表團。
九月二十日	8:30-11:30 2:00-5:30	耿村	上午： 一、7:30，文體局到耿村安裝音響，佈置會場。耿村負責村口標語、室內會標懸掛。 二、代表團8:30出發，九點舉行歡迎儀式，趙英然主持（主持詞由杜宏軍撰寫），李更順致歡迎詞，馬榮川、方玲玲講話。 三、集體合影留念。 四、確定採訪對象（由袁、樊和美國團確定）。 下午分兩組走訪故事家並錄影。 晚上宴請耿村故事家代表十名。	趙英然、袁學駿、郝建農、彭志軍、樊西軍、樊更喜、李更順、徐雪海、靳志中、靳春利及工作人員。
九月二十一日	9:00-12:00 14:00-16:00	耿村	上午採訪故事家。 下午採錄故事家和村民日常生活情況。	樊更喜、靳志中、靳春利。
九月二十二日	時間同上	耿村	上午採訪故事家及村民。 下午小型座談會、訪問製磚廠。	同上。
九月二十三日	時間同上	耿村	上午採訪故事家及村民。 下午與村民聯歡。	同上。

九月二十四日	上午 下午 19:30	耿村賓館	上午補錄採訪故事家。 下午與各級領導和耿村幹部座談（主題：探討加強女媧團與耿村交流，促進耿村發展）。 告別宴會。音響由賓館負責，彭志軍主持並致詞。 舉行贈款儀式（由耿村書記靳志中代表耿村接受捐贈）。	樊更喜、靳志中、靳春利。 袁學駿、趙英然、李向陽、彭志軍、樊西軍、樊更喜、電視臺、報社、李更順、徐雪海、靳志中及耿村故事家。 袁學駿、趙英然、李向陽、彭志軍、樊西軍、樊更喜、電視臺、報社、李更順、徐雪海、靳志中。
九月二十五日	上午 下午離藁	耿村	補錄採訪。加中秋月餅。	樊更喜、靳志中、靳春利。

從上表中可以看出，現在官員、學者到耿村來訪問、考察，已不組織故事家們到耿村故事廳去講故事了。一是由於故事廳「現在已經破啦。那個光棍欒子在那塊住著，把那故事廳桌子、椅子都給破壞了。現在大隊裏也沒法，那上了法庭，法庭也執行不下來。他那已經徹底破敗了」[15]。更重要的是，故事講述人普遍也不喜歡在故事廳裏講故事，認為在那種環境下發揮不自然，講述效果不好。因此，現在如果有專家、學者來耿村，都是在耿村村委會召集主要故事家們開個簡短的小會，然後就由學者自己到故事講述人家裏面去聽故事、做訪談了。如果一次來訪人員過多，就將他們分成小組，分到不同故事講述人的家中去，這也發揮了耿村故事講述人的群體優勢。

我們訪談靳景祥，都是在他住的房間裏進行的。靳景祥坐在床和桌子之間的椅子上，先是戴上助聽器，再給自己倒上一杯茶水，就開始一一回答筆者的問題，並應筆者的要求講起故事。也許是由於接待的官員、學者、記者很多，靳景祥一開始就沒有拘束感，儘管剛開始回答問題時會顯得有些猶豫，但與筆者熟悉起來之後，就能知無不言、言無不盡了。袁學駿在他的《耿村民間文學論稿》裏曾說：「站著講，是他的理想姿式，便於動作的姿式。所以，即使他原來坐

15 訪談對象：樊更喜，訪談人：李敬儒，訪談時間：二〇一一年七月二十九日上午，訪談地點：石家莊李敬儒家。

著講的，到關鍵處也要站起來。」[16]然而，大概是由於年齡大了，體力和精力都大不如前，在給筆者講故事的時候，靳景祥一次都沒有站起來。但還是可以從他的講述中，感受到明顯的評書味，舉手投足十分瀟灑自如，沒有普通農民的土氣。講到動情處，他會用指、點、拍、合等手勢輔助講述，甚至講述間歇喝口水也是對故事講述的詮釋。

考慮到靳景祥年事已高，也為了保證口述材料的質量，每次的訪談時間都不會超過兩個小時，中間還會刻意地安排休息時間，隨便和靳景祥拉拉家常，也可以拉進我們之間的距離。要是訪談過程中，靳景祥感覺到累了，或是遇到他不願意或是不知道怎麼回答的問題，他都會點燃一支香煙，或是自己到院裏溜達溜達，以調整狀態。應該說，二十多年來，靳景祥已經習慣了與官員、學者打交道，儘管他自己沒讀過什麼書，也不認識幾個字，但講起耿村的地方知識頭頭是道，講起耿村的故事娓娓道來。

第三節　公共場合中的講述

二〇〇六年十月二十八日，靳景祥與耿村其他十六位故事講述人一行十七人，應邀來到中央電視臺《夕陽紅》欄目做嘉賓，拍攝了一期關於耿村故事村的專題節目。這麼多嘉賓同時進入演播室拍攝，對《夕陽紅》欄目來說還是第一次。也只有這樣做，才能體現出耿村故事村的群體優勢，才能全面展示耿村故事講述人的風采。當時作為領隊的張建崗和樊更喜記述了當時的情景：

[16] 袁學駿，《耿村民間文學論稿》（中國民間文藝出版社，一九八九年），頁六四。

十三時半，耿村故事家們準時進入中央電視臺第六演播室拍攝現場，五部攝像機從不同角度對準了臺上、臺下這些故事家們。剛開始，第一次來到中央電視臺演播室的故事家們顯然有些緊張，見此情況，主持人陳志峰先給這些故事家們講了個故事。很快，大家順利進入了拍攝狀態。

整臺節目圍繞耿村故事家靳景祥、張才才、侯果果夫婦、靳清華身上發生的與故事傳承有關的故事進行了訪談；我們還對耿村故事村的形成、發展和對耿村故事的搶救、保護進行了簡單總結，並向觀眾展示了耿村出版的十六部書籍。正式開拍後，故事家們顯然已經熟悉了環境，毫不怯場：靳景祥繪聲繪色地講起了〈夫妻捎書〉的故事；張才才聲情並茂地唱起民間小調；侯果果講起來北京時在火車上走一路講一路，一對兒要在保定下車的夫婦光聽故事了，竟坐過了站的事兒，把主持人和觀眾都逗樂了；而八歲的耿村小女孩靳梅嫩聲嫩氣講的〈賣黑醬〉，則獲得了觀眾最熱烈的掌聲……

節目最後，為了驗證耿村故事家的創造演講能力，主持人要故事家們即興來一個故事接龍的節目，讓現場觀眾提出六個詞，由耿村故事家每人圍繞一個詞編一段，最終串成一個完整的故事。這些觀眾也夠刁難人的，提出的詞天南地北：「烏龜、唱歌、外星人、天安門廣場、電冰箱、叫驢。」不過，再難也難不住咱們的故事家們，只見他們你編一段兒、我說一截兒，嘿，不一會兒，一個完整的故事編出來了：不但把這幾個詞全套了進去，還把情節編得嚴絲合縫，前後照應，引得現場觀眾一片掌聲和叫好聲。

拍攝間隙，現場觀眾聽到耿村故事普查取得了這麼大的成果，看到耿村出版的十六本故事書籍，紛紛找到我們，索要位址和聯繫方式，說一定抽時間去耿村看看，更進一步去瞭解耿村、學習耿村，聽耿村更多故事家的故事。

十八時，大家才往回返。路上故事家們仍舊興奮不已，有的說：「拍攝時間太短，沒把咱們的風采全部

展現出來。」有的說：「沒與主持人合影留念，是個遺憾。」……17

耿村因故事出名之後，靳景祥曾接受過包括電臺、報社、電視臺在內的多家媒體的訪問，如河北人民廣播電臺、《人民日報》、《燕趙晚報》、藁城市電視臺、河北省電視臺、中央電視臺、湖南衛視、環球旅遊頻道等等。然而，只有這次走進央視演播廳，《夕陽紅》欄目拍攝專題節目，一直為靳景祥和其他故事講述人、村幹部津津樂道。我想正是因為講故事讓他們來到了首都北京，走進了中央電視臺，才讓他們真切地感受到故事給他們帶來的榮譽。

李：去《夕陽紅》講的什麼故事呀？

靳：就是講的這個〈夫妻捎書〉。

李：就講了一個嗎？還講別的了嗎？

靳：沒講別的。這個他給講，還就叫你講半截嘞還，嫌占的時間長。「你不要講這麼長。」這個女的姓于。

靳春利：叫于力晗，是《夕陽紅》的編導。

李：你們那會去《夕陽紅》一共去了幾個人啊？

靳：十七個。

李：每人都講一個故事？

靳春利：弄了一個故事接龍。就十幾個人，在那兒坐著，就一人講一截。俺們就坐在觀眾席上，都坐一塊兒。就他（靳景祥）、張才才、侯果果、靳清華他們四個在舞臺上坐著，俺們（包括樊更喜、靳春利等）都在觀眾席的

17 張建崗、樊更喜，《耿村故事家做客央視》，載於《石家莊日報》二〇〇六年十一月二十一日，第三版。

最前邊坐著，故事家們在我們後邊坐著一溜。故事接龍就講開啦，一個故事大夥講，該誰接了誰接，一下講到故事結尾。為嘛啊，他那節目時間太短，一個故事講不完。觀眾們頭前[18]覺得沒意思，聽著聽著就知道怎麼回事啦。那也不講了，沒時間了。

李：你就講的〈夫妻捎書〉是吧，就講了一半？

靳：講完了，那個主持的姓陳。（靳春利：「陳志鋒，姜昆的徒弟。」）我說：「姓于的說啦，不讓我講完，讓我講半截。」「講完吧。」那主持說的，是吧。[19]

由於電視欄目時間的限制，按照編導剛開始的要求，靳景祥僅有十五六分鐘的〈夫妻捎書〉也只能講述一半。不能把整個故事講完，靳景祥心裏還是有些不樂意，還好最後正式錄節目的時候，主持人讓他把故事講完了。靳景祥也像完成了心願一樣，沒有了遺憾。故事接龍單元的設置，展示了耿村故事家現場創作的能力，但畢竟有譁眾取寵之嫌。耿村故事最大的魅力，在於其深厚的文化底蘊和歷史積澱，以及博大的包容胸懷，僅僅憑幾個即興講述的故事，是根本不能體現出來的。這也提示我們，在以後的節目製作中，尋求更好的表達方式。

媒體採訪靳景祥，很少讓他講故事，只是問一些問題，講講故事的來歷，達到向普通民眾傳播、吸引眼球的目的。儘管，靳景祥一再說要給記者們講講故事，但記者們的興趣並不在此，只是問一些他們感興趣的問題，以節省採訪時間。而這些問題，經常讓靳景祥不知所措。靳景祥接受的媒體採訪已不計其數，但是面對鏡頭，樸實的靳景祥坦言，還是難免會有些緊張：

18 頭前：方言，意為一開始。
19 訪談對象：靳景祥，訪談人：李敬儒，訪談時間：二〇一一年七月二十六日上午，訪談地點：耿村靳景祥家。

李：現在媒體記者來採訪您多嗎？

靳：不少。

李：最近一次是什麼時候？

靳：最近也有，最近是四月四，廟會上。那來著，沒上他（袁學駿）那兒去，他就問了袁學駿說找誰，他就自己來的。到了那大隊裏一問，說：「那不在那戲臺子那坐著嘞。」他說：「走。」我說：「你見了俺村的幹部了唄？」他說：「沒見嘞，幾句話的事。」「好，那走吧。」他一說袁學駿啊，我就知道啦，這都沒別的人啦。

李：記者採訪你，是讓你講故事，還是只問你問題啊？

靳：問問題，不講故事。就是問問你，你那故事怎麼著來的，你講了多少，淨講什麼樣的故事。也是把你問得都答不上來，我說：「你們這有文化的，把俺們這沒文化的啊，都給嚇住啦。」數這報社的吧，來了在這採訪你。哎呀，這可真是，問不著的話，他都問你。

李：你在鏡頭前或者是給記者講故事，會不會覺得緊張、不自在啊？

靳：緊張，那準緊張唄。我說：「我給你講個故事吧。」「別別別，不用講，你的故事俺們都看過啦，就問問你這故事的來源。」「我說你光問這啊，哎呀。」

李：現在還是經常有記者來是吧？

靳：斷不了來。

李：你看過電視上對你的報導嗎？

靳：沒有。[20]

20 訪談對象：靳景祥，訪談人：李敬儒，訪談時間：二〇一一年七月二十六日上午，訪談地點：耿村靳景祥家。

從訪談中，我們可以明顯地感覺到，靳景祥對於自己接受採訪這件事情，已經習以為常，面對記者們提出的問題，他也是儘量清楚仔細回答。但對於記者來了只問問題、不讓講故事這件事，還是有些不能理解。生活在普通民眾之中的靳景祥，還是有著質樸本色，不會利用媒體來大肆宣傳自己。

應該說，無論是電視上的靳景祥，還是媒體記者面前的靳景祥，或是文字報導中的靳景祥，都不是本真狀態的靳景祥，他們只是媒體理想化的靳景祥。大眾媒體有限的播出時間和版面要求，使它們只能截取靳景祥生活中的一個非常小的側面，同時也是媒體認為最能吸引受眾眼球的側面，來展現他的故事人生。這一方面，確實達到了宣傳靳景祥和耿村故事，弘揚優秀傳統文化，讓普通受眾瞭解民間文化資源的目的；但另一方面，經媒體傳播的靳景祥和耿村故事，是不完整的，是經過選擇和修飾的，這種傳播方式，是否有利於非物質文化遺產的本真性的保持和傳播，還有待思考。

靳景祥在公共場合中的講述，除了在電視媒體中，或是給記者講述，近幾年，隨著耿村及周邊地區民俗旅遊專案的開發，靳景祥給遊客講故事的次數也在逐漸增多。靳景祥有一張照片很有名，曾在多處被選用，這張照片是在二〇〇七年九月藁城市第三屆紅梨採摘節上拍攝的。藁城市紅梨採摘節從二〇〇五年開始，每年舉辦一屆，紅梨採摘節融「採摘、品嘗紅梨，挖紅薯、花生，觀賞武術表演、戰鼓表演，聽耿村故事」等活動於一體，主要景點包括常安鎮黃家莊紅梨基地、中國民間故事村耿村、崗上鎮濱河生態園和南席冬棗採摘園、宮燈博物館及梅花慘案紀念館等，是藁城市開展旅遊的重頭戲。二〇〇七年，剛剛成為國家級非物質文化遺產項目代表性傳承人的靳景祥，被常安鎮鎮長點名邀請參加第三屆紅梨採摘節。在開闊的梨園裏，拉起了一條上書「耿村故事會」的橫幅，橫幅前擺上一張桌子，靳景祥就開始了他給遊客們的講述。

李：你在那個採摘節上講過故事是吧？

靳：講過多次。那是紅梨採摘節，在黃家莊。在那講過很有幾次，誰知道講了四次、五次啊。講過四五次吧。

李：誰讓你去講的啊？

靳：這不是（指著靳春利），他就說：「你去講去吧。」我說：「我不去，你叫別人去吧。」「那不沾，就是叫你去。那鎮的鎮長，指名就是要你嘞，你就得去。」叫去四天，連著去四天。我去了三天啊，最後啦，我說：「你叫別人吧，我可不去啦。」

李：每天講多長時間啊？

靳：講不長。你看，開始講啊，講上一個鐘頭，講上半個鐘頭、幾十分鐘，講那麼一截。反正也不說你好歹的。

李：你是坐著講還是站著講啊？

靳：都是站著講，前邊有個桌子，那麼多人看著，就得站著講。

李：都講什麼故事啦？

靳：淨講那生活故事。

李：在那採摘節上聽你講故事的人多嗎？

靳：你不講是沒有人，你一講開了，得了，誰走到那裏就不走啦，聽開了就。挺有意思。你看在那個場合裏講，怎麼著熱鬧，怎麼著來。不講你什麼文言不文言啦，就是以笑為主。

李：都什麼樣的人在那聽啊？多大歲數？

靳：多大的都有，還有八十多的，十來歲的也有。男的、女的都有。[21]

21 訪談對象：靳景祥，訪談人：李敬儒，訪談時間：二〇一一年七月二十六日下午，訪談地點：耿村靳景祥家。

現在的紅梨採摘節，已經不邀請故事家到果園去講故事了，而是把耿村作為整個採摘節中的一個景點，讓遊客有機會到耿村中來，親身體會講故事的氛圍。耿村故事講述人發揮了他們的群體優勢，將遊客們分組，每組配有不同的故事講述人，以達到遊客多元化的需求。除了聽故事，遊客們大都還會在耿村吃頓農家飯，但都不會在耿村過夜。對於給遊客們講故事，靳景祥這樣說：

李：是不是現在有好多旅遊的人也來找你講故事啊？

靳：旅遊的，有，來過。一弄，石家莊的，那老年人們騎著自行車來，那會來了一百多輛車子，把學校裏，那都占滿啦。

李：那你給他們講什麼故事呀？

靳：他們光聽唄。叫俺們一組一組的，這一堆人們一組，那一堆人們一組，你講吧，人家就聽。

李：你隨便講是嗎？

靳：嗯。隨便講，你講什麼，人家就聽嘛。那淨旅遊的人們。

李：那你跟那遊客們在一起，除了講故事，還幹什麼嗎？

靳：沒有做過別的，光講故事。

李：他們就光聽，不給你講是嗎？

靳：他們就光聽。人家是聽故事來了，人家不是講故事來了，人旅遊幹嘛來啦。

李：那你喜歡給旅遊的人們講故事嗎？

靳：這個你怎麼說啊，你反正人家是聽這個來啦，是幹這個來啦，咱就給講唄。嘴裏存著嘞，你說講咱就開講。

李：那跟平時給鄉親們講有什麼不一樣嗎？

靳：講法是一個樣。就是文字上不一樣，有什麼方言土語啊，就得給解釋解釋。這個事上不一樣，給你講這一個啦，給鄉親們可能講那一個。他都不一樣啦。這個講故事這物件，誰跟誰也不一樣。我給你講的也不一樣，跟他講的也不一樣。

李：你覺得有旅遊的人來聽你講故事好嗎？

靳：不賴啊，看著熱鬧吧。咱見了人哪，見了世面啦。人家來了，也聽了故事啦。那有的人，「哈，這村子還藏著這能說能講的人嘞。行行，下次咱還來啊」。[22]

從訪談中，我們可以明顯地感覺到好客的靳景祥，是非常享受給遊客們講故事的。給遊客們講故事，自由度很高，不像給官員、學者，或者媒體記者講故事那樣，限制很多。可以說，對於靳景祥來說，給遊客們講故事，是僅次於給鄉親們講故事，最接近本真性的故事講述活動。同時，給遊客們講故事，讓靳景祥見了世面，得到了遊客們的讚揚，非常有成就感。「故事遊」，也是在當前語境下，打造故事文化品牌、尋求民間故事可持續發展的有效途徑之一。

在市場經濟條件下，民間故事的保護不能只依靠輸血式的「救濟」，而是要與時俱進，用自己獨特的魅力，培育和發揮自我造血功能。近些年，關於傳統節日、民間曲藝等的電視節目日益受到關注，民俗旅遊專案不斷被開發，影視劇中的民間文化因素隨處可見，音樂人也利用民間音樂創作具有地方特色和民族特色的流行音樂，提線木偶等土生土長的民間文化登上了北京奧運會開幕式的舞臺。民間文化利用日益普及的大眾傳播媒介、日益快捷的資訊流通方式，以及日益進步的交通運輸業傳遞到以前無法觸及的地方，在宣傳自己，吸引關注的同時，也是對民間文化另一種方式的保存。

---

22 訪談對象：靳景祥，訪談人：李敬儒，訪談時間：二〇一一年七月二十六日下午，訪談地點：耿村靳景祥家。

民間文化鄉土性、地域性、民族性的特點，恰恰能滿足大眾文化獵奇的心理。民俗旅遊，是近些年興起的文化旅遊形式。民間故事雖然並非為旅遊而生，但民間故事與旅遊的共同開發，有達到雙贏的可能，也是培育民間文化造血能力的一條途徑。如今耿村的民間故事主要附著於年俗、廟會等民眾參與性較強的民俗活動中，與「吃農家飯」、「採摘」等活動結合在一起。下階段，耿村民眾還考慮將民間故事印刷在藁城宮燈、年畫等有形的民間工藝品上，製作耿村民間故事小冊子、光碟等作為旅遊紀念品販賣給遊客，在取得經濟收益的同時，將耿村故事文化傳播出去。

第六章　靳景祥講述的典型故事

民間故事的研究有多種方法，其中故事類型研究法，成為切入民間故事藝術世界，揭示民間故事特質的一種有效方法。靳景祥講述的故事有多種類型，每種類型不僅屬於靳景祥的，而且屬於更為廣大的人群。

筆者在靳景祥眾多故事類型中選取「兩兄弟」、「夫妻捎書」和「三女婿拜壽」三種類型故事展開討論，這三種類型是靳景祥喜歡講的，是耿村人最常講的，也是中國各地區流傳較為廣泛的類型。通過與其他地區及其講述人的故事異文比較、分析、綜合，考察靳景祥故事的來龍去脈，以及他在講述過程中對故事的加工和改造，提煉出靳景祥故事的地域特色以及個性風格。

第一節　兩兄弟故事

中國兄弟糾葛故事數量眾多，流行廣遠。經過長時期的傳承演變，構成兩個類型變體：「狗耕田」、「長鼻子」。耿村人的兩兄弟故事中包含了兩個類型變體。

耿村人愛講兩兄弟故事，從十幾歲的少年講述人，到八十多歲的老年講述人都能講兩兄弟糾葛的故事。二〇〇五年三月二十九日，中國國際廣播電臺華語臺播出的《中國之窗》節目中，來自耿村小學五年級的十二歲小學生靳小明，就向聽眾們講述了「兩兄弟」的故事。儘管這些兩兄弟故事有類型化特徵，有些情節有許多相似之處，但講述人在講述中都儘量避免重複，在細節、語言、現場表現力等方面體現出自己的個性和特色。靳景祥曾講述兩兄弟型故事被記錄下來的有三篇，分別是〈白虎洞〉[1]、〈二虎得仙桃〉[2]和〈不開口的公主〉[3]，這三篇故事都屬於「長鼻子」故事的變體。

「長鼻子」故事的梗概為：弟弟受哥嫂欺負，卻意外進入深山野地，從神奇動物那裏獲得寶物而致富；哥哥被貪心驅使依樣花葫蘆，遭到動物的懲罰，被牠們拉長鼻子成了醜八怪，或者撕扯開來填了肚子。二十世紀三十年代艾伯華編撰《中國民間故事類型》時，收錄本類型故事二十八篇；二十世紀七十年代丁乃通的《中國民間故事類型索引》，將此類型故事列入六一三A型「不忠的兄弟（同伴）和百呼百應的寶貝」，增加到五十九篇[4]。二十世紀八九十年代，中國編纂民間文學集成，它作為許多地方的常見故事類型被採錄上來，新的書面文本數量激增。這些文本流傳在我國的漢、藏、蒙古、朝鮮、達斡爾、滿、黎、土家、撒拉、裕固、苗、瑤、彝、佤、怒、白、傈僳、納西、哈尼等眾多兄弟民族之中，成為中國民間口頭敘事的經典之作[5]。

長鼻子故事的核心母題是神奇寶物的獲得。由獲得寶物的方式不同，顯出形態上的差異，構成不同類型。主人公由種莊稼趕鳥進山而得寶的變體形式流行最廣。唐代段成式所撰《酉陽雜俎》續集卷一《支諾皋上》首篇〈旁㐌〉，是民間長期流傳不衰的兩兄弟型故事的最早記載。故事中的兩兄弟，弟富兄貧。哥哥向弟弟討取蠶種和穀種，以養蠶種稻，維持生計。弟弟將蠶、穀蒸熟了給他。可是，奇蹟出現了，在蒸熟的蠶種中竟然長出體大如牛的蠶王。弟弟殺死蠶王之

1 袁學駿、李保祥主編《耿村民間文化大觀》（上）（北京圖書館出版社，一九九九年），頁八一—八四。
2 袁學駿、李保祥主編《耿村民間文化大觀》（上）（北京圖書館出版社，一九九九年），頁九三—九四。
3 袁學駿、李保祥主編《耿村民間文化大觀》（上）（北京圖書館出版社，一九九九年），頁九五—九六。
4 [美]丁乃通，鄭建成等譯，《中國民間故事類型索引》（華中師範大學出版社，二〇〇八年），頁一四七—一五〇。
5 金榮華，《民間故事類型索引》（上冊）（中國口傳文學學會，二〇〇七年），頁二二五—二二八。

後，四方百里的蠶卻飛集其家，做出的蠶繭堆積如山，哥哥一人忙不過來，只好請左右鄰舍都來幫助繅絲。隨後，從蒸熟的穀種中也長出了一棵特大的稻穗，大鳥摘銜飛去，哥哥追至深山，得一金錐。原來這是一件如意寶物，於是哥哥成了全國首富。弟弟依樣畫葫蘆，遭到丟失金錐的群鬼的責罰，在挖塘三天之後又被它們拉長鼻子，成了惹人恥笑的醜八怪，最後羞愧而死。貧困而勤苦的哥哥受富有而心地奸惡的弟弟的欺凌，卻因禍得福。弟弟學樣失敗，遭到嚴厲懲罰。故事中的褒貶愛憎十分鮮明強烈，含有濃厚的人民性[6]。

在眾多異文中，也有離開〈旁迤〉的情節結構模式，在主人公陷入困境的情況下，以另一種意外方式得寶致富，轉變命運。如果主人公被兄嫂趕出家門，在荒山野嶺流浪，在破敗的廟裏棲身，那麼，他就有機會偷聽到動物精靈或巡遊仙人們關於山野祕密的對話，然後找尋寶物來轉變自己的不幸遭遇。「偷聽話」母題具有相對獨立性，它可以楔入兩兄弟糾葛的「長鼻子」故事中，在更多情況下，則是兩個旅伴糾葛的「二人行」故事的核心母題。

寶物是眾多民間故事的常見之物，在「長鼻子」類型中，寶物完全在主人公處於困境的情況下偶然得來。神祕世界中的仙人或者動物精靈，並非有意賜予寶物，主人公也沒有著意去尋求寶物，而是偶然闖入某種神祕世界，得到了可以任意滿足人們欲望的寶錘、寶鑼、寶葫蘆等而因禍得福。由一連串的意外巧合構成曲折跌宕的故事情節，使故事懸念叢生，新奇有趣。同情受欺凌的弟弟而憎恨邪惡的兄嫂，本是故事的主旨，故事家卻含而不露，將這種鮮明愛憎寄寓在構想奇妙的故事敘說中間，使人們聽來更具吸引力。此外，主人公的命運雖在幻想的神祕世界裏才得到轉變，而故事講述人對神祕世界的構想以及向神祕世界過渡的敘說卻巧妙自然，富於山野生活情趣，表現出編織故事的豐富智慧和高超技巧。

在靳景祥講述的三篇兩兄弟故事中，〈白虎洞〉屬於德國學者艾伯華在《中國民間故事類型》中列出的第二十七型「猴洞」。艾伯華分析了七篇異文的母題變化後，將「二十七・猴洞」的基本情節概括為：

6 劉守華，《中國民間故事史》（湖北教育出版社，一九九九年），頁一九八。

（一）兄弟倆分家，弟弟幾乎什麼也沒分到。

（二）弟弟在地裏顆粒未收，因為在莊稼成熟之前猴子把他的果實偷走了。

（三）他看守著剩下的果實，被猴子們拉進牠們的岩洞。

（四）因此他得到了許多金銀財寶。

（五）哥哥照弟弟的做法去做，被認了出來。他被當作偷財寶的人給殺死了。[7]

靳景祥講的〈白虎洞〉在保留「猴洞」型故事基本情節基礎上，有一些變異，體現了地方特色和故事講述人的個性。筆者將〈白虎洞〉情節單元總結如下：

Ⅰ.嫂子嫌棄小叔子，唆使丈夫害死他。

Ⅱ.兄弟砍柴，哥哥回家拿吃的，沒穿棉衣的弟弟，在冰天雪地裏看守柴禾。白鬍子老頭幫弟弟把柴禾弄回家。

Ⅲ.哥哥騙弟弟到白虎洞，讓老虎吃。白鬍子老頭帶弟弟進白虎洞洗臉，弟弟變得俊俏無比。

Ⅳ.嫂子看到弟弟變了樣，就讓哥哥按原路去白虎洞。白鬍子老頭讓哥哥洗臉並帶水給他媳婦洗臉。

Ⅴ.嫂子洗臉後，臉變得青一塊紫一塊，穿的衣裳變成狗皮，揭不下來。

〈白虎洞〉與艾伯華總結的「猴洞」型故事有異曲同工之妙。從人物設計上看，故事的主人公同為忠厚老實的弟弟、怕老婆的哥哥和又刁又狠的嫂子，靳景祥給三個主人公都取了名字：「哥哥李青和媳婦張氏，兄弟李紅」。故事開門見山，直寫：「張氏嫌棄小叔子，想方設法要害死他。」怕老婆的哥哥，雖不情願，也只得聽媳婦的，設計陷害弟弟。兄弟上山砍柴，哥哥將弟弟留在山上想凍死他，這時神奇人物出現了。與「猴洞」不同的是，〈白虎洞〉裏傳奇式的形象是白鬍子老頭，而不是猴子。耿村人極其鍾愛「白鬍子老頭」形象，「白鬍子老頭」在靳景祥講述的故事經常出

7 〔德〕艾伯華，王燕生、周祖生譯，《中國民間故事類型》（商務印書館，一九九九年），頁四二。

現。這個老頭被講述人和聽眾所喜愛，他不像玉皇、王母成為權威象徵，而是慈祥地成人之美、指人迷津。由白鬍子老頭幫助弟弟擺脫困境、懲罰壞人，恰恰在神奇與現實之間找到了符合耿村人審美的契合點。在白鬍子老頭的幫助下，弟弟「臉蛋紅裏透白，白裏透紅，俊俏無比」，「老頭又從衣櫃裏拿出兩件衣裳，一個帽殼。人配衣裳馬配鞍，李紅把衣裳一穿，帽殼一戴，就像一個上學的學生」。故事的反面人物嫂子張氏，也讓丈夫去找白鬍子老頭，最終得到應有的懲罰：「那臉變得青一塊紫一塊、藍一塊白一塊，五花八門，什麼色兒都有。這時那身衣裳撲楞一下自動張開，變成一張狗皮，披在了媳婦身上。這下她的臉變壞了，狗皮也揭不下來了。」

靳景祥講的〈二虎得仙桃〉和〈不開口的公主〉，屬於「長鼻子」型故事的另一種變體，即「動物對話」型故事。鍾敬文的《中國民間故事型式》中，將「偷聽話」型故事基本情節概括為：

1.兩弟兄（或兩朋友），兄以歹心逐出其弟。
2.弟在廟裏或樹上，偷聽得禽獸的話。
3.他照話去做去，得了許多酬報。
4.兄羨而模仿之，卒為禽獸所吃，或受一場大苦。[8]

艾伯華在《中國民間故事類型》中，把這類故事編為二十八號「動物對話」。艾伯華先生列舉了如下情節單元：

（一）在兩個兄弟或朋友之間，大的驅逐小的。
（二）小的在廟裏或樹上聽到動物的談話。
（三）他照著動物說的話去做，獲益匪淺。
（四）大的效法小的，結果被動物吃掉或是遭遇不幸。[9]

8 鍾敬文，《鍾敬文文集・民間文藝學卷》（安徽教育出版社，二〇〇二年），頁六二三。
9 [德]艾伯華，王燕生、周祖生譯，《中國民間故事類型》（商務印書館，一九九九年），頁四三。

〈二虎得仙桃〉和〈不開口的公主〉具有相似的故事情節，都有皇姑或公主得了病，而弟弟因為被哥哥陷害，機緣巧合下治了皇姑或公主的病。兩篇故事的情節單元如下：

Ⅰ.哥哥將弟弟推進井裏。

Ⅱ.弟弟在井裏聽到兩人談話，瞭解到治療皇姑或公主的病的方法。

Ⅲ.弟弟從井裏出來，找到為皇姑或公主治病的仙桃。

Ⅳ.弟弟（a）自己走到，（b）在仙人的幫助下，來到皇宮，治好皇姑或公主的怪病。皇帝招弟弟為駙馬。

Ⅴ.弟弟回家上墳祭祖，（c）哥哥、嫂子請弟弟恕罪，弟弟原諒哥嫂。（d）哥嫂覺得沒臉見兄弟上吊。

此類型故事的關鍵之處在於偷聽到動物說話，然而，在靳景祥講述的「偷聽話」型故事中，弟弟從兩個人，而不是動物的對話裏聽到了為公主治病的方法。至於談話人的身份，靳景祥並沒有做過多的交代，只是說兩人洩露了天機。至於偷聽話的地點，在靳景祥的故事裏，弟弟不是在廟裏，也不是在樹上，而是離普通百姓生活最近的井裏。筆者認為，這與靳景祥平時對燒香拜佛、廟裏活動不是很熱衷有很大關係。弟弟按照聽來的話去做，找到了可以治好公主病的仙桃，治好了公主的怪病。在〈不開口的公主〉中，民間傳說中的武財神，也是與耿村人接觸最多的趙公明，成了仙桃園的看守者，並最終被弟弟的悲慘遭遇打動，送給他仙桃，並送他到了皇宮。故事的結尾，當了駙馬的弟弟回家上墳祭祖。〈二虎得仙桃〉中，「哥哥、嫂子也來了，跪在路上，請二虎恕罪。二虎說：『哥哥、嫂嫂，你們都起來吧，咱們還是親兄弟一家人好好地過日子吧。』從這兒大虎和二虎又和好了」。〈不開口的公主〉中，哥嫂覺得沒臉見兄弟，都尋了死。從故事的結局看，戲劇衝突顯然不如其他地區流傳的同類故事強烈，而是用比較和緩的方式，讓惡人明白了錯誤所在。最後，讓兄弟和好，也表現了耿村人性格中的寬容厚道，和對和睦生活的崇尚。

靳景祥講的兩兄弟故事，具有中原漢族文化特色，是日常生活和倫理觀念的誇張式體現。無論是「猴洞」，還是「偷聽話」中的兄弟糾紛，實際上都起因於父母去世後兩兄弟對家產的爭奪。在華北地區，普遍實行長子繼承制，父母去世後，長子成為主要繼承人，並主持家中事務。從某種意義上說，哥嫂要肩負起類似於父母的責任，等到他們娶了媳婦，分家另過才算完成任務。兄嫂自私而又霸道，擔心弟弟成家後要同他們分家業，就起了歹心害死弟弟。然而，人們總是同情年幼而又憨厚老實的弟弟，便在故事中安排了各種機緣巧合，要麼有仙人相助，要麼無意中聽到了別人的對話，總之，幫弟弟獲得了好的結果。從弟弟所得結果來看：他並沒有得到常見的金銀財寶，而是穿上了好衣服，或是得到了好姻緣。從這點來看，耿村人是不貪心的，他們骨子裏有一種知足常樂的態度；他們認為金銀財寶並不最重要，他們要的是通過自身的努力，尋找自己應得的幸福，尋找自己身邊切切實實的幸福。從三篇故事兄嫂的下場看，最常見的兄嫂效法弟弟的做法，最終得到報應；也有兄嫂沒臉見弟弟，自盡於自家屋中；第三種是最溫和的方式，兄嫂向弟弟下跪，最終得到了弟弟的原諒。靳景祥針對不同的講述人，以及從不同講述人口中傳承而來的故事，加入了自己的理解而講述三篇同中相異而又趣味橫生的故事。三篇故事的歸旨是希望惡人能夠翻然悔悟，在得到惡報之後，重新過上和睦的生活。顯然，故事中包含了濃厚的道德倫理的教育功用，將同情善良、鞭撻邪惡、崇尚和睦的思想深烙於人們心頭。

從靳景祥講述的近五百篇故事來看，他講述的親情孝道故事並不很多，尤其是對於沒有兄弟的靳景祥來說，能一下講述三篇「兩兄弟」故事，實屬不易。由於這些故事靳景祥多年沒有講，現在提起，他已想不起來。筆者認為，導致這種情況大致有以下三種原因：第一，隨著講述人年齡的增長，記憶力衰退，有些故事逐漸遺忘；第二，靳景祥在不斷追求新奇和另類，他不願講述別人曾經講過的故事，也不願總講自己講過的故事，故事長時間不講，出現遺忘現象在所難免；第三，故事普查時，普查隊員採用的方法不同，有些故事靳景祥隨口溜出來的，當時並沒有採用錄音、錄影設備，採取後來整理的方式，難免在故事中出現整理人的色彩，也導致講述人認為自己沒有講過這類故事了。

第二節　夫妻捎書

「夫妻捎書」是靳景祥最早向耿村故事普查隊員講述的故事之一，也是靳景祥在故事講述生涯中越講越完善、越講越易懂、耐聽的故事。在我們的多次採訪過程中，靳景祥三次講述了「夫妻捎書」，一次由藁城市文體局文化藝術科科長樊更喜提議講起，一次由耿村民間故事演講協會會長靳春利提議講起，一次由我們調查採訪他時自己主動講起。「夫妻捎書」是靳景祥非常受歡迎的故事，也是適合向來訪人員經常講的故事。二〇〇六年十月，靳景祥與村裏其他故事家一起參加中央電視臺的《夕陽紅》欄目時，也是講的〈夫妻捎書〉。至於為什麼總是有人讓靳景祥這則故事，靳春利告訴我：

他這故事吧，檔次不一樣。對著大夥講是一個樣，對著遊客講又是一個樣，所以他都不一樣。在定位上，我就說讓他做一個讓人家一聽就能接受，誰也能聽的，也不是很長的故事，作為代表作。因為嘛，根據市場吧，他這個故事淨評書味的，太長太長，讓人們沒時間去聽，一講挺長，占了好長時間。講故事人太多，講不過來，每人得講短點的，短點的也得講出風格來，得讓你聽著笑，這才能增強人的記憶。所以，讓他講這個（〈夫妻捎書〉），有點幽默性的，又有點字，資料性的，學生也能聽，大人也能聽。這就弄成了他的一個特點。你不，沒有（代表作）。他（故事）多啊，就得給他規整一下。侯果果吧，我就把她那個〈親娘柳樹後娘棗樹〉弄成代表作，我說你就講這個。我感覺〈夫妻捎書〉最後用機智的那種方式，是他（靳景祥）自己創作的，因為他閱歷太多了，故事太多啦，他拿這個的結尾放在那個的開頭，一接就成啦。[10]

「夫妻捎書」講述的是不識字的夫妻之間，丈夫給妻子捎錢，並用畫畫的方式告知錢的數量的故事。這類型故事在中國比較常見，如甘肅的〈楊三的家信〉[11]、廣東的〈八個王八和四條狗〉[12]、上海的〈家信〉[13]等都是該故事的異文，但在丁乃通的《中國民間故事類型索引》中，沒有這類故事類型，在此，我們將該類型故事稱為「夫妻捎書」型。

「夫妻捎書」型故事通過不識字的夫妻之間默契的捎寫書信，反映鄰里、親朋之間的不誠信，具有諷刺和教育意義。根據靳景祥的「夫妻捎書」故事異文，我們將「夫妻捎書」型故事情節概述如下：

Ⅰ.在外謀生的男主人公，不識字，託同鄉往家裏捎信和錢。

Ⅱ.同鄉在路上（或是回家後）看了男主人公寫給妻子的信是一幅畫。

Ⅲ.同鄉認為信上沒寫錢的數量扣下一部分。

Ⅳ.男主人公妻子看信，說同鄉給她的錢數不對。

Ⅴ.同鄉無話可說，拿出扣下的錢。

流傳於甘肅、廣東、上海三地的「夫妻捎書」型故事，篇幅都不長，也就四五百字，最長的也不超過一千字。故事內容簡單，講述內容包括捎信——看信——扣錢——解信——還錢。「夫妻捎書」故事的五個環節，只是截取日常生活中的一件小小事情不斷演繹。靳景祥講的〈夫妻捎書〉有兩千多字，在上述五個環節的基礎上，解釋了兩家人的關係，

10 訪談對象：靳春利，訪談人：李敬儒，訪談時間：二〇一一年七月二十六日晚上，訪談地點：耿村十字街上。

11 《中國民間故事集成・甘肅卷》（中國ISBN中心，二〇〇一年），頁七四三—七四四。

12 《中國民間故事集成・廣東卷》（中國ISBN中心，二〇〇六年），頁一〇五〇。

13 《中國民間故事集成・上海卷》（中國ISBN中心，二〇〇七年），頁九三七—九三八。

並且較為細緻地刻畫了人物的心理活動。不妨看看靳景祥講的〈夫妻捎書〉：

很早以前，在這個舊社會，窮人們吃不上飯的多，窮人多，富的少。聽說有一個村莊，叫梁家莊。梁家莊有一個姓梁的，叫梁滿倉。這個滿倉嘞，家裏也很窮，他有個西鄰里家姓侯，叫侯成，有一個兄弟叫侯全。你不要看這是兩家，跟親弟兄一樣。不是有那麼句老話嘛，「落地親弟兄，何必骨肉親」吧。這個比親弟兄還要親。兩個人都是啊，窮半年，富半年的。

梁滿倉嘞，娶了一個媳婦，叫楊小玉。這娘們，那聰明得很，不要看不識字，不要看不起莊稼人，這聰明，見機生情。梁滿倉和侯成兩個人出去找了家，幹裝卸工，在這海口上。就是貨來了，就給你卸，送貨上貨輪，就給你裝，這一個裝卸工。

打了這傢伙多少時沒有回家，家裏斷糧啦。楊小玉啊，為這個遭了難了，怎麼辦啊？買糧食手裏沒有錢，她忽家想起侯全來了。

她就上了西鄰家，進門她就喊：「全，在家了唄？」

「誰呀？來吧，來吧，屋裏來。」

「我別屋裏去了，我問問你，上工地你多咱[14]去啊？」

「你有急事啊？有急事明天我就去。」

「那更好了。」

「那嫂子你回去預備物件吧，預備物件拿過來，明天一早我就去。」

14 多咱：方言，意為什麼時候。

這兩家跟一家一樣，說什麼都沒有關係。就這樣，小玉回來了。就是做了一雙鞋，她包了包，她忙的寫了一封信。拿著上了侯全那了。說：「全，你看，這有雙鞋。」

「行，你給我吧，我捎了去。」

「你看還有一封信，你別丟了，你好好地兜起它來。」

「你放心吧，我嘛也丟不了。」

侯全跟這多少戶說了說，淨老鄉們：「明天我可去呀。」就這樣，人們給他送的東西物件，他就包答了包答。

侯全第二天帶上個乾糧，拿著那些個物件[15]，這就走了。走哇走哇走的啊，快晌午了，覺著走得餓了，想：「我還帶著乾糧嘞，吃了吧。」拿出來個窩窩頭就開吃。也沒有水，也沒有菜的。窮人們啊，嘛事也幹得了。把這個吃了，他忽然想起，小玉給滿倉寫的這封信來了，他說：「這小兩口寫信啊，保險有祕密話，我得看看。」他就拆開了，掏出來，打開了。這麼一打開，一看，啊～洋鬼子看戲，傻了眼了。「怎麼沒有字，畫點子漫畫，這是嘛信啊這是。行啦，咱不懂，就別裝懂，給人家叫人家看吧。」他就疊上了。他就往頭裏走，趕也黑了也到了工地上了。

原先這個工地的人們搭了一個棚，做飯都在這個棚裏。這個李師傅他也在這兒，侯全進棚就喊：「李師傅忙著呢。」那一個說：「啊，誰呀？哎呀，全啊。」他以前去過工地，都熟悉。李師傅說：「來來來，你看這飯還不熟，等一下吧。你看天也黑了，他們快回來呀。你先喝碗水，歇歇腿兒。」侯全啊，就端著這水，就喝開了。正喝著這個時候，工人們啊，嚕嚕嚕嚕的都回來了。趕一回來，這個說：「呀哈，全來

15　物件：方言。代指一切人、一切事物。

了。」那個說：「全來啦。」都親熱得不行。接著，有人問：「給我捎著嘛來嗎？」侯全說：「捎著嘞，這個是你哩，這個是你哩。」也有鞋，也有襪子，也有褲子，亂七八糟的，都給了。

侯全說：「滿倉啊，你看我嫂子給你拿了雙鞋，還有封信，給給給。」一說這個，年輕人們都好奇啦，亂搶啊，這個也搶，那個也抓。有一位搶到手啦，展開這麼一看，啊，一個字也沒有，畫點子漫畫們，就說：「滿倉哥，這是大嫂子給你來的信啊？」

滿倉說：「是啊，那還有假！」

「這是嘛啊？俺們不懂。給了你吧。」

滿倉講話：「俺家來信啊，你們誰也不懂。你看，我不給你們說說，你們不知道。這畫的漫畫，這裏頭啊，都有文章。拿過來，我給你們說說，你們就明白了。」

「給你吧。」

「你看這個吧，這畫了這一圈糧食，上尖下流的。這一圈糧食是代表我，我叫嘛，我叫梁滿倉，滿滿的一倉，這代表我。你看畫的這個小妮吧，梳著倆犄角，倆小辮子，胳膊上搭了條口袋，這代表俺媳婦。這家裏啊，缺了吃的啦，你看拿著這布袋，這是買糧食去。買糧食沒有錢，趕得你來了全，趕你回去你給她帶點錢回去。這會兒有這麼兩句：『眼望丈夫梁滿，家裏缺米又少糧，急得我茶不吃、飯不想。』我著急哩。這個你們明白了吧。」

「哈，是這麼回子事啊，這漫畫還真起了作用了哈。」

就這樣，這個也捎錢的，那個也捎錢的。吃了晚飯，這一宿不說，就是滿倉寫了一封信，說：「全，你帶上這封信回去，我給你五十塊錢，你給了你嫂子，叫她買糧食。」侯全說：「行。」他就疊答了疊答，搞了一堆，擱到他兜裏了。

第二天，起來了，吃了點飯，就往回走。一百多里地，得走一天啊，那時候，那個不便利，哪像這會啊，坐飛機都行。他就往回走，也就是晌午啊，吃點飯，不要看走著，走著也餓得慌。他就又拿出來了個窩窩頭，就吃啦。吃了，他又想起這封信來了，說：「滿倉的寫倆字，我看看這是嘛。」他打開來一看，好，還是漫畫。這事怪了，這也是漫畫。侯全一看上頭畫的嘛，畫了一隻羊，這一隻羊嘞，是四個蹄子蹬著四個王八，那兩個犄角啊掛著兩縷韭菜，一個犄角一縷韭菜。「這個事怪，我給她開個玩笑：他這不是五十啊，我撤十塊，給她四十，看她知道不知道。」他就拿出來十塊，另放了一個兜，他就把這錢啊兜好了，往回走。趕一黑，也就到了家了。一進門，他就喊開了：「嫂子，在家裏唄？」

「誰呀？」

「我啊，誰呀。」

「呀，全回來了啊，屋裏來，累得慌吧。」

「不累。」

「來，屋裏來，先喝碗水，歇歇腿兒。」

侯全就端起這水來，喝了一口。他說：「嫂子，沒別的，給你捎回來倆錢。給你這四十塊錢，這我哥給你捎的，給你這封信，這都是我哥給你的啊。」這個小玉嘞，把這信啊接過來了，那錢接過來了，數了數四十。把這信展開來一看，皺了眉啦，心眼裏不高興。你看這人啊，有點不好，這面目也帶著，喜事面目上也能帶，常說「人逢喜事精神爽」啊。她這惆悵，也在面上帶著。

侯全說：「嫂子，你怎麼啦？怎麼看著你不高興啦。」

她說：「我是不高興。你看全，咱兩家跟一家一樣，這個吧，我要說出來，你可別煩惱。」

「我煩什麼惱啊，你說吧，你隨便。」

「那我可就說了。你看這信上啊，畫了一隻羊，這四個蹄蹬著四個王八，這倆犄角搭著兩縷韭菜，是吧？」

「是啊。」

「這個錢啊，不對，不對。」

「不對，多少？」

「五十。」

「五十？你這上哪有五啊？哪頭是五啊？光畫了兩頭王八、兩頭羊，這物件從哪頭說是五啊？」

「你看，我不跟你說，你不知道。這四八是多少啊？」

「四八三十二。」

「哎，這畫了兩縷韭菜，二九是多少啊？」

「一十八。」

「擱到一塊是五十唄？」

「啊，行啦行啦，你這是這麼著算的啊。對了對了對了，我服了氣啦。我這是跟你開玩笑嘞，我撤了你十塊，我還給你拿出來吧。」

這是啊，不識字的夫妻捎書。[16]

故事開頭，靳景祥交代了男主人公梁滿倉和侯全的關係：兩家跟親兄弟似的，還用了一句老話「落地親弟兄，何必骨肉親」形容兩家親密的關係。在這篇故事中，靳景祥增加了很多細節講述，男主人公的妻子有了名字，叫楊小玉，其

---

16 採錄對象：靳景祥，採錄者：李敬儒，採錄時間：二〇一〇年二月二十二日，採錄地點：耿村靳景祥家。

他幾篇「夫妻捎書」型故事都沒有給妻子起名字；侯全的趕路過程，也做了較為詳細的描述，並表達了對現在交通發達的感慨，這些都是其他故事所沒有的。靳景祥的〈夫妻捎書〉描述了兩次捎書的過程：第一次是由小玉給丈夫滿倉捎信，用畫畫的形式，告訴丈夫家裏缺錢少糧；第二次才是丈夫滿倉拜託鄰居侯全給妻子小玉捎信和錢。除了細節描述的增加，靳景祥講的〈夫妻捎書〉與其他此類型故事異文最大的區別，在於全文的思想主旨上，其他異文都是以誠信為主題，男主人公的同鄉，知道夫妻倆都不識字，是以貪心為出發點，故意將錢扣下一部分；而靳景祥的〈夫妻捎書〉一直強調著兩家的親密關係，後來侯全扣下一部分錢，也不是真心要扣錢，只是想跟夫妻倆開玩笑，體現的是村落中和諧的村民關係，和耿村人憨厚淳樸和詼諧幽默的特點。

「夫妻捎書」型故事最核心的情節，就是以畫畫代替文字的書信，錢數的計算方式又是根據畫中動植物的諧音和數量，進行簡單的加減乘除運算。畫中所畫的事物具有地方特色。畫中內容對比見表6-1。

表6-1

故事名稱	流傳地區	畫中內容	錢數
《夫妻捎書》	耿村	一隻羊，四個蹄子蹬著四個王八，羊兩個犄角各掛著兩縷韭菜。	50
《楊二的家信》	甘肅	八隻八哥，四隻斑鳩和一棵大樹。	100
《八個王八和四條狗》	廣東	八個王八（烏龜）和四條狗。	100
《家信》	上海	八隻百葉結，四根韭菜，兩根槓棒，兩隻羊。	100

從四則故事中畫中內容來看，畫中物都是日常生活中非常常見的家畜、蔬菜和日用品，只是因流傳區域的不同，所選物品略有差異。靳景祥的〈夫妻捎書〉中，出現了羊、王八和韭菜，這些在其他故事中也有出現，可見，此類型故事確實是在不斷流傳中得到完善和發展。〈夫妻捎書〉從何處聽來，靳景祥這樣說：

李：靳大爺，你那〈夫妻捎書〉的故事是聽誰講的啊？

靳：那個故事是我聽的那誰，他是張村的，叫彭老眯。

李：什麼時候聽的啊？

靳：這個故事早啦。俺們這個地方吧，有一種吃頭叫麻食。這個人嘞，就是擱四向上打油，打成這麻食（當地一種食品，麻油餅）在這兒（耿村）來賣來。他是張村的，趕每一集，他就拉著一車在這兒賣來。說著事嘞，說：「誰給我講了個故事。」「哎，我也會，我給你講一個。」就講了不少故事，就有這個（〈夫妻捎書〉）。是這麼著的。那個人那眼啊，還是一個半眼，要不，叫「老眯」啊？

李：他現在還在嗎？

靳：不在啦。比我大得多。

李：那給你講這個故事也有好幾十年了吧？

靳：三十年也多。我後來就上北京講了一回。

李：是去《夕陽紅》講的嗎？

靳：啊，就是講這個。

李：那還講別的了嗎？

靳：沒講別的。這個他給講，還就讓你講半截嘞還。占的時間長，這女的姓于（于力晗），是個編導，說：「你不要講這麼長，不然別人沒時間講啦。」[17]

17　訪談對象：靳景祥，訪談人：李敬儒，訪談時間：二〇一一年七月二十六日上午，訪談地點：耿村靳景祥家。

〈夫妻捎書〉是靳景祥最常講的故事，幾乎大型講述活動，他都會講這個故事，因此，〈夫妻捎書〉在反覆的講述中具有極強的穩定性。從一九八七年七月在承德的「中國故事會首屆年會」上第一次面對多樣化聽眾講〈夫妻捎書〉開始，到二〇一一年止的二十四年，靳景祥的〈夫妻捎書〉內容上變化不大，篇幅由一千一百零八字，擴展到二千六百零三字，講述時間十六分鐘。故事中增加了描述梁、侯兩家的親密關係，增加了梁滿倉媳婦的名字——楊小玉，對楊小玉後來的心理變化也有了更為細緻的描述。侯全去工地的路程由一九八〇版的兩天，縮短為二〇一〇版的一天。這篇故事最大的變化發生在小玉捎給滿倉的信的內容：一九八〇版為：「一個倉，糧食上尖下流，倉一邊畫著一個小閨女，梳著兩根小辮，兩隻眼瞪著倉。另一邊畫著一張桌，桌上放著一碗水，冒著熱氣，有一個女子在一旁手托腮幫子，望著這碗水發愣。」[18]二〇一〇版為：「一圈糧食，上尖下流的。小妮梳著倆犄角，倆小辮子，胳膊上搭了條口袋。」梁、侯兩家的親密關係，是耿村和諧鄰里關係的體現。所捎書中畫的內容也越來越形象、易懂，故事使用的詞彙也更加貼近時代生活，比如，二〇一〇年，靳景祥講述的〈夫妻捎書〉有許多流行詞彙，如一九八〇版只說畫了幅畫，而二〇一〇版就寫成「怎麼沒有字，畫點子漫畫」，「漫畫」是明顯帶著時代性的詞彙；在提到路程艱辛時，二〇一〇版說：「那時候，那個不便利，哪像這會啊，坐飛機都行。」在交通還不便利、村落還很閉塞的情況下，二十世紀八十年代流傳在耿村的民間故事是不可能出現「飛機」一詞的。一些較為流行的順口溜，在二〇一〇版〈夫妻捎書〉中也多有出現，如「落地親弟兄，何必骨肉親」、「洋鬼子看戲，傻了眼了」、「人逢喜事精神爽」，等等。

在耿村，除了靳景祥，已故大故事家靳建民也曾講過「夫妻捎書」型故事，叫做〈張三捎家信〉[19]。據當時的採錄人員記錄，這個故事是靳建民在崗南水庫做工時，聽工友講的。靳建民的講述與上述流傳於甘肅的「夫妻捎書」型故事極為相似，故事情節簡單，沒有前期的鋪墊和後續發展。故事中，男主人公同樣交給同鄉一百兩銀子和一幅畫，畫中所

---

18 袁學駿、李保祥主編《耿村民間文化大觀》（上）（北京圖書館出版社，一九九九年），頁一二四。

19 袁學駿、李保祥主編，《耿村民間文化大觀》（中）（北京圖書館出版社，一九九九年），頁一〇六三。

畫為八隻八哥、四隻斑鳩和一顆大柏樹。同鄉私自扣下錢的初衷，不是開玩笑，而是真的貪心。同樣為流傳於耿村的「夫妻捎書」故事，卻有如此大的差異，可見，靳景祥在聽到別人的講述之後，並不是簡單地重複，而是經過自己的多方思考，加入了自己對故事的理解，才講述給別人聽。正是在吸納故事中具有創造性和個性化，才成就了如今的國家級非物質文化遺產項目代表性傳承人靳景祥。

第三節　三女婿拜壽

「三女婿拜壽」是我國民間流傳久遠、流傳範圍極廣、影響極為深遠的智慧故事。拜壽祝壽是以岳父大人的壽辰為特定故事背景，圍繞三個分別代表不同社會階層的女婿在酒席上的一番唇槍舌劍展開敘述，最終以代表農民或窮人階層的女婿勝過了別的自命不凡的女婿。它將極具生活情趣的拜壽祝壽作為敘述背景，具有濃厚的社會文化底蘊。

「三女婿拜壽」型故事很早引起學者關注。一九二八年鍾敬文曾寫有〈呆女婿試說〉[20]，其中對「三女婿拜壽」故事做過研究。一九三一年發表的《中國民間故事型式》，將「三女婿」型故事收錄其中，並將「三女婿」故事的基本情節概括為：

1. 富翁有三個女婿，第三的被輕視。
2. 富翁以問題詢第一、第二兩女婿；他們的答案皆為第三婿所駁倒。
3. 富翁再不敢輕視第三婿。[21]

20 鍾敬文，《鍾敬文文集・民間文藝學卷》（安徽教育出版社，二〇〇二年），頁五七六—五八〇。
21 鍾敬文，《鍾敬文文集・民間文藝學卷》（安徽教育出版社，二〇〇二年），頁六三三。

德國學者艾伯華在《中國民間故事類型》中，把這類故事歸入滑稽故事中的六號「傻女婿Ⅵ：三個女婿」，分析了五十一篇異文的母題變化情況後，艾伯華將其基本情節概括如下：

（1）一個人有三個女婿。

（2）第一個和第二個女婿聰明博學，最小的女婿沒有學問且又愚笨。

（3）岳父讓他們做詩並回答問題。

（4）小女婿回答得很愚蠢。

（5）回答得聰明或者被認為聰明或者使另外兩個人感到難堪。[22]

在丁乃通《中國民間故事類型索引》中，「三女婿拜壽」型故事被歸入一般民間故事中的九二二A型「卑微的女婿解答謎語或問題」之下，共輯錄有這一故事的文本線索二十。[23] 根據艾伯華和丁乃通的輯錄，「三女婿拜壽」型故事廣泛流傳於中國河北、河南、山東、江蘇、上海、浙江、湖南、湖北、四川、甘肅、福建、廣東、臺灣等地。

耿村人喜歡講「三女婿拜壽」，靳景祥、靳正新、王玉田、孫勝臺、靳滿良、周雲喜等故事家都曾講過此類型故事。不喜歡講笑話的靳景祥，卻喜歡講「三女婿對詩」，在筆者對他的多次採訪中，他有兩次都講述了這個故事。值得注意的是，與講述〈夫妻捎書〉不同，每次講〈三女婿拜壽〉都是靳景祥主動講述，由此而知，靳景祥對該類型故事的偏愛。不妨看二〇一〇年二月二十二日，靳景祥講的〈挑擔[24]仨拜壽〉：

講個逗笑的吧，講個〈挑擔仨拜壽〉。

---

22 [德]艾伯華，王燕生、周祖生譯，《中國民間故事類型》（商務印書館，一九九九年），頁三四〇—三四三。

23 [美]丁乃通，鄭建成等譯，《中國民間故事類型索引》（中國民間文藝出版社，一九八六年），頁一四七—一五一。

24 方言，連襟的俗稱，指姐與妹的丈夫間的親戚關係。

這〈挑擔仨拜壽〉啊，多種多樣，你聽耿村的故事啊，你百聽不厭，誰跟誰講的也不一樣。你聽了這個的，再聽那個的，你嗨，越講越有意思，越講越有意思。

說是有這麼一個村莊啊，養個姓宋的，家有萬貫，就是啊，缺子無後。跟前三個姑娘，大姑娘信[25]了一個秀才，這有文化；二姑娘嘞，信了個教書的先生；數這個三姑娘嘞，是個彆扭人，不貪圖什麼什麼榮華富貴，是心眼裏愉快，能過一輩子的幸福日子，她這個人嘞，愛這個，信了一個莊稼漢。

趕這個姓宋的老員外六十大壽嘞，邀請這三姑六姨、七姑八姨的吧都來，給他拜壽來。當然，這三個女婿他缺不了。

這一天，這三個女婿都到啦。弄得這桌子上，擺的這四鮮四乾。這個老員外嘞，願意考考這幾個女婿們，按說是秀才文化高，也不要小看莊稼人，莊稼人也有一定的什麼見識。這一天，他們都來了。上頭擺著四鮮的，有一種蘋果，一面青一面紅，老員外就說：「三個門婿啊，你看今兒個你仨都到這啦，我想啊，問問你們，怎麼這一種蘋果，它一面青一面紅啊？這個原因是怎麼回子事啊？」

那大女婿就接過話來了：「是啊，這叫向陽者紅，背陽者綠。向陽的這個都是紅的，背陽的這個都是綠的。」

那二的那話：「對對對。大姐夫說的這個啊，一點都不錯。太陽曬不著，它就要發綠，太陽曬著了嘞，它就發紅。不是都那麼講啊，『萬物生長靠太陽』。」

那三女婿搭了話啦：「你們說的這啊完全不對。」

「怎麼不對啊？」

25 方言，讀二聲，意為嫁給。

「怎麼不對，我給你說說。你們不是『萬物生長靠太陽』，向陽者紅，背陽者綠啊，那地裏那胡蘿蔔，那蘿蔔嬰露著嘞，那蘿蔔在地下埋著嘞，它想向陽啊，那太陽曬著它了啊，那怎麼它不綠啊？那曬著的，怎麼倒綠啊？那成了向陽者綠，背陽者成了紅的啦。整個的翻了一個個兒。你們有文化是有文化，你沒有俺們的經驗大。」

哎呀，把秀才說得啊，那臉一紅一紅的。暗說：「我這麼大學問，我就說不住這麼一個莊稼人。」

那二的啊，趕緊地就給打了岔啦，不讓抬起這個槓來。要抬起來了，都不好。那二的就說：「你看，今兒啊，咱們來啊，就是給老岳父慶六十大壽，你看老岳父這小鬍才，三綹清鬚，根根透明，常說：『鬚長壽長。』」

老岳父老頭子，高興得不行。

那三的就說了話啦：「你說的這個呀，還是不對。」

那老二說：「怎麼我這不對？」

「怎麼著不對，那鬍才長了就壽長啊，那王八有鬍才啊？那怎麼活幾千年、活一萬年啊？那跟牠的壽命高啊、低啊，那個沒有鬍才。什麼『鬚長壽長』，我看你們這都是奉承嘞。那王八沒有鬍子，那不照樣活一千年、一萬年。」

弄得這二女婿也沒法答。你說的是事實，也沒法答。

這大的心說：「這麼著啊，都得叫他給說住了去，你看莊稼人們啊，他就拉起來這些莊稼話。」就說：「咱這麼著，我提個意見，岳父大人嘞，六十大壽，咱不能光這麼坐著啊，咱們對首詩行不行啊？」

他那老岳父一聽，也心眼裏高興，一對這個把他就對住啦。沒有文化，他說說不上來。就是一樣，對這詩啊，誰對上了，誰坐上席，誰要對不上，誰下席。你端盤子，步溜都是你的。這麼著把你攆下去，不用嘴攆你，說就把你說下去啦，你對不上來。二的也說：「行行行。」老岳父也說啊：「沾。」行啦，都願意把他鼓搗下去，他省跟人們抬槓啊，都高興。那大的又給加了點詞。加的嘛啊？說：「咱們對首詩啊，我提出一個要求來。」

說：「提什麼要求你說吧。」

「你不能離這五個字。」

說：「哪五個字啊？」

「高大掛穩怕，這五個字。誰要離了這一個，誰就算輸。」

這三女婿一琢磨：「行啦，這是攆我嘞，不讓我在這啦。哎，不讓我在這兒，我也得在這兒，我看看你們說個嘛。」

說：「誰先說啊？」

說：「你提出來的，你先說吧。」

那大的說：「行。我就比著老岳父這座樓說吧，老岳父這座樓是又高又大，四個風鈴是四角雙掛，岳父要上去就穩，我上去就害怕。」哈，「高大掛穩怕」全有啦。

「那二的你說吧。」

二的那話：「我說啊。」他尋摸了尋摸，那院裏啊，拴著一匹大馬，說：「我指著岳父這匹馬說，岳父這匹馬是又高又大，一對銀燈是兩邊雙掛，岳父要上去就穩，我上去就害怕。」哈，也說得這也挺好，「高大掛穩怕」全有。

「三女婿該著你說嘞，你說吧。」

大夥都笑話人家啦，我看你怎麼說，你現抓，你轉悠吧，你看吧，看看這，聞聞那，不沾，沒法插嘴。

這該不著蹲底啊就有救。怎麼啊？他丈母娘在這兒經過，那娘們大，又胖，個子又高。那三女婿一抬頭，看見他丈母娘啦：「哎，有啦。」

「有啦，你說吧。」

「老岳母這身材又高又大，一對耳環是兩邊雙掛，岳父爬上就穩，我爬上就害怕。」[26]

靳景祥認為這個故事是「逗笑的」，然而，笑聲的後面卻包含了對長輩的不敬、對阿諛奉承的鄙視，以及對社會等級制度的嘲弄的主旨。從三個女婿的身份來看，大女婿，二女婿一般以秀才、富人或是官人身份出現，自視清高，瞧不起身為農民或是窮人的三女婿。在靳景祥的故事中，由於以對詩為主要內容，因此大女婿和二女婿都是文化人，一個是秀才，一個是教書先生；而三女婿是個莊稼漢。從對窮女婿的態度來看，大女婿和二女婿並沒有明顯表現出對三女婿的輕視，並且還在儘量避免衝突的發生，從這點來看，靳景祥故事中一直穿插著「多一事不如少一事」、「和為貴」的思想觀念。

故事開頭，靳景祥在講完前兩個女婿的身份後，特意指出三姑娘是個「彆扭人」，她不貪圖榮華富貴，只要心裏愉快，能過一輩子的幸福日子就行，就嫁給了莊稼漢。在耿村人樸素的擇偶觀中，姑娘主動選擇嫁給普通的莊稼漢，是一種彆扭的行為，是不被理解的，同時，這種行為卻能為姑娘帶來幸福和心理上的愉悅，顯然，故事通過姑娘與社會觀念的反差，隱含著個人和社會的抗爭。

壽誕開始，場面祥和熱鬧，並沒有發生任何衝突。大女婿、二女婿是文化人，岳父是財主，算得上文化人，於是，附庸風雅的事情在壽誕儀式上發生就在所難免了。這又正好忽略了沒讀過什麼書的三女婿，矛盾由此而生。岳父首先提

26 採錄對象：靳景祥，採錄者：李敬儒，採錄時間：二〇一〇年二月二十二日，採錄地點：耿村靳景祥家。

出了蘋果為什麼一面青一面紅，大女婿給出的答案是正確的，然而實踐經驗豐富的三女婿，卻以調侃的方式，甚至有些抬槓的方式，用胡蘿蔔和嬰子的例子反駁大女婿，弄得兩個文化人無話可說。為了緩和氣氛，二女婿就向岳父說起了吉祥話，說老岳父「鬚長壽長」，憨厚的三女婿，看不慣大女婿阿諛奉承，就用王八的例子反駁二女婿，惹得岳父很不高興。

自認丟了面子的大女婿想出了對詩這一招挽回面子，岳父也正好想把三女婿趕下桌，就同意了「對詩」活動。耿村人講「三女婿拜壽」故事，大都有對詩環節，而根據個人講述喜歡的不同，對詩的要求略有不同，如靳正新的是「兩邊都得掛個古人名、古地名、古鳥名兒」[27]，王玉田的是「合乎咱們屋裏這種環境，還有人與人的關係」[28]，孫勝臺的是「以天上飛的、地下跑的為題對詩」[29]，本想難倒三女婿，沒想到岳父自己，或是大女婿和二女婿反倒成了嘲弄的對象。靳景祥講的三女婿拜壽對詩環節，要求是「高大掛穩怕」五個字缺一不可，大女婿和二女婿詩對的都很好，也實現了奉承岳父的目的。三女婿一籌莫展，忽然看到路過的丈母娘，丈母娘成了三女婿調侃、嘲弄的對象，顛倒輩分，也顛倒了民間社會的秩序。到這裏，往往因言語詼諧、內容粗俗卻又符合實際而引起聽眾的笑聲，故事戛然而止，恰到好處。

「三女婿拜壽」在聽眾的笑聲中完成對現實中束縛人的各種禮節的報復，衝破占統治地位的道德禁區。生活在社會底層的莊稼漢女婿，看似沒有文化，卻有著豐富的生產生活經驗和社會知識，其所作所為正是處於現實各種禮節制約下的聽眾想做想說而又不敢做不敢說的事，故事借助三女婿公開蔑視社會道德及規範，敢於調侃、嘲笑、侮辱勢利的岳父和趨炎附勢的大女婿、二女婿。

27 袁學駿、李保祥主編，《耿村民間文化大觀》（上）（北京圖書館出版社，一九九九年），頁三九四。
28 袁學駿、李保祥主編，《耿村民間文化大觀》（中）（北京圖書館出版社，一九九九年），頁六一六—六一七。
29 袁學駿、李保祥主編，《耿村民間文化大觀》（中）（北京圖書館出版社，一九九九年），頁七一三。

從故事的語言風格看，〈仨挑擔拜壽〉延續了靳景祥說書式的風格，如「說是……」、「趕……」、「這一天……」等評書套語，在故事中多有出現。這些評書套語使故事更為連貫，更能吸引聽眾；「不是都那麼講啊，『萬物生長靠太陽』」、「常說『鬚長壽長』」之類的民間俗語，也出現在故事中，熟悉靳景祥故事的人會發現，在他的每一篇故事中，都會有俗語、歇後語或是俏皮話；故事中出現大量人物對話，以對話推進故事情節，是靳景祥慣用的講述手段，其中穿插著對不同人物角色的模仿，使故事更加生動，達到視覺和聽覺的雙重感官享受。

第七章　靳景祥的保護

現代化對民間故事講述活動是一個巨大的威脅，它衝破了原來自然經濟條件下鄉村生活的純樸和閉塞；特別是科學技術的發展、交通條件的便利、人們文化水平的普遍提高，使人們的生產和生活方式都發生著迅速的改變。如今，廣播、電視、報刊、音像製品等大眾傳播媒介或現代文化產品幾乎出現在耿村的每一個家庭，人們的視野逐漸開闊，欣賞習慣和娛樂方式發生了很大變化。儘管筆者認為，只要人們還需要交流，民間故事講述活動就會一直存在，但不得不承認，在當前語境和社會文化環境下，很難再養成如靳景祥、張才才這樣，既擁有一定故事講述量，又具有高超故事演述水平的民間故事講述人了。

作為口頭的活態文化，民間故事存活於講述人的講述活動中，講述人維繫著民間故事的「興衰」。講述人相繼離世，給故事的傳承帶來了更為嚴重的危機。「目前各民族的優秀文化遺產，大都保存在少數老的民間歌手和故事家的記憶中，這些歌手和故事家大都年事已高，人數越來越少，失去一個歌手或故事家，將意味著一個民族文化的小寶庫永遠消逝，所以，搶救各民族優秀的口頭文學遺產，是一項刻不容緩的迫切任務。」[1]

二十世紀八十年代，以中國民間文學三套集成的編纂為契機，石家莊文聯、藁城市文聯（文體局）發現了耿村故事

1　〈關於編輯出版中國民間文學集成第二次工作會議紀要〉，見中國民間文學集成總編委會辦公室編《中國民間文學集成工作手冊》（一九八七年），頁九。

村，並在隨後的近二十年中相繼組織了大型普查十一次。在普查過程中，人們越來越強烈地意識到講述人存在的文化意義，也越來越關注他們令人堪憂的生活狀況。從那個時候起，石家莊文聯、藁城市政府就開始探對民間文化傳承人實施保護的有效措施。二十多年來，耿村已形成，並在不斷完善，通過整體保護故事村落來發掘和維護傳承人群體的保護之路。

靳景祥作為耿村故事的代表性傳承人，為鄉民所欽佩，為政府所重視，一直是耿村民間文化普查的重點對象。靳景祥的故事已採錄、整理和出版，靳景祥的生活得到了改善，靳景祥獲得了榮譽，社會地位有所提高。在對靳景祥的保護過程中積累了許多經驗，但是也有教訓，需要我們很好地總結。

第一節　靳景祥現在的生活

民間故事講述人是民間文化的集大成者，是民間知識傳承的中堅力量，因此，保護文化傳統的關鍵就是保護傳承人。但是，如何最大程度地保護好民間故事傳承人，根據個人的情況不同，各地做法也不盡相同。

耿村民風淳樸，注重倫理道德和溫暖的人際關係，耿村人對於「親情孝道」很在乎，忤逆不孝、棄養雙親被村民唾棄，如果做兒女的不孝順父母，在村裏是要被鄉親們戳脊樑骨，抬不起頭的。靳景祥晚年生活很幸福，由兒子輪流照顧，即使成為國家級傳承人，他的生活狀況也沒有多大變化：

他這個生活和以前還是差不多。拿不拿這個傳承人都無所謂，拿了，孩子們還覺著高興點唄。現在都是他那孩子們養著他，拿不拿那一萬塊錢，孩子們都是對他一樣地好。老百姓們都是這樣，平常事吧，就是你不給錢，他也是管著他老子。你要給錢，就覺得更好了吧。他就從來不為錢著急，他做生意、開飯店，從來不缺錢。後來這麼多年，那時候，誰來他都讓人吃、讓人喝，人緣也挺好。現在也沒事了，見天坐著。[2]

靳景祥家的生活條件一直不錯，他的兩個兒子在外地打工，現在家裏已經有了第四代人，家庭生活和睦，享受家的溫暖和溫馨。家裏人對靳景祥講故事很支持，如果有外人請靳景祥講故事，他們會早早做好飯，讓他吃完；如果人多，家人還會騰出大客廳，方便人們聽故事。靳景祥現在跟小兒子住在一起，由兩個兒子輪流給他做飯吃。一大早，我們來到靳景祥家，他已在大兒子家吃好飯，在躺椅上等著了，我們自然而然地聊到了他現在的生活：

李：靳大爺，您早晨吃的什麼啊？

靳：米飯，吃的米湯。鬧了一碗米湯，鬧了一個雞蛋。

李：誰給你做的？

靳：那大小子家的，管著我嘞。一對一個禮拜。反正他倆分著，一對一個禮拜，給做飯。

李：大小子家住哪？

靳：就在前頭。一家管一個禮拜，到了禮拜一啊，就挪家。

李：你跟著吃呀，還是他給你送來啊？

靳：就在那吃吧。我起得也晚，我也不起那麼早囉，六點我才起來嘞。

李：你這衣服誰給洗啊？

2 訪談對象：靳春利，訪談人：李敬儒，訪談時間：二〇一一年七月二十六日晚上，訪談地點：耿村十字街上。

靳：他們一對一年的給我洗。今年該著二的家嘞。髒了啊，就換換，趕他洗衣裳啦，就拿上啦就走啦。那被子也是一對一年的做。我那被子，那套子也老啦，那個不是給我買了個這個被子（指現在靳景祥用的被子）。你按說現在這個社會呀，就是好，老啦有了低保啦，保起你來。

李：您現在有低保嗎？

靳：有低保。

李：每個月多少錢低保呀？

靳：三個月領了二百一十，一個月七十塊錢。

李：那錢你自己拿著，還是給小子們啊？

靳：自己拿著。

李：您都買點什麼啊？

靳：這二百塊錢，我還沒有花嘞，就著（沒）啦。又好買個零嘴吃，今兒（陰曆二十六，正好耿村有集市）集嘞，該著花錢嘞。

李：每次集你都去花錢去啊？

靳：每集必花。

李：都買點什麼啊？

靳：買點吃頭（向筆者展示他買的吃頭，有薩琪瑪、蛋糕、香蕉）。

李：這都是你自己買的啊？

靳：小子們不管。你看我自己有這個錢，我自己就買。上小店裏買點這個吃（蛋糕），我也說不清買嘛。願意吃嘛就買嘛。這會買的香蕉，買得太多啦。給壞了，還有五六根呢，都軟乎啦，買得多啦。一根香蕉一塊錢。

李：你那低保的錢夠花嗎？

靳：低保啊，不夠，可不夠我花。仨月二百多塊，你就夠花了啊。

李：那不夠怎麼辦啊，小子們給點？

靳：國家給著我錢嘞，一年給一萬塊錢。

李：那個你自己拿著是嗎？小子們不要是吧？

靳：他們不要。小子們不管，我就花吧。

李：你除了買點吃的，還買什麼呀？

靳：別的不買，就是買點吃的，對事了，就買點衣服。

李：您現在還打麻將嗎？

靳：像三四月的時候，我還玩嘞。這幾個月不沾啦，不玩啦。天也熱了，這個腦筋不沾了，跟不上啦。

李：跟你一起打麻將的有會講故事的嗎？

靳：也有會講的。

李：張才才也特愛打麻將是吧？

靳：嗯。

李：是你們一塊玩嗎？

靳：玩過。

李：那您現在是打麻將的時間多，還是講故事的時間多啊？

靳：還是講故事時間多。打麻將啊，從今年我就打得少啦。現在有仨月啊，沒著這個邊啦。早先呢，年幼，好這個。吃了，喝了，沒有事，打麻將去吧。就跑到那去打去啦。這以後啦，不打這個，有嘛意思啊。[3]

自靳景祥被發現以後，地方政府和文化部門對他十分關心，也特別關照。以袁學駿、樊更喜為首的一批熱衷民間文化的領導和工作者多次深入基層考察靳景祥的故事講述和耿村故事，並通過多種努力，採錄、搜集和記載了他的故事及其他民間文藝作品。自一九八七年五月至二〇〇四年五月，他們先後十一次集中採錄靳景祥的故事四百多篇，另外還有歌謠、謎語、歇後語、諺語等八百多條（首），總計八十多萬字。這些民間文藝作品現都以圖片、文字、錄音、錄影等方式記錄和保存。一九八九年靳景祥講述的故事專輯《花燈疑案》由中國民間文藝出版社出版。靳景祥的事蹟和講述作品先後載於《石家莊日報》、《建設日報》、《河北日報》、《太行文學》、《民間故事選刊》、《民間文學》、《農民報》等十九家報刊和電臺、電視臺。一九八八年一月，靳景祥加入河北省民間文藝家協會，一九八八年被河北省民間文學三套集成辦公室和河北省民間文藝家協會聯合正式授予「河北省民間故事講述家」稱號。一九九一年九月，被中國民間文藝家協會破例發展為會員。由此，他成了全省、全國著名的民間故事家，多次出席各級學術會議進行演講，吸引了專家學者的極大興趣。

二〇〇六年五月，以靳景祥為代表性傳承人的耿村民間故事入選國家首批非物質文化遺產名錄。從二〇〇七年起，靳景祥每年享受政府給予的補貼，用於改善生活，並鼓勵其與政府和科研機構合作，共同促進民間故事的傳承、保護和研究。現在靳景祥每月可以領到七十元的最低生活保障，每年還能從政府領到國家級非物質文化遺產專案代表性傳承人的一萬元補貼，在村中同齡人中，生活算得上富裕。曾經採錄過他故事的官員、學者，也一直記掛著他。袁學駿、樊更喜每次到耿村，都要來看靳景祥並帶些禮品，逢年過節，如果人不能來，也會送上祝福；原石家莊地委副書記李國華，

3 訪談對象：靳景祥，訪談人：李敬儒，訪談時間：二〇一一年七月二十六日上午，訪談地點：耿村靳景祥家。

還曾帶著妻子和孫女到村裏看望靳景祥。訪問中，靳景祥還向我們展示了袁學駿去年春節時給他郵寄的明信片。對於金錢不是很在意的靳景祥，卻非常在意這些人情世故，會經常唸叨曾經採訪過他、看望過他的老朋友。雖然對「非物質文化遺產」是什麼不是很瞭解，但他對「國家級非物質文化遺產」這個稱號卻很自豪。

李：您知道什麼是非物質文化遺產嗎？

靳：不知道。

李：您不是國家級傳承人嗎？

靳：那個我也不知道。（靳）春利他們斷不了跟我說啊，你是什麼非物質文化遺產，怎麼怎麼個。我說嘛算非物質文化遺產啊，咱也不懂。我說：「你們存著吧，趕有人來了，你就替我說說就得了。」不沾，第一個咱也記不住，咱也沒有文化，咱聽了這個還不知道這是嘛嘞還。這你沒有辦法這。念不了書。咱也知道念書啦，日本人也來啦，把你也給治壞啦。

李：您覺得您成為國家級傳承人有什麼好處啊？

靳：你看，國家級傳承人啦，我這個名算是出去啦，國家就知道啦，我這還不好啊，給底下的下一代，這一說起來，你爺爺以前怎麼怎麼樣，那是國家的人啦。落個這個名不賴，給孩子們也留下點好處。

李：你變成國家級傳承人之後，跟孩子們的關係有改變嗎？

靳：你看我這跟早前比啊，跟鄉親們也好，說什麼話，就得覺著不能隨便。怎麼不能隨便啊？你是國家的人啦，國家對你這樣地高看，你還瞎胡鬧騰、老胡說八道的，那你還行啊？沒有不透風的牆，那不有那句話啊：「要想人不知，除非己莫為。」你叫人家不知道，你就不說。你說啦，再怎麼樣，也能叫他知道。這個事，你不能隨隨便便地就那麼一說。[4]

目前，中國對民間故事傳承人的保護主要採取兩種方案：第一種方案，是對生活條件比較差，家裏無人照顧的傳承人，進行妥善安置，如湖北的孫家香就被安排住進福利院，頤養天年；湖北的劉德方被安置到縣文化館，過著類似於上班族的生活。第二種方案，就是將傳承人就地保護，將其保留在原居地的文化空間中，在改善其生活的基礎上，保證其故事的原汁原味，對湖北的劉德培就是採取的就地保護這種方式[5]。耿村具有濃厚的故事講述傳統，且鄉親鄰里生活和睦，互幫互助，非常適合採取將傳承人進行就地保護的方案。靳景祥家裏生活條件在耿村屬於中等，兒女也很孝順，讓靳景祥生活在耿村，保持他的生活現狀，對於靳景祥和耿村故事的採錄、保護、傳承都非常有利。

「對於高齡民間文化傳承人，我們不能苛求他們還像青壯年時期那樣活躍，那樣精力旺盛，而應該把他們看作歷史文化的一部分，通過他們來瞭解地方文化和歷史，通過他們來撒播知識和思想。」[6]長期生活在耿村的靳景祥，擁有熟悉的講述環境，熟悉的夥伴和聽眾，他會在耿村的十字街上跟老夥伴們一起談天說地，道古論今，聊天講故事；會在孫子、孫女回家的時候，給他們講有教育意義的故事；會在村裏的組織下，到耿村小學給小學生們講故事；會在採摘節時，到果園裏去給喜歡聽故事的遊客講故事；會在耿村故事廳，與其他的故事講述人一起，向來訪的中外學者專家講故事；會在自己的家裏，跟找上門來的客人講故事。儘管年紀越來越大的靳景祥面臨記憶退化、講述能力下降的現實危機，但生活在村民中的靳景祥心情是愉悅的，平時也會經常與村民一起講故事作為消遣，無形之中，村民們也在不斷接

4 訪談對象：靳景祥，訪談人：李敬儒，訪談時間：二〇一一年七月二十六日下午，訪談地點：耿村靳景祥家。

5 林繼富，〈傳承人保護策略研究——以湖北省民間故事傳承人保護為例〉，載文化部民族民間文藝發展中心編《中國非物質文化遺產保護研究》（北京師範大學出版社，二〇〇七年）。

6 林繼富，《宜昌民間故事家・孫家香》（寧夏人民出版社，二〇〇八年），頁八〇。

收著他的故事。因此，對靳景祥實行就地保護，改善他的生活條件是成功的。故事講述人集中的耿村，開放的環境更有利於老故事講述人講述量的保持和新講述人的成長，也就可以將村落敘事傳統延續下來；就地保護，可以將靳景祥與村落故事講述空間結合起來，使故事為耿村知識不斷在時代文化發展中得到建構和發展。

第二節　靳景祥的故事採錄

聯合國教科文組織從二十世紀七十年代開始，就熱切關注人類非物質文化遺產的保護事業，但到目前為止，還沒有形成一個公認的成功保護模式，也不可能有千篇一律的保護模式。芬蘭學者勞里・航柯曾將民間文學的保護工作概括為八個字，即「鑑別、保護、保存和傳播」，他說：「把活生生的民間文學保持在它的某一自然狀態使之不發生變化的企圖從一開始便註定要失敗。可能被濫用或被適當地加以保存和保護的，不是民間文學說唱表演，而是說唱表演的紀錄。大部分檔案材料長期死寂地躺在那裏，使其復活的唯一辦法是查閱。民間文學財產的『第二次生命』的標誌是人們想利用它們……也許可以這樣說，只有對做成文件的民間文學，即『從民間文學衍生出的作品』，才能夠實施有效的保護，而活生生的民間文學，傳承人心目中的、在演唱過程中以千變萬化的方式表現出來的主題和思想是無法直接保護的。因為它隨著個人的社會生活而存在、變化和消亡，而其方式又不能從外界加以控制。」[7]

勞里・航柯所說的記錄民間文學，將其製作成文件由檔案館、博物館保存，便於人們廣泛使用，屬於「靜態保護」，是我們應該認真吸取的。在非物質文化遺產保護語境下，政府的文化保護話語體系和鄉民的生活話語體系緊密結

7 ［芬］勞里・航柯，〈民間文學的保護〉，載於《中芬民間文學搜集保管學術研討會文集》（中國民間文藝出版社，一九八八年），頁二三。

合，迎來了民間故事傳承和保護的新契機。我們應充分利用政策的傾斜、政府的重視和民眾的熱情，對民間故事進行搶救，對民間故事的講述活動、民間故事講述人及其傳承進行保護，對尚存在於人們口頭的民間故事進行系統的搜集、採錄和整理。當然無論是發現、採錄，還是保存，我們應該與時俱進，應該充分尊重當代文化傳承生存語境，建立現代表述方法中的民間故事保護方略。

對當下非物質文化遺產表述危機的拯救，我們不是簡單地站到全球化立場上構築宏大的話語或體系，而是在地方知識發生轉移的背景下，更加深入地尋找非物質文化遺產的基因和價值，在歷史與現在、中國實踐與西方經驗、我們與世界以及現代性與非物質文化傳承人的多重對話中，尋找和推進中國各民族非物質文化遺產表述的創新。

非物質文化遺產的現代表述既要擺脫傳統的包袱，亦要避免對西學的依賴，形成真正反映中國民眾需要的具有本土特色的非物質文化遺產表述方式和表述理論。在構建當代非物質文化遺產表述平臺上，以當代社會生活實際展開的邏輯為根底，站在歷史的高點上，面向世界發展，形成與國際對接的非物質文化遺產表述話語。只有這樣，我們的非物質文化遺產表述才能穿透當代社會生活的複雜性，才能實現非物質文化遺產表述的有效轉型[8]。

《中華人民共和國非物質文化遺產法》已於二〇一一年六月一日起施行，自此，包括民間故事講述及其講述人等文化被視為遺產得到了有效的保護，對尚存在於民眾口頭傳承的民間故事進行採錄有了方向，有了依據和保障。

耿村民間文學的搜集和採錄工作，起步較早。自二十世紀八十年代開始，以中國民間文學三套集成的編纂為契機，一九八七年至一九九一年，石家莊文聯、藁城市文聯（文體局）就相繼組織大型普查八次，二〇〇二年至二〇〇四年三年中，對耿村民間文化進行了第九次到第十一次普查，共發現男女故事講述者二百三十多人，相繼出版故事集和論文集十六部，保存了大量流傳於耿村的民間故事。靳景祥講述的故事得到了大量採錄和保存，出版了其個人講述專輯《花燈

8 林繼富，〈非物質文化遺產表述文法研究——兼論土家族始祖信仰的現代表述〉，載文日煥、祁慶富主編《民族遺產》第三輯（學苑出版社，二〇一〇年）。

疑案》，他的故事也全部收錄在《耿村民間文化大觀》[9]和《耿村一千零一夜》[10]中，對作為講述人靳景祥的保護建立在故事採錄基礎之上。多次參加耿村故事普查的樊更喜說：

> 為什麼耿村故事村保護得那麼好，其實我覺得除了社會原因以外，另外還有幾個原因：一個是咱們自始至終抓住耿村沒放過，在八十年代的時候，搞全國民間文學三套集成，那個時候民間文學在國家是一級社會科研專案，等到了九十年代就成了三類了，就是在那種情況下，咱們都沒有把耿村扔了，絕對沒斷過對耿村的關注，像伍家溝後來就沒做這些工作。後來在二〇〇二至二〇〇四年，在這三年裏，我們又搞了一次普查，那個時候國家的形勢，對這塊不怎麼太抓了，我們進行連續的普查，把這個工作做在了前邊。後來到了二〇〇五、二〇〇六年，那個時候國家才興起申請國家非物質文化遺產，實際上我們前邊已經做了，然後國家這邊才弄「非遺」項目申報。再一個是有袁學駿這個人自始至終重視這個專案，一方面他重視這項工作，要把耿村搶救保護好，另一方面還作為他的一個民間文化的科研基地。毫不客氣地說，如果沒有袁學駿，耿村故事村絕對不會發展成這樣。從他心眼裏，他是確確實實非常熱愛民間文化的，如果他不熱愛，他也不會抓緊。[11]

每次普查，都是十幾個年輕的普查員進駐村裏，每個人負責不同的故事講述人，每天一大早提著答錄機找講述人講

---

9 袁學駿、李保祥主編《耿村民間文化大觀》（北京圖書館出版社，一九九九年）。該書收錄故事一千九百五十四篇，是一九八七年至一九九一年耿村民間文化前八次大型普查的成果。

10 袁學駿、劉寒主編《耿村一千零一夜》（花山文藝出版社，二〇〇五年）。該書收錄故事一千一百零二篇，是二〇〇二年至二〇〇四年耿村民間文化第九次到第十一次普查的成果。

11 訪談對象：樊更喜，訪談人：李敬儒，訪談時間：二〇〇九年八月二十一日上午，訪談地點：耿村村委會。

故事。普查過程中靳景祥與普查隊員建立了深厚的感情，對當時的情景還歷歷在目。在訪談中，他向筆者講述了當時普查隊員採錄故事的方法以及對自己所講故事變成文字，出版發行的看法。

李：故事普查的時候，是什麼樣的啊？是你一個人對著普查人員講故事是嗎？

靳：給普查人們講，也是講些子雜事、故事。人家叫你怎麼著，你就怎麼著吧。又沒有文化，又不會說，又不會道的。行嘍，你說咋著，咱就咋著。那時候，普查那人們也有講的啊，跟那外國人似的，他們也有講的。但是，就是他們對著我一個人，讓我講。

李：故事普查的時候，你講故事有選擇性嗎？

靳：多咱來了啊，我就分他什麼人，女孩子們多，我就給她們講一般的女性故事多，一般的淨男學生們，我就給他講男的多。

李：那他們普查的時候，是不是你就不講以前講過的故事啊？

靳：普查的時候，都是想起來哪個啦，趕緊講。都是講的新故事。

李：你看過他們給你出的故事集嗎？

靳：看過。

李：他那上邊記的故事跟你講的有區別嗎？

靳：那《花燈疑案》啊，（內容）還少嘞還。基本都是一樣的。

李：他們採錄了整理完了會讓你看看是吧？

靳：他有的是叫我看看，有的是不叫我看。

李：你會把你的故事寫下來給那些普查的嗎？

靳：我寫不了，那字認得我，我不認得它。

李：那你能看懂你的故事集呀。

靳：我那故事集我就看不了，就認識幾個字，大致地看一下還沾。差不多就行啦。一般的啊，我看的那個啊，大多數的少，都不多，添不了多少。比我講的那少。他那塊就給你裁去啦。那你也不能添，不添拉倒吧。

李：我覺得他們做的你的故事還可以，基本上就是原樣。

靳：我那故事一般的不添，不用怎麼修改。

李：你覺得把你講的故事變成文字形式出版好嗎？

靳：那好啊。這大夥都看看，誰誰講得怎麼怎麼樣。你不我上集上去嘍，「哈，大故事家啊」，大夥亂喊你。

李：那這種做法你有沒有不滿意的地方啊？

靳：你不滿意你心眼裏說嘛。俺們村裏人們就是，上街裏去嘍，「哈，大故事家」。我說：「你們不要這麼喊我，你把我喊老成這樣了，還喊嘞。你跟那外頭的來了，不能瞎說嘘。你再不高興，你也不能瞎說。人是外村的。」

李：你剛才說有的故事把你講的刪了一部分是吧？你覺得刪了好嗎，你願意讓他們刪嗎？

靳：你看，人家給你去了這一部分，人家去了這一部分，你還跟人家說：「你給我添上，不對。」你們覺著怎麼著好，用著，就怎麼著好吧。[12]

據參加過故事普查的靳春利說，當時採錄故事時，有的時候會出現有幾個人採錄同一個講述人的同一篇故事，但經過整理後，卻發現故事風格有一些出入，最後選擇整理比較好的文本，收進故事集裏。這樣做，會讓整理出版的故事，

12　訪談對象：靳景祥，訪談人：李敬儒，訪談時間：二〇一一年七月二十六日上午，訪談地點：耿村靳景祥家。

失去講述人的特色。為了更好向外界宣傳耿村故事，迎合現代人的口味，耿村故事在出版時，對方言土語進行一些調整，袁學駿說：

剛開始做集成的時候，我們還是更偏向方言的，後來再做《一千零一夜》的時候就更符合現在人的口味了。它得有個從口頭到書面的轉化過程，它必須剔除一些污言穢語。後來我總結了一個〈耿村民間語言的科學把握〉，民間語言和普通話是什麼關係，民間語言轉化成書面語，到什麼樣的程度，我都做了個規定。這樣出來以後，它就比較適度。[13]

二〇〇四年最後一次大型普查之後，經常有人找靳景祥講故事，現在的靳景祥有版權意識和防範意識，不會隨便給外人講故事。

李：二〇〇四年之後，是不是就沒有人來搜集你的故事啦？

靳：從他們不收了，還有搜我的故事的。我說：「你們叫我給你講，行，我說你上石家莊，到石家莊文聯，叫人家給你寫一個小條。」「你給他講」，就這倆字，我就給他講。我說：「你要是不這樣的話，我不給你講。」

李：為啥呀？

靳：我給你講了，你出書去啦，你說不定賣多少錢，你說不定出個嘛樣的書。這可是我講的，這可是你講的啊？你以我的名義出的，趕鬧出事來啦，就顯得不好。那出書那個，說清你怎麼寫了啊。你出點子不三不四的書，瞎

13 訪談對象：袁學駿，訪談人：李敬儒，訪談時間：二〇一一年十月五日晚，訪談地點：北京市中協賓館。

說的，對國家有害的，那還了得啊。人說：「這有嘛事啊？」我說：「那事多啦，你在那開條去吧。」他一去，他不回頭。你啊，要沒有他（靳春利）領著你來，我嘛也不跟你說。他這是（耿村故事演講協會）會長，將來有了差錯，你問他去吧，他領你來的。有問題，你找他去，你甭找我，找我不沾。我有得推。你看這出了事都麻煩。我這麼大歲數啦，我幹嘛找點子麻煩啊？國家又對我這樣好，每年給著我錢，還不行啊？還要怎麼著啊？瞎胡來可不行。早前，那個叫楊榮國的，上我這來的也多，是個女孩子家，一弄成了省文聯的副主席啦。趕來了，就跟我說啊：「無論如何你保住你個人的，你不要給他們瞎講噎。你瞎講那可不行。他非叫你講，你叫他來找俺們，俺們開了信，你再講吧。這你不要鬧了問題，出了事，俺們那都不管你。」

李：楊榮國是以政府的名義跟你說的這些話是嗎？

靳：啊。[14]

耿村有一個故事講述群體，他們對自己心裏的故事充滿了自豪，但他們又有一種好強爭勝的心理，不願重複別人講過的故事，這也導致一部分故事在無形中流失。袁學駿在這方面也表達了他的擔憂：

一個故事家應該有自己的代表作，自己最拿手的、最好的、獨特的東西，別都是你會我也會，都是這樣的話他沒特點也不行，他但是又發現了有這種心理，就是不願來回重複，我講一個就是誰都不會的，我講一個就是新鮮的，他有這種自豪感。這種自豪感看來帶來了負面效應。[15]

14 訪談對象：靳景祥，訪談人：李敬儒，訪談時間：二〇一一年七月二十六日上午，訪談地點：耿村靳景祥家。
15 訪談對象：袁學駿，訪談人：李敬儒，訪談時間：二〇一一年十月十五日晚，訪談地點：北京市中協賓館。

面對日漸式微的故事講述，藁城市政府採取了一系列延續以靳景祥為代表性傳承人的耿村故事講述傳統的措施。二〇〇六年，藁城市委、市政府制定出臺了《耿村故事保護五年計畫（二〇〇六至二〇一〇）》。現在五年過去了，耿村的故事保護取得了不錯的效果：一、二〇〇六年，第九至第十一次普查成果《耿村一千零一夜》出版；二、在藁城市區、三〇七國道上，設立通往耿村故事村的顯要標誌；三、藁城市廣電局完成耿村故事村音像錄製。四、二〇〇七年，耿村民間故事演講協會門戶網站「耿村故事文化網」開通；五、二〇〇八年，耿村主要街道畫上了故事牆，加大宣傳力度，並為故事廳購置了新桌椅；六、二〇〇九年，河北省旅遊局撥款徵集耿村故事實物資料，資助代表性傳承人開展傳習活動。

二〇〇六至二〇一〇年五年間，耿村受到了極大關注，故事保護取得了不錯的成果，耿村被越來越多的普通人所熟知。為了更好地保護以靳景祥為代表的民間故事傳承人和耿村的民間敘事資源，藁城市委、市政府在二〇一〇年制定了耿村故事保護的「十二五規劃」[16]。

耿村民間故事講述群體龐大，至今為世界所罕見。擬在「十二五」期間繼續進行搶救性挖掘保護，加大故事作品和故事家生平資料搜集、編輯、研究力度，並及早錄製故事家音像資料；組織召開第二次中國耿村國際學術研討會議；組織好老年故事家的收徒傳承和作品在日常精神文明建設中的合理利用。搞好耿村故事的中外文化交流活動，維護好耿村故事文化網站，樹立中華民族文化形象。建立耿村檔案、資料庫，同時辦好有關展覽等宣傳活動。

16 國家級非物質文化遺產名錄項目「十二五」時期（二〇一一－二〇一五）保護規劃書（耿村），樊更喜提供。

時間	保護計畫
2011年	一、因許多故事家已年過花甲，很多故事作品面臨失傳，亟待挖掘搶救，擬組織第十二次耿村民間故事普查，計畫組織三十人，深入耿村記錄整理故事作品三個月（該村從一九八七年至二○○四年進行過十一次大型普查）。 二、一九九一年五月曾召開中國耿村國際學術討論會，二十年後的五月再召開第二次中國耿村國際學術研討會議。初計中外學者八十人，日程七天。 三、做好美國女媧故事代表團第六次訪問耿村的翻譯、交流、接待工作。
2012年	一、擬進行第十三次耿村民間故事大普查，與北大、清華、北師大等院校師生一起進行，約三十五人，為期三個月。 二、擬從二○一一年到二○一二年，每年錄製十名老故事家的音像資料，共二十人。 三、擬舉行首屆中國耿村國際口頭文化節。
2013年	一、加大耿村作品保護力度和文化積累，對兩次普查到的耿村故事（部分歌謠）編輯出版《中國耿村故事》（一套六冊），約三百萬字。 二、編選耿村普查體會和中外理論文章專集《耿村故事普查經驗與研究》，約六十萬字；《靳正新生平和故事研究》約二十萬字。
2014年	一、督促國家級省市級代表性傳承人靳景祥、張才才等大故事家從二○一一年至二○一四年間完成收徒傳承活動。開展帶徒弟活動競賽和新手演講大賽。 二、辦好耿村故事文化網，擴大耿村民間故事的影響，二○一一年至二○一五年將對其進行完善與維護。 三、創造條件，讓耿村民間故事家代表五千—百一十人走出國門回訪美國、日本，並在美、日出版《耿村故事選》。
2015年	因沒有檔案庫，許多耿村故事資料沒有進行完整統一的保存，導致很多丟失。擬建立耿村故事檔案庫（實物、書籍、音像資料等）、資料庫；舉辦永久性耿村故事活動展覽，免費向群眾和專家學者開放。

耿村民間敘事資源保護五年計畫是在「十一五」規劃取得良好成績的基礎上設計的，內容務實而可行，它產生的效果是啟動耿村的故事講述活動，激發耿村人的講述熱情。在我們的多次調查過程中，一提到靳景祥，很多村民都會流露出羨慕的目光。我們採訪的不少講述人，都表達了對靳景祥和他講述故事的讚美之情，他們紛紛表示要好好講故事，爭取也能像靳景祥一樣受到重視，獲得榮譽和待遇。在激發村民故事講述熱情的同時，耿村「十二五」保護規劃還將產生三個方面的效果：第一，搶救日漸消失的耿村故事資源，在耿村故事講述人年齡漸大，講述能力逐漸下降的情況下，將講述人的故事搜集記錄歸檔，是亟待完成的任務。及時出版普查成果，以書面或影像的形式留存下來。第二，增強學術

交流，加強研究保護耿村故事傳統的具體可行性措施並付諸實施。第三，加強對耿村故事的宣傳，使普通百姓也能瞭解到中華民族良好的故事講述傳統，舉辦故事文化節、開通網站等等，以此提高耿村民間故事講述傳統的聲譽。

靳景祥從舊時代走進新社會，他的親身經歷是近一個世紀以來中國民間社會變遷歷程的寫照。靳景祥所記憶的歷史和所講述的故事是時代生活和鄉土知識的結晶。在訪談中，靳景祥曾向我們講述過他親眼見過的耿村西門洞，講述過他小時候耿王廟會和耿村集市的繁榮景象，以及早年盛行的耿村宗族活動和歲時節日活動，這些現象現在都已不存在了，為此，靳景祥不無感慨地說：「我要是不在了，就沒人知道這些事啦。」[17]

靳景祥是民間敘事資源和鄉土知識的集大成者，他用民間故事詮釋地方知識，用親身經歷傳承民間故事，這些增強了他的故事演述能力和知識傳承的底蘊。所以，對靳景祥及其故事的保護和研究需要加大對他記憶的民族歷史知識的記錄，從不同角度解讀和詮釋靳景祥身上所承載的多元地方文化傳統及其生活經驗。抓住一切時間和機會，使用影像、錄音和文字等多種方式相結合的方法，搶救和保護像靳景祥這樣的高齡講述人所儲存的地方知識及民族文化，留下他們鮮活的故事講述和生動的文化場景。

---

17 訪談對象：靳景祥，訪談人：李敬儒，訪談時間：二〇一一年七月二十六日下午，訪談地點：耿村靳景祥家。

結語

民間故事講述活動，與社會生產力發展和民眾生活狀況緊密相聯。隨著人們的生活水平普遍提高，文化娛樂活動日益豐富，傳統的民間故事講述空間已日漸消失，民間故事面臨著如何傳承和如何發展的問題。二〇一一年《中華人民共和國非物質文化遺產法》頒佈實施後，各級政府部門對非物質文化遺產的認定、記錄、建檔、保護和傳播有了法律依據，對包括耿村民間故事在內的非物質文化遺產的特殊功能有了明確的表達：「保護非物質文化遺產，應當注重其真實性、整體性和傳承性，有利於增強中華民族的文化認同，有利於維護國家統一和民族團結，有利於促進社會和諧和可持續發展。」[1]

作為國家級非物質文化遺產傳承人，靳景祥的人生經歷、故事特色和講述藝術，為我們探討包括民間故事在內的民間文藝的學理性問題提供了重要資料。靳景祥講述的故事題材廣、質量高，具有鮮明的個性風格。他不但以歷史性傳說故事見長，其現實性故事也別具風格。靳景祥講故事的才能與他豐富的生活經歷直接相關，與他熱衷的說書藝術、民間戲曲等密切相關。因此，考察靳景祥的故事講述，不能僅僅著眼於他所講述的民間故事本身，而應將他的故事放置在個人生活史中來認識，放置在耿村民間知識和歷史底蘊的宏闊背景中來闡釋。

1 《中華人民共和國非物質文化遺產法》（二〇一一年二月二十五日第十一屆全國人民代表大會常務委員會第十九次會議通過），第一章第四條。

靳景祥講述的民間故事是耿村人的共同智慧，它記錄了耿村的歷史，映照了耿村人的生活，彰顯了耿村人的情感，寄託了耿村人的願望，因而靳景祥與其他故事講述人一道網織成耿村人張馳有度的精神生活空間。在過去耿村人娛樂生活不太發達的時期，靳景祥的故事起到了傳播民間知識、調解糾紛、教導感化、娛樂消遣的功用。他講述的人物傳說和地方風物傳說，激發了人們愛家鄉的情感；他的半途而廢的故事、忤逆不孝的故事、拍馬屁的故事等等都是寓教於樂的鄉土教科書。他講述的農村老太太進城的故事、偵察破案的故事、官場現形的故事等等，結合現實，描繪生活，針砭時弊，給人以深刻的思考。

儘管靳景祥只上過一年多的學，認識不了幾個字，但他善於思考，善於篩選、整合已有的故事資源，不停地琢磨如何將故事講得圓韻有味，如何將說書的優勢應用於故事講述中，使民間故事包含更多的文化內涵，能吸引更多的聽眾。美國學者休斯頓・史密斯認為：「說話是說話者生命的一部分，且由於如此而分享了說話者生命的活力。這給予它一種可以按照說者以及聽者的意願來剪裁的彈性。熟悉的話題可以通過新鮮的措詞而重新賦予生氣。節奏可以引進來，配以抑揚、頓挫、重音，直到說話近乎吟誦，講故事演變成了一種高深的藝術。」[2]

隨著時代的變遷，商業性的都市消費文化使本為普通耿村人自娛自樂而產生的民間文化受到影響，民間故事的功能也發生了改變，耿村故事講述人的講述意識明顯地由「娛己」轉變為「娛人」，更多地表現為滿足政府人員、遊客、記者、學者等外來人員的需求。在耿村，民間故事的教育功能、審美功能、娛樂功能已大大減弱，取而代之的是各種經濟利益的驅使，耿村政府希望將耿村故事作為一塊招牌，達到招商引資、吸引遊客的目的；而包括靳景祥在內的耿村講述人則希望通過講故事獲得一些直接的經濟利益。

[2] 〔美〕休斯頓・史密斯，劉安雲譯，《人的宗教》（海南出版社，二〇〇二年），頁三九八。

客觀地講，耿村作為故事村的發現和認定，尤其入選為國家級非物質文化遺產代表作名錄，為耿村故事講述活動注入新的活力，相應地帶來了學者和政府的介入，這些勢必改變故事村的講述環境。為適應外來者聆聽的需要，講述人的講述心理會發生不同程度的改變，當地的口頭傳統運行的邏輯與行政力量的需求在不斷調適和妥協。在這種情況下，如何提高講述人生活水平，搶救他們的故事傳統，激發講述和傳承故事的熱情，發揮被國家和省市各級政府命名傳承人的帶頭作用，引導耿村的民間文化傳統保護，是目前亟須考慮的問題。

儘管耿村故事發現和保護的時間比較早，但早期開展的十一次故事普查都是以故事採錄為主，忽略了作為故事傳承主體的「人」的特殊性。二十一世紀，人們才開始關注傳承人的生活現狀，開始針對不同講述人特點進行保護。每一個講述人，都是一個故事載體，他們的審美觀念、人生觀和價值觀決定了他們吸收故事的傾向性及其講述風格的形成。從這個意義上說，對以靳景祥為代表的講述人的保護就不是「個人」的事情，而是關涉到耿村敘事傳統保護的大問題。

【附錄】

靳景祥的故事選

一、〈藁城「宮麵」的來歷〉

這藁城宮麵是怎麼一個來歷啊？

據說藁城西關有一座店房，這一家子姓張，老倆跟前有一個兒子，有了一個孫子。有了孩子啦，這就要過十二天，邀請的三姑六姨八大媽的，都到啦，就是一樣，拿著假物件[1]多，拿著掛麵啊，就是弄著竹籤，竹子刻的，也是捆的一捆一捆的，跟真掛麵一樣。他為嘛拿這嘞？早先窮人啊，跟富家沒有來往，想借你借不來，這個空著手去，這都不好看。拿什麼啊？就弄點假的，假掛麵。看有的拿的什麼雞蛋啊、小米啊、紅糖啊，這個拿不了，就是拿點這假掛麵，來回著這算串親戚。

這店房嘞，他就積攢了有這麼二三十封掛麵，他衝門有一張桌子，就放在這桌子上啦，趕放在這桌子上啦。當家的，張掌櫃的，有了病啦。一有病，願意喝碗麵湯。老太太著急了，到處為這找麵。借不來，自己開著店房沒有麵，怎麼辦？正在家裏發這個急嘞，從外邊來了一個老太太，扛著一個紡車，一進門就喊了：「掌櫃的，給碗麵湯喝吧。」

1 物件：耿村方言，意為東西。

老太太嘞，為他丈夫這個病，喝碗麵湯，到處都借不著麵，她哪來的麵湯啊！客人也沒有，有客人也不賣飯。說：「你看，你這老太太，你喝麵湯，俺們當家的，這病了這麼些時啦，願意喝碗麵湯，還喝不到嘴裏嘞。我借麵借不來，你這樣吧，你重找個門吧，我這門實在是沒有。」

老太太那話：「哎，掌櫃的，怎麼你淨掏瞎話啊。」

「我掏嘛瞎話啊？」

「你看你那方桌上，那不擱著那麼些個掛麵。」

「哎呀，那掛麵，那是假的。」

「哎，你拿過來我看看。」

「你看看吧。」

她就拿著封掛麵往這老婆手裏一遞，老婆拿了看了看。

「它是假的吧，要是真的，俺早吃開啦。」

「你要假的啊，這你都給了我吧。」

「都給了你唄。」

她就拾掇了拾掇，給了老太太了。老太太啊，抱著這麵就走啦。

趕到了門底下啦，她不走啦，把紡車放下，拉上線，安上錠子，她烏楞烏楞地鑽開那竹子啦，鑽了一封又一封的。

店房的老太太嘞，悶坐了一會，還是想想自己當家的願意喝碗麵湯，怎麼想辦法去借點麵，她就往外走。趕走到門底下一看，說：「呀，你這個老太太，你使著紡車這麼鑽，你鑽這個有嘛用啊？」

「有嘛用，你看看，你看看多麼好啊這麵。」

「我不信，還能成了麵了。」

她拿起來，一撅，嘎嘣，她擱到嘴裏一小截，一嚼，哎，挺香，甜不勁兒的香。「哎，這不是麵啊！」

她那低頭的工夫，再一抬頭，不見老太太了，人沒了，給丟下了這一堆掛麵。她包答了包答，抱到屋裏去啦。說：「當家的，別發急啦，咱們假掛麵變成真的啦，那老太太給鬧成真的啦。我先給你煮點去。」

煮了一封，掌櫃的一吃，他心眼裏高興，出了渾身汗。吃的這掛麵，剩下了兩封，病好啦，痊癒啦。一家子和和美美的。

正在這時候，這一天，天下毛毛細雨，也就是乾隆三下江南，帶著一個老公，路過藁城。那天呼呼的下著毛毛細雨，他就說啦：「你看前邊這是個什麼村啊？咱不應當走，咱不走啦，天也不早啦，你看下這雨，衣服都淋透啦。」問問吧，他一問，哈，這是藁城。

「藁城就藁城吧，到了西關，咱問問有店房沒有，咱住店房。」

趕一到西關，一打問，說有店房，說南走不遠就是張家老店，多年的老店啦。乾隆帶著他的隨從，就來到店房啦。一進店房，就喊上啦：「掌櫃的，有人吧？」

「誰呀？」

「俺們宿店來啦。」

「哎呀，你宿店來了，可不湊巧，我這沒的吃，你看你宿了店，還得在外邊買著吃。」

「買著吃，俺也不走啦。」

「好，既然是這樣的話，那你屋裏來吧。」

一到了屋裏頭，衝門有一張破桌子，還有一張破板凳，那炕上半塊子席子，哈，這樣的店房啊。「你這一點吃的也沒有啊？」

「俺們這沒有吃的。我給你燒壺水行嘍。」

「行啦，來壺水吧。」

就這樣啊，兩人坐在這兒。待了會兒，這老公嘞，出去買點飯吧，趕出去了一看，這個飯店也上了門啦，那個飯店也上了門啦，一看這一家還有點明，過去啦，說：「還有吃的吧？」

「沒有啦，明天吧。」

「哎，別管嘛樣，你得給弄點吃的。」

「弄點吃的行，弄點嘛吃的呀，還剩點麵條嘞，給你煮煮，你吃了吧。」

「行嘍行嘍，那也沾[2]。」

就這麼著啊，給煮了一碗麵。這個老公啊，端著這一碗麵回店房。天下雨吧，那個道上滑，他一進屋啊，呲嘍，呼啦，呱唧，撒啦，碗也打啦，是麵也撒啦。乾隆用手一指：「你這無用的奴才。」

說了個這，嚇得老公就給跪下來了。店主家老太太給燒了水啦，扭扭噠噠，提溜著壺，拿著倆碗，給送水去。趕走到那兒了一看，哈，好傢伙，怎麼還一個跪著，一個坐著，這規矩這麼大啊。說：「客官，你這規矩可不小啊。」

「哎，這無用的奴才，我叫他買碗麵，一進門，眼看吃到嘴裏啦，給我把碗也打啦，把麵也撒啦。這我得餓著一宿。我一天還沒吃飯呢。」

老太太說：「你這樣吧，你看我也不收你的錢，這是俺當家的啊，得著病，吃掛麵，剩下了兩封，我給你煮煮，你吃啦得啦。」

「那也行。」

她就把這兩封掛麵給煮啦，挑在個大破碗裏，挑進去了是半碗湯、半碗麵，你往起這麼一挑，就沒了湯啦。這個

[2] 沾：耿村方言，意為行。

麵，什麼麵啊？空心麵。

給煮熟了，給端過去啦。乾隆一見麵來啦，大嘴噴樓啪啦，就把這碗麵給吃啦。

這樣回去之後，乾隆吃的是山珍海味，不想，不吃，把人們給嚇壞啦。那主子要不吃飯，還了得啊。這怎麼辦？說問問你吃嘛，「我吃掛麵。那空心掛麵。」說：「在哪兒弄去，弄空心掛麵去？」問問老公吧。

一問那老公，老公說路過藁城，怎麼怎麼著。

「啊，那好說，跟藁城要。」

立時起聖旨，要五百封空心掛麵進宮。一要這個，把縣長給嚇毛啦，上哪弄五百封空心掛麵啊，上哪弄去啊？進宮，這朝廷吃，這怎麼著啊？到處打問吧，賣掛麵的不少，一看不是空心。一看不是空心，怎麼辦？要不，叫掌印夫人啊？不要看這女的，頂了大事啦，這女的說：「老爺，你光發著這個急可發不過來，你多帶銀子，多帶錢，進京，你到北京問問，他這是從哪買來的，咱從哪買去。」

「是呀，怎麼沒有想起這事來啊？」

立時派了人，騎著快馬，帶著好多的銀子，進了京啦。一進京，跟這在一起的爺們們，拉攏起來啦，說那乾隆下江南，什麼什麼一個老公跟他就伴去的。「你能把他叫出來，俺們說說話行不行啊？」

「怎麼不行啊！」

出了好多的銀子，把老公請出來啦。請出老公來了，就問這個事。「這是在藁城吃的，一個店房裏。」怎麼著給煮的，怎麼著把那碗給打啦，把麵扣啦，老太太心好，給皇上煮了碗掛麵，就是這空心掛麵。

「那好啦，回去啦，到西關找張家店吧。」

從這，快馬回來，跟縣長一說。知縣大人一聽：「呵，這有了頭啦，就這好辦啦。」立時派人：「去，上張家店裏把掌櫃的叫來。」把老倆啊，給提在大堂一審問，老太太就把這個情況啊，一五一十都給說啦。

縣太爺把桌子一拍：「我限你一百天，你給我弄出這五百封空心麵來。你弄不來，拿你的腦袋見我。」

一說這個，害了怕了。回來兩口子一商量：「這怎麼辦啊，那是神仙賜給的，咱上哪找去啊，咱也不會上天，嘛樣的神仙咱也不知道。」就發這個急啊。一天、兩天過去啦，把兒子打發出去吧。「甭叫他在家啦，咱倆死不要緊，不要叫孩子死。」

就這麼著過到了九十九天，黑價老倆誰啦，說：「當家的，明天還有點棒子麵嘞，咱倆打點粥喝，喝的飽飽的，咱倆上大堂。怎麼咱的腦袋也待不住啦，上哪找去啊，這還有一夜的工夫，怎麼辦？」

老倆正為這個事發著急嘞，外頭有人敲門嘞，咔咔咔咔，說：「誰？」

「你開門就知道啦。」

老太太慌忙下來啦，把門一開，還是那個老婆。「你這老太太怎麼又來了？」

「我救你來啦。不是跟你要五百封空心麵啊，我給你弄空心麵來啦。」

「你幫我做空心麵，我嘛也沒有。」

「嘛我也帶著嘞，麵我也有，雞蛋、香油，我都帶著嘞。」

「那做吧。」

就這麼著啊，做的這麵。立時攤凳子、和麵、揉麵、騰麵、上擀拉麵，一拉成啦掛麵啦。頭雞叫[3]，掛麵完全做好啦，五百封掛麵做齊啦。老太太說了話啦：「明天你交你的帳去吧，這有啦。」再一回眼，老太太沒啦。

第二天起來：「得啦，咱倆這又活啦，咱交帳去吧。」

上了大堂，一上去一說：「我交掛麵來啦。」

3 頭雞叫：耿村方言，意為雞叫之前。

「你拿來。」

拿來了一看，就是有五百封空心掛麵。從這啊，把這五百封掛麵送到京城，入了宮啦。這個故事嘞，就是叫〈宮麵〉。麵進宮啦，就叫宮麵。

附記：這則故事是靳景祥在藁城當廚師時，聽常去飯店吃飯的書法家李孝鼎講的。

講述者：靳景祥　**採錄時間**：二〇一一年十月五日
採錄者：李敬儒　**採錄地點**：耿村靳景祥家

二、〈嫦娥與后羿〉

據說嫦娥這個女的嘞，是一個莊稼人，什麼她也不會。這一天，家裏很貧寒，她抬著個籃籃，到海邊上挖菜。這海裏啊出來了一個怪獸，這怪獸變成人形啦，他就是管著水晶宮裏的怪獸。他閒的沒事，他露出水面來，他四下張望。他一看，哈，那裏有一個美女，正在這挖菜。他有採花之心了，他就游著這水啊，就過來了。他搖身一變，變成了一個美男子。

嫦娥正挖著菜嘞，他伸手想把嫦娥抓進水晶宮去。他伸手要抓，眼看就要抓住嫦娥了，后羿在這經過。后羿就是練箭那個人，一個壯士。在這塊過嘞，一看，說：「他媽的怎麼這樣一個人在水皮上立著，這是一隻怪獸。」他正伸手抓嫦娥，抓這個美貌的女子。心說：「這還了得啦，把一個女孩子呀，就得糟蹋到水晶宮。我這箭法也不怎麼很準，準不準看這一傢伙吧。」他就撐弓搭箭，搭上了箭啦，就照準這個妖怪，「唰！」[4]就射過去了。正好，射中了怪獸的一個

4 唰：象聲詞，方言讀chua。

眼，疼得怪叫一聲，鑽水裏就跑了。

嫦娥不知道東西南北的，怎麼見那一個怪獸叫了一聲，帶著點子血跑了，她往回這麼一瞧，后羿在這塊立著哩。她就蹭過來了說：「哎呀，壯士，這是怎麼回子事啊？」后羿就把這些情況，怪獸怎麼著想抓她，他怎麼著抱打不平，都告訴了嫦娥。嫦娥一想問：「你貴姓啊？將來我報你的恩，我得知道你姓嘛叫嘛啊。」

「我姓后，我叫后羿。」

「好，以後我就報答你。」

「報答不報答沒有什麼，你趕緊回家吧。這塊遍地沒有人家的，沒有人打這經過，你不要往這兒來了。再往這兒來啊，還不定出什麼亂子呢。」

嫦娥就回家了，后羿也就回去了。

後來，嫦娥就跟家裏老人們說，這是如何如何一個人，怎麼著救了她，說：「要不然我就被抓到水晶海裏去啦，還不要我的命啊。」

家人問：「他姓什麼？叫什麼？」

嫦娥說：「叫后羿。」

家人說：「好，去打問打問吧。」

一訪問，這個人是一個壯士，每天出去搭箭射個兔啊，射個狼啊，回來吃肉。他光會射箭。家裏人就找他去了，說：「我是啊，那個閨女他爸爸。」另一個人說：「我是她媽。」后羿趕緊讓他們坐下，讓他們喝碗水。

「小女兒叫嫦娥，今年年長一十六歲，我看著壯士你也不超過十八歲。」

「我今年正好一十八歲。」

「好，那這樣吧，你看這救命之恩，沒有別的報答，將她許配與你，我看你兩個挺般配的。」

這以後啊，嫦娥經常上后羿那兒去。將來啊，擇對一個好的日子，這兩人就結婚。

后羿為了救嫦娥，得罪了河裏的怪獸，這一方可就倒了楣了，出來啦九個太陽。淨太陽了，這個落了，那個就起來了，這個起來了，那個就落了。弄的那一幫人啊，死不了，活不了的。天氣炎熱，熱的嘞，連口水都喝不上。這一幫人們哪，求天天不語，求地地不答的。這以後，這個嫦娥還得上地裏去挖菜去，給后羿他倆碰見。

嫦娥說：「你趕緊回去吧，你看看這天這麼熱，曬也得把你曬死。」

「這怎麼辦啊，說我這箭吧，要射吧，我射不中。」

「你怎麼辦啊，你趕緊去學藝去。」

「我上哪學啊？」

「你走到一方，你就打問一方，說誰箭法好，我就拜誰為師。」

就這樣啊，后羿就到處拜師。也不知道走了幾天，也吃不到嘴，也喝不了水，一直往前走。

西方如來打發觀音菩薩說：「你趕緊下去，一個叫后羿的，要救這一方的，將來啊嫦娥得是咱們天宮上的一員。」

觀音菩薩說：「那怎麼辦啊？」

西方如來說：「怎麼辦？你趕緊去，后羿就是學藝，學箭法，將來把日射了，才能救了這一方。」

這觀音菩薩就下來了，到了這個山頭上，等著后羿，打遠看見后羿正往這邊走。觀音菩薩左手拿一尾拂塵，右手拿了一個瓶子，說：「不要往頭裏走了，你是不是叫后羿？」

后羿說：「是啊。」

「你是不是要拜師，學箭法啊？你上哪拜師去啊？」

「我沒有去處，誰箭法好，我就拜誰為師。你看看這一方人們的難勁兒，死的死，亡的亡，吃不到嘴也喝不了水。」

「淨你給惹的禍。這是水晶宮裏呀，一個管金翅鳥的一個人，一個怪獸，你給射了。這樣吧，你別往頭裏走了，只有天宮裏才能製造下這個箭來。」

「天宮找誰啊？」

「當然有地方找，我給你兩個藥丸，你拿回去，趕到了八月十五這一晚上啊，你把這個紅丸務必吃了，你吃了它，你就到了天宮了。你到天宮，一到月宮，你就見著吳剛啦。你見了吳剛，吳剛就給你想了辦法啦。你吃了這丸，你自然就能上天了。」

后羿雙手接了那個藥丸，就返回來了。

這一返回來，也說不清走了多少天，連餓帶喝不上水，帶累，后羿躺下就不動啦。嫦娥不知道該怎麼辦，就問他說：「你要是不醒的話，眼看就到了八月十五啦，這丸怎麼著吃了啊，你怎麼著上去啊？你怎麼著能救這一方的百姓啊？」后羿連搭理都不搭理。

第二天就是八月十五了，急得嫦娥啊，是裏走外轉，怎麼辦？這個藥丸誰吃啊？他吃不了，上不了天，製造不了箭，能救了這一方人們呀？嫦娥心說：「哎，我吃了吧。我吃了，我能上天上去。上天了，我能把箭拿回來，你也能射了日。」她把那藥丸撿起來放到嘴裏了，趕一放到嘴裏，它就沒了。嫦娥自覺著身上飄飄然然的，輕飄飄的，不一會就離了地啦，越來越高，是越來越高，就上了天了。

趕一到了天上，那麼些個仙女啊，就接過來啦問：「你是不是嫦娥？」

嫦娥說：「是啊。」

「你是不是跟這兒來拿箭來了？」

「是啊。」

「走，我領你。」

眾家仙女捧著她，就到了月宮啦。一到月宮，就見了吳剛。吳剛說：「你來啦。」嫦娥說：「我來啦。」

吳剛說：「好吧，你不是到這求箭來啦。」接著吩咐眾仙女：「你們啊，都去找箭頭去，你去弄箭桿去。」

箭頭是什麼呢，流星，把流星啊，當箭頭。箭桿是娑羅樹，就是月亮裏有一棵樹，那是娑羅樹，把這個樹砍下來，當了箭桿。大家七手八腳啊，給做了九支箭。做好了，吳剛說：「嫦娥，你拿著吧。你回去吧。回去一樣，你可就不能再跟后羿在一塊兒了。你趕緊地回來，你是月宮的一位主帥啦。我回去就交令了。」

嫦娥說：「你說這樣，我回去吧，別管誰是主帥，只要能救了這一方的人就行。」

嫦娥拿著這九支箭，就回來了。趕一拿回來，一到家，看后羿還躺著嘞。嫦娥說：「你別躺著嘞，你起來吧。箭我給你找回來了。」

一說這個，后羿把大眼一睜說：「啊，真拿來了？」

嫦娥說：「你看。這九支箭。」

后羿說：「那你怎麼辦呢？你先喝碗水，歇歇，我試試，我看看能射住了唄。」

嫦娥講話：「你不用試，你指望著射哪個，都能射下來了。這是天上的月宮裏頭，一個叫吳剛的，他是月宮的主帥，給你配的這九支箭。」

一說這個，后羿就去拉她去了。嫦娥說：「你不用捅[5]我啦，我不是咱們凡間的人啦，我是天宮的人啦。這一輩咱們成不了夫妻，咱們再一輩再說。」說完，飄飄然就走了。

后羿後邊就跟，你趕你就趕上啦。嫦娥上了天了，后羿還在這喊嘞：「嫦娥，嫦娥，你別走。」你喊也不沾[6]啊。

5 捅：意為動，方言讀tōng。
6 不沾：方言，意為不行。

上了天了，吳剛將嫦娥接到月宮，回凌霄寶殿交旨。這以後啊，就是后羿射日，這是一小段。

講述者：靳景祥　**採錄時間**：二〇一〇年二月二十二日
採錄者：李敬儒　**採錄地點**：耿村靳景祥家

三、〈朱洪武與耿再辰〉

這個村建起來嘞，是在明朝的時候建起來的，明朝有一個朱洪武，朱洪武坐南京風調雨順。這是耿王死到這兒啦，耿再辰。講開這個啊，話就長啦。

耿再辰在這亂石山，收了朱洪武啦，收了朱洪武（當）乾兒。朱洪武那個時候，還給人家馬家放牛嘞，就是給他媳婦家，馬大腳家還放牛呢。收了他（當）乾兒，這以後，朱洪武的名聲大啦，元朝得捉拿朱洪武啊，這派的就是耿再辰，去剿獲朱洪武去。

朱洪武起來了，這人，弟兄們不少。就是在這個馬家寨，聽說他在那塊兒，都住在那啦。元朝派的耿再辰啊，把馬家寨給圍啦。這一圍啊，那還捉不住啊？你的兵也沒有國家的兵多，給圍住啦。圍住啦，打吧。耿再辰跟朱洪武兩個人，對了頭啦，一打一看是他義父，那邊一看是他的乾兒。他能把他的乾兒子給殺了呀？

耿再辰說：「你們趕緊地跑，你們不要在這啦，國家的兵多，得把你們殺啦。我心中不忍那，趁早你們跑。」

朱洪武說：「俺們怎麼跑法啊。」

耿再辰說：「你這樣子跑法，半夜裏，你出南門跑。你可不要出別的門，別的門我堵著嘞。南門你跑了，我不在那塊給你擱（方言讀gāo）兵。」

朱洪武回去跟弟兄們一說：「那咱跑吧，那惹不了人家，咱們這事業小。」趕半夜裏，朱洪武弟兄們，出了南門跑啦。趕他一跑，後頭兵來啦。殺進來，沒了，人都跑啦。這個不怕沒好事就怕沒好人，誰給報的信啊，怎麼他就跑了？就說是耿再辰給報的信。元順帝聽說是耿再辰把朱洪武給放跑啦，就要把耿再辰就地正法。把耿再辰給斬首在這兒啦，斬在臥牛山。哪是臥牛山啊，這個村兒就是臥牛山。這個村，原先啊，往南就是滹沱河，往北這就是臥牛山。你看村北那一溜崗子，現在都沒啦，你要站在這個嶺上一看，真跟個牛一樣，東西這麼著，頭衝東，尾衝西，這個起名叫臥牛山。說山，它也沒有石，就是一個土嶺。朱洪武兄弟們聽得說，他義父為了他給斬啦，這怎麼辦啊？朱洪武弟兄們偷偷地來，把他義父給埋了埋，帶了點子紙馬香客的。這才開始說這個廟。

那工夫裏啊，朱洪武帶著弟兄們怎麼著來的呀，他知道他（耿再辰）的生辰吧，他的生辰就是四月初四。趕著來了，來了沒有香也沒有紙，到處買呀，買了好多的香，好多的紙，來祭奠他的義父。在這裏立了一座木碑，弄石碑他弄不了，那會有元朝正殺著他們嘞，他們也不敢那麼鬧騰，立了個木碑。就是死後封王，朱洪武就說著：「如果我要是登了基，我封你為王，封你為太上皇。」就這麼著，要不，叫耿王啊？他是朱洪武的義父。趕到了下年四月四啊，給這四向的人們撒了帖子，各村裏撒了帖，說誰有香有紙，弄到這墳前去，有多少要多少。

這以後每年四月四，那賣香的、賣紙的，推車的、擔擔的，都上這來啦。說四月四啊，去堆香去吧，到了耿村這塊兒就賣啦。這麼著，形成了一個香火廟。他（耿再辰）也不是神，他也不是給這一方人們增了多少的好處。你像人家關公，對這一方有好處，封他為神。他不是神，他就是朱元璋的義父死到這兒啦。你看那碑，現在還有那碑那還，那碑上還有記載。從這，這個廟就算建起來啦。趕一到了四月初一，一直到四月四，那燒香的不斷。你說這事是怪，他得點病，在那兒許一許就好啦，燒點香就好啦。這就是那麼句話：「信者有，不信者無。」你信它，他就有；你不信它，就沒有。你看，到了這個廟會上，這來多少淨燒香的。前幾年，姓耿的，在北京，你看我不知道他叫嘛，山東的，凡姓耿的都來了，祭奠他的老祖宗。

講述者：靳景祥　**採錄時間**：二〇一一年五月三日
採錄者：林繼富　**採錄地點**：耿村靳景祥家

四、〈夫妻捎書〉

這個故事啊，就是不識字的夫妻捎書，來回地通信，看他這信怎麼著寫。這一天啊，有遼寧大學的學生來，我給他們講了個這，我說這對你們有幫助，他們說：「講啊講啊。」

很早以前，在這個舊社會，窮人們吃不上飯的多，窮人多，富的少。聽說有一個村莊，叫梁家莊。梁家莊有一個姓梁的，叫梁滿倉。這個滿倉嘞，家裏也很窮，他有個西鄰里家姓侯，叫侯成，有一個兄弟叫侯全。你不要看這是兩家，跟親弟兄一樣。不是有那麼句老話嘛，「落地親弟兄，何必骨肉親」吧。這個比親弟兄還要親。兩個人都是啊，窮半年，富半年的。

梁滿倉嘞，娶了一個媳婦，叫楊小玉。這娘們，那聰明得很，不要看不識字，不要看不起莊稼人，這聰明，見機生情。梁滿倉和侯成兩個人出去找了家，幹裝卸工，在這海口上。就是貨來了，就給你卸，送貨上貨輪，就給你裝，這一個裝卸工。

打了這傢伙多少時沒有回家，家裏斷糧啦。楊小玉啊，為這個遭了難了，怎麼辦啊？買糧食手裏沒有錢，她忽家想起侯全來了。

她就上了西鄰家，進門她就喊：「全，在家了唄？」

「誰呀？來吧，來吧，屋裏來。」

「我別屋裏去了，我問問你，上工地你多咱[7]去啊？」

「你有急事啊？有急事明天我就去。」

「那更好了。」

「那嫂子你回去預備物件吧，預備物件拿過來，明天一早我就去。」

這兩家跟一家一樣，說什麼都沒有關係。就這樣，小玉回來了。就是做了一雙鞋，她包了包，她忙的寫了一封信。拿著上了侯全那了。說：「全，你看，這有雙鞋。」

「行，你給我吧，我捎了去。」

「你看還有一封信，你別丟了，你好好地兜起它來。」

「你放心吧，我嘛也丟不了。」

侯全跟這多少戶說了說，淨老鄉們：「明天我可去呀。」就這樣，人們給他送的東西物件，他就包答了包答。

侯全第二天帶上個乾糧，拿著那些個物件[8]，這就走了。走哇走哇走的啊，快晌午了，覺著走得餓了，想：「我還帶著乾糧嘞，吃了吧。」拿出來個窩窩頭就開吃。也沒有水，也沒有菜的。窮人們啊，嘛事也幹得了。把這個吃了，他忽然想起，小玉給滿倉寫的這封信來了，他說：「這小兩口寫信啊，保險有祕密話，我得看看。」他就拆開了，掏出來，打開了。這麼一打開，一看，啊~洋鬼子看戲，傻了眼了。「怎麼沒有字，畫點子漫畫，這是嘛信啊這是。行啦，咱不懂，就別裝懂，給人家叫人家看吧。」他就疊上了。他就往頭裏走，趕也黑了也到了工地上了。

---

7 多咱：方言，意為什麼時候。

8 物件：方言。代指一切人、一切事物。

原先這個工地的人們搭了一個棚，做飯都在這個棚裏。這個李師傅他也在這兒，侯全進棚就喊：「李師傅忙著呢。」那一個說：「啊，誰呀？哎呀，全啊。」他以前去過工地，都熟悉。李師傅說：「來來來，你看這飯還不熟，等一下吧。你看天也黑了，他們快回來呀。你先喝碗水，歇歇腿兒。」侯全啊，就端著這水，就喝開了。正喝著這個時候，工人們啊，嚕嚕嚕嚕嚕的都回來了。趕一回來，這個說：「呀哈，全來了。」那個說：「全來啦。」都親熱得不行。接著有人問：「給我捎著嘛來嗎？」侯全說：「捎著嘞，這個是你哩，這個是你哩。」也有鞋，也有襪子，也有褲子，亂七八糟的，都給了。

侯全說：「滿倉啊，你看我嫂子給你拿了雙鞋，還有封信，給給給。」一說這個，年輕人們都好奇啦，亂搶啊，這個也搶，那個也抓。有一位搶到手啦，展開這麼一看，啊，一個字也沒有，畫點子漫畫們，就說：「滿倉哥，這是大嫂子給你來的信啊？」

滿倉說：「是啊，那還有假！」

「這是嘛啊？俺們不懂。給了你吧。」

滿倉講話：「俺家來信啊，你們誰也不懂。你看，我不給你們說說，你們不知道。這畫的漫畫，這裏頭啊，都有文章。拿過來，我給你們說說，你們就明白了。」

「給你吧。」

「你看這個吧，這畫了這一圈糧食，上尖下流的。這一圈糧食是代表我，我叫嘛，我叫梁滿倉，滿滿的一倉，這代表我。你看畫的這個小妮吧，梳著倆犄角，倆小辮子，胳膊上搭了條口袋，這代表俺媳婦。這家裏啊，缺了吃的啦，你看拿著這布袋，這是買糧食去。買糧食沒有錢，趕得你來了全，趕你回去你給她帶點錢回去。這會兒有這麼兩句：『眼望丈夫梁滿，家裏缺米又少糧，急得我茶不吃、飯不想。』我著急哩。這個你們明白了吧。」

「哈，是這麼回子事啊，這漫畫還真起了作用了哈。」

就這樣，這個也捎錢的，那個也捎錢的。吃了晚飯，這一宿不說，就是滿倉寫了一封信，說：「全，你帶上這封信回去，我給你五十塊錢，你給了你嫂子，叫她買糧食。」侯全說：「行。」他就疊答了疊答，搞了一堆，擱到他兜裏了。

第二天，起來了，吃了點飯，就往回走。一百多里地，得走一天啊，那時候，那個不便利，哪像這會啊，坐飛機都行。他就往回走，也就是晌午啊，吃點飯，不要看走著，走著也餓得慌。他就又拿出來了個窩窩頭，就吃啦。吃了，他又想起這封信來了，說：「滿倉的寫倆字，我看看這是嘛。」他打開來一看，好，還是漫畫。這事怪了，這也是漫畫。侯全一看上頭畫的嘛，畫了一隻羊，這一隻養嘞，是四個蹄子蹬著四個王八，那兩個犄角啊掛著兩縷韭菜，一個犄角一縷韭菜。「這個事怪，我給她開個玩笑：他這不是五十啊，我撤十塊，給她四十，看她知道不知道。」他就拿出來十塊，另放了一個兜，他就把這錢啊兜好了，往回走。

趕一黑，也就到了家了。一進門，他就喊開了：「嫂子，在家裏唄？」

「誰呀？」

「我啊，誰呀。」

「呀，全回來了啊，屋裏來，累得慌吧。」

「不累。」

「來，屋裏來，先喝碗水，歇歇腿兒。」

侯全就端起這水來，喝了一口。他說：「嫂子，沒別的，給你捎回來倆錢，給你這四十塊錢，這我哥給你捎的，給你這封信，這都是我哥給你的啊。」這個小玉嘞，把這信啊接過來了，那錢接過來了，數了數四十。把這信展開來一看，皺了眉啦，心眼裏不高興。你看這人啊，有點不好，這面目也帶著，喜事面目上也能帶，常說「人逢喜事精神爽」啊。她這惆悵，也在面上帶著。

侯全說：「嫂子，你怎麼啦？怎麼看著你不高興啦。」

她說：「我是不高興。你看全，咱兩家跟一家一樣，這個吧，我要說出來，你可別煩惱。」

「我煩什麼惱啊，你說吧，你隨便。」

「那我可就說了。你看這信上啊，畫了一隻羊，這四個蹄蹬著四個王八，這倆犄角搭著兩縷韭菜，是吧？」

「是啊。」

「這個錢啊，不對，不對。」

「不對，多少？」

「五十。」

「五十？你這上哪有五啊？那頭是五啊？光畫了兩頭王八、兩頭羊，這物件從哪頭說是五啊？」

「你看，我不跟你說，你不知道。這四八是多少啊？」

「四八三十二。」

「哎，這畫了兩縷韭菜，二九是多少啊？」

「一十八。」

「擱到一塊是五十唄？」

「啊，行啦行啦，你這是這麼著算的啊。對了對了對了，我服了氣啦。我這是跟你開玩笑嘞，我撤了你十塊，我還給你拿出來吧。」

這是啊，不識字的夫妻捎書。

附記：當天上午，靳景祥去鄰居家打牌，一直到快十一點才回來。他說：「對事了就玩一會，一般的時間不玩，我淨在家裏坐會子，要不就到地裏轉悠著玩去啦，趁個人坐會。對事了，這幾個老人們，都是八十來歲的，玩會，沒嘛意思。記憶力還有點，但是跟早先差多啦。」

講述者：靳景祥　採錄時間：二〇一〇年二月二十二日
採錄者：李敬儒　採錄地點：耿村靳景祥家

五、〈孟姜女哭長城〉

據說孟姜女出世以後啊，她為什麼姓孟、姓姜，這個孟家嘞，出來了一個寶葫蘆，傳到姜家啦，這以後孟姜女就是這個葫蘆產生的。

這一聲霹靂啊，出來了一個小女孩，以後長大，姜家就往孟家堆，孟家就往姜家堆。說這樣吧，跟著咱兩家的姓吧，一個姓孟，一個姓姜，就叫孟姜女。是這麼著叫起來的這孟姜女。給她信[9]了個婆家嘞，嗨，一夜無過，丈夫萬喜良就被官兵給抓了走啦，修萬里長城。

萬喜良被抓走之後，孟姜女啊，這一夜無過，光是結了婚啦，不知道那丈夫嘛樣，就成了寡婦啦。這可麻煩，每天這麼哭。她忽然想起這：「嗨，我上萬里長城找他。」她就包了一個包袱，這投奔萬里長城去了。

她一邊走，一邊唱，唱她的苦衷，來尋找他的丈夫。喊得這長城嘞，驚動了天上啦，倒啦，倒啦八十里呀。

一說這個，有管這個的，就報給皇上啦。說：「一個女的呀，叫孟姜女，尋找她的丈夫，她在長城這來回地這麼

9 信：耿村方言，讀二聲，意為嫁娶。

哭，來回這麼喊，把長城給哭倒啦。」秦始皇一聽這個，惱啦：「把她給我抓來。」

這把孟姜女就抓到了金殿。一抓到那兒，皇上往下一看，他根本就是一個色迷的朝廷，一看孟姜女長得十分地美妙，是吧，長得好看，他那個心那就願意把她抓過來，做他的妃子。孟姜女不讓，不幹：「我得找找我的丈夫。」

「你的丈夫已經死啦，你不用找啦。沒有他填這個槽子，這萬里長城修不起。你放心吧，你不用找啦。」

一說這個，孟姜女一聽，從也得從，不從也得從。「惹不了人家，人家有錢有勢，我嘞，是一個平頭百姓。」孟姜女就想了一個辦法，就說：「如果願意叫我當你的妃子，這也不難，就是一樣，得把我的丈夫給成殮起來。」

「你丈夫不見了，在哪兒嘞？」

「就是弄一個空棺，裏邊寫上他的名字，給他蓋一座墳塋，出殯三天，要這幾個條件，叫滿朝文武得給送殯。是這麼著，我就從了你；不是這麼著，我不從。」

秦始皇一聽：「這有何難？給你蓋一座墳塋，十座墳塋我也蓋起了啊，我是一朝人王地主。行，就這麼辦。」

就這麼著啊，把萬喜良的名字刻上，擱到這棺槨裏，出殯三天。那一座墳塋啊，修得那叫好，這都經過孟姜女檢驗啦。得啦，沾，這就算起。把他出殯三天，滿朝文武都要送殯。這出殯三天，這可不是小鬧騰啊。路過這一座海，這有座橋啊，都從這一座橋上這麼過。她的心啊，早琢磨好啦，埋殯之後往回走，來到這橋這，孟姜女一頭扎到海裏去啦，死啦。

一說這個啊，秦始皇心眼裏不高興啦，殺了好多的大臣，說：「你們這種無用的奴才，連個人都給我看不住，推出去斬了。」殺了好多大臣。

這怎麼辦？秦始皇有趕山鞭，要不那山這一塊子沒有，那一塊子就有啊，這是秦始皇拿著他那鞭啊，打這山：「把這海給我填了，我也得找出來。活不見人，死我得要見骨。」這麼好的一個姑娘，愣在水裏死啦。這就一座山、一座山地都放到這海裏啦。砸得龍宮嘞，是忽忽悠悠。好傢伙，見不了，怎麼辦？砸得老龍王沒辦法。

老龍王一見這個心眼裏膩歪，這龍宮這都要砸倒。他有一個三公主啊，說：「父王你別著急，我有辦法。」

說：「你有什麼辦法？」

「我這辦法說出來了，他就不砸啦。」

說：「怎麼辦？」

「我假裝孟姜女，叫他抓我去當妃子。」

龍王一聽，這也是辦法，別管怎麼著，把龍宮得保住啊。

這一天，三女兒怎麼辦啊，就在這個山道裏站著，每天那麼些個滿朝文武的，秦始皇拿著個鞭趕著個山，在這塊經過。三公主就在這道上，她那麼一露頭，她扮成孟姜女的模樣了唄，她往那邊一看，有一個大臣看見了，說：「哈，孟姜女沒死。」

「在哪兒嘞？」

「在這個道上嘞。」

「趕緊去把她給我抓回來。」

到那兒去了，那還抓不住啊，她就是叫他抓嘞，把她給拿回來啦。抓回來之後，秦始皇心眼裏高了興啦。這麼好的美女到了手啦，這還不高興啊。兩個人啊，形影不離。

這一天，三公主就跟秦始皇說：「你拿著這鞭，你叫我看看不行啊。」

「行啊，咱已經這麼幾年的夫妻啦，我還不相信你啊。別人他捅我這鞭，他看都不讓他看，這是寶貝。」

「行，拿過來叫我看看吧。」她看了看說：「你老是這麼一天天形影不離，你把它擱在這，我給你保存不行啊。你多咱用著了，你就在我這拿；用不著，我給你保存著。你還不相信我啊？」

「相信你，當然相信你啦。那我給你，你可好好地保存，可別叫壞人偷跑了。」

「偷不跑，你放心吧。」

就這樣啊，她把這個鞭拿到手啦。拿到手以後，三公主一想：「哎，我走吧。」一陣風，上了半天雲啦。秦始皇一看：「哈，你跑啦，你還能跑啊，給我追。追你就追上啦。」三公主從這啊，把他那鞭啊，帶著回了龍宮啦，把秦始皇給氣壞啦。跑了，沒了，鞭也沒啦。

從這，三公主舉家又團圓啦。就是一樣，懷揣有孕，給生了個胖小子。「這能在這裏頭擱著這啊，我是什麼人啊，這怎麼辦啊，我扔了吧。扔了我也得找一個適當的主啊。」從這，她就一見有一個做木匠的，成年地在外邊給人家做木匠活，人稱項木匠。

項木匠把三公主的孩子撿回去了。撿回去之後，他老伴都沒了，又當男又當女把他養大了。他這麼著，就項羽啊，霸王項羽。要不，這項羽為嘛黑？他為嘛有那麼大的力氣？劉邦為什麼他要坐朝廷？就在這個地界嘞。

這以後，項羽他父親帶著項羽出去給人家幹活去啦。得打工啊，打工吃飯啊，就來到了劉邦家，大財主，在那兒給人家做活。一說好木匠，給人做出活來了。你看看，能看到眼裏，記在心裏，那麼個木匠。跟那待了二年，劉邦就問說：「哎，你娘嘞？」

「我沒有娘。」

「人生下來還能沒有娘啊。你回去問問你爹吧，你就知道啦。」

項羽回去了就問：「我娘上了哪了？沒有見過她啊。」

「你娘啊，你上那海邊上你喊喊，你就喊來了。」

他就把這個原本情況對著兒子說啦。對著項羽這麼一說，項羽啊，在那海邊上就喊開啦。三步一喊，兩步一喊：「娘，娘……」這麼喊。喊得這龍宮裏呀，三公主坐不住啦：「哎，我出去看看吧。」

三公主出來就打扮成了一個老太太，一看還就是他，就是她的親生兒子。這怎麼辦？她奏明了天宮啦，天上管一朝人王地主的龍顏說：「我給你兩個藥罐，你給了你兒子項羽。一個黑丸，一個紅丸，叫他吃了。叫他在三月三吃，晌午吃一個，趕晚上啦再吃一個，吃兩個，是文武雙全。」

他又這麼喊嘞：「他娘，他娘……」這麼喊。這個老太太又出來了，說：「好，你別喊啦，我給你兩個丸吧，我給你兩個丸你就見了你娘啦。」

項羽說：「那好，你給我吧。」

她遞給他兩個，一個黑丸，一個紅丸，這一個多咱吃，這一個多咱吃。「你要是吃了這，能成一朝人王地主。你回去了啊，你好好地學武，好好地練功，將來會是一朝人王地主。」

項羽說：「好。」他就把這丸接啦，回家啦。

回家一見他父親，把這個情況這麼一說，人家說叫他好好地藏著。他到家裏去啊，他這嘴不嚴實，他說啦，對著劉邦說啦：「將來我能成一代人王地主。你看，給了我兩個丸，一個黑的，一個紅的。」

劉邦說：「那好。」劉邦見了這個物件，他想想願意吃了人這個紅丸，他又愛坐個朝廷。

這一天，項羽嘞，正習文寫字，劉邦嘞，把人這紅丸偷啦。轉眼到三月三晚上啦，他給吃啦。

項羽趕吃去啦，怎麼沒了這紅的啦，光留著那黑的啦。「我吃了吧，我要不吃啊，一個我也貓不著了。」

項羽吃了這黑的啦，劉邦吃這紅的啦，將來劉邦登基坐殿。這項羽為什麼那麼大力氣嘞，他有這個丸盯著事嘞。

附記：靳景祥說這個故事他講得不多，有點生，所以講述過程中有幾處人名想不起來了，中途斷了幾次回憶。靳景祥說這個故事是趕集的時候，聽一個賣牲口的講的。

講述者：靳景祥　**採錄時間**：二〇一一年十月五日

採錄者：李敬儒　**採錄地點**：耿村靳景祥家

六、〈公治長聽鳥音〉

說這個人吧，懂百鳥之音，這人姓公冶，叫公冶長。那一天吧，他在他那家裏坐著嘞，那個老鴰嘞，一落落到他那房簷上啦，就開了叫啦。「哇哇哇，哇哇哇……」他聽，他說：「嘛啊？」那個老鴰說嘞：「公冶長，公冶長，村南圍坑有個大綿羊。你弄回來，你吃肉，我吃腸。」公冶長一聽：「真的啊莫非，我看看去吧。」去了一看，這圍坑裏就是有一個大綿羊，在那死了。哎，弄回去吧。他弄條掃帚就給拽回去了。趕拽回去了，剁答了剁答，他把那個肉吃啦。他光享了福啦，他忘了把那腸子給了那老鴰。他扔了，他沒有給。那老鴰記在心裏啦，惱恨他，心裏說：「我就對你學了，叫你吃了肉，我吃腸。你都不給我，你給我扔了。」

這一天，那個村裏，被殺了一個人，這一被殺，扔了吧，給扔到那圍坑裏啦。那老鴰看見啦，對他學去啦：「公冶長，公冶長，村南圍坑有個大綿羊，你吃肉，我吃腸。」公冶長說：「嘩，又弄對啦，又對我學了，我去吧。」拿了條掃帚，他就去啦。

這死了人啦，三班人都得下來訪查呀，誰殺的啊。公冶長到了這圍坑邊上啦，那三班衙役們也到了這啦，說：「公冶長，你拿著掃帚在這幹嘛嘞？」他就往裏走，後邊衙役們也就跟著。去了一掏，哪有綿羊啊，是個死人，嚇得他就往外跑。那衙役們：「行嘍，你不要跑啦，給你套上吧。」

從這，就算誤解這個事啦，把公冶長給帶到大堂上啦。趕一帶到大堂上，這知州就一問他，說：「你為什麼殺人家？」

他說：「我沒有殺。」

「沒有殺你幹嘛去啦？」

他就說：「我懂百鳥之音。」

知州沒聽人說過：「這鳥叫喚你就知道牠說嘛啦？」

「你要不信，咱就試試。」

「這樣啊，你要是懂百鳥之音，我當場放你；你要是不懂，我將你二罪歸一，也得殺了你。」

「行。」

他那大堂上呢，住了一窩子燕兒，那燕們啊，都快出飛了，都大了，他把牠掏了，擱到那大堂的抽櫥裏，把公治長就提到大堂上去啦，說：「你聽聽吧，你說這抽櫥裏這是嘛叫喚嘞。」

公治長一聽，說：「我知道。」

「你說。」

「這是燕兒。」

「那燕兒叫嘛嘞？」

「那燕兒叫這個嘞：『知州，知州，咱倆一無怨二無仇，你不該把我放在抽櫥。』」

知州心說：「這事怪，怎麼你就知道這啊。」行啦，這是誤解人家啦，當場釋放。這放了公治長。

這是早前靳景祥班講的。沒頭沒尾的故事，我不講。

講述者：靳景祥　**採錄時間**：二〇一一年十月五日

採錄者：李敬儒　**採錄地點**：耿村靳景祥家

七、〈胡浪蕩相親〉

這人姓胡，據說是夫妻兩個都是教師，都是老師，生下這一個兒子來嘞，叫他「小胡」、「小胡」的。就是一樣，幹活沒有勁，是念書不識字。要不，叫他胡浪蕩嘞！外號給他提成「胡浪蕩」。一天天，浪兒郎當嘛也不想幹。這就是說的嘛，盛[10]子啊，不要盛得過分了，吃嘛我給你買嘛，但是不能叫你不幹活，不能叫你不學正。這就浪兒郎當、浪兒郎當，浪蕩到二十多歲了，文不成，武不就。夫妻倆為這個淨發急，怎麼辦？

他們這鄰居嘞，是一個機修廠，機修廠裏好幾個電工，一個姓陸的，陸電工跟他們挺要好，說：「這樣吧，不是講啊，緊車工，慢刨工，吊兒郎當當電工。」就叫他跟著陸電工學電工去吧，怎麼他也是浪蕩。跟那姓陸的一說了，他說：「行，來吧。」他就把他收下了，收做徒弟啦。他就每天跟著他啊，上杆啊，幹什麼的，那機修廠離了電是不能幹活，修修這，捅捅那的。

說這一天，棉紡廠裏那線路老啦，那老線路啊，說著火就著火。跟機修廠說了說：「給我攢幾天忙，換換線路，通廠裏把線換了。」機修廠主任說：「行，那邊老陸你領著去給棉紡廠裏攢幾天忙吧。」老陸領著三四個上了棉紡廠啦，再說就上了女兒國啦。棉紡廠裏淨女的。

天挺熱，歇著的時候，大夥都那麼歇著嘞。這個小胡嘞，就給大傢夥說啊：「你們歇著嘞哈，我給你們變個戲法吧。」說小胡就是愛這個，他不幹別的，他光琢磨這。反正怎麼著做著這個事，做不得，他就非做不行。他給人們變開戲法啦。一變戲法，這婦女們都愛看熱鬧，一看那麼些個人，就都出來啦，閒著的都出來看開啦。說小胡變戲法嘞，一

[10] 盛：耿村方言，意為寵愛。

個傳十個，十個傳百個的，都知道啦，都看小胡變戲法嘞。

據說啊，這個婦女，姓王，叫王小英，在這替了他爹啦，也在這棉紡廠上班嘞。她父親是個機修工，退休啦，小英接了班啦，在那時候都興接班嘞還。這個小英嘞，擠到頭裏去啦一看，她就對小胡有很大的感情。看了一會兒，都上了班啦。這以後，他在這塊做好幾天的時間嘞。

那棉紡廠邊有一個飯店，還挺紅火這飯店，小英嘞，在這飯店裏吃飯嘞，正吃呢，小胡也跑到這吃飯來了。「哎。」她給小胡打開招呼啦，把小胡給叫過去啦，叫到一個桌上，給他要的飯，給他要的菜，兩人吃開了。吃了之後，各項問了問，姓嘛叫嘛，多麼大了，家裏老人幹嘛的。就這樣，兩個人啊，越來越親近。小胡就回家對著他爹娘學了，說怎麼怎麼著，說：「棉紡廠裏有一個女的叫王小英，他爹啊是退休的工人，她接了班啦。」小英嘞，回去給她爹娘也說啦，說：「這是胡老師家兒子啊，淨叫胡浪蕩胡浪蕩的，長得挺好。」王師傅說：「這啊，小英你要是好，你這樣吧，你叫他上咱家裏來吧，叫俺們也看看，過過眼，要真好，咱就許啦。」

這樣啊，看兩人成天地上班淨碰頭，就說啦，說：「這樣吧，明天：後天你去吧，俺接著你。」說：「好。」

小胡去呀，覺著這車子拿不出手來，又舊，還是一個大車子。他願意弄個小車子騎騎，看著美觀。小夥子也漂亮，買點煙啊酒啊，各種點心啊，這頭次上門，得弄漂亮點啊。這是小胡那個本心。這個小英嘞，給她娘一說，她娘的話：「這個來咱接見女婿，這是上門，咱得弄好點，弄點好吃好喝，咱得好好待送。你呀在門口接著去，來了啊，家裏一指點，俺們就都知道啦。」

王師傅嘞，早晨起來，早點吃了飯，就出去買東西去啦，買好酒啊，買好肉啊，好多的東西往回買，說：「第二天來女婿嘞。」他有一個鄰居，他有一個閨女，在棉紡廠裏上班哩。那會有二六車，有二八車，她願意要個二六車，不願意要二八車，她爹嘞，託了個人，給買了一輛。哪有那麼可心的，買了個二八的。那閨女啊，騎了兩天，心眼裏不高興。那個大車子，女人一般都個小，這怎麼著啊？不願意要。她爹找這個姓王的，這姓王的好跟人們管點子閒事，你修個什麼物件啊，找他去。慌得不行，說：「你給賣了去吧。」

「行。你推過來吧，我給你賣去。」

有個車子市場。這人給他推過來了，王師傅說：「你別管了，賣幾個錢吧？」

「如果賣了一百三十塊錢了，咱就賣了他。咱賠少賠點，這是一百七十買的。能多賣，儘量地多賣。」

王師傅那話：「你放心吧。」他就推著上了自由市場啦。

一到自由市場，新車子，騎了沒有幾天，他就在那塊守著。胡浪蕩嘞，這轉轉，那看看，淨舊車子，看來看去看到這個車子啦，就是個二八車子不對心。但是急用嘞，說：「明天就得使，那就買了吧。」問問，說：「哎哎哎，老先生，這誰的車子？」

「我的。」

「要多少錢啊？」

「一百七十。公家也是這個價。」

「一百七十不要，你便宜點吧。」

「那便宜點，最少你也得給一百三十。」

小胡一想：「這是明賠，這國家的價就是一百七十，一百三十我就給你一百三十。」把那提包拿出來了，拿出來了一把（錢），一看不夠，缺三十，說：「你這麼著吧老先生，你就叫我騎著車子，我去取去。」

「那不沾，咱倆面部之交的，你騎走了，你再不給我弄回來了，差三十，我還得給你墊，你拿去吧。」

「我拿去行，你這麼著行了，我把這錢給了你，還差你三十塊錢，我騎著車子，你看那不遠，就是我個同學，我到那就給你借來了，三十塊、五十塊也難不住。」

一說這個，王師傅那話：「也行，你說的這個也對。給，你推著走吧。」

「那我把這提包也給了你，連提包我也叫你拿著。你別害怕。」

王師傅那話：「這是個辦法，我拿著，你坑才坑我三十，也難說坑，是吧。」

他翹腿，騎著車就下去啦。

下去啦，王師傅等著吧。一等不來，二等不來，等得那太陽平西了還不來，說：「這事怪，這時候還不來啊。」他就弄開他那提包啦，一弄開一看，一把，一把就是一百。他拿出來了，這麼一哆嗦，露了陷啦。怎麼啦？假的，上頭一張是真的，底下一張是真的，當不間裏是紙。王師傅那話：「這下子好，我算上了當啦，這來嘛啊來。得了，我也不要在這等著啦，我忍氣吞聲吧，我胳膊折了袖子裏裝。我也不能跟人家說，我叫人家騙啦，這多麼丟人啊，有我這工資，也夠了，得了。」他就回來了。

回來啦，給老伴這麼一說，老伴說：「得了，咱哪也不要說啦，你知、我知就算得了。」就這麼著啊，把那車子錢給了人家啦，給了人家一百三十。那心眼裏啊，那還能不加火啊？「人委託嘞，叫我給賣成假票啦。」心眼裏窩氣。出去買東西去啦，又丟了五十塊，更窩氣。

這個胡浪蕩嘞，去相親，剃了剃頭，刮了刮臉，打扮得小夥漂亮極啦。買了點東西，煙啊、酒啊、糖果啊，買了一大堆，騎著那新車子，他弄了一輛新車子，他心眼裏高興。小英在門口上等著嘞，打遠一看，來啦，哈，還弄了輛新車子，真漂亮啊，顯著這小夥更精神。他往裏走開了，趕一進家，把那車子一戳戳到那門口那了，掂著那物件。小英娘給搭著簾子，讓到屋裏去啦。老太太慌的，又是給倒茶，又是給遞煙的。小胡也高了興啦。正在這高興的時候，王師傅回來啦，掂著那東西，低頭喪氣的勁兒，回來啦。一進院，就看見了輛新車子，這麼眼熟啊，這輛車子，他就朝著這車子就來啦。小英在屋裏一掃，揭著簾子看見啦，他爸回來啦，就說：「小胡，我父親回來了。」兩人打開簾子就接出去啦。

王師傅過去了，一看這車子，一點都不差，就是那輛車子。小胡嘞，往頭裏一走，跟王師傅打了個對臉，他剛要說話嘞，王師傅說：「這是你騎的車子啊？這是你的啊？」

說：「是我的。」小胡一看，就是那個老頭：「得了，跑吧，我還在這幹嘛，得了，我給你買的東西，我也不要了，跑吧。」從這，小胡就跑啦。

這一段故事嘞，就是〈胡浪蕩相親〉。

講述者：靳景祥　**採錄時間**：二〇一一年十月五日

採錄者：李敬儒　**採錄地點**：耿村靳景祥家

八、〈挑擔[11]仨拜壽〉

這《挑擔仨拜壽》啊，多種多樣，你聽耿村的故事啊，你百聽不厭，誰跟誰講的也不一樣。你聽了這個的，再聽那個的，你嗨，越講越有意思，越講越有意思。

說是有這麼一個村莊啊，養個姓宋的，家有萬貫，就是啊，缺子無後。跟前三個姑娘，大姑娘信了一個秀才，這有文化；二姑娘嘞，信了個教書的先生；數這個三姑娘嘞，是個彆扭人，不貪圖什麼什麼榮華富貴，是心眼裏愉快，能過一輩子的幸福日子，她這個人嘞，愛這個，信了一個莊稼漢。

趕這個姓宋的老員外六十大壽嘞，邀請這三姑六姨、七姑八姨的吧都來，給他拜壽來。當然，這三個女婿他缺不了。這一天，這三個女婿都到啦。弄得這桌子上，擺的這四鮮四乾。這個老員外嘞，願意考考這幾個女婿們，按說是秀才文化高，也不要小看莊稼人，莊稼人也有一定的什麼見識。這一天，他們都來了。上頭擺著四鮮的，有一種蘋果，一

11 方言，連襟的俗稱，指姐與妹的丈夫間的親戚關係。

面青一面紅，老員外就說：「三個門婿啊，你看今兒個你仨都到這啦，我想啊，問問你們，怎麼這一種蘋果，它一面青一面紅啊？這個原因是怎麼回子事啊？」

那大女婿就接過話來了：「是啊，這叫向陽者紅，背陽者綠。向陽的這個都是紅的，背陽的這個都是綠的。」

那二的那話：「對對對。大姐夫說的這個啊，一點都不錯。太陽曬不著，它就要發綠，太陽曬著了嘞，它就發紅。不是都那麼講啊，『萬物生長靠太陽』。」

那三女婿搭了話啦：「你們說的這啊完全不對。」

「怎麼不對啊？」

「怎麼不對，我給你說說。你們不是『萬物生長靠太陽』，向陽者紅，背陽者綠啊，那地裏那胡蘿蔔，那蘿蔔嬰露著嘞，那蘿蔔在地下埋著嘞，它想向陽啊，那太陽曬著它了啊，那怎麼它不綠啊？那曬著的，怎麼倒綠啊？那成了向陽者綠，背陽者成了紅的啦。整個的翻了一個個兒。你們有文化是有文化，你沒有俺們的經驗大。」

哎呀，把秀才說得啊，那臉一紅一紅的。暗說：「我這麼大學問，我就說不住這麼一個莊稼人。」

那二的啊，趕緊地就給打了岔啦，不讓抬起這個槓來。要抬起來了，都不好。那二的就說：「你看，今兒啊，咱們來啊，就是給老岳父慶六十大壽，你看老岳父這小鬍才，三綹清鬚，根根透明，常說：『鬚長壽長。』」

老岳父老頭子，高興得不行。

那三的就說了話啦：「你說的這個呀，還是不對。」

那老二說：「怎麼我這不對？」

「怎麼著不對，那鬍才長了就壽長啊，那王八有鬍才啊？那怎麼活幾千年、活一萬年啊？那跟牠的壽命高啊、低啊，那個沒有鬍才。什麼『鬚長壽長』，我看你們這都是奉承嘞。那王八沒有鬍子，那不照樣活一千年、一萬年。」

弄得這二女婿也沒法答。你說的是事實，也沒法答。

這大的心說：「這麼著啊，都得叫他給說住了去，你看莊稼人們啊，他就拉起來這些莊稼話。」就說：「咱這麼著，我提個意見，岳父大人嘞，六十大壽，咱不能光這麼坐著啊，咱們對首詩行不行啊？」

他那老岳父一聽，也心眼裏高興，一對這個把他就對住啦。沒有文化，他說說不上來。就是一樣，對這詩啊，誰對上了，誰坐上席，誰要對不上，誰下席。你端盤子，步溜都是你的。這麼著把你撵下去，不用嘴撵你，說就把你說下去啦，你對不上來。二的也說：「行行行。」老岳父也說啊：「沾。」行啦，都願意把他鼓搗下去，他省跟人們抬槓啊，都高興。那大的又給加了點詞。加的嘛啊？說：「咱們對首詩啊，我提出一個要求來。」

說：「提什麼要求你說吧。」

「你不能離這五個字。」

說：「哪五個字啊？」

「高大掛穩怕，這五個字。誰要離了這一個，誰就算輸。」

這三女婿一琢磨：「行啦，這是撵我嘞，不讓我在這啦。哎，不讓我在這兒，我也得在這兒，我看看你們說個嘛。」

說：「誰先說啊？」

說：「你提出來的，你先說吧。」

那大的說：「行。我就比著老岳父這座樓說吧，老岳父這座樓是又高又大，四個風鈴是四角雙掛，岳父要上去就穩，我上去就害怕。」哈，「高大掛穩怕」全有啦。

「那二的你說吧。」

二的那話：「我說啊。」他尋摸了尋摸，那院裏啊，拴著一匹大馬，說：「我指著岳父這匹馬說，岳父這匹馬是又高又大，一對銀燈是兩邊雙掛，岳父要上去就穩，我上去就害怕。」哈，也說得這也挺好，「高大掛穩怕」全有。

「三女婿該著你說嘞。你說吧。」

大夥都笑話人家啦，我看你怎麼說，你現抓，你轉悠吧，你看吧，看看這，聞聞那，不沾，沒法插嘴。這該不著蹲底啊就有救，怎麼啊？他丈母娘在這兒經過，那娘們大，又胖，個子又高。那三女婿一抬頭，看見他丈母娘啦：「哎，有啦。」

「有啦，你說吧。」

「老岳母這身材又高又大，一對耳環是兩邊雙掛，岳父爬上就穩，我爬上就害怕。」

講述者：靳景祥　**採錄時間**：二〇一〇年二月二十二日
採錄者：李敬儒　**採錄地點**：耿村靳景祥家

九、〈光棍成家〉

很早以前啊，有這麼一個村莊，有兩個光棍。這兩個光棍啊，就是沒有成上家，沒信上媳婦。一個姓冢，一個姓卜——家就是那「家」字去了那一點，那個冢，一般地那個冢用不什麼著；卜嘞，就是蘿卜（蔔之簡體字）的那個卜——這麼兩人。你不要看這倆光棍，還是挺要好，經常在一堆吧，覺著悶呼呼的，哎，喝點。你看，兩人那，你一瓶，我一瓶，就喝一回。

這一天，這個姓冢的，上地裏去勞動去啦，哎，他逮住了一個野兔子，挺胖，回來了，剝了剝，他就煮上了，煮得一鍋子肉。呵，那一進他那門就聞見了，倍香。煮熟了，他就喊那姓卜的，說：「兄弟，在家嘞唄？」

「在嘞。」

「來吧，你看，我燉了一鍋麅子肉，咱倆喝點吧。」

「喝點就喝點唄，我掂瓶酒。」

「我那有，嘛都預備好啦，光等著你去啦，你去啦咱倆就喝。」

「那麼我去吧。」

這個姓卜的就去了。一進那院，呵，真的那味那個香。這個姓冢的，把這一鍋子肉端上去了，又是酒又是肉，兩人推杯划拳地，你一盅、我一盅地這麼喝起來啦。這酒喝了啦，都喝圓乎啦。這個兄弟那個哥哥啊：

「你看咱倆，分不出你我來，是吧，我的就是你的，你的就是我的。兄弟你這樣吧，我想借你一點物件。」

「借嘛吧，你說吧。凡我有的，我就借給你。」

「你看，別的我不借，你看你那個『卜』字那一點借給我，我擱到我那個『冢』字上邊，我就成了家了。」

那姓卜的說：「哎，大哥，你成了家了，我更是光棍啦。」

講述者：靳景祥　**採錄時間**：二〇一一年五月三日

採錄者：林繼富　**採錄地點**：耿村靳景祥家

十、〈笨學生〉

來我講一個笨學生的故事吧。

你給寫個「一」字，你用腳給他畫一個，說「一」，那就是一，那一那麼大個。他笨。你在黑板上畫一個一呢，他知道這是一，你弄腳在地下給他畫一個一嘞，他不知道。

說這個戶呢，願意叫這個孩子識了字。但是一樣，一個字不識。跟著好幾個老師了，誰也教不出他字來。這個人就說呀，就說：「你們誰要是把俺這孩子教一個字，是吧，我給你十塊大洋，給你十塊錢。教一個字。」哎，人家說：「那這教一個字容易，是吧。」

他就去了，說：「你要願意你這孩子學一個字給十塊？」

「給十塊。」

這是呀，地痞樣的這個人，根本他也不識字，唉，他攬了這活了。他一天天教著這學生。教得這學生啊，這個字啊，是溜溜畫豎。唸嘛？黑板上給他寫，「丁」，「丁」字的丁。一個橫道，底下一個勾，是吧，那個丁。這學生呢這算學會了。他給他爸爸說唄：「你家這個小子會這個，會這個字了，我算是教出你來，你給我十塊大洋，是吧。」說：「行，你就對著我，唸出這個字來，我就給你十塊。」這個人恐怕他那小子出了別的事，給了他個釘子，說：「你攥著。他多咱問你啊，你說丁。這就跟你手裏這個，黑板上那的，一樣啦。唸準了吧？」「唸準了。」

「你攥著什麼？」

「丁。」

「啊，這就算對了。咱們弄他十塊大洋。」

這一天，他爸爸去了，說：「叫他唸唸吧。」說：「你唸唸，看看這個字。這都熟得不行了，是吧，你站起來唸吧。」他那倆眼刮得刮得刮得，他下不去了。那先生嘞，急得那先生，說嘛，說：「你手裏攥著嘛？」

「攥著那……鐵橛兒。」他不說那「丁」，他說那是鐵橛兒。哎呀，要不，叫「笨學生」呢！什麼叫笨得很。你說那釘子多好，他不，他說鐵橛兒。

講述者：靳景祥　**採錄時間：**二〇一一年五月三日

採錄者：林繼富　**採錄地點：**耿村靳景祥家

田野日誌選

二〇〇九年八月二十一日
雨天

耿村，「中國故事第一村」，二〇〇六年，耿村民間故事被列入國家首批非物質文化遺產代表作名錄。二十年前講故事人漸漸老去，新的娛樂方式不斷進入耿村人民的生活中，新一代故事家是否還有講故事的熱情？在非物質文化遺產語境下的耿村故事傳承究竟是什麼樣的？面對亟須搶救和保護的耿村民間故事，當地政府、媒體、學者都在做什麼，而這些對故事傳承是否有作用？帶著這些問題，我踏上了耿村這片朝思暮想的土地。

可惜天公不作美，這幾天石家莊一直在下雨，今天雨仍然在下，但風雨並不能阻擋我前往耿村的腳步。只是讓藁城市文體局的樊更喜科長、耿村靳志忠書記和耿村民間故事演講協會會長靳春利跟我一起吃了苦，帶著我踏著泥濘的土地，走訪一個個故事家庭。耿村人是熱情的，是開朗的，是快樂的，我想這也許就是耿村這裏擁有那麼多故事家的原因。走在耿村看似平靜的街道上，卻感覺地下有一股民間文化的熱火暖人心肺。

在耿村村委會，樊更喜科長、耿村靳志忠書記和靳春利會長向我詳細介紹了耿村這二十多年來的保護情況，他們的坦誠讓我很感動，對我所有提出的問題，都是盡可能全面地幫我解答，還允許我用錄音筆錄下了這次訪談內容。

小故事家靳梅是我第一個訪談的對象，雖然只有十一歲，但由於她兩年前參加錄製央視的一檔節目，已是遠近聞名的故事明星。靳梅平時很安靜，在回答我的問題時，語言也非常簡練，但只要一講起故事就生龍活虎起來。她向我們講述了兩個關於鸚鵡的笑話，雖然這兩個故事早有耳聞，但我還是被小靳梅超強的表現力所吸引。在講故事過程中，還不斷伴有各種手勢，表演性質很強。她是我訪問的幾個故事講述者中，唯一的一個用普通話講故事的講述人。從靳梅身上，我們看到了耿村故事傳承的希望。

除了與其他故事村一樣命名故事傳承人外，耿村還命名了五個故事家庭（一家中至少有一個大故事家，兩個中型故事家），還有故事父子、故事夫妻、故事兄弟等。我們走訪了張才才和王發禮兩個故事家庭，讓人欣喜的是，在老故事家還保持著很高講述量的同時，他們的下一代也已成為中型故事家，而張才才的孫子、孫女也非常喜歡聽奶奶講故事，雖然現在還有些羞怯，相信以後也會成為好的故事講述人。

張才才年事已高，聽力已不太好，當天我主要與他的妻子侯果果交流。侯果果性格開朗，講述自然。當說到張才才是個出色的藝人，在扮演惡婆婆時真的引起觀眾咒罵時，侯果果主動講起了名叫〈平金瑞〉的故事。侯果果的孫子、孫女在村支書的引導下，當天也講述了〈猴子撈月亮〉的故事。

王發禮一家是五個故事家庭中年齡最小的一家。當天，由於王發禮腳受傷，沒有出門上班，正好我們就在王發禮家吃了午飯。王發禮高中畢業，具有明顯的文人故事講述人的特色。我本想讓他講個歷史傳說故事，可他說還是更願意講生活故事，於是他還向我們講了〈三女氣父〉的故事。王發禮的邏輯性強，講故事時沒有太多的贅語，表述清晰明瞭。就我觀察，王發禮性格比較內向，在吃午飯時，他只是靜靜聆聽別人的對話，只有讓他講故事時，他才會開口。

靳言文是耿村中型故事家，現在經營著一家診所。靳言文參加過解放戰爭和抗美援朝戰爭，應樊更喜科長的要求，他向我展示了他曾經得過的勳章。老人已經八十一歲了，但身體還是很健康壯實。在他的診所裏，他席地而坐，熱情極高地向我們講述了三個戰爭時期發生的故事。當我問起他是否喜歡講故事時，他竟出人意料地說，他不喜歡講故事。我想是因為他平時診所的工作很忙，沒有時間向別人講故事。但很有意思的是，當他給我們講了兩個故事之後，他還有意猶未盡的感覺，還要再給我們講幾個。我想這就是民間故事的巨大魅力，儘管他說著自己不喜歡講故事，但只要一講起來就會上癮。

這次來耿村，讓我有了新的體驗，原以為隨著大眾傳播媒介的日益普及，民間故事講述環境會日漸消失，民間故事講述活動會越來越成為一種表演活動。可親身體驗過才知道，耿村人是那麼熱愛講故事，儘管家裏都有了電視，但講故事仍然是他們重要的娛樂活動；村裏的外出打工人員，更是把故事帶到了十里八鄉，在保持耿村故事縱向傳承的同時，達到了更大範圍的橫向傳播。而政府的認可、學者的普查、媒體的宣傳更成為耿村故事傳承的助推劑，讓故事講述人們認識到自己故事的極大價值。這也讓我更加堅定了信念，儘管民間故事傳承在新時期出現了新特點，但只要有人有交流的地方，就一定會有故事講述活動。

二〇一〇年二月二十二日

晴天

上個學期跟林老師商量好了畢業論文的選題，研究耿村民間故事的嬗變情況，除了對耿村故事講述現狀進行調查之外，還要把現在的口頭講述內容與二十世紀八十年代的故事紀錄文本進行比較，以發現故事內容的嬗變。因此，這次來耿村調查的目的性更強，要多採集現在仍活在人們口頭上的故事。

因為要對不同時期的同一故事講述人講述的同一故事進行比較研究，選擇合適的故事講述人和故事十分重要。從二十世紀八十年代初，石家莊市文聯組織相關人員開始對耿村進行民間故事的普查開始，已有多套耿村民間故事叢書出版發行。為了使所選故事具有延續性，我儘量選擇在不同時間段出版的故事集中都曾出現的故事作為研究對象。然而符合這一條件的故事還是浩如煙海，選擇同時具有代表性的故事類型和故事講述人進行研究，顯得相當困難。因此，我在選擇故事講述人時設立了幾下幾項條件：一是儘量選擇年長的故事講述人，且在以往的故事集中有其所講故事的文本記載；二是選擇表達能力較強，比較善於並樂於講故事的故事講述人；三是選擇所講故事內容廣泛，或是在某些故事類型講述方面有所擅長的故事講述人。根據這三條標準，我確定了幾位講述人作為研究對象，國家級非物質文化遺產傳承人靳景祥是第一個被選中的，上次來沒機會見到他，這次一定要採訪到他。而耿村另一位國家級傳承人靳正新於去年十二月因病去世，我是真的非常非常地遺憾沒有見過靳正新老人的面。除了靳景祥，耿村現在健在的最出名的故事家就是張才才，上次我已到他家裏訪問過他。去了張才才家，當然也要順道搜集侯果果的故事，而她也是耿村女性故事家的代表。王發禮是耿村中年故事講述人的代表，他妻子靳巧義也是中型故事家，因為之前去過他家裏吃飯，已比較熟悉，他自然也成為我的訪談對象。耿村女性大故事家不多，只有四位：侯果果、董彥娥、袁愛金和張書娥，這四位都被我列為計畫採訪對象。

我先到藁城接了藁城文體局的樊更喜，我們再一起來到耿村，還是靳春利在村委會門口等著我們。跟他們說了我的研究設想，他們兩個都非常感興趣，還給我提出了很多有建設性的建議，比如樊更喜就說可以讓講述人自己說他故事內容的變化。我們先來到張才才家，張才才正在隔壁家裏打麻將，侯果果帶著小孫子正在屋裏看電視。侯果果大娘是個開朗的人，再加上上次我們已經見過一面，她非常熱情地接待了我。見到了侯大娘，自然要讓她講她的拿手故事〈親娘柳樹後娘棗樹〉，她不假思索，非常樂意地給我講了起來，內容上基本和我看的故事紀錄文本差不多，具體差別要回去整理完錄音再做詳細比較，而這個故事侯大娘已經教給了她的兒媳靳麗棉。在我的要求下，侯大娘又給我講述了〈梁山伯與祝英臺〉和〈藍橋斷〉兩個故事。剛講完，張才才大爺就由他兒子叫回來了。張大爺最擅長講白蛇的故事，因此我就要求他講個〈許仙三放白蛇〉，他想了一會就講起來。張大爺最大的特色是講故事要有開場白，這次也不例外；講故事前他又說了幾句順口溜，自然引入故事的講述。講到故事後半部分，他又把濟公、孫悟空帶進了故事，侯果果大娘馬上在旁邊說：「講得不對。」反應快的樊更喜馬上說：「他講得不對，你講講啊。」侯大娘就又講了一個她的〈許仙與白蛇〉。遺憾的是，由於年事已高，張才才的記憶力有所減退，除了白蛇故事，我在《中國民間故事集成・河北卷》上找到的他的故事文本，他大部分都不記得了。同時，他耳朵已不好使，他又沒有助聽設備，交流起來也有些費勁。講了幾個小故事，他就說再給我講最後一個，就講起了關於新生活的順口溜，朗朗上口，也非常有教育意義。走之前，我將之前準備好的兩盒煙送給張大爺作為新年禮物，大爺很激動，又跟我聊了幾句，還說起了他早年在學校學日語的經歷。

董彥娥大娘也是我計畫的採訪對象，但今天我們到董大娘家的時候，她推說最近身體不好，不願意講了，我們只得作罷，直接來到了故事講述人王發禮家裏。樊更喜告訴我，張國珍是耿村近些年湧現出的女性故事家，她曾經在耿村學校當老師，生活閱歷比較豐富，而且人生經歷坎坷，她的故事比較能體現耿村故事的變化，而她正好也是王發禮妻子靳巧義的舅媽，平時經常到王發禮家串門。可惜今天張國珍沒在家，我只得下次再來的時候，再去訪問她了。王發禮家今天挺熱鬧，他的二女兒帶著他兩歲的外孫女回來探親。王發禮抱著他的小外孫接受了我的訪問，我問他故事都是從哪聽來的、平時家裏人一起講故事的情景、他在外打工的時候怎麼給工友們講故事，以及他認為他自己講故事的變化等等，他都耐心地一一解答，他還給我講了〈吹大話〉、〈倔老頭〉、〈王莽狗〉等故事。中午飯是在王發禮家吃的，期間，我們幾個人還一起討論了耿村故事的特徵、傳承、保護和發展等問題。

對靳景祥的採訪一直很期待，加上上次來沒有見到他，而同樣沒有見到的另一位國家級傳承人靳正新已於去年十二月離開人世，因此我對靳景祥的採訪就更加迫切。靳景祥家住在耿村的西南邊，從張才才家過去基本要穿過整個耿村，因為天冷，街上也沒有什麼人。靳景祥大爺之前並不知道我們要來，我們一進門就說給他拜年來了，他也很高興。靳大爺現在跟小兒子住在一起，房子是新修的，他屋裏的櫃子什麼的傢俱雖然都是舊的，但是很乾淨，靳大爺穿的都是新衣服，看來兒女們對大爺都不錯，平時日常起居照顧得很好。靳大爺身體還算硬朗，就是耳朵不太好使了，跟我們說話之前要先戴上助聽器。靳大爺跟樊更喜很熟，從某種意義上說，靳景祥能成為國家級傳承人，樊更喜做了不少工作。因此，靳大爺跟我說：「只要是更喜帶著你來的，讓我講什麼我就講什麼。」我也不客氣，上來就讓靳大爺講個〈嫦娥與后羿〉的故事。我的舉動讓靳大爺有些意外，因為之前記者來採訪靳大爺，要麼是只問些問題就走，要講故事也是讓大爺隨便講一個，所以大爺挺高興地說：「哈，你還會點故事呢。」說完就給我講起了故事。因為年紀大了，體力不好，他現在都是坐著講，但講述的時候精氣神很好，眼神、手勢都很到位，說話的底氣也很足。還有一點，靳大爺是我採訪過的幾位耿村故事家中，普通話說得最好的一位，因此我們交流起來也很融洽。靳大爺的故事大部分都很長，本想讓他再講個〈藁城「宮麵」的來歷〉，他說：「哈，這個故事太長，講起來得講一個多小時。」我說：「沒關係。」但他還是在靳春利的提醒下，講了另外一篇他的代表作〈夫妻捎書〉，講的是不識字的一對夫妻之間如何通信的故事。

二〇一〇年五月十四日　晴天

前幾天接到靳春利的電話，說今年耿王廟會期間會搞個耿村故事村牌坊的揭牌儀式，會邀請一些官員和學者參加。我一聽非常興奮，想著總算有機會見到為耿村發掘和保護立下汗馬功勞的袁學駿老師，立即向學校請了兩天假，昨天坐上了到石家莊的火車。到達石家莊已經下午五點多，我只得先回家，準備第二天一早再出發去耿村。

今早八點，我搭朋友的車到達了耿村。靳春利在村委會門口等我，一看到我，就一再向我道歉，因為揭牌儀式沒有搞成，也沒有請到官員和學者。其實我倒沒所謂，不搞儀式，我一樣可以做調查，可以做訪談，可以搜集故事，只是因為有些措手不及，調查計畫必須馬上調整。今天是四月初一，是耿王廟會最熱鬧的一天，我立即在腦子裏搜索曾經瞭解到的關於耿王廟會的資訊，再跟眼前看到的景象做比對。

村委會一早就開始搭臺唱戲，這是每年耿王廟會的必有節目，耿村村支書說，村委會只是為唱戲提供個地方，請戲班子的錢，都是由耿王會出的。今天演的戲是河北梆子《四郎探母》，觀眾大都為老年男性。本打算採訪幾位看戲的大爺，但看他們看得那麼專注，實在是不忍心打擾他們，我也只好先拍幾張照片了。在村委會看了會戲，靳春利就帶著我去耿王廟了。原來的耿王已在「文革」時期拆除，現在佇立在耿村村東的耿王廟，是在二十世紀八十年代，在原址以南的田野裏修建的一座大約十幾平米的耿王小廟。今天，廟裏廟外都貼上了「敬天敬地」、「風調雨順」、「國富民康」、「感謝黨的各項惠農政策」、「誠信為本心誠則靈」、「孝敬父母」、「家合業旺」之類的紅色標語。村中一些中老年人，自願去充當管事者，一些民間故事講述者也對廟會佛事十分熱心。期間，來自藁城、晉縣一帶的人們趕來上香念佛、許願還願。耿村秧歌隊的婦女們穿著紅色的演出服在音樂的伴奏下，在廟門口的空地上扭著秧歌，由十幾位善男信女組成的敬佛班子，以打扇鼓、跑花燈等方式敬奉神仙。

據靳春利說，耿村女性大故事家董彥娥非常喜歡燒香，廟會期間都在會在廟上燒香、幫忙。我們在一個偏房裏找到了她，她正在幫助一個婦女點香。跟她說明了來意，她安排了一下手頭的工作，就帶我們來到了廣場上臨時搭建的棚子裏，因為這裏更安靜。這確實是個意外的收穫，今年二月份來耿村的時候，本來董彥娥也是我計畫的採訪對象，但當我們到她家時，她推說身體不舒服，沒能給我講述。靳春利也說，董彥娥身體一直不好，也只要燒香的時候精神狀態才會不錯，我得抓住這個難得的機會。事不宜遲，我趕緊翻開筆記本，找到了我曾經看過的董彥娥講述的故事，首先讓她講了一個〈奇怪林〉，她也沒推辭，站著就開始講。後來，我又請她講了個〈一把銀壺〉。應該說，董彥娥大娘語言表述能力和邏輯能力都不錯，就是今天講述的時候明顯有些趕，〈奇怪林〉後邊一大塊內容她都給省略了。我又簡單地問了她幾個問題，她就說要趕回廟裏去幫忙了，匆匆忙忙就走了。

跟我一起在現場聽董大娘講故事的，還有一個故事講述人叫徐榮信，他四十多歲，身材中等，留著小鬍子，高中文化，現在外地做生意，只有耿王廟會期間才會回來。這也算是一個意外收穫啦，徐榮信給我講了幾個短小的小笑話，都挺有意思的。在董彥娥和徐榮信講述故事的過程中，我注意到只有我、靳春利，還有另外一個老人，一直在聽，有些青年人都是覺得新鮮就過來看一眼，聽了一會就走開了。耿村故事聽眾減少的狀況確實讓人堪憂。

再往村委會走，耿村的十字街的兩側已經擺滿了各種攤位，主要經營項目為日用品、食品、玩具，還有自行車和小家電。村委會大院裏的戲也唱完了，觀眾們紛紛收拾凳子，走出院子，還有幾位老人是從外村來的，騎上自行車回家了。儘管街上攤位很多，但行人稀稀落落，老人們也是看完戲就走，彼此之間很少交流，這些都與記載中的耿村集市動輒上萬人的景象，不可同日而語。我隨機訪問了幾位來看戲的老人，他們說他們就愛好看戲，每年都會來看，而且每場必到。

二〇一一年五月二日

晴天

早晨八點十五分鐘出門後覺得穿的衣服多了，天有些熱。我和二〇〇九級民俗學研究生一行八人從民族大學東門的魏公村站乘坐三二〇路公共汽車到北京西客站已經是九點四十分鐘。大概是「五一」放假的緣故，一路上不怎麼堵車。為了節約經費，我和同學們乘坐K五八九次列車，火車於十點三十三分鐘準時開出。為了消磨時間，火車上我和同學們打起了撲克，老套的雙升。一路上很愉快，不知不覺中到了石家莊，達到石家莊的時間為十三點三十九分鐘。下車後到火車站對面的一家速食飯館，請同學們吃中飯，還算便宜共花掉一百二十元。

吃完飯在餐廳裏等石家莊民俗學會主席袁學駿先生電話。十四點半鐘，我們在河北飯店門口碰面，一輛麵包車開到我們面前，下來袁先生，接著我們八位在袁學駿先生的引導下，一路向耿村進發。

我們走的是石滄公路，就是石家莊到滄州的公路，路面較寬，沒有堵車。大約十五點半我們達到藁城，接在馬路邊等我們的藁城市文體局文化藝術科科長樊更喜。袁學駿和樊更喜是耿村故事發現和保護的功臣，上車寒暄後自然就聊起了耿村。大約二十分鐘，車子拐到了鄉間公路上，兩邊滿眼綠油油的麥田，很遠的地方就看到一個醒目的牌坊。樊更喜告訴我，那就是耿村的標誌物。說話間，我們的車子開到了耿村牌子底下。樊更喜說這是去年才建成的，由公司和市裏出的錢，共計十三萬元。牌子的正面寫有「中國故事第一村」，背面是「厚德載物」。

在「中國故事第一村」牌子底下，有七位老頭在聊天，年紀都在六十歲以上，袁學駿主席一一跟他們打招呼。這條從麥田中央穿過的公路，顯得格外引人，加上高高矗立的「中國故事第一村」的牌子，更讓人起敬。聊了一會兒，拍完照，我們就上車，直接開到村委會。

耿村東西向的沙土路兩邊是磚頭蓋的房子，街上堆滿了改修房子用的沙子和磚頭。村委會旁邊，村長出來接我們，並且有十幾位民間故事講述人等著。我們下車後與村長和講述人一道到了村委會會議室。中間由用紅布覆蓋的長條桌子，四周擺上長條凳子，我們圍坐起來，有點像開會的模樣。沒有寒暄，袁學駿與村長合計就開始介紹我們來耿村的目的，也向我們介紹了在座的所有故事講述人。

介紹完畢，就是出來照相，我看到在村委會旁邊有一個故事廳，據說這是當年召開耿村故事國際學術研討會的時候由市裏出錢蓋起來的。故事廳顯得有些陳舊，看樣子很久沒有接待過來人了。

大家彼此認識以後，我們就被事先商量好的東家帶走，我和兩位男同學安排在徐海江、郭翠萍故事家庭，四位女同學安排在王發禮、靳巧義故事家庭。安頓好了以後，我就和耿村民間故事演講協會會長靳春利聊了起來，他聊到了開發耿村的一些設想，意願將旅遊客因為故事帶進耿村的一些做法。聊了一會兒，我和他就到村南頭的耿王廟，繞過村莊，穿過麥田，我們到了耿王廟。看到男男女女，男的在燒茶做飯，女的在請神請願。耿王廟前清一色是老年婦女。她們唱經、燒香，還打著家業，分工合作，井然有序。

耿王廟據說是為紀念朱元璋義父耿再辰死後葬在這裏，後來守墳的靳姓為他設立了廟會。據說原先的耿王墓是一個很大很大的土包子，後來才移建到現在這裏，建成現在這個樣子。耿王廟正殿是一個敞開的房子組成，裏面有三個不深的洞，每個洞口掛了一塊紅布。祭臺上只有三個蘋果，還有請神的十炷香。廟的西邊是路神和豬神，廟的東邊是家神祠堂所在地。廟的正南方是三皇殿，轉為祈請三皇建立的，還有一個殿裏供奉著毛主席、朱德和周恩來的像，當地人把這三位共和國開國領袖封為神靈。

看完廟會的請神，已經是下午六點半了，我們就打道回住家吃飯。吃完飯，我才有時間細細查看徐海江、郭翠萍家。家由並排的兩大間房子和一個很大很大的院子，門朝東開，進門處為廚房，靠南是簡易廁所。院子靠西種的菜有大蔥、茄子和辣椒。靠近正房旁邊是一棵棗樹。女主人說院子裏的這些菜長起來夠一家人吃的。家裏有電視，但是很少開，有電腦，只有五歲的孫子週末從藁城幼稚園回來時才啟用。

晚上，我們在靠西邊的房間裏聊天，與主人聊近年來的情況，聊耿村的故事，聊耿村的廟會，等等。聊著聊著，徐海江給我們講了幾個故事，講的時候同學們在聽，我也在聽，聽得有些吃力，主要是當地方言說快了聽不大懂。但是，我們每個人在認真地聽。徐海江的聲音有些沙啞，說話有些吃力，主要是他前幾年得了喉癌，嚴重影響了發聲。如今，他養了一百多頭豬，家裏的農活由郭翠萍來做。我擔心他身體吃不消就沒有讓他講。

大約二十二點三十分鐘，我們決定休息。我住在靠東邊的房子，這裏有一個神龕，神龕上有觀音娘娘雕像，房間正對門的牆上有神像畫，畫像上的神共有三排，最下一排是八位騎著馬的神仙，中間十五位神仙，最上排有六位神仙。神龕前有一個大大的方桌，桌子上有一個香樓，女主人每天早晚上香。緊鄰神像東邊是一張孫子的獎狀，一個由河北省民間文藝家協會、河北省民俗文化協會、石家莊文聯和藁城文聯聯合頒發的證書，上寫有「徐海江為耿村大型民間故事講述家，郭翠萍為耿村中型民間故事講述家」，房間正對南的牆上貼有紅紙條，上面寫有「身體健康」，上方有一副灶王爺神像，前有一個香樓。靠床的邊上貼了一張長條形的紅紙上面寫有「身臥福壽康寧地」。看來主人祈求家人身體健康的願望溢滿家庭的每個角落。

二〇一一年五月三日

晴天

早晨六點，敞亮的房間射進了明媚的光亮，由於睡在主人家供神的房子裏，房間燒過香的氣味很濃。我跟同學們開玩笑說我在耿村是與神為伍，在神靈的注視下工作和睡覺，幸福和壓力同在。昨天晚上睡得很踏實，還做了一個夢，夢見什麼醒來記不得了。

春天的耿村空氣質量很好，在家的主要是中老年人。耿村人很善良，也很友好。村裏碰到人，都會詢問我們來自哪裏。昨天在耿王廟，廟會負責人叫我們吃飯，說不要錢。我問了廟上的情況，廟裏的開支來源是上香的人上的錢財，村裏負責組織。

起床後我看到主人家有一個小型發動機，院子裏有自打的水井。每天把水抽上來，用水不如南方方便。打井的水還澆灌菜地，每家每戶都是這樣。

大約八點鐘，我們開始吃早飯，早飯是饅頭和鹹菜，還有小米粥。熬粥的小米是從市場上買來的。吃了一個饅頭和一碗小米粥覺得有些飽。這時靳春利過來了，帶我們開始一天的工作。

外面的太陽很溫和，暖暖的。我們到王發禮家叫上其他五位女生，一塊到耿王廟上看廟會。從麥田中央的田埂上走過，到了廟上，只見幾個老年婦女拿著樂器在敲打，還不斷在一起嘀咕著，像在交換意見。耿王廟與昨天相比，已經變了很多，每個神像前多了些供品，有饅頭、有蘋果、有餅乾等等，耿王像正面的左邊多了一個大大的香爐，香爐裏冒著煙，裏面正燒著上香人供上的香火。我問：「耿王廟為什麼專門有一間房子供毛主席、朱德和周恩來的像？」負責招呼的老年婦女說：「毛主席是神，他們管著廟，也讓他們來辦廟會，他們是神。」

大約八點三十分鐘，從西面的田埂上走來三位穿戲服的人，兩女一男，一看就是廟會期間來耿村演戲的。這個戲班是村裏在耿王廟會期間專門邀請來的。唱戲的老年男性長者的帶領下到耿王前祭拜，接著拜三皇姑，接著拜毛主席、朱德、周恩來。祭拜很簡單，就是說一些「來這裏唱戲，希望保佑這裏人平安吉祥、風調雨順」之類的話。祭拜完後，沒有唱戲準備走，一位老年婦女要求他們唱幾句，於是一位女戲人在耿王前唱了幾句，靈機變動，唱得很好，旁邊的老年婦人開心地笑了。唱畢，我們跟著唱戲的離開耿王廟到搭建在村委會的戲臺裏去看戲了。

路過耿村集市，這裏很熱鬧。耿村集市由東西和南北兩條大街組成，街上人擠人，人挨人，我在人群中穿行，來到村委會，一看，好傢伙，這裏已經坐了很多來看戲的老年人。戲臺是一輛破舊三輪車後箱，用幾塊木板拼湊而成。戲臺很簡單，很陳舊，很實用，當地很多下鄉的戲班子都是這樣，搬運起來方便，所有演出的東西和演員走上三輪車就可以到下一個演出地點了。

上午的戲從九點開始，上午唱《雙駙馬》，下午唱《劉公案》。此時耿村老年人幾乎全部集中在這裏看戲，他們坐在簡易的摺疊小凳子上，拿著煙斗，說著話，在臺下靜候戲的開演。

不久，《雙駙馬》在演員的報幕聲中開始了。《雙駙馬》講述的是媳婦在家伺候公婆，丈夫上京趕考，中了狀元，但是在京城被招為駙馬，然而，在家伺候公婆的媳婦卻蒙在鼓裏。公公、婆婆在想念兒子中去世後，媳婦就上京城找丈夫。然而，一走十六年的丈夫究竟在哪裏？到京城後打聽丈夫已經被招為駙馬，心中怒火中燒，但是又十分無奈，在房東努力下，終於說出真相。

戲的情節很簡單，卻很能抓住觀眾。所有的人都全神貫注地看、地聽。我也被這種民間戲曲的特殊力量所感染和感動，從九點到十一點半，我一直坐在太陽底下看戲、聽戲，我看懂了。這些戲班子演出較為簡陋，但是，演員在真情演，觀眾在真情看，他們把生活融進戲中，儘管因為舞臺把觀眾和演員分開，但是，戲的內容和情節貼近老百姓，他們能看懂，能聽懂，能理解戲。戲與他們的生活融為一體，戲曲人生與現實人生融為一體。戲中傳送出來的什麼是真，什麼是美，什麼是善，什麼是惡，涇渭分明，沒有什麼曲折和隱晦，這是耿村人習慣接受和習慣欣賞的表達。這些民間戲班子演出的戲曲影響了耿村人的生活，影響了耿村人的價值觀和人生觀。據說唱戲在耿村有幾百年的歷史，在廟會期間演戲的風俗一直保留著，這種傳統的文藝活動被耿村人接受和傳播。近幾年鄉村劇團很多很多，鄉村文藝就是在鄉村戲曲走鄉串寨中星火燎原。

今天的戲班是唱墜子戲的，是臨近西白露的戲班子，叫藁城市青年墜子劇團。由於這裏的戲班子很多，廟會期間戲班子往往要來聯繫，這是娛樂，又是生意，更是唱戲人的生活。戲班子的演員很少，有時一個人要扮演幾個角色，主要是為了節省開支，畢竟，他們是通過唱戲獲取生活來源。唱戲人的生活不是太好，唱戲成為他們維持生計的方法，因此，凡是廟會期間的唱戲就成為戲班子競爭的重要場所，戲唱的好與壞成為被人選擇的尺度了。經過選擇，耿王廟會期間選擇了墜子戲班子。他們在這裏要從初一唱到初四，連續唱四天，每天唱兩部，每部四百元。所有的費用由廟上的香火錢支付，年年如此。

在我看戲的當口，大約十一點鐘，藁城市文化局的樊更喜帶著《藁城日報》的記者來了，我邊看戲邊接受採訪。十一點半，上午的演出結束。接著，村長告訴我，鎮裏的領導來看我們。中午鎮裏請飯，一輛中巴車把我拉到村外的小酒店吃午飯。為了表達謝意，我喝了一杯啤酒。由於在太陽底下曬了一上午，有些難受，吃完午飯，大約一點半回到住地休息了。

下午三點半，在靳春利的帶領下，我們去找靳景祥老人。穿過村裏的幾條巷子，很快就到了靳景祥家。靳春利推開厚重的鐵門，進去喊人，沒有答應。我們在狹小的院子等，靳春利到外面找靳景祥老人，很快老人回來了。

靳景祥老人，走路緩步悠悠，帶著助聽器，瘦瘦的高個子，穿著布鞋，一件黑色的夾克穿著有些範兒。他帶我們進入客廳，客廳沙發上睡了一個中年男子，看到我們進來迷迷糊糊從沙發上起來。原來家裏有人，也許是睡著了，我們的到來他居然沒有感覺，或許他們已經習慣了四面八方的人來到他們家。我們坐下從瞭解靳景祥的故事開始，他很快說到賈芝、烏丙安等老一代曾經考察過他的學者。我們就他講故事的經歷以及說書對他講述的影響聊了起來。

聊了一段時間，他跟我們講起了故事。他講故事簡潔，有說書的味道，講的時候有動作，有眼神，有表情，抑揚頓挫、起承轉合把握得很好。由於上了年紀，講的時候有些吃力，慢條斯理。他講故事的熱情不是很高，每一個故事都是在我們催促下講述的，這與我在調查孫家香故事講述的時候有很大區別。孫家香是九十三歲老人，我每次看她，她都會主動講述，一個接一個；當然，每次不會講得很多，也會詢問我們還講不講。靳景祥講一個故事就想結束，他有時候問：「還要講一個嗎？」就這樣，大約跟我們講了五個故事，故事都很完整，很傳神，包含了豐富的思想。

這是我第一次見到靳景祥，中國北方農民故事家。他的生活很好，講述開始時他的小女兒帶著小外孫坐在邊上，他介紹說這個小女兒會講故事。講了一會兒，大孫女進來纏著爺爺讓他講，靳景祥笑著沒有講。老人說前段時間到學校跟學生講故事，針對學生他講了〈笨學生〉，並把這個故事講給我們來聽。講完以後，我覺得老人確實累了，準備結束這次採訪。臨走的時候，他把我們送出大門，與我們揮手告別。

離開靳景祥已經是下午六點半了，我們回到住地，等待晚飯。晚上七點吃完晚飯，與主人家聊了起來，女主人一個勁地跟我嘮叨廟會的事情。不久，靳春利過來，我們坐在一起，講起了故事。女主人講了一個，男主人講了一個，靳春利也講了幾個。晚上九點四十分，我們到女同學住的房東，聽他們講講故事。落座後，女主人靳巧義很熱情，拿了一大籃子花生，生的，讓大家吃。已經睡了的男主人王發禮起床了。我們邊吃邊說著閒話，男主人講了一個〈賭博〉故事，他說這個故事是幾個真人真事拼接起來的。我聽了以後覺得一般般，靳春利跟我們講了幾個故事。大約十點四十分鐘，我們離開回到我們的住地休息。

二〇一一年五月四日
晴天轉雨天

早晨六點三十分鐘起來，坐在電腦前整理筆記。八點吃飯，早餐是昨天晚飯剩下的包子、小米粥，外加一個雞蛋。吃完以後，靳春利過來陪著我們。八點四十分鐘，我們到了耿王廟，這裏主要是老年婦人，零星的上香的香客。我與有毛主席、朱德和周恩來的畫像室裏的老年婦人聊了起來。她說這裏很靈，很多人來上供；前幾年自己的腳摔傷了，每年廟會來幫忙行善。聊了一會兒，靳春利建議我們到附近的果園轉轉。從耿王廟往南走了二十分鐘有一個桃園，雖然桃花開過了，但是桃枝上嫩綠讓我們欣喜若狂，同學們忙著照相，我則靜靜坐在桃樹下享受難得的自然。接著，我們到了一個蘋果園，主人正在為蘋果修枝。蘋果園有二十幾畝，每年可以收幾萬斤。從果園出來，已經是十一點半了，我們往回走，大家都很累。回到住地我躺了一會兒，等主人家的中飯，有些累。女主人在街上買來油條和油炸的粑粑，沒有米飯。吃完中飯已經是十三點多，我住的房間有神像和神龕，這幾天上香的人很多，神煙繚繞，瀰漫在房間，我在學生住的床上休息。

大約十五點鐘在靳春利的帶領下來到侯果果家，侯果果不在家，靳春利去找，很快侯果果回來了。侯果果家的院子不大，顯得有些陳舊，房子二樓的樓梯也沒有欄杆，還是建房子時候的樣子，裸露的水泥十分扎眼，院子裏有幾顆柿子樹、核桃樹，小小的院子滿滿當當。侯果果家正屋裏放了一張床，也是客廳，這是當地人家的典型佈置，除此而外，就是兩排沙發，還有一輛腳踏三輪車，把客廳填得滿滿的，有些擁擠，有些凌亂。

我們落座後聊起家常來，這是每次調查必備的話題。很快我將話題引到故事，侯果果講了幾個。她講的故事不是很好，喜歡笑，也喜歡眼睛盯著我，我就不斷地點頭，不斷地回應，算是結構成最直接的講述活動現場。講著講著，有電話進來，接，沒有，再講，電話又響，再接，還是沒有，這樣反反覆覆幾次。等到侯果果到客廳外的院子裏接電話，他家丈夫張才才，也是被命名為耿村大故事家，從坐在我們後邊的床上起來轉移到剛才侯果果坐的位子上，開始講起了故事。

張才才耳朵閉塞，他的講述並不照顧我們這些聽眾，而是一個勁地往前講，講著講著，想起一個，又開始講，這樣一邊講著這個故事，一邊想著另外一個故事，發散性地往前講。我們也就不跟他做更多的交流，任著他的性子和愛好講。像這種因為聽力障礙的講述人在我的調查中多次碰到過，因為與他們的交流十分困難，加上語言表達的習慣，因此，講述人也不大注意聽眾的感受，就一個勁地講；如果有交流，更多的還是表現在眼睛上。張才才坐在邊上陪我們聽他妻子講故事時候，顯得很笨拙和老態，走起來來慢悠悠，似乎隨時都會倒下，但是，當他作為講述人講故事的時候，卻十分精神，聲音洪亮。他講這個故事想起另外一個故事，接著又講另外一個故事，講著講著他又轉回來，一共講了九個故事，他就不講了。故事講到十八點半，侯果果問我們還講不講。我看到兩位老人要帶孫子，剛剛在張才才跟我們講的時候，侯果果把孫子接回來，並且要照顧孫子，她跟我們解釋不好意思，在照顧孩子和講故事之間，我決定讓她去照顧孩子，這是大事情。

下午出門的時候，天空很暗，在侯果果家聽故事的時候，天就下起了雨。我們坐在本來就不亮堂的客廳裏，光線顯得更黯淡了。下了一會兒，雨結束了，天空漸漸亮堂起來，房間也明亮許多。我們離開侯果果家回到住地，主人家的飯已經做好，端上飯菜，晚上較為豐盛，有包子、饅頭、稀粥，嘿嘿，還有一碗肉。我的學生劉東亮是回民，這幾天一直沒有吃肉，今天特意加了這道菜，我們說不要，劉東亮說沒有事。

吃完晚飯，外面下著小雨，天很黑，我們在手電筒光的照耀下，直接到村委會採訪白天唱戲的。演員們唱了一天的戲一定很累。進到房間，看到村委會亮亮堂堂，一個老頭坐在椅子上。我們說明來意，他把我們帶到隔壁的演員住的地方，讓我們採訪主要演員。我們在點著蠟燭的房間裏聊天。聊他們的劇團，聊他們的演出，聊他們的收入，聊他們的演員選拔，等等。不久，在一個年輕人的幫助下，房間的電燈接上了，亮堂許多，我也能近距離地看清卸了妝的鄉村演員的形象了。

採訪完戲班子，我們又折道去耿王廟上，走在漆黑的街上，冒著絲絲細雨，借助手電筒光前行，不久就看到遠處燈火通明，那就是耿王廟。到了耿王廟，看到一圈婦人在對一位年輕人說說道道，指指點點，讓他說出心中的事情，讓他上十支香。年輕人見我們到來，有些害羞。據說這位年輕人是孫悟空附體，他是趁耿王廟會期間的靈性治療這個病的。說了好半天，他說沒有事，給酒他喝，他總說沒事，最後禁不住周圍老年人的勸說，他不唱，而是在耿王之位面前翻了幾個跟斗，才算完事。此時已經是深夜十點多了，面很涼，我們也摸著路，在手電筒點光線的引領下回到住地，結束一天的採訪。

二〇一一年五月五日

晴天

昨天晚上下了雨，早晨六點二十起床，感覺外面的空氣格外清新，女主人已經蒸上饅頭，小院子裏種的菜濕漉漉的，嫩又好看，比我們四天前來的時候長高了一些。我的精神比昨天好一些，隱隱的頭疼慢慢地好了，或許與這裏的氣候有關係。這幾天，耿村很熱鬧，廟會期間，耿村人請來民間劇團演戲四天，許多人來廟會祈願、燒香、請神。耿村及其附近人請神，不僅在耿王廟裏，而且在一些耿村人的家裏也設置了神龕，我們住的徐海平家昨天就有不少人在他們家神龕前面燒香、祈願。

在耿村的巷子裏，樹上也寫有「保佑平安」的字句，房子的牆上也嵌進「泰山石敢當」的牌子，這些均告訴我們，耿村是一個仍然相信神異力量的村子，儘管在年輕人那裏不盛行，卻深深扎根在五十歲以上的耿村人的心裏。

小村的熱鬧，掩蓋不了複雜的矛盾，就耿王廟會權的爭奪已經發生了很多年，耿村成為故事村的過程中人事之間的紛爭以及為爭奪文化發展的資源，村民與村委會、村民與地方政府等等，這些包含了耿村在故事資源逐漸附加諸多利益的時候表現出來的矛盾使這個不大的華北村莊暗湧著不平靜的波瀾。

行走在村子裏，所有的人都是熟人，所有的人都是友好。在廟上，主事廟會的耿村人多次邀請我們在廟上吃一餐飯，我們一直沒有成行。雖然我們知道他們是真誠的，是善意的，他們也多次強調不要錢，是免費的。但是，我更多地考慮害怕增加村民的負擔，增加廟上的負擔。或許這種雙方之間的善良願望無法達成一致，或許引起不必要的猜想。我知道，他們邀請是真誠的，我們沒有去也是真誠的，這就夠了。

二〇一一年七月二五日 晴天

這次來耿村做故事講述調查，是路程最艱難的一次。前兩次都是搭了朋友的順風車，從我家出發，四十分鐘就能到達耿村，可這次是我一個人坐長途客車去，光路上就折騰了整個上午。我七點鐘從我家出發，坐上二十路公共汽車，來到石家莊白佛客運站；本打算坐石家莊到李莊的車，可早班車已經發走，剩下的一班要等到下午一點，最後只得選擇先乘車到藁城，再從那裏轉車到耿村。從石家莊到藁城的車很繞，用了四十分鐘才到藁城車站；不熟悉情況的我還下錯了站，又坐了個「招手停」到藁城新車站。從藁城並沒有直接到耿村的車，只能坐到朋學村，再步行到耿村。還好從藁城到朋學村的車每小時就有一班，沒等多久我就坐上了去往朋學村的車。同坐一輛車的乘客，聽說我是去耿村，都紛紛建議我下車的最佳地點。坐了大約四十分鐘的車，終於到了耿村的鄰村朋學村。下車後，一個抱著小孩的姑娘還一直帶著我走上去往耿村的小路。在路上她跟我說她知道耿村講故事出名，就是一次也沒去耿村聽過故事。因為昨天剛下了大雨，鄉間小路十分泥濘，沒走幾步，我的鞋上就沾滿了泥，走起路來沉甸甸，但是一直在城市生活的我，還是被這泥土的氣息深深感染著。當走了大約十五分鐘，看到耿村的房子，看到站在村口等我的靳春利，激動之情溢於言表。看看手錶，已經中午十一點多了，這趟耿村之行真是不容易。

這次主要調查靳景祥的故事講述，目的性很強，我非常希望能夠住在靳景祥家裏，但靳春利跟我說，靳景祥現在跟著小兒子住在一起，吃飯什麼的有時還要到大兒子家裏去，很不方便。我也只得客隨主便，住在他早已安排好的，故事家庭徐海江家裏。徐海江是耿村的大故事家，遺憾的是，我這次並沒有遇到他，因為他剛做完手術，這幾天都在藁城市裏的醫院烤電。徐海江的妻子郭翠萍是耿村中型故事家，是個賢慧而幹練的主婦。他們家裏在村頭養著一百多頭豬，郭翠萍大娘餵完豬，就在家門口等著我的到來。郭大娘先給我打了水讓我洗洗臉，她就去做飯了。中午飯就我們兩個人吃，很簡單，一個素炒豆角，一個番茄雞蛋，主食是饅頭和速食麵。一邊吃飯，我們倆一邊聊天，聊聊她的大兒子和大兒媳。她自豪地告訴我他的小兒子現在在安徽上大學，還聊他們家養的豬。當然，我會有意地聊到耿村的故事，聊到靳景祥，她說她很佩服靳景祥能講那麼多的故事，而且都講得那麼好，他當了傳承人了，領了國家的補貼，也讓他們想著把故事講好。但是她也提到，他們畢竟不像靳景祥那麼閒，他們還要做農活，還要想著掙錢，講故事的時間肯定會減少。

由於我到的時候已經是中午，又考慮到靳景祥的身體狀況，一次訪問時間不宜過長，於是我跟靳春利約好下午三點鐘一同去靳景祥家，在五點之前結束這次訪問。為了提高訪談效率，我儘量將訪談內容細化，把每個想問的問題都提前整理好，訪談內容涉及到靳景祥的人生軌跡和現在的生活，靳景祥對耿村、對耿王廟會、耿村集市、民間故事等的看法，以及靳景祥現在故事的講述和傳承狀況等等。吃過中午飯，我就拿出筆記本，一遍遍地溫習我已羅列出的問題，由於跟靳大爺不太熟悉，我決定先從靳大爺的成長過程問起，以拉近我們的距離。儘管我是土生土長的石家莊人，但由於從小在城市長大，雖然能夠聽懂周邊縣市的方言，但我自己並不會，所以我一直在想辦法用最最接近他們的語言來表達我的意思。

下午三點，我提著一箱剛買的牛奶和靳春利準時來到靳景祥家。靳大爺事先並不知道我的到來，正一個人坐在門廳的躺椅上，閉目養神。雖然半年前我曾到靳大爺家聽他講過故事，但他已經不記得。不過，靳大爺一看就是見過世面的人，對我們的突然襲擊並沒表現出多少意外，而是非常熱情地把我們請到屋裏去坐。與大爺寒暄了幾句，問了問他最近的身體狀況、天氣熱不熱等問題，我們自然而然地切入了今天的主題。應該說，我之前的功課做得比較足，對於靳景祥的成長過程並不陌生，但因為我們要做的是講述研究，必須要由他自己講述他的成長經歷，以及他對自己人生的看法。因此，訪談中，主要是靳大爺在說，而我根據他講述的內容，時不時地進行引導。靳大爺向我講述了他們靳家當年遷到耿村的情況，他作為九門獨子極為受寵的兒童生活，以及學修鐘錶、學說書、學做飯，以及在村裏唱戲的經歷，回憶這些過去，老人流露出自豪而愉悅的情緒。但是講到文化大革命，靳大爺情緒上有了些波動，經過我幾次引導，都不願說當時的情景，我也只得作罷。靳大爺最喜歡說的就是他去承德開會的經歷，事隔二十多年，他仍能清楚地記得當時在會上見到的專家、學者和各地故事家的名字，以及在承德發生的一些小插曲。兩個小時很快過去，可是我們還是意猶未盡，但是我能明顯感覺到靳大爺身體上的疲累，所以我決定明天再來。靳大爺把我們送到門口，他一再說本來應該留我們在他這吃飯的，可是他現在也是身不由己。

結束了對靳景祥的訪談，時間尚早，我決定再好好跟靳春利聊聊，我要請他吃飯。可是耿村並沒有飯店，我們只得步行十多分鐘，到鄰村朋學村找了個小飯店吃飯。期間，他向我講述了他在耿村故事家演講協會的工作，以及他的一些設想。同時，我也向他詢問了一些靳景祥的情況，想瞭解他作為一個民間文化精英對靳景祥現在生活以及故事講述的看法。

晚上七點多回到翠萍大娘家，大娘還在等我吃晚飯。我這時才想起來忘記跟她說晚上不回來吃了，趕緊跟大娘賠禮道歉。用在院子裏曬了一天的水，簡單洗了洗之後，我就開始整理今天的成果。我沒有帶電腦來，只得先在本上記好今天的訪談內容，等回去後再仔細整理。看看時間已經十點多了，我還是趕緊睡覺吧，明天還要繼續調查呢。

二〇一一年七月二十六日

晴天

今天又是個大晴天，一定又會很熱。昨天晚上睡得不太好，天氣太熱，房間裏沒有電扇不說，還有小蟲子總是飛來飛去，院子裏的狗還時不時地弄出點響聲，睡得極不踏實。天一亮我就醒了，躺在床上想今天的訪談計畫，今天要詳細問問靳大爺現在的生活狀況，問耿村的歷史和現在的文化狀況，包括耿王廟會、集市、搭臺唱戲等等，上午的訪談時間計畫從九點開始，十一點結束，控制在兩個小時左右。

翠萍大娘六點半餵完豬回來，我們就一起吃的早飯。早飯是大娘大兒媳昨天送過來的油條，配上大娘準備的鹹菜，味道還是不錯的。吃過飯，我在院子裏，跟大娘家養的大黃狗玩了一會兒。大黃個頭挺大，其實才一歲多一點，非常溫順，給牠照了幾張照片後，我就回屋裏再次檢查今天要用到的設備。錄音筆和相機昨天已經充好電了，我又將問題本重新整理了一下，將已經問清楚的做好標記，今天就不再問了，對需要往深裏繼續挖的，再想好提問的措詞，再將今天準備瞭解的內容進行一次梳理，以提高訪談效率。

九點，我和靳春利來到靳景祥家，因為昨天說好今天會來，靳大爺已經在門口等著我們了，他把我們讓進屋裏，對我的態度明顯比昨天親近了許多。我像嘮家常一樣先問了大爺一些生活上的問題，比如早上吃的什麼、在哪吃的、平時都是在哪家吃飯等等。靳大爺很坦誠，他不僅將吃的東西一一數給我，還把每月拿到的生活補助都清楚地告訴我。從講述中，可以看出，靳大爺的生活還算富足，孩子們也都十分孝順。

之後，我們就談起了耿村的一些事。靳景祥把耿村稱為「浪蕩村」，這引起了我的興趣。本以為是個貶義詞，一問才知道，原來是說耿村人都不愛種地，愛做買賣。靳大爺自己也說做買賣比種地還不容易，也正是因為有做生意的傳統，耿村才有熱鬧的集市，人們也才都愛說、愛笑。靳大爺自己也是每集必逛，今天剛好是農曆的六月二十六，靳大爺說：「今兒個又該花錢啦。」問到靳大爺都會買些什麼，他就把他之前買的點心、水果都拿出來給我看，真是個實在的老人。靳大爺也說現在的集市不行了，遠沒有他小時候熱鬧了。說起耿村的廟，自然要說到耿王廟，而靳大爺講述的〈朱洪武與耿再辰〉的故事在耿村非常有名，他又給我講起了它，印象裏好像跟他上次給我講的有些地方不太一樣，回去後整理完錄音，再做具體比較吧。還說了很多他小時候在廟裏發生的事，對於耿村原來有現在已經拆了的八個廟，他也和靳春利一起一個一個數了出來，老人家記性果然不錯。說著說著，靳大爺又講了一個耿村西門洞的故事，也非常有意思。這種在訪談中自然而然帶出故事的方式，效果很不錯，與我之前用的點故事，搞突然襲擊的方法相比，這樣靳大爺講起故事來更加熟練、更加信手拈來。之後我又問了他一些關於耿村搭臺唱戲的事情，以及他現在都在什麼地方跟什麼人一起講故事等問題，他都很詳細地回答。

兩個小時很快過去，上午的訪談結束了，跟靳大爺告別後，我和靳春利一起往翠萍大娘家走。路過耿村的十字街，發現街上好多擺攤賣東西的，才想到靳大爺剛才說今天是集呢。我趕緊拿出相機，把錄音筆打開放在兜裏，一邊詢問攤主們都是從哪來的，是不是每次集都來，以及生意怎麼樣等問題，一邊忙著拍照。今天的集市可以明顯感覺到蕭條很多，攤位也就十多個，主要是賣蔬菜的，有一個比較顯眼的是賣衣服的攤位，攤主是從外村來的，把衣服掛了滿牆，但是生意並不怎麼好。中午飯翠萍大娘煮了玉米，是大娘從集市上買的，非常非常地好吃。

下午三點我們的訪談繼續，我先把中午在集市上買的兩盒煙給了靳大爺，被靳大爺說了一通，說我不該老拿東西。下午的訪談，主要關注耿村的故事普查，靳景祥被發現後參加的各類活動，以及他成為傳承人之後的講述和傳承現狀等等問題。因為一天多的接觸，我們都已經很熟了，靳大爺也真的可以做到實事求是地回答我的問題，甚至有時都會發些牢騷。訪談快結束的時候，我讓靳大爺給我隨便講個故事，他就選了個〈「老冤」的故事〉講給我聽，詼諧幽默，還非常有意義，他最後的總結讓我記憶深刻：「知足常樂，不知足的就難過。」

二〇一一年十月五日 晴天

這是去耿村做調查，第一次有了搭檔，他就是葛曉笛同學，他的任務是負責開車和拍照，這樣我就可以專心地做訪談，不用一會想著提問，一會想著拍照了。我這次的任務仍然是採錄靳景祥的故事，採錄耿村的故事。

早上八點我們開車從石家莊出發，不到九點我們已經見到靳春利，來到了靳景祥家。這次靳大爺不但認出了我，還記得我姓李，讓我十分高興。這次來，靳景祥的精神狀態明顯要比夏天時好，而且因為認識我，也比上兩次健談了許多。靳景祥提到袁學駿老師給他打電話說中央民族大學將要召開關於民間故事傳承人的研討會，邀請他去參加，但靳春利說跟他靳景祥兒子商量過之後，還是覺得靳景祥年歲大了，實在不適合出遠門，也只好讓我代為轉達，向林老師說明不能前往的原因。

訪談一開始，我請靳大爺講個以前沒講過，或是很少講的故事，他就說：「那我就給你講個〈孟姜女哭長城〉的故事吧，這個有點長。」我說：「沒關係，我就喜歡聽長的。」這個故事講了有二十分鐘，其中有些地方，比如項羽養父的名字，靳景祥怎麼也想不起來了，可見這個故事確實講得不多，而且跟我在《耿村民間文化大觀》上看到的故事文本相比，也簡練了很多。但是，靳景祥仍然能記得這個故事是他十幾歲，也就是日本人還沒打到耿村的時候，有一次趕集的時候，聽一個賣牲口的講的。正好我就順著話，問起了日本人沒到耿村之前，耿村是怎樣講故事的，靳景祥就又跟我說起了人們在磨光石、磨光木旁聽故事的情景。聊了一會兒，靳景祥又主動給我講起了〈公冶長聽鳥音〉的故事。公冶長能聽百鳥音的典故很有名，但印象裏在靳景祥以前記錄的故事文本裏，並沒有這篇故事，他說這是早年聽靳景祥班講的。

之後，我想請靳景祥講一個「兩兄弟型」故事，之前的故事文本裏靳景祥講過三篇〈二虎得仙桃〉、〈不開口的公主〉和〈白虎洞〉，可經過我再三提示，靳景祥還是想不起來這三個故事。我想這可能與靳景祥年歲大了，記憶力減退，這幾個故事講得不多有很大關係。後來，靳春利跟我說，有些故事他說沒講過，是跟當初故事普查時的方法有關：有些故事是講述人在跟普查員閒聊的時候無意中講起的，沒有進行現場錄音，普查員回去後根據記憶再進行整理，這就導致了講述人覺得自己根本就沒講過這個故事。因為三個故事靳景祥都沒想起來，他就說：「那我給你講個〈胡浪蕩相親〉的故事吧，這個故事還在獲鹿開會的時候得過獎。」這個故事分兩條線索，一個是胡浪蕩這邊忙著去相親，一個是小英家裏忙著準備迎接胡浪蕩，故事最後兩條線索匯合，達到了高潮，之後戛然而止，讓人回味雋永。這個故事挺長，也講了快半個小時。

〈藁城「宮麵」的來歷〉、〈花燈疑案〉、〈錯中錯〉是靳景祥的代表作，也是別人都沒有講過的，而且這三篇故事都很長。我問靳大爺還記不記得這三篇故事，他說〈藁城「宮麵」的來歷〉和〈花燈疑案〉都能講，就是〈錯中錯〉現在連一半也講不了了。靳春利也說，這篇故事頭緒太多，講起來確實費勁。我就讓靳景祥先在前兩個故事裏選一個來講講，他就選了〈藁城「宮麵」的來歷〉。這個故事可以說是靳景祥的成名作，在承德的會議上，他就是講的這篇，後來的三十年裏，他時不時地就會向人講述。靳景祥講得很熟練，每個細節都講得很細緻。本想看到他學小腳老太太走路什麼的，但可能因為當天聽眾就我們三個，或是因為他如今年齡已高，故事講述自始至終他都是坐著，沒有站起啦，只是偶爾用眼神和手勢進行模仿或指點，以加強講述效果。這個故事講了有半個多小時，他說這是李孝鼎給他講的，本來還有後續故事，但他怎麼也想不起來了。

也許是因為氣候原因，靳景祥這段時間的身體狀況都不錯，而且因為我上次來做調查時跟他有很長時間的接觸，這次的訪談很順利，我的問題他沒有遮掩都詳細回答，講述故事時也是我要求什麼他就講什麼。記得第一次採訪他時，請他講〈藁城「宮麵」的來歷〉，他就說：「這個故事太長，我也沒有時間講，你也沒有時間聽。」而這次，他沒有任何推辭，給我講的都是不常跟別人講的長故事。一上午不間斷地講述，我都有些累了，而靳景祥還是很有精神，可見他對民間故事的熱愛。十一點半時，大兒媳來叫他過去吃飯了，我們也不好再打擾，快到十二點的時候，我們就離開了靳景祥家。

中午和靳春利一起吃飯，他跟我講了他們耿村故事家演講協會現在具體都有哪些會員，每個人都負責哪些事情，以及耿村故事文化網自開通一直到現在的經歷。吃完午飯，時間還早，我們就在村裏各處轉轉，雖然我已採訪過很多耿村人對民間故事、對靳景祥的看法，但總覺得還可以再問問。耿村村委會門口是中型故事家靳言文開的診所，這會門口又聚集了些老人，我們從這一經過，言文大爺就指著靳春利說：「這是我們會長。」我自然要停下腳步，聽言文大爺講講抗戰故事，老人們都聽得很認真。記得靳景祥說他也經常在這塊跟老人們一起講故事，我就問起了這些老人對靳景祥的看法，他們都說：「小碗，故事講得真不錯，他學過說書，就是不一樣。」小賣鋪門口，也坐了一些婦女，我過去問她們有沒有聽過靳景祥講故事，她們說開會的時候聽過，不過平時聽得很少，因為靳景祥都是跟男的們在一起坐著，但是靳景祥有名啊，這村裏凡是來了記者都要去趟靳景祥家的。

一天的調查很快結束，開車走出耿村，看著村頭寫著「耿村故事村」的牌坊，看著定魏線上寫著「耿村故事村」的指示牌，對耿村非常留戀。幾次耿村之行，我已與耿村人非常熟悉，與靳春利成了很好的朋友，有什麼資訊他都會發郵件告訴我。耿村人熱情開朗，又因有故事村的名號，與外地人接觸很多，從不羞澀，這也讓我的調查非常順利。然而，對於耿村的民間故事傳承，以及故事傳承人的保護，還是有很多問題值得研究和探討，而這些又必須與社會現狀聯繫起來。

靳景祥故事輯錄和研究索引

〈嫦娥與后羿〉，載《河北日報》一九八八年四月十七日。

〈楊六郎大戰白石精〉，載《河北日報》一九八八年四月十七日。

靳景祥講述，楊榮國採錄、整理，《花燈疑案》，北京：中國民間文藝出版社出版，一九八九年。

河北省石家莊地區民間文學三套集成編委會，《耿村民間故事集》第一集至第五集（內部出版，一九八七年至一九九一年）。

袁學駿主編《耿村故事百家》，北京：中國民間文藝出版社出版，一九九一年。

〈掃帚破案〉，載《民間文學》一九九三年第一期。

〈一帽泉水解冤仇〉，載《民間文學》一九九三年第二期。

〈買妻換妻〉，載《民間文學》一九九四年第四期。

〈賢慧媳婦〉、〈貪財丟妻〉，載《民間文學》一九九五年第四期。

〈含羞草〉，載《故事家》一九九五年第四期。

〈王八姻緣〉，載《民間故事》一九九九年第二期。

〈女媧與伏羲〉等一百三十三篇，載錄袁學駿、李保祥主編《耿村民間文化大觀》，北京：北京圖書館出版社，一九九九年。

〈曹操吃豆腐腦〉等五十篇，載錄袁學駿、劉寒主編《耿村一千零一夜》，石家莊：花山文藝出版社，二〇〇六年。

楊榮國，《民間故事家——靳景祥》，北京：民族出版社，二〇一一年。

李敬儒，〈大眾文化背景下的民間故事講述活動——以河北省藁城市耿村為例〉，載《安徽文學》二〇一〇年第六期。

李敬儒，〈保持傳統與主動調整——耿村民間故事內容與形式嬗變研究〉，載《民間文化論壇》二〇一一年第四期。

參考文獻

學術著作：

江帆，《民間口頭敘事論》，哈爾濱：黑龍江人民出版社，二〇〇三年
宋孟寅、鄭一民、袁學駿，《中國耿村國際學術討論會論文集》，北京：中國民間文藝出版社，一九九一年
林繼富，《村落空間與民間敘事邏輯》，昆明：雲南人民出版社，二〇〇八年
林繼富，《民間敘事傳統與故事傳承：以湖北長陽都鎮灣土家族故事傳承人為例》，北京：中國社會科學出版社，二〇〇七年
林繼富、王丹，《解釋民俗學》，武漢：華中師範大學出版社，二〇〇六年
季羨林，《比較文學與民間文學》，北京：北京大學出版社，一九九一年
金榮華，《中國民間故事與故事分類》，臺北：中國口傳文學學會，二〇〇三年
周福岩，《民間故事的倫理思想研究——以耿村故事文本為對象》，北京：中國社會科學出版社，二〇〇六年
袁學駿，《耿村民間文學論稿》，北京：中國民間文藝出版社，一九八九年
陳序經，《中國文化的出路》，北京：中國人民大學出版社，二〇〇四年
許鈺，《口承故事論》，北京：北京師範大學出版社，一九九九年
董曉萍，《田野民俗誌》，北京：北京師範大學出版社，二〇〇三年

劉守華，《中國民間故事史》，武漢：湖北教育出版社，一九九八年
劉守華主編，《中國民間故事類型研究》，武漢：華中師範大學出版社，二〇〇二年
劉魁立，《劉魁立民俗學論集》，上海：上海文藝出版社，一九九八年
鄭培凱主編，《口傳心授與文化傳承》，桂林：廣西師範大學出版社，二〇〇六年
盧曉輝，《現代性與民間文學》，北京：社會科學文獻出版社，二〇〇四年
鍾敬文，《鍾敬文文集．民間文藝學卷》，合肥：安徽教育出版社，二〇〇二年
顧頡剛，《顧頡剛民俗學論集》，上海：上海文藝出版社，一九九八年
阿爾伯特．洛德，尹虎彬譯，《故事的歌手》，北京：中華書局，二〇〇四年
亞瑟．阿薩．伯格，姚媛譯，《通俗文化、媒介和日常生活中的敘事》，南京：南京大學出版社，二〇〇六年
[法]莫里斯．哈布瓦赫，畢然、郭金華譯，《論集體記憶》，上海：上海人民出版社，二〇〇二年
[美]丁乃通，鄭建威等譯，《中國民間故事類型索引》，武漢：華中師範大學出版社，二〇〇八年
[美]歐達偉，董曉萍譯，《華北民間文化》，石家莊：河北教育出版社，一九九五年
[美]歐達偉，董曉萍譯，《中國民眾思想史論——二十世紀初期~一九四九年華北地區的民間文獻及其思想觀念研究》，北京：中央民族大學出版社，一九九五年
[美]斯帝．湯普森，鄭海等譯，《世界民間故事分類》，上海：上海文藝出版社，一九九一年
[俄]弗拉基米爾．雅科夫列維奇．普羅普，賈放譯，《故事形態學》，北京：中華書局，二〇〇六年
[俄]弗拉基米爾．雅科夫列維奇．普羅普，賈放譯，《神奇故事的歷史根源》，北京：中華書局，二〇〇六年
[瑞士]費爾迪南．德．索緒爾，高名凱譯，《普通語言學教程》，北京：商務印書館，一九九九年

[德]艾伯華，王燕生等譯，《中國民間故事類型》，北京：商務印書館，一九九九年
[德]本雅明，陳永國馬海良編，《本雅明文選》，中國社會科學出版社，一九九九年

民族志及地方文獻材料：

丁世良、趙放主編，《中國地方誌民俗資料彙編》，北京：書目文獻出版社，一九八九至一九九五年
石家莊地區地方誌編纂委員會編，《石家莊地區誌》，石家莊：石家莊地區地方誌編纂委員會，一九九四年
河北省地方誌編纂委員會編，《河北省誌》，北京：方志出版社，二〇〇一年
藁城市地方誌編纂委員會，《藁城縣誌》，北京：中國大百科全書出版社，一九九四年

故事材料：

《中國民間故事集成・河北卷》，北京：中國ISBN中心出版，二〇〇三年
邢華芳主編，《耿村民間故事集（五部）》，內部出版，一九八八至一九九一年
袁學駿、李保祥主編，《耿村民間文化大觀：中國故事第一村》，北京：北京圖書館出版社，一九九九年
袁學駿、劉寒主編，《耿村一千零一夜》，石家莊：花山文藝出版社，二〇〇五年
劉國珍編，《秀姑：耿村婦女講述的故事》，北京：中國民間文藝出版社，一九八九年

後記

二〇〇九年八月，在袁學駿先生的介紹下，我們第一次到耿村，天公不作美，一直下雨。堅持冒雨踏著泥濘的土地，走訪一個個故事家庭。耿村人是熱情的，是開朗的，是快樂的。遺憾的是，這次耿村之行，我們沒有見到靳景祥，原因是靳景祥老伴剛剛去世，心情不好，不願見客；靳正新因為身體欠佳，他的兒子靳春利不讓我們去見他。沒想到當年十二月，靳正新老人離開了人世。這個遺憾，讓我們感慨頗多。故事講述人現在大都年事已高，記憶力衰退，講述能力下降，以至於逐漸離世，因此，對於講述人故事的搜集及對講述活動的研究迫在眉睫。

二〇一〇年，中央民族大學「九八五工程」三期建設專案將「中國民間故事講述研究」列為重點支援項目，我們第一個想到的就是鼎鼎大名的靳景祥。於是，在二〇一〇年二月，我們第二次到耿村做調查的時候，見到了八十二歲高齡的靳景祥。記得當時我們向他點了〈嫦娥和后羿〉的故事，他一聽我們要點故事，頓時來了情緒，繪聲繪色地向我們講了起來。講述過程很順利，靳景祥信手拈來，開口就講，思路清晰，語言清楚，讓我們真切感受到耿村民間故事的特殊魅力。

二〇一一年五月初，中央民族大學民俗學專業部分研究生來到耿村，繼續故事講述的考察。這次時值耿王廟會期間，村裏很熱鬧，村內和村外的人來人往，外來的文化和本村的文化不斷匯納和碰撞，耿村人的信仰和外村人的信仰聚集在耿王廟的空間內和鳴出時代的力量和人性的光芒。我們置身其中，感受耿村人的生活，體味耿村人的文化，聆聽耿村人的故事。從靳景祥口裏流出的故事滋潤著我們的心田。靳景祥的慈祥、和藹和清晰、清爽，不僅在外形上，而且在敘事語言上。

二〇一一年七月和十月，我們又來到耿村，來到靳景祥家，對他進行了連續追蹤式的訪談。考慮到景祥大爺年事已高，體力不濟，為保證訪談質量，我們每天進行兩場訪談，分上午和下午，每次訪談都控制在兩小時左右，這樣持續了幾天，景祥大爺不但沒有表現出厭煩情緒，還每天坐在門口的躺椅上等著我們的到來。經過多次接觸，我們已經非常熟悉了，景祥大爺的講述也從開始的有所顧忌、有所保留，到後來知無不言、言無不盡。在我們的心目中，景祥大爺永遠是那麼堅強、樂觀、開朗、知足而樂，他驚人的記憶力由講不完的故事來敘述，他過人的智慧包含在琳琅滿目的故事之中。

在耿村調查期間，無數的師長和友人提供了無私的幫助。河北省民俗文化協會袁學駿會長與我們分享他多年研究耿村的收穫；樊更喜科長、靳志忠書記和靳春利會長向我們詳細介紹了耿村二十多年來的發展及其保護情況。他們的坦誠、他們的責任讓我們很感動。

靳景祥不顧年事已高，不厭其煩地接受我們的訪談，從人生到故事讓我們一次又一次感受到生活的美好和未來的魅力，在這裏祝願老人身體健康！

耿村故事講述人張才才、侯果果一家，王發禮、靳巧義一家，徐海江、郭翠萍一家，以及靳言文、徐榮信、靳梅，等等，他們不計報酬地為我們講故事，說人生，還有那些熟悉與不熟悉的耿村人為我們提供的幫助，讓我們很快融入故事田野之中，他們的慷慨與熱情，激勵著我們將繼續徜徉在故事講述世界裏，感受耿村人豐富的生活世界，享受耿村人大美的文化。

二〇一二年一月三十日

林繼富、李敬儒

民俗與民間文學叢書01　AG0164

靳景祥故事講述研究

作　　者／林繼富、李敬儒
主　　編／林繼富、劉秀美
責任編輯／王奕文
圖文排版／楊家齊
封面設計／陳佩蓉

發 行 人／宋政坤
法律顧問／毛國樑　律師
出版發行／秀威資訊科技股份有限公司
114台北市內湖區瑞光路76巷65號1樓
電話：+886-2-2796-3638　傳真：+886-2-2796-1377
http://www.showwe.com.tw
劃撥帳號／19563868　戶名：秀威資訊科技股份有限公司
讀者服務信箱：service@showwe.com.tw
展售門市／國家書店（松江門市）
104台北市中山區松江路209號1樓
電話：+886-2-2518-0207　傳真：+886-2-2518-0778
網路訂購／秀威網路書店：http://www.bodbooks.com.tw
國家網路書店：http://www.govbooks.com.tw

2013年9月　BOD一版
定價：400元

國家圖書館出版品預行編目

靳景祥故事講述研究 / 林繼富, 李敬儒著 . -- 一版. -- 臺北市 : 秀威資訊科技, 2013. 09
面； 公分. -- (民俗與民間文學叢書)
ISBN 978-986-326-159-9(平裝)

1. 民間文學 2. 文學評論 3. 中國

858 102014581

讀者回函卡

感謝您購買本書，為提升服務品質，請填妥以下資料，將讀者回函卡直接寄回或傳真本公司，收到您的寶貴意見後，我們會收藏記錄及檢討，謝謝！
如您需要了解本公司最新出版書目、購書優惠或企劃活動，歡迎您上網查詢或下載相關資料：http:// www.showwe.com.tw

您購買的書名：________________________________

出生日期：________年________月________日

學歷：□高中（含）以下　□大專　□研究所（含）以上

職業：□製造業　□金融業　□資訊業　□軍警　□傳播業　□自由業
□服務業　□公務員　□教職　□學生　□家管　□其它_____

購書地點：□網路書店　□實體書店　□書展　□郵購　□贈閱　□其他

您從何得知本書的消息？
□網路書店　□實體書店　□網路搜尋　□電子報　□書訊　□雜誌
□傳播媒體　□親友推薦　□網站推薦　□部落格　□其他__________

您對本書的評價：（請填代號　1.非常滿意　2.滿意　3.尚可　4.再改進）
封面設計____　版面編排____　內容____　文／譯筆____　價格____

讀完書後您覺得：
□很有收穫　□有收穫　□收穫不多　□沒收穫

對我們的建議：________________________________

____

____

____

請貼
郵票

11466
台北市内湖區瑞光路 76 巷 65 號 1 樓

秀威資訊科技股份有限公司 收

BOD 數位出版事業部

....

（請沿線對折寄回，謝謝！）

姓　名：＿＿＿＿＿＿＿＿ 年齡：＿＿＿＿ 性別：□女 □男

郵遞區號：□□□□□

地　址：＿＿＿＿＿＿＿＿＿＿＿＿＿＿＿＿

聯絡電話：(日)＿＿＿＿＿＿＿＿ (夜)＿＿＿＿＿＿＿＿

E-mail：＿＿＿＿＿＿＿＿＿＿＿＿＿＿＿＿